东北流亡作家作品及创作历程研究

东北流亡文学史料与研究丛书·研究卷

李长虹 著

北方联合出版传媒(集团)股份有限公司
春风文艺出版社
·沈阳·

主　　编　张福贵
研究卷主编　韩春燕

图书在版编目（CIP）数据

东北流亡作家作品及创作历程研究/李长虹著. ——沈阳：春风文艺出版社，2021.12（2024.1重印）
（东北流亡文学史料与研究丛书）
ISBN 978-7-5313-6055-1

Ⅰ.①东… Ⅱ.①李… Ⅲ.①作家—文学作品研究—东北地区 Ⅳ.①I206

中国版本图书馆CIP数据核字（2021）第275510号

北方联合出版传媒（集团）股份有限公司
春风文艺出版社出版发行
沈阳市和平区十一纬路25号　邮编：110003
河北浩润印刷有限公司印刷

责任编辑：姚宏越	责任校对：于文慧
封面设计：马寄萍	幅面尺寸：155mm×230mm
字　　数：260千字	印　　张：18.5
版　　次：2021年12月第1版	印　　次：2024年1月第2次
书　　号：ISBN 978-7-5313-6055-1	
定　　价：49.80元	

版权专有　侵权必究　举报电话：024-23284391
如有质量问题，请拨打电话：024-23284384

序

对于东北文学文化的研究，已经成为人们关注的地域文学文化研究的一个重要领域。早在20世纪20年代，东北籍作家就创作了反映东北生活题材的文学作品，特别是30年代初、中期被称为"东北作家群"的创作，以其抗日救国的鲜明主题引起人们的特殊关注。随着地域文学研究的兴起和进展，文学研究界从不同角度开展研究，推动了东北文学研究的深入，产生了一些有影响的成果：对东北文学做整体研究的，如张毓茂主编的14卷本《东北现代文学大系》、马清福《东北文学史》、东北现代文学编写组编著《东北现代文学史》、李春燕《东北文学综论》、王建中等《东北解放区文学史》、何青志主编《东北文学五十年》等；从抗日战争时期的沦陷区文学角度研究的，如冯为群、李春燕《东北沦陷时期文学新论》，孙中田等《镣铐下的缪斯——东北沦陷区文学史纲》；有的研究者还从1931年"九一八"日本帝国主义侵占东北后流亡关内的东北籍作家的创作的角度进行研究，如沈卫威《东北流亡文学史论》《关于东北流亡文学的思考》等系列论著；更多的是对东北作家群的研究，如逄增玉《黑土地文化和东北作家群》、马伟业《大地诗魂——论东北作家群》、王培元《论东北作家群》和大量关于东北作家群的作家作品研究论著。在这一东北文学研究的学术背景下，笔耕于这一硕果累累的研究园地，李长虹能借鉴已有的研究成果，从文化的视角，探讨东北作家群小说创作的文化精神，阐释东北作家群创作的特色、价值和意义，是有新意和开拓性的。

《"东北作家群"小说的文化精神》作为博士学位论文我进行过细读，这次以"东北流亡作家作品及创作历程研究"为题出书所做的修改和增补部分虽未来得及细研，但总体来看我觉得作者是有其独到感悟与研究心得的。

从东北独特的社会历史形态的变迁，北疆的自然条件、地理环境和具有多民族与移民特色的文化传统、社会风貌切入，从文化精神的角度探源东北流亡作家作品及创作历程研究，以传统文化、域外文化、移民文化和五四新文化与左翼文化等的多元影响中，寻求东北流亡作家小说创作文化精神的内涵、神韵和魅力，以此解读东北流亡作家的小说创作，这对深化东北作家群文学创作的研究来说，是一种符合东北作家群文学创作实际的理论思考和方法选择。对此，作者在本书"绪论"里有明确的表述："抗日战争似乎将东北人民生命力和东北文化精神与民族解放事业和民族精神直接地、必然地联系在一起，使大多数东北作家热衷于发掘抗战题材和弘扬东北人民生命力与东北文化精神的主题，并使之成为其群体风格。"因此，作者"把关注和思考的焦点投向了东北作家群小说创作的文化精神，特别是东北文化精神的内在联系上，致力探寻东北作家群作家走出东北流亡青岛——上海——武汉、重庆——延安——香港、桂林时，东北地域文化精神对东北作家群小说创作影响的各种表现及其意义"，因为，在作者看来"即使抗日战争高涨时期，东北作家群作家也没有放弃对东北文化精神的反映，对家乡的风俗的写作"。这是《东北流亡作家作品及创作历程研究》所着力论述的中心内容。

"在行为和风习中表现出原始性的粗犷、强悍，并富有顽强坚忍的生命力以及互助重义的文化精神""东北人坚强的意志、豪迈的气概、强烈的反抗精神和生命意识""慷慨悲歌、壮怀激烈的阳刚之美""'兼济'与'独善'的人格精神""由家园和家族意识延伸为国家意识、爱国精神""雄强犷悍、重义重诺""吃苦、耐劳、锲而不舍""开放性品格""独特的文化多元形态""东北作家群的小说创作是'五四'文化节精神的承继""东北作家群创作是左翼文学的重要组成部分",这些涉及东北文化精神的关键性词语,虽然还未做到完全、准确地表达、界定出东北社会历史文化、民风民俗的精神特质,却鲜明、突出、形象地描摹出东北文化特有的地域风采和内蕴精髓,展示出东北文化富有个性和感染力的神韵与魅力。这就切实地把握、理解、诠释了东北作家群小说创作的思想主题、人物形象、艺术风格和审美意义的文化底蕴。

全书的写作着重作家作品的论析,通过作家作品的细致分析、解读,具体而微地深入文化精神的揭示,得出理论认识,防止了单纯的逻辑推理式的空论。作者认同"酝酿萌芽时期(1931—1934)""形成发展时期(1934—1935)""成熟鼎盛时期(1936—1937)""分流离散时期(1938—1949)"这样的东北作家群的创作分期,论析不同创作时期的作家创作。对"呼兰河的女儿""倔强的灵魂:萧红""一个桀骜不驯的文人""辽西凌水一匹夫:萧军""科尔沁草原的文学之子""忧郁的黑土地之子:端木蕻良""从边陲进入文坛""冰山下的火山:骆宾基""侵略者铁蹄下的愤怒与追求:李辉英""追求光明的代价:罗烽、白朗""寻求文学之路""激情燃烧的岁月:舒群"这些东北作家群代表作家的生活道路、人生追求、生命感受、性情品格和创作道路、文学追求、创作风格以及作者对具体作品的史实把握、理解认识和艺术论析,都给我们留下了深刻印象。

文学批评与研究的科学论析和理论创新,离不开思维方式和理论方法的科学性与针对性,学者陈鸣树教授在其《文艺学方法概论》(上海文艺出版社)的"自序"中,曾阐述方法论的意义说:"方法是主体介入客体的工具,同时又是客体的'类似物';它一面为主体的目的所推动,一面又要在发展的客体中找到自己的思维内容。因此,只要客体在发展，方法将永远推陈出新。"①也就是说，理论方法的建构和选择运用也是对批评与研究对象的理解与把握，具体方法的选择与运用又不能脱离研究客体，要符合批评与研究对象的实际。作者说明针对本书的研究对象，"研究方法主要采用了社会——历史的美学的方法、历史地理学的方法、语言学的方法、社会学和文化人类学方法。"我想文学批评与研究，方法的选择还是要坚持以马克思主义辩证唯物主义与历史唯物主义理论方法为基础，同时有针对性地吸收我国传统的和西方现代的理论批评方法，从本书的论析过程可见作者在理论方法上是坚守了这一原则的。本书的写作在资料的收集、鉴别、整理和使用方面是下了功夫的，如作者所述："本文使用的文献主要包括：官方史籍的记载、其他古籍的记载、作家年谱、地方志；学者的著作研究资料及论文、人物传记、作家好友回忆性的文章及作家本人的回忆录；海外学人著作及研究资料。"资料的广泛博览，经意整理采用，史料分析与主观阐释的处理还是比较好的。

东北作家群是否可以构成一个文学流派曾存在争议，徐塞在《对东北作家群作为文学流派的探讨》（《沈阳师范学院学报》1987年第4期）中认为，东北作家群是在历史上不自觉形成的一个重要文学流派，我想这也是一个研究者认同的自然形成的文学流派，既然是一个文学流派就有其特定的概念范畴，因此，第六章《附论：以长春、哈尔滨、沈阳为中心的东北沦陷区作家的创作》，具体论述如不与"东北作家群小说文化精神"这一中心论题紧密贴合，读起来就使人不免有累赘之感了。

总之，《东北流亡作家作品及创作历程研究》的出版是东北文学研究的新收获，这是一部有新意的可读的书。

李长虹自幼生长在东北，对东北的一切包括东北的文化、文学怀有深厚的感情。他在大学中文系毕业后，长期从事大学语文教学工

---

① 陈鸣树. 文艺学方法概论 [M]. 上海：上海文艺出版社，1991：1.

作，从语文课程与教学论硕士学位专业毕业到攻读中国现当代文学博士学位专业并完成学位论文写作获得博士学位，这种研究领域的变更，对他来说确实是一个挑战和考验。他虽然自谦自己现当代文学学术底蕴薄弱，但是，他的勤奋、刻苦、踏实、虚心好学的治学精神，是补救了他的不足的。当他的博士学位论文《"东北作家群"小说的文化精神》经过修改准备以《东北流亡作家作品及创作历程研究》为题出版之时，他希望我能为这本书写序，我愿意鼓励他支持他在学术道路上不懈地努力，便写了上面的粗浅的读后感，权充作"序"吧。

刘中树

目 录

绪 论 …………………………………………………………001

第一章 东北流亡作家小说的文化精神探源 ……………005
  第一节 多元文化精神对东北流亡作家小说创作的
     影响 ……………………………………………005
  第二节 萨满文化精神对东北流亡作家小说创作的
     影响 ……………………………………………019
  第三节 "五四"文化精神对东北流亡作家小说创
     作的影响 ………………………………………030

第二章 东北流亡作家 ………………………………………038
  第一节 东北流亡作家的创作分期 ………………………038
  第二节 东北流亡作家的小说创作历程 …………………046

第三章 东北流亡作家的发展与中国左翼文学 …………133
  第一节 九一八事变后的中国文化与中国文学 …………133
  第二节 30年代左翼文学与东北流亡作家的关系 ………163
  第三节 战争背景中的东北流亡作家与中国左翼文学 …170

第四章 东北流亡作家小说创作中的"东北"及"西南生活" …… 203
    第一节　东北流亡作家笔下的东北抗战 …………… 203
    第二节　东北流亡作家对东北地域文化精神的追寻 …… 217
    第三节　东北流亡作家抗战岁月中笔下的"西南生活" … 244

第五章 东北流亡作家创作的价值和意义 ……………… 252
    第一节　东北流亡作家的创作是中国现代文学的重要
    　　　　组成部分 ……………………………………… 252
    第二节　东北流亡作家的创作是中国现代文学的一枝
    　　　　异彩奇葩 ……………………………………… 258

结　语 …………………………………………………………… 266
后　记 …………………………………………………………… 269
参考文献 ………………………………………………………… 271

绪 论

本论著研究的宗旨是东北流亡作家作品及创作历程。东北流亡作家作为一个独特的作家创作群体——东北作家群，崛起于20世纪30年代，应该是从鲁迅编辑并自费出版的"奴隶丛书"中收入萧红的《生死场》和萧军的《八月的乡村》开始。由于鲁迅为这两部作品都写了序，胡风还为《生死场》写了后记，一时间东北作家的作品引起了文坛的关注。陆续受到鲁迅关怀的东北作家还有端木蕻良、骆宾基等。此外，李辉英早与鲁迅有过来往。这样，萧红、萧军、李辉英及后来的舒群、罗烽、白朗、骆宾基等东北作家在上海出现，有的虽未加入左联，但他们的创作构成左翼文学重要的组成部分。特点是最早发出抗日的声音，第一次把中国现代文学与东北沦陷的广袤的黑土地，与侵略者铁蹄下的不屈人民、茂草、高粱紧紧地联系在一起，东北流亡作家作品及创作历程为中国左翼文学的发展提供了重要的精神力量，丰富了中国现代文学的艺术表现形式和艺术风格。

东北新文学的勃兴直接来源于五四新文学思潮的冲击和影响，与关内文化相比，它的文化土层并不深厚，甚至显得有些贫瘠。但是，这些不利因素也往往演化为东北新文学发展的动力。虽然起步较晚，但是，它因为没有沉重的因袭重担而进步较快，同时，与关内文化形成互补的异质文化又为它增添了原始而新鲜的活力，使东北文化精神表现出与众不同的神韵和魅力。从20世纪30年代东北作家群崛起以来，东北新文学不断地制造着"轰动效应"。考察东北新文学，人们往往注意了外部因素,却忽略了其自身文化的内在规定性。实际上,东北文化精神才是它独占风气之先的真正源泉和动力,而这种地域性文化精神又是以渔猎、游牧文化,农业文化,萨满教文化为发展原点的。

东北萨满文化,渔猎、游牧、农耕文化影响着人们日常生活和艺术审美等方面的选择和取向,不同程度地影响着萧军、萧红、端木蕻良、骆宾基等东北流亡作家的小说创作,使东北流亡作家带着强劲的东北风,在小说创作中把东北民风、习俗吹向中原大地。

东北亚的我国境内地区曾是萨满教最主要的发源地之一,而且在这一地区表现得最为典型和完整。萨满教是一种"集体表象"。萨满教是以氏族为本位,内向性相当强的宗教。它萌生于人类漫长的蒙昧时代,兴起并繁荣于母系氏族社会,到原始社会后期,其观念和仪式日臻成熟和完备。进入奴隶社会、封建社会以后,由于不断地受到来自政治、经济以及外来文化包括人为宗教的渗透和冲击,萨满教的观念和形态也随之发生了某些变异,但其精神实质和文化内核基本保存完好。萨满教的活动就其主要部分而言是属于艺术范畴的,即文学、音乐、舞蹈和造型艺术。随着历史的不断发展,萨满教已经演化为一种民族精神,以隐形深层的影响渗透并融入生活习俗和文化心理之中。现代东北作家身上也仍然存在着萨满教文化赋予的潜在气质,并且不自觉地体现在具体的创作过程中。无论是人物的活动、主题的构成,还是文学体式和审美风格,都依稀可见萨满教文化对东北文学影响和浸润的痕迹。作为受萨满教文化影响至深的东北地域性文学,东北作家群小说以其承载的独特文化心理和民俗风情,成为现代文学的必不可少的补充。作为整个中国文学的有机组成部分,东北作家群小说以一种异质文化特色和个性丰富了整个中国文学。有鉴于此,探究萨满教文化对东北流亡作家的影响,无论从东北文学自身还是从整个中国文学史考虑,都应该是一项必要而有意义的工作。

东北地区自有文明历史以来,长期是少数民族统治。从南北朝时期开始，一直到清王朝总计有1500年左右的历史。在早期的东北历史中，社会形态基本上是兼有游牧、渔猎、采集和农耕特点，而以游牧渔猎为基本社会形态。这种游牧渔猎生活方式和生产方式较为特殊，"逐水草而居"，因此文化形态具有强烈的流动性和随意性。东北地区的地域自然环境是山岭纵横，河水交错，树木茂盛，水草丰腴，在山环水绕的间隙，有片片宽平膏腴之地。这一自然环境，为人类提供了大量的飞禽走兽、河鱼海獭、山菜野果、山参木耳、松子蘑菇等土特产资源。所以，当地基本把游牧、渔猎、采集作为主要生产生活手段。这种游牧、渔猎文化随着南北文化的交流，如移民开发，使北方社会形态开始由渔猎生活向农业社会形态转变。东北流亡文学是东北文化最具活力的一个侧面，从他们的作品中透视出中原文化与塞北文化的广泛交流和相互融合。他们又具有不同于关内文学的风格特点，直抒性灵，毫无矫饰，可以说是东北民族率真天性的自然流露和生动体现。

抗日战争似乎将东北人民的生命力和东北文化精神与民族解放事业和民族精神直接地、必然地联系在一起，使大多数东北流亡作家热衷于发掘抗战题材和弘扬东北人民生命力与东北文化精神的主题，并使之成为其群体风格。

基于以上原因，本文把关注和思考的焦点投向了探讨东北流亡作家小说创作及创作历程，特别是与东北文化精神的内在联系上，致力探寻东北流亡作家走出东北流亡青岛——上海——武汉、重庆——延安——香港、桂林时，东北地域文化精神对东北流亡作家的小说创作历程影响的各种表现及其意义。

应该说，这一探寻是非常有意义却又非常棘手的课题。我们在探讨东北流亡作家的小说创作与东北文化之间的关系时，如何科学论证文学领域中的萨满教文化，渔猎、游牧、农耕文化的影响，这是东北流亡作家小说创作的文化底蕴。因此，文献资料的收集和运用是本论著研究的主要手段。本文使用的文献主要包括：官方史籍的记载、其他古籍的记载、作家年谱、地方志；学者的著作研究资料及论文、人物传记、作者好友回忆性的文章及作家本人的回忆录；海外学人著作及研究资料。研究方法主要采用了社会—历史的美学的方法、历史地理学的方法、语言学的方法、社会学和文化人类学方法。更好地把史料分析与主观阐释结合起来，则是本著需要解决的重点和难点问题。

目前学术界关于东北作家群的专著已经有多部，如逄增玉先生在1995年出版的《黑土地文化与东北作家群》，有一个章节谈到了萨满教文化对东北作家群的影响。他主要根据有关萨满跳神的细节描写来分析东北作家群的文化心理。樊星也曾经在《东北的神秘》一文中论及这个话题。这些研究者提出了新的课题，并且进行了初步的研究工作，具有开拓性意义。然而，他们的本意还没有把萨满教文化对文学的影响立为专题来研究，因此，此论题还需要进行更全面更系统的探讨。

考虑到萨满教文化，渔猎、游牧文化，农耕文化已经渗透在东北民间文化和民俗生活中，对东北流亡作家的影响更大，所以在本书中，把东北流亡作家界定为"五四"以后的二十世纪三四十年代，流亡关内的土生土长的东北作家，重点研究他们的小说创作的文化精神。只有这些生长于东北地域的文化环境中的作家，才更充分地代表了东北文化精神的特征，以此探寻东北流亡文学在中国现代文学中的艺术价值和审美意义。

第一章　东北流亡作家小说的文化精神探源

第一节　多元文化精神对东北流亡作家小说创作的影响

世界上每一个民族或国家都有其自己的文化，都表现着人们在各种实践活动中所创造的物质文明和精神文明。每一个民族或国家的文化现象都不是孤立的，都和其他民族或国家的文化发生着联系，而每一种联系都会对一个民族或一个国家产生不同程度的影响。从这个意义上讲，中国东北的文化更显示出它的复杂性。

一、多民族聚居，文化形态丰富多样

东北文化的复杂性，表现在东北文化区域涵盖了我国现在的辽宁、吉林、黑龙江三省的广大地区，此地旷野千里，民族文化形态丰富。有蒙古族、满族、赫哲族、鄂温克族、鄂伦春族、锡伯族、朝鲜族、回族、达斡尔族、哈萨克族、汉族、柯尔克孜族、土族、塔塔尔族等民族。但追溯历史，东北地域的民族主要归结为四大族系，即东胡系、肃慎系、濊貊系和汉民族四大族系。多民族文化彼此隔离而又互相交流，使东北人的物质精神文化生活相对丰富多彩。社会形态、

生活方式和生产方式是较为特殊的"逐水草而居"。这种游牧、渔猎的文化形态具有强烈的流动性和随意性。

随着游牧、渔猎文化南北的交流，如移民开发，使北方社会形态开始由渔猎生活向农业社会形态转变。与此同时，北方渔猎文化与中原传统农业文化开始了碰撞与交融，其结果是全面吸纳中原传统文化。如兴学重儒、倡导忠孝、改革陋习，整饬吏治等一系列措施，取得了明显成效。尤其是尊儒重教，重视发展农业，使北方渔猎文化很快被中原传统农业文化所同化。

东北的农业发达，史学界认为是出现在明末清初时，当时从事农耕者，多为俘虏来的汉人和朝鲜人，满族本身常年从事农业生产的并不普遍。加上清初战事连年，许多男丁被征调沙场，这就使大部地区本来就不发达的农业又遭到一定的破坏。故清兵入关后，清政府认识到恢复农业的重要性，为此曾一度推行"圈地"措施，以此补救濒临崩溃的农业。"跑马占荒"这一俗称的特许令一时给满族旗民带来了不少恩惠。

农耕文化、草原游牧文化、渔猎文化以及农牧兼有的混合型文化的组合，使东北地域文化兼有多种文化的品质，如农业文化的保守、恋土、狭隘、散漫；游牧文化与渔猎文化的剽悍、雄健、开放、粗犷。这些内容共同作用使东北人形成一种特殊的文化精神和人格心理，在行为上和风习中表现出原始性的粗犷、强悍，并富有顽强坚韧的生命力以及互助重义的文化精神。

二、域外文化的渗入

东北地处中国的东北端。东北的疆域虽然只是中国领土的一小部分，却与俄罗斯、朝鲜接壤，与日本邻近。这种地理环境的复杂性，也就自然注定了东北文化的复杂性。民族的相互交往，在物质文化和精神文化上都深深地留下了相互影响的痕迹。在东北汉语中，已经有了俄语、日语、朝鲜语中部分语言的融入。这些语言交融与混杂，成为东北地域语言的一个最明显的外在标志，是在东北作家作品中出现的外来通用语。各民族的一些日常生活用语和方言"共时"出现，已经成为萧红、端木蕻良、骆宾基小说创作的语言。这些语言和大量的东北方言具有同样的性质和功效。

（一）俄苏文化的渗透与影响

在东北流亡作家创作的小说中出现众多俄国、苏联人的形象，且由形象揭示其性格及积淀于其中的文化，这是俄苏及其文化影响的第一个明显的标志。萧军、萧红、骆宾基、舒群、罗烽、白朗等作家的小说中，几乎都出现过俄苏人的形象。端木蕻良虽未过多地描写这一形象，但在《科尔沁旗草原》中，也曾出现一个相关的人物形象——"一面坡那个穿长筒马靴的大鼻子"。他们与东北人的生活命运紧紧联系在一起。骆宾基的小说《乡亲——康天刚》和萧军的《第三代》都描写了与中国人结婚的俄国妇女，他们成为中国东北人民的生活的难以分割的一部分。萧军的早期小说《下等人》中的小酒馆主人、一个参加过第一次世界大战的高加索人，已经同哈尔滨的苦力工人完全打成一片，并且是中国工人中的抗日领袖。舒群《少年盟》《没有祖国的孩子》中的中国儿童，他们的童年生活是与苏联女教师和苏联儿童共同度过的。而罗烽小说《考索夫的发》中的中俄混血儿和萧军《货船》中的苏联儿童，也在时代灾难中与中国人民共命运，甚至遭受着更大的磨难。在作品中也有沦落潦倒的人物形象，如萧军《第三代》中的流落的白俄则成了骗子。在这些人物身上揭示了"俄苏"人的性格与体现、透射出了他们的文化内涵。舒群笔下的苏联人，不管是儿童、女教师，还是军人，大都善良、正直、爽朗，充满一种刚健清新的气息。骆宾基作品中的俄国人，大都高大健壮，身上散发出一种牛肉、牛乳的气味，并且好饮。《混沌》中写的那个白俄苦力，就是这样一个人物形象，以酒排解人生苦闷这种人物形象也是俄罗斯人的某种"民族性"的透露。萧红《索菲亚的愁苦》描写的是有教养的旧俄国贵族流亡生涯的悲苦，流露出一种浓重的、俄罗斯式的忧郁。萧军《第三代》中则以对比的手法描写了两种俄国人的性格及其"民族性"和"文化"。一种是讲究诚实、守信、靠双手和劳动挣来面包的妻子和岳父形象；另一种是好逸恶劳，且时时自命不凡地露出一副沙文主义嘴脸的沙俄旧贵族赫列斯达可夫的形象，在他身上，分明体现出旧文化的枯朽气息。

俄苏文化对东北的影响，还表现在对语言、风俗及生活方式的浸润渗透和潜移默化的影响上。在东北作家笔下，俄国人的饮食结构、饮食习惯已经成为东北饮食方式和文化的重要组成部分。罗烽、舒群笔下的监狱犯人们吵嚷盼望的是"黑列巴"和"苏波汤"。骆宾基《混沌》中所写的中国孩子有了零钱到商店要买的食物也是"列巴"。萧军写到的小酒馆中喝的酒，不是"俄德克"就是"格瓦斯"。俄苏日常生活用品也成为东北人生活中不可缺少的一部分。端木蕻良和骆宾基的作品中经常描写东北的山民和猎户穿着"巴芹克"（俄式皮靴），《混沌》中所写的中国乡绅家庭中取暖用的火炉是"别列器"（俄式炉台）。萧军《第三代》中的林荣就是一位已经"俄化"的中国人，他的俄国手风琴，他的忧郁的哥萨克式的歌声，已经和俄国人的生活没什么两样。舒群小说中的中国儿童，甚至连名字都是"俄式的"。俄国文化就这样深深地卷入、渗进了东北人的生活中。

俄苏文化对东北作家的影响，还表现在他们的艺术思维、气质、构思和风格情调的追求中，这是更为内在和深刻的影响。骆宾基小说中那种善于表现小人物的"几乎无事的悲剧"，那种来自作者的不愠不怒的微讽和轻轻的叹息，那种略带忧郁的情调和喜剧风格，深受俄国作家契诃夫的影响。端木蕻良则从列夫·托尔斯泰的思想和小说中汲取着养料，小说《科尔沁旗草原》中的丁家第四代少爷丁宁就是《复活》的阅读者，他为《复活》中复杂深邃的思想内容和"长着胡子"的托尔斯泰对人生、人性和人类的精辟透视所影响，处处以一个"忏悔贵族"的身份和意识立身处事，力图以托尔斯泰似的忏悔和宽怨调和农民与地主的尖锐对立,是一个典型的中国式的"聂赫留朵夫"。端木蕻良除了对原作品的人物形象借鉴外,对托尔斯泰那种追求宏大的创作风格,始终贯穿在其全部创作中的巨大的思想理性力量和形象力量,颇有感悟,多有师承。端木蕻良一方面主要从托尔斯泰那里汲取了精神养料并将其融合在自己的艺术思维、气质和小说中,同时,作为一个文学阅读相当广泛、文学修养相当浓厚的作家,他通过托尔斯泰领悟、把握了整个俄苏文学的精神特征并有所师承和借鉴。萧军小说在艺术视野、作品构图和审美追求中,也同样受俄苏文学的影响。长篇《第三代》不仅描写了从俄国归来的林荣的手风琴和哥萨克衬衫,还写了他的俄国妻子和他们的既会讲中文也会说俄语的混血儿,也描写了白俄骗子赫列斯达可夫用民族沙文主义情感、用"一千个哥萨克会向你求爱"的带有煽惑力的语言和梦幻对林荣妻子佛民娜的引诱。在《第三代》中作者更体现了像肖洛霍夫描写顿河流域的哥萨克农民那样来表现东北凌河流域的农民命运的整体艺术构思,及场面宏阔、色彩强烈的艺术风格。在表现东北农民时,萧军像肖洛霍夫及其他俄苏作家那样,注重描绘东北农民对家乡、对生活的热爱和坚忍不拔、勇敢犷悍的"哥萨克"精神。此外,在萧军的《跋涉》《江上》《羊》等短篇小说集中,也时常出现小酒店、工厂、车站、码头、货船等生活场景,以及在这场景中出现的手风琴手,酒鬼,浑身散发出烟草味、金属味和煤尘气的工人等各色下层人民,小说充满沉重、压抑、忧郁的氛围。在萧军《八月的乡村》,端木蕻良《大地的海》《大江》,罗烽的《归来》,骆宾基的《边陲线上》等众多小说中,从构思、主题、人物形象到场景、色调、氛围乃至某些句式,都可以看到来自《铁流》与《毁灭》的"原型"和启迪,融合于自己的生活发现和艺术表现之中,具有自己的特点和"中国特色"。

(二)日本、朝鲜文化的渗入和影响

日本作为中国东北的近邻,与中国有着悠久的文化交流关系,在历史上和东北居民早有往来,在1931年发动九一八事变之前,就在东

北社会、政治、经济、文化领域有很深的渗入。从饮食、建筑到语言，都不能不在东北的风俗、语言和文化中留下一定的"日化"痕迹。由于日本对东北渗透侵略的历史罪行，以及东北流亡作家的反日意识，出现在东北流亡作家笔下的日本人形象大都是可憎的。如《八月的乡村》中的日本兵松原和《大地的海》中间接描写的日本政务官永野，骆宾基《边陲线上》中描写的日本商人杉野和指导官宫野等。尽管一些东北作家在某些作品的片断中会偶尔提及日本的民族性及其特点，如白朗在其纪实性散文集《狱外集》中曾不经意地描述了日本警官山田的妻子身上所体现出的日本妇女的勤劳、能干、爱好清洁等特点，但这样的描写被一种强烈的仇恨否定，并未构成主要内容。

  东北流亡作家作品中还较多地出现了朝鲜人形象。在东北作家作品中出现的朝鲜人形象大致有三类：一类是朝鲜革命者和抗日英雄形象，如《八月的乡村》中的朝鲜姑娘安娜，《大地的海》中领导东北农民奋起抗争的朝鲜革命者老金，像安娜、老金这些朝鲜人是从沦亡的祖国来到中国，他们和中国人民一同抗击日本侵略者，他们已经感觉不到民族的文化差异，把自己与中国人民的命运完全融合在一起；一类是饱受亡国之痛而流亡到东北的朝鲜普通人民形象，如舒群《没有祖国的孩子》中的朝鲜少年果里，骆宾基《边陲线上》和《混沌》中那些贫穷的韩国地户，还保留着朝鲜的语言和服饰，像骆宾基所描写的，清末民初那些从朝鲜咸靖北道、庆源府、清津来到中国，妇女用头顶着物品，男人用背背着物品，来投奔设在中国的朝鲜农会，他们能够与中国人平安相处；一类是受日本人指使的与日本殖民当局有关系的朝鲜人形象，如《边陲线上》中的工头洪盖和《混沌》中的日本驻珲春领事馆的韩国通事朴斗寅，以及李辉英长篇小说《万宝山》中的受日本指使的种植水稻的朝鲜农民，他们和中国人之间存在着隔膜和对立，这种对立实际上是两个民族的冲突。

  这种外来文化不断地与东北地域文化相互撞击与交流，所产生的独特的历史文化内容，自然成为东北流亡文学反映的对象，构成独特的文化景观。

三、北疆的自然环境，顽强的生命意识

总观东北疆域的地形地貌：东部绵延起伏的长白山北连小兴安岭，大兴安岭又与小兴安岭以北相连，它偏西南走向，直至西辽河上游，形成一个不规则的、半封闭的圆形高山山地，恰似马蹄形。大兴安岭的西侧和东侧的岭下，都属于内蒙古大草原。南面的辽东半岛丘陵面向渤海和黄海，海岸线有2700多公里。松辽大平原在辽东半岛和北部的环形高山山地的环抱之中，总面积达35万多平方公里，世界上著名的三大黑土地之一就在其中。黑龙江、松花江、辽河、鸭绿江、图们江是东北地区的主要河流。还有黑龙江的镜泊湖、兴凯湖（一部分属于俄罗斯），内蒙古的呼伦贝尔湖，这些著名的淡水湖分布在东北的高山大野之中。

东北的气候寒冷，最低气温可达零下40℃以下，有"北大荒冰天雪地"之称。由于东北地域所处的经、纬度不同，气候又分为暖温带、温带、亚寒带。靠海的南面属于暖温带，东端属于亚寒带。中部特别是东部几乎没有春天，就是说，到了春天的季节也同样寒风凛冽，冰雪覆盖。等到草木全绿，天气转暖，已经进入了初夏。但此时的气候还是不稳定的，地里的秧苗还会遇到突来严寒的侵袭。有些地方还会跳出二十四节气的规律，有"立夏鹅毛住，刮倒大榆树"之说。这种气候的复杂性和多变性，注定了各民族生活节奏的多变性，同时也磨炼着东北各民族人民生产、生活的耐性，他们在改造大自然的斗争中表现出外柔内刚的品格。

东部的长白山直达北部的小兴安岭及与其相连的大兴安岭，有生长着多种树木的原始森林。森林里有经济价值很高的野生动物资源，如狼、蛇、虎、熊、野猪、梅花鹿、狍子、狐狸、紫貂、水獭、山鸡、野鸭、沙半鸡等各种飞禽走兽，还有经济价值很高的植物资源，

如人参、木耳、松子、榛子、蘑菇、蕨菜、黄花菜等。中部的松辽平原除了大片的草原放牧外，还盛产高粱、玉米、小麦、谷子和各种豆类，有"东北大粮仓"之称。南部沿海的鱼类水产和内河湖泊的淡水鱼类水产也闻名中外。除此之外，东北还有着丰富的矿藏，如黄金、铁、金刚石、石墨、煤、石油、天然气以及有色金属等。东北各民族正是以不同的自然资源为基础，选择不同的生活方式，从而形成了各民族不同的文化特色。

满族人的祖先肃慎，生活在东北的长白山、北部的小兴安岭和大兴安岭的东侧，有的在大森林里游猎采集，有的在黑龙江和松花江下游渔猎和采集。气候寒冷多变、风沙肆虐，山高路险、林密地宽，在这样的自然生态环境下生存，足见肃慎民族生活的艰难。他们必须冲破种种的困苦，战胜恶禽猛兽的袭击，才能维持自身的生存和发展，软弱无力就意味着灭亡。因此，长期的渔猎和采集生活，养成了满族人民意志坚强、不畏艰险的精神和勇武开朗的性格，使他们的文学透出一种清新自然、雄健豪迈的格调。

艰苦的自然环境和险恶的社会环境迫使当地人民不得不为生存而拼搏，由此培养了东北人坚强的意志，豪迈的气概，强烈的反抗精神和生命意识。东北文化精神包裹着慷慨悲歌、壮怀激烈的阳刚之美。游牧民族逐水草而居，渔猎民族闻鱼讯而动的生活，流动性大，可变性强，又形成了东北文化的开放性品格。

上述特殊的人文环境、自然地理条件和与之相适应的生产方式、生活方式，形成了东北独特的文化多元形态。

四、移民文化精神

在地理上，任何空间所居住的民族总是不断地有外民族的加入，或者本族成员的迁出，这种人口的流动性有史以来都没停止过。东北地区作为广阔富饶的一方水土，人口流动现象更为突出，主要是中原人口的迁入，使东北地域文化不断地吸收中原汉文化元素，尤其是元、明、清以来，东北地域对汉文化的刻意效仿和封建统治的"皇恩"特顾，又使东北成为封建思想的顽固堡垒。因此关东文化中的封建意识并不亚于中原、江南。

（一）历代向东北的移民及带来的文化

东北地区地处东北亚的核心地带，在亚洲占有优越的地理位置。早在尧舜时代（公元前23世纪），天地分为九州，"东北曰幽州，其山镇曰医巫闾"[1]。新石器时代末期，中原的人类遇到冰期，致使黄河流域的动植物大量减少。为了生存，中原的大批住民向东北迁徙。

汉唐辽金时代，中国封建社会的中央集权制高度发展，疆域进一步扩大。汉武帝时，整个东北地区牢牢控制在西汉中央王朝统治之下。此时，整个东北地区已有中原文化大量渗入，拥入大量商贾，同时朝廷也派来一些官吏，为东北土著人士提供了更多与外界交往的机会。政治、经济的开发必然促进文化教育的发展。其中流人对传播中原的文化教育起了不可忽视的作用。在这方面最典型的是洪皓被留于金国，在极端艰苦的条件下，以《桦叶四书》[2]传播了儒家的学说。他不仅教授知识，自己也不断地从事写作，他本酷爱诗词，流落塞外，仍然执笔不辍。"南归不获却东迁，险阻艰难遍大千，母老三年难见止，途穷一恸忽潸然。"[3]洪皓不但南归无望，反而东迁到更为僻远的冷山，怀念故国，思念老母，怎能不落途穷之泪呢？这种思家怀人的感情在他的诗中都有体现。张邵在上京会宁府以教书授徒为生，在缺少纸张的情况下，他在一根形似橄榄的断木上书写，以之代纸，进行

---

[1] 转引自逄增玉.黑土地文化与东北作家群[M].长沙：湖南教育出版社，1995：1。

[2] 转引自李兴盛.东北流人史[M].哈尔滨：黑龙江人民出版社，1990：39（"他在教书时，由于当地既无书可读，又无纸张可供书写，就凭着记忆，在晒干的洁白柔软的桦皮上，默写下《论语》《孟子》《大学》《中庸》全文，作为课本，教授村人子弟，这就是有名的《桦叶四书》"）。

[3] 转引自李兴盛.东北流人史[M].哈尔滨：黑龙江人民出版社，1990：40。

教学。他们就是这样传播了中原的文化、教育，从而促进了当地文化教育的发展。所以，东北与中原的文化关系，基本上是东北不断地模仿、追寻、倾慕和依恋中原文化，直到最后与中原文化融合同化，经历了一个由外向内的渐变过程。

元、明、清时期迁向东北的流人进一步增加，汉、三国、辽、金时代虽有流人到东北，但始终没有遣戍东北的明文规定。到了元代已有流人遣戍东北的法律。元代流放东北的案例，主要有以"盗"案被流徙，以"违制"贻误军机被流徙，以"谋逆"反抗当权者被流放，以弹劾权臣、遭受陷害而被遣戍，此外还有遣戍原因不详而来到东北。

到了明代，遣戍辽东的流人，不仅戍卫所多，而且人数众。据《明世宗实录》载，嘉靖七年（1528）五月山东巡按御史张问行曾言："辽东二十五卫，原额军士一十五万六千九百余名，今见役止六万余名。"（《明世宗实录》卷八十八）现役6万余名，指嘉靖初年事，这当是明代辽东军士的最低人数。

清代的东北流人在中国历史上达到了高峰。其特点：一是清廷制订有一套较完备的遣戍制度；二是流人数量众多；三是流人戍卫所广泛；四是流人遣戍原因很多。

那些出身知识分子的东北流人，与东北土著民族相比，有着浓厚的中原文化底蕴。他们世代居住中原和江南，在浓厚的汉文化氛围和土壤中生长成人。移民首先带来了宗法文化的影响。他们以血缘、地缘为结构形态的家族，保持和维系着农耕文化、宗法文化、儒家文化构筑的社会稳定的秩序。中原文化的宗法制度下的长老、族长、家长统治具有相当的权威，这些宗法制度构建了儒家文化中的"三纲五常""三从四德"等封建伦理道德规范的基本元素和框架。宗法文化影响到中国人的生活行为模式和道德精神，显示出宗法制度的野蛮、残酷和非理性特征。在这种制度的影响下，一部分人崇尚权力、尚武，铤而走险，陆有祥（《登基前后》），李七嫂、唐老疙瘩（《八月的乡村》)，王婆、二里半、老赵三（《生死场》）就是这样的人物；一部分人屈从权力统治，听任命运的安排，自暴自弃，不愿抗争。《科尔沁旗草原》《第三代》《呼兰河传》中的许多农民，形成一种以自己的生活观念、价值尺度、生存状态为参照的社会观。

其次是农耕文化。中华民族的生活方式主要建立在稳固的农业土地基础上，重视农业生产，依恋土地是中原人向东北移民的主要原因。这种农耕文化一方面体现了民族性格中的文化守旧、固守土地、安于现状、缺少开拓进取精神的惰性习气。自私、保守、狭隘的小农意识、乡土观念决定着农民的心理状态，而这种心理状态又决定着农村的社会秩序。在这种秩序下生活着的农民身上必然有着更多的愚昧、落后、保守、自私的成分。《生死场》的愚夫愚妇们是农耕文化的受害者，《呼兰河传》触及了社会的贫困、文化的弊端，作品流露出忧郁苍凉的语调。另一方面农耕文化也培养了中国人的家园意识、家族意识，进而由家园和家族意识延伸为国家意识、爱国精神。

第三是儒家文化。儒家文化的主要内容是"仁、义、礼、智、信"，以"仁"为中心，强调"礼乐""仁义"，推行"仁政""德治"，形成一整套维护"君君、臣臣、父父、子子"封建等级制度的纲常伦理。儒家学说自孔、孟创立以后，历经先秦儒学、汉代经学、宋明理学等各个历史阶段的变迁、充实，成为一股巨大的思想文化潮流，并且深入中国文学各种文体，影响着中华民族的文化心理、民族性格、价值取向、生活行为模式等。"儒家文化的基本精神可以概括为和谐意识、人本意识、忧患意识、力行意识和道德意识等五个方面"[①]。东北流亡作家正是受到这类传统文化观念的深刻影响，才在他们的作品中表现出鲜明的儒家文化意识。主要体现在社会生活行为和审美需求等最为相关的和谐意识、忧患意识、道德意识与人本意识。骆宾基小说《乡亲——康天刚》所写的山东移民关东山，来到没有

---

① 邵汉明.中国文化精神[G].北京：商务印书馆，2000：57。

"礼道"的东北才感到自己的"礼道"和"文明"的重要。关东山在艰难谋生时仍不忘"文化""教化",他们以中原儒家文化教化子弟,以使其不被"不讲礼道"的关东蛮野所同化,使之永远依恋于、归属于中原"礼道"。

总之,历朝各代移民到东北的中原文人,多来自山东、河北一带,汉文化在他们身上形成了"兼济"与"独善"的人格精神,儒家文化中的积极入世、进取精神,以及多情重义成为移民者主要文化心理构成和行为价值准则。他们大批来到东北,随之带来他们身上所负载的中原农耕文化、宗法文化、儒家文化等方面的内容,很容易与东北土著文化中的雄强犷悍、重义重诺等渔猎生产、生活方式基础上产生的文化精神相契合,它们相互掺杂扭结,兼容并蓄,并逐渐形成东北地域文化特征。

(二)移民文化精神对东北流亡作家小说创作的影响

据考证,萧军、萧红、骆宾基等东北流亡作家,他们的先辈曾是关内的移民。至于因何而来,这并不重要。重要的是他们的先辈经过几代人的经营,或做官或经商,在东北都成为小有名气的人物。关内那种"学而优则仕"的思想促使他们让自己的子女饱读诗书,出人头地的观念在先辈的内心中始终没有泯灭。到了东北流亡作家这一代,他们已经完全融到关东的文化生活之中,从小接受关东大地的风土人情、风俗习惯的熏染,在他们的身体里保留着先辈们不畏艰辛的执着的流浪汉、冒险家的性格,同时又具有东北原住民的野性。

前面已经论述了东北地区在历史上是全国最大的移民迁入地,并发展出以汉族移民为主的居住人群。移民文化精神对东北流亡作家的影响体现在以下三个方面:

一是移民形成了东北特殊的风土人情、时代环境、人的性格精神特征。我们常把这些从河北和山东一带迁来的豪爽侠义之人的行为称为"闯关东",这本身就具有流浪和冒险的特征。北来的汉人,他们采参、采蜜、挖煤、淘金、伐木、拓荒、猎兽、做小买卖等，做着非常艰苦和冒险的工作。移民带来了中原地区先进的生产技术，也带来了与东北原有民族不同的风俗、习惯、语言等生活方式，逐渐地影响着人的精神、观念、意识和心理以至于气质和性格特征的形成。东北原有的游牧生活方式使东北人具有勇敢、刚健、豪爽的精神特征，但同时在他们的性格中又有着粗野、冲动、好斗的缺陷；恶劣的自然条件、简单的渔猎采集型的生产方式培育了东北人吃苦、耐劳、锲而不舍的品质，但又带来了经验性、被动意识的弊端。而关内迁移者的冒险精神渗入今天东北人的心理深层中，促进了东北文化中的"不稳定性"因素的形成，影响到现代东北文学，使冒险家和流浪汉的形象在东北流亡文学作品中形成了一个比较突出的人物系列。东北的地理位置和人文环境都为冒险家和流浪汉的产生提供了有利的条件。因生存的需要，勇武强健的精神在东北已经发展成为一种民风习俗，人们赞赏流浪、冒险的行为和精神。冒险家和流浪者早已成为现代东北文学中一种熠熠生辉、光彩夺目的景观，是现代东北文学的主要人物形象。

二是移民文化精神对作家本人的影响。东北流亡作家身上仿佛都潜藏着漂泊、移民的基因，体现着流浪汉精神特征。逄增玉先生说："为什么在中国现代文学史上，有一些作家同样从幼年开始经历了种种磨难，经历了人生漂泊并写出了相当出色的流浪汉小说（如艾芜和路翎），却没有形成萧军式的流浪汉精神特征呢？对此，只有既联系萧军的个人经历与个性（个性亦在很大程度上是环境的产物），又联系到东北那从远古的鸟图腾开始的、贯穿了千年历史的漂泊与自由的文化精神，才能得到正确、全面的理解与阐释。"他还进一步解释说："尽管还不能百分之百地说东北作家身上都具有上述特征，但就整体而言，同别的地域相比，东北作家确实较鲜明地表现出这种大致的、群体的性格特征，而萧军不过是其中的突出代表。"[①]李辉英、罗

---

① 逄增玉.黑土地文化与东北作家群[M].长沙：湖南教育出版社，1995：64。

烽、舒群、白朗、萧军、萧红、端木蕻良、骆宾基等作家自然也会自觉与不自觉地把自己的人格精神因素渗透于创作对象中。所以,先天或后天养成的流浪汉性格群体特征的现代东北作家,也不可避免把流浪汉和冒险家的人物形象作为自己作品的描写对象。

　　三是移民文化精神在东北流亡作家创作中的体现。20世纪30年代的东北诗人和作家穆木天创作的《流亡者之歌》,通过一个"流亡者"表达了对家乡的思念,萧军、萧红等东北流亡作家因时局变化而被迫流亡关内并发出的"歌哭"般的呐喊,同样也具有"流亡者"的精神气质。即便抛开这些战争年代的直接产物,在东北流亡作家平素的创作中,仍然可以看到大量的流浪者和冒险家活动的身影。端木蕻良《科尔沁旗草原》中的丁家这个"开拓者家族",可视为关东大地的移民们开拓和掠夺的历史缩影。一场严重的灾荒把以丁老太爷为首的一大批山东难以度日的饥民、灾民大量地驱赶到了关东的广袤旷野上,被迫流浪异乡的人们,不择手段地开始了充满原始血腥气息的生存竞争。当时的东北,有大片的土地等待开拓,这些难民过去的社会地位的差别已经不复存在了,他们面临着争夺土地以重新划分经济和社会地位。这些流人的发家史,再现了近代东北地区的开发和拓荒的历史。即使生活在一个物质富足的环境中,丁宁的年迈的父亲也不愿老守田园,自愿选择出去闯荡一下,最终客死异乡。在萧军的《第三代》中,几乎所有人物都出于种种原因而在不停地流浪和漂泊。农民们为了生存从乡村迁徙至城市,又从城市返回乡村。农民林青更是一个具有奇异的漂泊流浪经历的人物,他作为劳工去了俄罗斯,多年后,他又带着手风琴,唱着忧伤的思乡之曲回到故乡。土匪海交年轻时就已入了"绺子",他有过大队的人马,成堆的银圆,也有过很多洗手告别江湖的机会,但是,他不求名利,不喜欢女人,独爱这种漂泊不定、自由自在的"绿林"生涯,喜好这种浪迹天涯的冒险精神和闯荡的生活方式。

　　骆宾基《乡亲——康天刚》中的主人公康天刚是一个从山东来闯

关东的流浪汉，他为了赢得爱情而不惜一切代价，在山里经营着各种各样的苦差事，一直在采挖棒槌（人参）等。在他的身上没有一般流浪汉那种粗鄙放肆的性格特点，却拥有一种百折不回、永不言败的硬汉精神。康天刚最后赢得了老山参，可错过了爱情，失去了青春。东北严酷的生存方式磨砺了人们的意志和耐力，锻炼了人们对自然的适应能力，同时，也改造了人们的精神世界。

萧红的《红玻璃的故事》在揭示人生快乐的虚幻和幸福的遥不可及这个古老命题时，萧红以冒险家和流浪汉及其家人的悲惨命运和不幸际遇为小说情节，揭示了人生无论如何企盼、奋斗和挣扎，最终都只不过是一场幻灭的梦想而已。这些冒险家和流浪汉的命运凶险难测，亲人们的守候与无望期待，一代又一代的家庭，挣不脱这种悲剧性的"怪圈"的束缚，逃不脱苦难的阴影。萧红借此传达了自己的人生的悲剧意识。萧红自己即是一个被迫漂泊、流浪的女性，从反抗包办婚姻到逃避异族侵略者的迫害，她一直奔波在异乡的路上，最终又客死于战乱中的香港，几经漂泊和挣扎，终究未能摆脱悲剧性的命运。小说表现了她对健康、和谐和幸福人生的追寻和向往。

第二节　萨满文化精神对东北流亡作家小说创作的影响

历史性、地域性的内容是一种文化生成的本源。文化是由人通过社会实践所创造的精神财富，人是文化的载体。文化蕴含在人的活动成果和活动方式中，也体现在人们的精神生产、观念形态和生活方式中，人类创造文化，文化又塑造人。

据专家考证，我国东北地区无论从自然环境还是社会环境来讲，都天然地具备了产生原始宗教文化的丰厚土壤，这里就是萨满教的发源地。在东北这个游牧文化发达，农耕文化落后，传统文化底蕴并不丰厚的地方，萨满教文化一直比较广泛和深刻地在关东大地产生着影响，对人们的生产、生活方式和心理价值取向都发挥着潜移默化的能动作用。因而从萨满教诞生的那一天起，它的创世神话、自然神话、人类起源神话、族源神话、英雄神话就成为影响东北地域文化精神的决定性因素。在东北流亡作家的小说创作之中，仍然可见萨满教文化影响的痕迹。所以，作为原始宗教的萨满教，早已渗透到人们的生产生活和日常娱乐的各个方面，影响着人们日常生活和艺术审美等方面的选择和取向，长期浸润人们的心灵世界。

东北萨满文化，不同程度地影响着萧军、萧红、端木蕻良、骆宾基等东北流亡作家的小说创作，使东北流亡作家带着强劲的东北风在作品中把东北民风、习俗吹向中原大地。

一、萨满教及萨满文化精神

萨满，是北方民族的精神文化代表，与中国民间一般的神汉、巫婆相比，保持了宗教的庄严性和人类童年时代文化传承的质朴性。富育光称萨满是"原始萨满教这座神秘而扑朔迷离的文化圣殿中的最高主宰者"[1]。在萨满教中起绝对支配作用的是萨满。中国除儒教和道教文明之外，还有一种萨满式的文明。近20年来，中国的有关学者，在东北满族、蒙古族、朝鲜族、达斡尔族、锡伯族、赫哲族、鄂温克族、鄂伦春族等民族的萨满教文化调查中，采集到一批重要的神话资料。萨满教神话不仅是打开东北民族文化宝藏的钥匙，而且神话凝聚着民族精神文化的基原。因此，若要分析原始萨满教的观念、意识和活动方式及对文学创作的影响，就必须从关东文化的"活化石"萨满入手。

"萨满"一词见诸文献，当首推公元12世纪我国南宋时期徐梦莘

---

[1] 富育光. 萨满论 [M]. 沈阳：辽宁人民出版社，2000：5。

撰写的《三朝北盟会编》，书中揭示当时居住在我国东北白山黑水之间的女真人就已经广泛信奉以萨满命名的原始宗教——萨满教了，"兀室奸猾而有才……其国国人号珊蛮者，女真语巫妪也，以其通变如神，粘罕以下皆莫之能及"①。

"珊蛮"即"萨满"的同音异字，均出自女真语（满语）"saman"这个词。徐梦莘把"珊蛮"这种宗教主持者视为"巫妪"，是用汉族的观念和习惯做出的释义。Saman这个专用名词"似是从满语动词sambi派生出来的，sambi是'知之''知道''知晓'之意，动词sambi由词干sam和词尾bi组成，那么去掉bi，代之以an，就派生出一个词saman（萨满），其基本含义没有变，即可译作'通达之人''晓事之人''智者''贤者'等"②。显而易见，"珊蛮（萨满）"这个词自古以来就是东北亚通古斯土生土长的地方语。"萨满"多出自女性，类似于中原地区的"巫妪"。"萨满"一词在我国满——通古斯语族中的满族、赫哲族、锡伯族、鄂温克族、鄂伦春族中，具有"知晓""晓彻"的含义，所以我国有些学者认为萨满是能晓彻神意、沟通人类与神灵的中介，并由此认为萨满是本氏族的智者，渊博多能的文化人。

萨满教呈现出十分芜杂和异常具体的零散状态，萨满教的"神灵创世，神生万物"的思想观念始终缺乏一个自足的体系。它是在漫长的历史时期各民族对宇宙的认识基础上，逐渐形成的丰富多彩而又充满矛盾的思想体系。因为原始社会是人类认识发展的童年时期，人们的思维也有一个发展的过程。原始思维的发展基本上经历了由形象思维到抽象思维、由对具体事物的认识到对一般规律的认识这样一个认知过程。人们在抽象思维能力还很低的情况下，只能靠感性和主观臆想去观察和解释周围的世界。原生的萨满教是自发形成的，不是故意欺骗和蛊惑人心的，在无阶级的原始社会里，没有压迫和剥削，人与

---

① 徐梦莘.三朝北盟会编［M］.上海：上海古籍出版社，1987。
② 刘厚生.东北亚——萨满教的摇篮［J］.满语研究，1994（2）。

人之间也没有尔虞我诈的现象。萨满教思想所涉及的哲学问题也相当广泛，如宇宙的起源及模式，万物的产生、人类的由来以及主客体意识之关系、天人关系、生死关系、形神关系等，其中不乏朴素唯物主义和辩证法思想，体现着原始思维的鲜明特征。萨满教认为，在天地形成之前，宇宙是一个以云雾、水等自然物质构成的混沌世界。满族创世神话《天宫大战》将天地未分的混沌世界比作"像水一样流溢"的一片汪洋，创世女神阿布凯赫赫即生于水中："世上最古最古的时候是不分天不分地的水泡泡，天像水，水像天，天水相连，像水一样流溢不定，水泡渐渐长，水泡渐渐多，水泡里生出阿布凯赫赫。"①这首先肯定了宇宙的物质性和客观性。

从总体上来看，萨满教灵魂观是一个由诸多元素构成的体系。无论是原始宗教与人为宗教，灵魂观都是其核心。就灵魂本身而言，它是多元的、运动着的，贯穿于生命的始终。它以多元并存又相互联系的循环往复的运动规律对生命现象予以解说，从而构建了特有的生死观。作为一种多神教，萨满教的基本观念是集自然崇拜、图腾崇拜、祖先及人物崇拜之大成，以万物有灵论和灵魂不灭的信仰为其思想基础。人们普遍认为神秘的大自然充满着神灵，即相信在人世之外还有神灵世界的存在，广阔宇宙间所存在的众多生物或非生物乃至人自身以外的一切存在都是神之所在的地方。从天空到大地，各种自然物和自然力以及动植物等都曾是他们崇拜的对象，博大、富有的大自然养育了他们，并给予人们丰富的情感、不尽的财富、神奇的智慧和力量，神无所不在，无处不有。俄国学者博戈拉兹早在1910年就指出："萨满教是宗教发展的一个阶段，这个阶段与作为哲学发展阶段的万物有灵论相适应。万物有灵论是哲学，也是萨满教的神学。"②

在萨满教灵魂观中，萨满从出生、成为萨满以及一生的神事活动到离开人世，都与灵魂有关，受灵魂的制约。萨满是一个"专家"

---

① 富育光. 萨满教与神话 [M]. 沈阳：辽宁大学出版社，1990：228。
② 转引自郑天星. 国外萨满教研究概况 [J]. 世界宗教资料，1983 (3)。

（男人或女人），被社会认为能直接与超世界交往，因而有能力为人占卜。萨满教中多神崇拜最突出的特点是，各姓诸神有的是自然体、自然力的人格化神，有的是幻化成人形的动物、植物、自然物等，有的是具有象征生命的崇拜神物，有的是被认为与氏族有血缘关系、对本族系颇有贡献的亲属和祖先，他们是氏族的守护神。

萨满教文化有着广泛的群众基础。富育光认为："从国际萨满教文化圈来看，信仰与传播萨满教文化的国家与民族，属于地球北半部分的温带、亚寒带与寒带地域的文化传袭现象。"[1]关于它的兴起和传播途径，人们有着种种不同的推想和猜测，但现在学术界比较一致的看法是，萨满教是历史上以东北亚通古斯民族为核心的原始信仰，后来逐渐向西流传到北欧，向东经白令海峡（据考证，白令海峡古时尚为陆地）再传到北美的。我国学术界也有人认为："萨满教是随着蒙古利亚人种之迁徙而扩散的。因此说，世界各地的萨满教有着共同的渊源。"[2]中国东北地区和俄罗斯西伯利亚一带是最主要的发源地，而且就是在这一地区，萨满教表现得最为典型，保存得也最完整。很多中外学者也都持此观点，认为萨满教的发源地是通古斯，其他地区的萨满教是它的分支，都是以通古斯萨满教为源流而传播下来的。因此，孟慧英曾这样断言："中国通古斯语族民族的萨满教不论从总体上或从典型意义上来说，都是把握整个萨满教的一个独特的观察点，从一定意义上，甚至可以说是'制高点'。"[3]通古斯的萨满教影响了周围其他民族并逐步扩散到更广大辽远的地域。

萨满教产生的原因主要是为了满足氏族生存的需要。关东大地的自然生态环境与关内比相对恶劣，自古生长着原始森林，气候变幻莫测，一天中常常雨雪风雹交加，给原始人生活带来极大不便。东南漫长的海岸线，气候较西部陆地温暖平缓，然而，浓湿雾重，霜雾不

---

[1] 富育光. 萨满教与神话 [M]. 沈阳：辽宁大学出版社，1990：7。
[2] 康缠·卓美泽仁正刚. "本""巫"同源考 [J]. 青海民族学院学报，1987（3）。
[3] 孟慧英. 中国通古斯语族民族的萨满教特点 [J]. 满语研究，2001（2）。

断。渐向北进，则是坚冰不消的冻土地带。这样的自然条件下，北方古代人类的寿命是相当短暂的。所以，原始氏族诸群体为了适应和控制这块土地，他们首先必须具备起码的体质和体魄。在北亚和东北亚特定地域生活的原始氏族，为驾驭苦寒的环境而促发的一种生存向往和精神活力，是萨满教得以产生的温床和摇篮。在世界上原始宗教诸种类型中，萨满教最典型之处就在于重视治疗疾病技能的传统，例如，偶尔将一些草籽混入烤肉中，同伴吃后竟止住了腹泻，等等，萨满就会得到族人的景仰，成为氏族中非凡的智者，因为他为挽救族众的性命做出了贡献，满足这个特定区域的人们生存的需要。从这个意义上讲，萨满教具有很强的功利性和实用价值。

另外，渔猎游牧生产以及由此决定的生活方式，是萨满教赖以产生和发展的经济基础。我国北方少数民族长期生活在荒寒漠北，多以渔猎、游牧生产为主要经济形态。恶劣的自然条件、原始落后的生产方式、保守闭塞的人文环境，限制了生产的发展、社会的分工、集镇的形成和外来文化的传播。因而，氏族世代信奉的自然神、氏族守护神、祖先英雄神是他们的精神依托，遇有天灾人祸，人们自然去求助于萨满的庇佑，萨满教的信仰和观念由此便应运而生。

萨满教与中原和江南地区的巫傩不同。在奴隶制夏商两代，巫还有一定权威和显赫地位，到了周代，傩祭被纳入礼的规范，东汉以后，傩祭的主角是方相氏，巫只处于帮衬的地位。到了宋代佛教和道教的兴盛，巫只能撤退到偏僻的不发达的地区，去寻求生存和发展的温床。在中原地区巫只集中在春节出现，演变成为民间社火活动，主要以民间艺人和农民为主体，祈请关羽、钟馗和其他保护神来避邪消灾。萨满教则比巫傩幸运得多，由于特殊的自然环境和人文环境，萨满教得以保存完好，只是到了近代以后才受到各种政治和文化因素的冲击。萨满教中所保留鹰神、熊神、虎神和豹神等动物神，与特定的渔猎和游牧的生产活动方式紧密相连。巫傩中的财神、土地神和行业神等神系列有很大的世俗化和商业化的特色，只能属于巫傩的神系列，不可能进入萨满教的领域。萨满教带有一种渔猎文化的特色，而巫傩则是农耕文化的产物。萨满和巫师降神时也有很大差别，萨满神需要采取昏迷方术，表现为一种痴迷行为；巫师一般则是清醒和理智的，极少数巫师才有狂放沉迷的精神状态。萨满在特殊的状态中具有旋天术，能使自己的灵魂出窍，升入天穹，实现与上界的交往。萨满与地界的沟通主要是靠过阴、追魂和恶魔斗法等诸多形式进行的。巫师不具有这样的通神本领。

二、东北流亡作家小说创作中的萨满文化精神

20世纪30年代的东北，封建军阀混战不止，匪患猖獗难消，外族侵略掠夺，百姓在经济上和生活上都饱受苦难和摧残。长期生活在这片土地上的东北流亡作家亲历了太多的痛苦和不幸，接受了鲁迅的文化批判传统的萧红、萧军、端木蕻良还有骆宾基等人，在文学创作动机上就对萨满教持有一种明显的拒斥和对抗心理，作品中往往突出了萨满教的负面影响，把萨满跳神和封建愚昧联系在一起加以批判。此时，昌明"科学"与"民主"的新文化运动的潮流已经预示了萨满教文化退出历史舞台的命运。在五四新文化思潮的影响下，1919年，《泰东日报》《盛京时报》等报纸陆续刊登介绍新文化思潮的文章。那些觉醒的知识分子，呼唤科学与民主，反对专制与迷信，向愚昧的民众发出启蒙的呐喊，把文化批判的矛头指向麻醉人和愚弄人的萨满教。萧红和端木蕻良的小说都描写到了萨满教活动的场面。萧红小说的"文化形态因为本真，因为原始，所以在表现传统的落后文化对人的戕害，及对中国社会滞后发展的作用上，在展现关于生与死、关于空间的永存、时间的永动等生命体验方面，提供了一部形象的文学样品"[①]。

---

① 钱理群等.中国现代文学三十年（修订本）[M].北京：北京大学出版社，1998：309。

萧红在《呼兰河传》中把百姓愚昧封建、残忍无知与民间萨满跳大神活动紧紧联系在一起。小团圆媳妇之死，还有其他很多生活场面和事件也都与萨满教文化有着直接或间接的联系。萨满教文化的阴影使得呼兰河远离温情和人道，在萨满神魔束缚下，展现了人与人之间赤裸裸的原始野蛮关系。在中原和江南一带，儒家文化占据主流地位，以伦理道德压抑人的美好的天性。而在东北，儒家的文化观念相对薄弱，充满原始色彩的萨满教文化则是统治人们心灵、维持部族关系的律令和原则。与儒家文化相比，萨满教的"吃人"性质更加充满血腥味。在东北流亡作家笔下，萨满教对人的戕害，除肉体的摧残外（小团圆媳妇的死），更重要的是表现在对人的精神的毒害，由此造就了一群麻木的国民。他们或者精神怠懒、麻木不仁，或者性格变态、惨无人道，很难找到带有一点亮色的人物。尤为可怕的是，他们已经陷入这种麻木和残忍而不自知，相反，却以此作为他们的一种合理的生活方式。"他们照着几千年传下来的习惯而思索，而生活；他们是按照他们认为最合理的方法，'该怎么办就怎么办'。"①

> 粉房旁边的那小偏房里，还住着一家赶车的，那家喜欢跳大神，常常就打起鼓来，喝喝咧咧唱起来了。鼓声往往打到半夜才止，那说仙道鬼的，大神和二神的一对一答，苍凉，幽渺，真不知今世何世。
>
> ……
>
> 媳妇们对她也很好的，总是隔长不短地张罗着给她花几个钱跳一跳大神。
>
> ……
>
> 看热闹的人，没有一个不说老太太慈祥的，没有一个不说媳妇孝顺的。

---

① 萧红. 呼兰河传 [M]. 哈尔滨：黑龙江人民出版社，1979：6。

所以每一跳大神，远远近近的人都来了，东院本院的，还有前街后街的也都来了。

只是不能够预先订座，来得早的就有凳子、炕沿坐；来得晚的，就得站着了。

一时这胡家的孝顺，居于领导的地位，风传一时，成为妇女们的楷模①。

萨满教富有侵蚀性和诱导力，给人以精神上的麻醉，让人难以自拔。呼兰河的人们把能否遵循萨满教观念、借助萨满神事活动来驱灾避邪，视为衡量人们是否符合封建孝道的重要标准。

和萧红一样，端木蕻良也关注着故乡的萨满教文化对人性的戕害，萨满教文化也在他的视野中占据应有的位置。但不同的是，他对萨满教的认识比萧红更进了一步，在《大江》中描写了一个很有亮点的人物——主人公铁岭，表现了作家由对萨满教的心理对抗发展到行动的反叛。农民出身的铁岭在山里挖棒槌时，被日本和朝鲜浪人抢劫一空。他回到家中，正赶上给大哥跳神治病，对此，他非常反感和心痛："铁岭愤恨地在炕上躺着，并不参加这个巫祝的仪式。火烙的思想，在他头顶烫滚。家人这样乌七八糟的鬼混，使他彻底地感觉到自己放弃了林野生活的失算。他终于为了求生的欲望而不能坚持那剽悍的野性，回转家门来。他以为家是温暖的，'妈妈''哥哥'这些个称呼，都是好听的，而且会给他树林、山谷、风雪所不能给予他的一切。"②此时屡遭打击的铁岭清醒地认识到自己已失去"家园"，他感觉到极其的孤单和苦闷，对自己的家庭也暗自进行自我反省："家是更大的憎恨和仇恨的瘫瘤，这是无可回护的，这是他这几天的结论。"③在村人都沉湎于这种古老的巫术游戏的时候，铁岭已经下定决心离开

---

① 萧红. 呼兰河传［M］. 哈尔滨：黑龙江人民出版社，1979：106~108。
② 端木蕻良. 端木蕻良文集（2）［M］. 北京：北京出版社，1999：362。
③ 端木蕻良. 端木蕻良文集（2）［M］. 北京：北京出版社，1999：362。

这块与自己格格不入的土地。尤其是他动手打了大神以后，更难容于村人乡邻之间，他更加感到"家和枷一样，他必得跳出去不可，无论哪儿都可以，但绝不是家里"①。萨满教文化导致了乡亲们的种种愚昧和冥顽不化，乃至于他们面对一场已经降临的民族灾难，却全都浑然不觉，仍然沉湎于愚昧可笑的害人害己的迷信活动中。这些都使铁岭对家乡失去最后一线希望，同时也促使他走上了别样的人生道路，加入民族解放战争的行列中来。铁岭是一个自发地反抗萨满教的农民，因为他只相信自己，除此之外，没有什么信仰和崇拜，所以，他对萨满教有着天然的拒斥心理，如文中所写："他是原始的无神论者，或者可以说，他是原始的多神论者。他回到家里不信服那淫邪的花大神可以治好哥哥的病症，他徘徊在山上时，他不相信山神可以送给他更多的鹿茸。他从来便只是信任自己的体力，而且下意识从感情上对它存在着几分崇拜和袒护。至于体力是谁赋予他的，他没有耐心去想，觉得那是属于屑碎的病惑的邪教徒的事，而且这种不尽的推想，最容易引起恐惧和幻想。"②对萨满教的不满乃至反抗，在客观上成为他离开东北到关内投入抗日洪流中的动力，同时也在无形中成为决定他脱离蒙昧的群体而走向觉醒和斗争的必然命运。

在东北作家笔下，萨满教不但是毒害人民的精神鸦片，同时也是大地主发家致富聚资敛财的工具。端木蕻良在《科尔沁旗草原》中就有对萨满教十分具体的描写。丁家几代人为了积累家产，不择手段，在强取豪夺、独霸一方的同时，又利用了萨满教为自己财产的合法化寻找根据，借萨满之口来蒙蔽群众，说自己的发家暴富是神仙的旨意、上天的安排。萨满教成了地主阶级剥削人民、压迫人民的帮凶。

东北作家对萨满跳神的描写，虽然其旨意是为了暴露萨满教对人的毒害、麻醉和诱惑之深，以揭示为自己所熟悉的萨满教对人们身心戕害的惨重，但由于地域文化的传承和习染，在潜意识中也流露出了

---

① 端木蕻良. 端木蕻良文集（2）[M]. 北京：北京出版社，1999：384~385.
② 端木蕻良. 端木蕻良文集（2）[M]. 北京：北京出版社，1999：399.

对萨满教的一种复杂的感情倾向。作为萨满教神事活动的目睹者，这些东北作家在对萨满教持基本否定态度的同时，也隐约地闪现出了对萨满教娱神娱人相结合的"民间节日"功能的欣赏之情。萧红和端木蕻良在表示这种否定情感的同时，也在不自觉中投入了自己的热情，详尽细致地描写了萨满教活动的场面，包括萨满跳神的装饰和道具、大神脱魂、过阴的具体动作，以及大神所唱的神词、围观的群众的反响等。他们对这些东北民风习俗的描写，已经远远地超越了文学自身的审美价值，而成为地方史志研究者尤其是萨满教文化的研究人员的重要参考资料。从这种意义上说，萨满教作为东北土著的原始宗教，不能仅仅看作是一种精神鸦片，而是同时还具有世俗的审美和娱情作用。正如马凌诺斯基所说："任何形式的宗教，都是适应个人及社区的一些深刻的——虽然是派生的——需要的。"①20世纪30年代的东北流亡作家在以一种新的文化价值取向解析着国民性的同时，也不自觉地流露了对地域性文化的依恋，表现了东北人民对萨满教的一种"深刻的需要"。

与萧红颇为相似，端木蕻良在《大江》中对萨满教持否定倾向时，也不由自主地写到了萨满教存在的合理性的一面："这两个仙家第一流的忠仆，是针尖对着麦芒。说话是一口揸拉音，对答得又贴切又流利，村上远近人家大小孩子都爱听，到这里来看跳大神好像看一出大戏一样。"②"在荒芜辽廓的农村里，地方性的宗教，是有着极浓厚的游戏性和蛊惑性的。这种魅惑跌落在他们精神的压抑的角落里和肉体的拘谨的官能上，使他们得到了某种错综的满足，而病患的痼疾，也常常挨摸了这种变态的神秘的潜意识的官能的解放，接引了新的泉源，而好转起来。"③作者一面描写铁岭对家中为哥哥跳神治病反

---

① ［英］马凌诺斯基. 文化论［M］. 费孝通，译. 北京：华夏出版社，2002：84。
② 端木蕻良. 端木蕻良文集（2）［M］. 北京：北京出版社，1999：363。
③ 端木蕻良. 端木蕻良文集（2）［M］. 北京：北京出版社，1999：363。

感厌恶的心理活动,一面又插入了上述叙述人这段议论性的话语,这说明萨满教在这个特定地域人们的生活中占据了重要的地位,它可以融进人们潜意识中的情感世界,然后作用于他们的物质和精神实体,释放他们被自然界和社会生活所压抑的情感能量,从而在某种程度上克服不安和恐惧心理,实现他们的心愿,驱除病魔缠绕的阴影。正因为如此,所以有学者说:"经常性的萨满跳神给北方民族沉寂、枯燥、单调的日常生活不时吹去一股清风,带去一份振奋,送去一番喜悦。他们在观看萨满跳神的过程中体味和领悟到人生的欢乐与生活的美好,满足了自发的娱乐需求。在漫长的历史演进中,在当时的文化环境与条件下,萨满跳舞是北方民族独特的最够刺激的喜闻乐见的娱乐活动。虽然称不上唯一的娱乐形式,但是最主要最经常的娱乐活动。"[①]对萨满神事活动的书写,无形中也影响了这期间的东北流亡作家的创作风格和艺术基调。

第三节 "五四"文化精神对东北流亡作家小说创作的影响

五四新文化运动的影响,是东北流亡作家作品产生的直接原因。东北流亡作家的小说创作以其历程的曲折、构成的复杂,走过了艰难历程。

一、东北流亡作家的小说创作是"五四"文化精神的承继

"人的觉醒——思想启蒙"是"五四"的一个根本标志,这是对"五四"文化精神的一种评价。从"洋务运动"救国的破产到"戊戌

---

① 陈伯霖. 北方民族萨满跳神的原始娱乐功能 [J]. 黑龙江民族丛刊,1995(1)。

变法"兴邦的失败,"五四"先觉者们深深地忧患着国家、民族的命运,在反思过去文化的历史经验中,他们把思想启蒙、文化的现代转化视为当务之急。在"五四"到来之前,鲁迅就已经表达了自己"根底在人"的思想。"人的觉醒——思想启蒙"这一"五四"文化精神选择是先觉者们以自己所能,去关注世界,去干预"人心",达到对"国民性"和"民族灵魂"的拯救。"五四"前后的东北正处在军阀的黑暗统治时期。反帝反封建的"五四"爱国运动爆发后,其影响迅速蔓延到东北,极大地鼓舞着东北的知识分子,他们积极接受"五四"精神,汲取文学革命的养料,为东北新文学的孕育、成长创造了良好的条件。东北流亡作家是20世纪三四十年代承传"五四"精神的实践者,"五四"新文学一开始就将其审美视点置于张扬个性、反思传统的整体文化抉择中。萧红、萧军、端木蕻良、骆宾基等人,从不同侧面、不同角度对民族的劣根性、文化重负等社会意识进行了较为全面的挖掘与思考,这是对五四时期人的解放的文学主题的继承和发展。

萧红、萧军、端木蕻良、骆宾基等作家都来自东北农村那片神奇的黑土地。他们在成长之路中所看到的除了世代相承的封建统治外几乎没有经历过什么大的变动。20世纪三四十年代广大的南方农村已经掀起了轰轰烈烈的农民运动,而东北尚处于封建军阀的统治下,这是一个闭塞的宗法专制的封建社会。

萧红的《生死场》写着,直到村民们永没见过的太阳旗子在空中飘扬,这些古寂的村民们还不知道这是什么年月。这为萧红站在"五四"新文学个性主义、人道主义等历史起点上重新反思"国民性"的文化课题提供了独特环境和审美契机,她能从纷扰、动荡的时代潮流的底部,去揭示生命的真谛。萧红写作《呼兰河传》的40年代初,尽管南方农民土地革命已经成为不可抗拒的历史趋向,而广大的东北地区却仍处于日本愚民政策的统治之下,成为全国农村革命运动的"盲区"。萧红没有去捕捉土地革命、民族革命这些当时的"中心"议题,而是沿着鲁迅所开拓的"国民性"主题思考的文化指向,在民族危亡的历史时刻，敏锐地抓住造成民族危难的内在因素，把自己的触角伸向社会历史深处。在贫困文化和封建统治的特定历史环境中，挖掘出一再阻碍社会前进的病态文化心理，以刺痛、警醒民族意识的复苏、觉醒。

萧军也很重视考察乡土国民性的问题。在《八月的乡村》里，萧军笔下的小红脸、唐老疙瘩、刘大个子等农民战士，心里都凸现着安土重迁、恋家恋土的小农意识。他们参加革命时表现出小生产者特有的复杂心理。唐老疙瘩恋家与纪律涣散互为因果；小红脸的恋土则与他"自由地咬着烟袋去耕地"的小农平庸理想相联系。他们身上有着农民普遍存在的国民性弱点。萧军对这类国民性问题的揭示，最终是为了达到左翼文学的社会功利目的，是一种现实主义指向。而《第三代》对国民心理的剖析，对国民劣根性的批判再现出多维角度的文化指向。《第三代》中的汪大辫子比起《八月的乡村》中的农民战士，在内心积淀和文化心理反映上要厚重得多，复杂得多，典型得多。他是东北地域"阿Q"型农民人物的代表，他的心理是落后国民心理的集成；他的性格是老中国农民的典型——胆小怕事，又外强中干；愚昧、自私，又爱自作聪明；有小农生产者的狭隘、虚荣，又有小市民的伪诈、狡猾与势利。他像所有的关东农民一样恋土，盼望安居乐业，也像所有破产农民一样被迫离开家园，挣扎于现实之中。萧军让这个生活的可怜虫作为"落后的国民心理的箭垛"[①]，从他艰难求生、痛苦挣扎的生活命运和喜剧性格中，展示这个农民典型背负的精神重担，揭示封建文化对东北农民的迫害。

端木蕻良在作品中反映了他对东北地域文化形态的密切关注和深刻思考。他的乡土小说生成于对东北农牧文化的审视与反思中，总是联系着农牧文化的主体——土地和农民。他的创作全身心地浸入东北土地的气息、泥土的芬芳和东北农民的生活情感中。《大地的海》将

---

① 杨义. 中国现代小说史（第二卷）[M]. 北京：人民文学出版社，1998：544.

民族忧患意识、民族反抗精神与土地和农民交织在一起，从中展现出东北人民顽强的生存意志和富有生命张力的生活方式。作者笔下的农民在传统生活方式下受封建地主的剥削、受封建迷信思想的愚弄。《憎恨》中老朱全和圆子遭受到地主孙大绝后及管家麻算盘的欺压；《科尔沁旗草原》这部小说的灵魂是东北故土——科尔沁苍凉辽阔的大草原。在这片土地上，有当年山东难民冲破清廷禁令"闯关东"的垦土历史，有封建地主兼并土地、发家敛财的起落过程，有农民们为争夺土地而播下的爱与恨，洒下的血和泪。作家站在现代文明的理性角度，反省了东北旧的乡土文化形态，揭露奴役劳动人民的封建宗法制度。

二、东北流亡作家的小说回归于"五四"新文学

"五四"时代，首先是人的解放的时代，"五四"时代的启蒙主义者，输入西方的民主人权论，高扬"人"的旗帜，肯定人的价值，维护人的尊严，寻求个性解放、人格独立，形成一股汹涌澎湃的人道主义思潮。考察东北进步文学的源流及其基本特征，便能清晰地看到它与"五四"新文学的传统有着一脉相承的联系，无论在思想内容还是在行进步骤上，都有着向"五四"新文学回归的趋势。

二十世纪二三十年代的革命文学思潮更是如一阵春风吹进了严寒中的这片黑土地。萧红从创作之初就选择了"五四"以来由鲁迅所开辟的现实主义道路。她从不回避残酷现实中的苦难和不幸。她写贫困，写饥饿，写疾病，写帝国主义、封建势力给人民造成的种种灾祸，敢于正视淋漓的鲜血，直面惨淡的人生，展现出一幅幅惊心动魄的人生图景。这里有被地主一脚踢死的长工的寡妻（《王阿嫂的死》）；有忙碌一天饥肠辘辘带病为资本家画电影招贴画并遭到无情解雇的青年（《广告副手》）；有因为背着工头跑回家照顾哑巴祖父而被工头发现后活活打死的少女（《哑老人》）；有被捆绑着的不甘心当炮

灰的逃兵们，像一群被赶往屠场去的牲畜一样去接受军阀的杀戮（《牛车上》）；有耗尽了一生血汗而换得的却是主人的凌辱、毒打的老仆人，甚至被逼得想去自杀也得不到丝毫的同情（《家族以外的人》）；有深夜里被日本军蹂躏的妇女的悲惨的叫声和一片片被烧毁的房屋，一个个被挂在树上的头颅（《生死场》）；有狂轰滥炸，断垣残壁，"混合着人的肢体，人的血，人的脑浆"（《放火者》）……尽管这些"还不过是略图"（鲁迅《萧红作〈生死场〉序》），却是那么触目惊心，它们向人们展示了灾难深重的中华大地上的一幕幕人间悲剧。

萧军描写了农民们改变命运的强烈要求，东北人民反抗环境的文化性格，是一种"胡子文化"。在《第三代》中，萧军用了很大的篇幅写"胡子"生活。海交、刘元、杨三、半截塔、黄发等人，是一伙盘踞在东北羊三角山的绿林好汉。他们落草为寇也是一种原始强悍的反抗精神。

《八月的乡村》《边陲线上》《遥远的风沙》《大江》中的"土匪"，都是因外敌入侵而改变了原有的生存状态，使生命意识与维护人的尊严联结在一起。作家意在呼唤民族自救、振兴的力量。为了个性的解放，在中国共产党的号召下，举起抗日的义旗：绺子（《八月的乡村》）、煤黑子（《遥远的风沙》）、铁岭及一群猎户（《浑河的急流》）从愚民的状态顿开，成了抗日的战士，成为美的形象。此外还描写了一群追求个性解放的女性：水水（《科尔沁旗草原》）、杏子（《大地的海》）、水芹子（《浑河的急流》）、李七嫂（《八月的乡村》）、翠屏（《第三代》）她们率真放浪，温柔而倔强，充满原始的犷放的野性之美。可以这样说，东北人空前高涨的民族意识，使东北人的原始的生命力得以迸发。这是"五四"精神的回归，以实现生命的真正价值。

三、东北流亡作家的小说对外来文艺思潮的吸纳

与西方文化碰撞，接受外来思想影响，这是"五四"时期最为突

出的思潮和文化特征之一。没有中西文化的撞击、对比和汇合就不会有"五四"新文学的诞生。"五四"新文学与中国传统文学的相异之处在于：它从思想到形式、结构、表现手法，都曾广泛接受了来自外国文学的影响。在当时，俄苏文学、日本文学及西方文艺思潮对我国新文学的影响比较大，尤其是俄国和苏联文学对"五四"新文学的影响更为深刻。苏俄社会主义现实主义文学的奠基人高尔基的作品被一再地翻译成多种版本，被广大进步青年广为阅读传诵着。中国现代文学的先驱者们在创作实践中也体现出了外来文艺思想对他们的影响。鲁迅参照外国近代小说的格式，写出了《狂人日记》等一批中国现代小说的经典之作。其他著名作家及当时几乎所有的作家都不同程度直接、间接受到西方文艺思想和创作方法的影响，并在其作品中有所表现。

东北沦陷后东北文学置身于深重的民族灾难之中，在异常艰难的处境之下，除继承"五四"新文学的传统外，在自身发展中注重吸纳外来进步的文艺思潮，其受到外来文学的影响，因特殊的历史文化背景而呈现出复杂性与多元化。许多苏俄文学作品在报刊上仍能得到翻译和发表。东北的作家从不自觉地接受到主动地借鉴学习苏俄文化，使他们的创作显示出了一种新的生气。苏俄人的形象大量出现在东北流亡作家的作品中，在表现他们与东北人的交往关系中，在揭示其在艺术气质、风格情调等文化内涵中是息息相通的。东北流亡作家的创作明显地受到苏俄革命文学，尤其是受法捷耶夫《毁灭》与绥拉菲摩维支《铁流》的影响[①]。

《毁灭》与《铁流》在基本原型、主题与构思上，为东北流亡作家的小说创作提供了启迪。正如两部作品都是以战争作为规定情境和作品"底色"，东北作家也把沦陷后东北人民与侵略者之间的殊死搏斗贯穿于作品的始终，予以突出的表现。萧军《八月的乡村》、萧红

---

① 逄增玉. 黑土地文化与东北作家群[M]. 长沙：湖南教育出版社，1995：249~263。

《生死场》、端木蕻良《大地的海》、骆宾基《边陲线上》、马加《登基前后》、舒群《老兵》、白朗《伊瓦鲁河畔》，以及此外的大量中短篇作品，均广泛壮阔地描绘着东北大地上的抗争洪流。这无疑是《毁灭》与《铁流》给他们提供了珍贵参照，使他们同苏联作家具有了共识，反映了与《毁灭》《铁流》相似的主题，将战争视为难得的对人民、民族进行重新锻造与新生的历史之火，将东北人民的斗争同挽救危亡的民族斗争联系起来，在民族斗争、民族解放的历史高度和意义上描绘东北人民的历史性行为。

《毁灭》与《铁流》对东北流亡作家小说创作的影响还表现在人物形象的塑造上。小说中的三类人物形象在东北作家作品的人物身上留下了投影，成为人物塑造的模拟"原型"。

一类是群众中的领导者形象。如《铁流》中的红军指挥员郭如鹤，《毁灭》中的游击队长莱奋生。他们成了《八月的乡村》中陈柱司令和铁鹰队长的模型，性格特征上也相近。受《毁灭》的影响和启悟，《八月的乡村》的主角也是行动着、战斗着的群体——整个游击队。

二类是知识分子形象。《毁灭》中作为一个小资产阶级出身的知识分子形象的美谛克，不乏"浪漫"的革命热情和理想，所以在十月革命的巨大震动中，他能够产生共鸣，参加了游击队。但他也有失落感、幻灭感，在革命中动摇、怀疑、怯懦、自私，最终成为艰苦斗争中的可耻逃兵。东北作家作品中这种知识分子形象也为数不少。罗烽的中篇《归来》中所写的青年学生黎典，其人生及心理轨迹与美谛克几乎同源。他是一个参加抗日游击队的热血青年，在经受了战斗与死亡，动摇与幻灭，尤其是目睹了战友的牺牲之后，他当了逃兵。黎典就是美谛克的影子。萧军《八月的乡村》中也刻画了两个知识分子形象：萧明和安娜。尤其是萧明，身上所体现出的敏感、纤细、忧郁等诸多特征和知识分子气，颇类似美谛克这一人物形象。所不同的是萧明在崩溃中挣扎了出来，最终以"义"战胜了失恋的"情"。骆宾基的《边陲线上》也有同样的内容，在此类人物描写上，可以说东北作家在苏联作品影响下，又进行了适度的改装和变形。

三类是农民、矿工和底层人民出身的人物形象。这类人物的描写体现了两国作家审美观基本相同。他们首先揭示了这些下层人身上的弱点，《毁灭》中矿工出身的游击队员木罗式加，他身上有着浓厚的、放荡的、近于流氓式的矿工形象。《铁流》中的郭必诺老婆婆和郭必诺老头子，只关心着他们的房屋、牲畜和祖传的茶炊，难以摆脱和斩断与旧生活的联系，面对苏维埃政权一无所知。萧军《八月的乡村》中的唐老疙瘩，也是觉悟不高的游击队员，有着农民小生产者的生活和思想局限，诸如目光短浅、愚拙固执、不明大义。其次是描绘了在斗争中成为"新人"的扬弃旧我、毁灭旧我的形象，《铁流》中的郭必诺老夫妇的觉醒，《八月的乡村》中的李三弟、小红脸等人从向往小农生活到成为坚定的战士，都有相似之处。东北流亡作家的创作与《毁灭》《铁流》在艺术表现和审美风格上也存在着相似的地方，如节奏、情调、叙述方式、语气和风格上都有着影响。

东北流亡作家的小说创作充分体现着现实主义精神，他们以人生和社会问题为题材，特别注重写自己熟悉的生活，并且继续以暴露和改造"国民性"为己任，不放弃在更为深层的背景下的反封建主题以及对社会黑暗的揭示和对灰色人生的诅咒，表现新旧冲突，重视并强调写自己的生活经历，把自己故乡的东西写出来，反对作品趋时逐潮。同时他们在作品中对民族自立的潜在障碍及其封闭、落后而又愚昧、陈腐文化心态的历史进行了无情的批判。他们继承了"五四"文学革命传统，注重文学的"为人生而艺术"，这正适合东北人的务实，切合自己的精神文化特征和性格特点。

第二章　东北流亡作家

第一节　东北流亡作家的创作分期

东北流亡作家作为历史的客观存在物,有其自身发展形态和运动的过程。我们要历史地、系统地认识和把握东北流亡作家,就必须明晰东北流亡作家发生发展的轨迹。沈卫威先生在《东北流亡文学史论》中,从发生学角度,参照普里高津的耗散结构理论,对东北流亡作家进行如下分期[1]:(1)孕育(1931年之前);(2)降生(1931—1935);(3)崛起(1936—1937);(4)抖落(1938—1940);(5)分流[上、下](1938—1945、1940—1945);(6)复归。这样,沈先生以全新的角度和理论框架对东北流亡作家进行了宏观描述与微观梳理,但这种以"方法论"的划分方法,在著名学者逄增玉先生看来"有时确也难免生搬硬套、先有'理念'后找证据的拼凑贴签的缺点"[2]。

我们通过回溯历史发现,从1934年因日寇采取法西斯高压统治,致使舒群、萧军、萧红等"哈尔滨作者群"解体并相继南下开

---

[1] 沈卫威. 东北流亡文学史论 [M]. 郑州:河南人民出版社,1992:2~52.
[2] 逄增玉. 黑土地文化与东北作家群 [M]. 长沙:湖南教育出版社,1995:293.

始,到1945年日本投降后,部分作家回归故乡为止,东北流亡作家辗转于哈尔滨、青岛、北平、上海、武汉、临汾、西安、延安、香港、桂林、重庆等地活动,这些有代表性的东北作家,构成了现代文学史上的东北流亡作家。所以较切实的方法,还是以时间为经、空间为纬来研究东北流亡作家,可以厘清东北流亡作家发展的轨迹。

一、酝酿萌芽时期(1931—1934)

酝酿萌芽时期的东北流亡作家主要活动在东北的哈尔滨、长春、沈阳、吉林。由于地理的因素,作为地域性的东北新文学没有引起关内人的注目,日后成名的穆木天、杨晦、于成泽三位东北作家,是"九一八"事变前,因为在关内求学并发表诗、剧、小说而引起文坛关注的第一代作家。

在长春,穆木天早在吉林大学(张作相创办的吉林大学,校址在吉林市)任教的1930—1931年间,就写下了关注东北命运,唤醒昏睡中的人民的诗篇《又到了这灰白的黎明》《写给东北的青年朋友们》,作家个人的浓重忧患、伤感情绪泻诸笔端。1931年穆木天离开东北去上海时,在吉林车站写下了《永别了,我的故乡》一诗,表达了他对故乡真挚的感情和对日本侵略者的刻骨仇恨。他的诗较早地反映了"九一八"前东北的社会生活,同时也为后来的东北流亡作家的创作拉开关注故乡历史命运的序幕。

杨晦除1920年在沈阳第一师范短期任教外,大部分时间在关内教书。作为沉钟社的主要成员,他在1922—1926年创作话剧剧本,他的剧作都是取材于东北的农村生活,较为客观、真实地反映了东北农村的破败和下层劳动者的苦难。

于成泽(于毅夫)先后在南开中学、燕京大学求学,是文学研究会的成员。他是关内最早用小说反映东北生活的作家,曾为1931年后的东北流亡作家的崛起提供极大的帮助。

继穆木天、杨晦、于成泽之后流亡关内的大批东北作家，此刻多在学生时代，正在东北这一母体中汲取思想和文学的营养。至1931年九一八事变前夕，东北新文学在南满沈阳、北满哈尔滨已经有了自己的作家队伍和文学社团、刊物，并成为日后的东北流亡作家的基本雏形。

在沈阳，以东北大学师生为主体，文学园地由《盛京时报》《平民日报》《新民晚报》等报纸的副刊转向进步的文学期刊《冰花》《关外》《北国》《怒潮》《东北大学周刊》，并培养了郭维成、罗慕华、白晓光（马加）、李英时、叶幼泉、申昌言、赵鲜文、林霁融、张露薇等一批年轻的作者。在这些作者中，以白晓光最为活跃，他参与了《北国》《怒潮》《东北大学周刊》三个刊物的编辑，还写了《在千山万岭之中》（叙事诗）、《母亲》等作品。此外，林霁融的《鲜血》（散文诗集），张露薇的《情曲》（诗集），赵鲜文的《昭陵红叶》（小说集）等作品，在东北主要是在沈阳产生了一定影响，但此时，还未引起关内文坛的关注。

在哈尔滨，到1930年，以罗烽创办《知行刊》，塞克、金剑啸（巴来）主持《晨光报》副刊开始，形成了北满左翼文坛的"哈尔滨作者群"：罗烽、白朗、舒群、姜椿芳、王式斌、李文光、陈莹、金剑啸、塞克。其主要成员是中共地下党员。九一八事变发生后，三郎（萧军）、悄吟（萧红）、杨朔、黄田、金人、耶林等加入了这支队伍。在党的领导下，形成了控制《晨光报》副刊"江边"、《大北新报画刊》、《黑龙江民报》副刊"芜田"、《大同报》副刊"夜哨"、《国际协报》副刊"文艺"的局面。

九一八事变前后到1934年5月，大批进步文学青年相继离开东北，而早期在关外的东北籍文学青年又无家可归，被迫流落他乡。日本帝国主义武装侵略东北，催生了东北流亡作家这一群体。

二、形成发展时期（1934—1935）

九一八事变后，先后离开故乡的东北作家，大致停留在上海、北京、青岛三地，并各自形成相对独立的群体，他们没有统一的组织，是靠"乡情"这一内聚力自然生成的。他们共同唱着故土沦丧的歌，是无家可归的不幸使他们走到了一起。

在上海，以穆木天、李辉英为首，发出了抗日文艺的先声。收入《流亡者之歌》中的《别乡曲》和《守堤者》两首诗是穆木天控诉日寇对骨肉同胞的残杀，讴歌家乡人民的反抗斗争的作品，抒发了流亡者的思乡之情，也是当时引人注目的反映东北生活的反帝抗日的优秀诗篇。

1932年1月，李辉英在《北斗》上发表的反日爱国短篇小说《最后一课》，是东北流亡文学中的第一篇小说。他的长篇小说《万宝山》是以真实的"长春万宝山事件"为素材写成的，这部小说作为东北流亡作家小说的先声，揭露了日本侵略者的狼子野心及残暴行径。这部作品以独特的题材和形式，将全国读者的注意力吸引到沦丧的东北。

在北平，东北流亡作家的队伍基本上是两部分：一是原本在北平工作或求学的，如于毅夫、端木蕻良、高兰、李曼霖；二是东北沦陷，东北大学等高校内迁，从沈阳流亡关内的青年作者，如马加、师田手、刘澍德、石光、李雷、金肇野、张露薇等，他们以内迁的《东北大学周刊》等为阵地，其核心人物是中共地下党员于毅夫，他先后主办了宣传抗日救亡的《东北之光》《东北呼声》《东北生活》《快报》等刊物，北平的东北作家都在上面发表过作品。当时，马加、端木蕻良也是这一时期北平流亡作家的代表，他俩是北方左联的主要成员，马加主编过北方左联机关刊物《文艺月报》《星火》《文学导报》《黎明》；端木蕻良主办过《四万万报》《科学新闻》。这些作家在文学上多是刚刚起步，创作上没有形成群体特征，唯有端木蕻良、马加、李曼霖三人不约而同地写出了反映东北生活的作品：《科尔沁旗草原》第一部（端木蕻良1933年创作，1939年出版，长篇小说）、《登基前后》（马加1935年创作，1936年出版，中篇小说）、《高粱叶》（李曼霖1935年出版，诗集），三部作品都表现了对日寇侵略的憎恨，不愿做奴隶的人们的挣扎、呻吟及抗争。

青岛是东北流亡文学史上的一个中转站。"九一八"后，先是在沈阳的于黑丁流亡青岛。1934年日寇对哈尔滨文坛实施法西斯高压统治，致使"哈尔滨作者群"解体。舒群、萧军、萧红先后来到青岛。东北流亡作家在这里住了一年多，其中萧军、萧红完成了蜚声文坛、发出抗日的最强音的作品《八月的乡村》《生死场》，并初步制造了"东北流亡作家"这一群体的声势。稍后的东北流亡作家中的端木蕻良、骆宾基均以一种相应的"模拟意识"，创作了类似题材的长篇小说《大江》和《边陲线上》。

这一时期的东北流亡文学，还只是停留在自我生存意识之上，是一种谋生和对抗现实的手段，多数人还没有体现出鲜明的个性。作品的取材也多是自己熟悉的生活。

三、成熟鼎盛时期（1936—1937）

东北流亡作家的成熟鼎盛时期是在1936—1937年，这是东北流亡作家在文坛上立足定位时期，也是东北流亡文学最辉煌的时期。此时分散在北平、青岛的东北流亡作家开始云集上海，和先期到达上海的东北流亡作家会合，完成了东北流亡作家在上海的群聚，形成东北流亡作家这一群体。

东北流亡作家之所以在上海得以发展壮大，一是萧军、萧红身历血腥屠杀、惨遭迫害之危而投师鲁迅；二是鲁迅以无比宽阔的胸怀接纳了这两个举目无亲的流亡者；三是中国共产党和以鲁迅为首的左联的组织领导也为东北流亡作家在上海的发展打下了坚实的思想和创作基础，使东北流亡作家头脑中的文学之泉得以健康地喷涌。鲁迅及周围的人包括胡风、茅盾等人的扶持、推荐，使他们的小说《生死场》《八月的乡村》一时间成为畅销书。他们在上海"师承"鲁迅，鲁迅也为东北流亡作家的发展广为宣传，加以保护，使二萧在上海文坛一举成名。正因为二萧在上海成名，引来了流亡青岛的舒群、于黑丁、蔡天心，在北平的端木蕻良，还有原"哈尔滨的作者群"其他成员罗烽、白朗、金人、塞克、林珏、狄耕（张棣庚）、骆宾基，以及《大同报》副刊主持孙陵等，都循着二萧的足迹相继南来上海。他们的作品《生死场》（萧红）、《八月的乡村》（萧军）、《没有祖国的孩子》（舒群）、《呼兰河边》（罗烽）、《伊瓦鲁河畔》（白朗）、《大地的海》《憎恨》（端木蕻良）、《丰年》《山河集》（李辉英）、《山村》（林珏）、《白山黑水之间》（狄耕）、《东北之谷》（蔡天心）、《从东北来》（孙陵）都以相类似的题材、形式、风格，体现了东北流亡作家这一群体的崛起。在纪念"九一八"五周年之际，为了扩大东北作家的影响，呼唤全民族起来抗日，他们印了《东北作家近作集》，该集是1936年9月由《光明》半月刊社编辑，上海生活书店印行的一本作品集，内收罗烽《第七个坑》（小说）、宇飞《土龙山》（剧本）、穆木天《江村之夜》（诗）、舒群《战地》（小说）、白朗《沦陷前后》（小说）、陈凝秋《东路线上》（小说）、李辉英《参事官下乡》（小说）、于黑丁《九月的沈阳》（小说）。他们还创办了《报告》半月刊（萧军、舒群、罗烽参与编辑），编辑了《夜哨小丛书》（白朗、金人负责）。为东北流亡作家这一群体大造声势，这是作家们顺应时代潮流发展的一种自觉的意图的体现。

四、分流离散时期（1938—1949）

上海沦陷后，群聚在上海的东北流亡作家迁徙到当时抗战的中心武汉。1938年10月武汉失守，东北流亡作家向着重庆、延安、香港和桂林分流离散。

萧军、萧红、端木蕻良应李公朴邀请，赴临汾"民族革命大学"短期任教。在北平的雷加、马加、石光、师田守、蔡天心、金肇野等东北流亡作家早于上海的东北流亡作家奔赴抗日前线延安。"中华全国文艺界抗敌协会"成立后，文艺界的左、中、右团结一致，共同御敌，提倡文艺抗战，抗日成为时代的主旋律。于是，塞克、罗烽、白朗、舒群、李辉英、孙陵、狄耕等参加了丁玲领导的西北战地服务团或战地访问团，开赴抗战的第一线。萧军因去抗日前线未果，历尽艰辛，辗转到延安，与先到的东北作家塞克、狄耕、马加、雷加、黑丁、师田手、金肇野、张仃、李雷、高阳、梁彦等聚合形成了延安时期的东北流亡作家这一群体。

群聚延安的东北作家所选择的是"工农兵文学"模式，作品以大众化、口头化、墙头诗、街头剧、报告文学为其主要文学样式。

延安时期东北流亡作家这一群体形成的标志是1941年9月成立的"九一八"文艺社。他们以《解放日报》文艺副刊为阵地，成员有舒群、萧军、罗烽、白朗、马加、石光、李雷、狄耕等，在延安的全体东北作家几乎都参加了这个文艺社。萧军除了和舒群参与丁玲主持的《谷雨》的编务外，其主要精力投到《文艺月报》的主编工作和以此为阵地的"文艺月会"，及"鲁迅研究会"的日常事务。他们还为1942年1月22日去世的萧红展开了一系列的纪念活动，《文艺月报》第15期（1942年6月15日）出版了"纪念萧红逝世特辑"，体现了对难友的怀念之情。1945年9月，抗日战争胜利，东北光复，以萧军为首的大部分作家返回故土。他们有的参加"土改"，有的编报办刊物，从事文艺建设。

除延安的东北流亡作家外，萧红与萧军分手后，与端木蕻良几经周折来到香港。随后，穆木天、骆宾基、孙陵等也先后流亡香港。萧红、端木蕻良主编时代书店的"大时代文艺丛书"，1941年端木蕻良主编香港最大的文艺期刊《时代文学》。在鲁迅逝世四周年之际，应香港《大公报》记者、女作家杨刚之约，萧红、端木蕻良合力创作了纪念鲁迅的哑剧《民族魂》，发表在《大公报》上。1942年纪念鲁迅逝世之际，端木蕻良在他主持的《时代文学》上编发了"纪念鲁迅专号"，同时撰写了一系列研究鲁迅的文章。骆宾基来到香港后，因生活无望，得到了萧红和端木蕻良的接济，在《时代文学》上发表了长篇小说《人与土地》。病魔缠身的萧红也在极其困难的情况下完成了两部长篇小说《马伯乐》《呼兰河传》及短篇小说《北中国》《小城三月》，还在病床上口述，由骆宾基记录完成了小说《红玻璃的故事》，带着收获走完了人生之路。《科尔沁前史》《呼兰河传》《北中国》《小城三月》《人与土地》《水火之间》均为反映东北生活之作——记述家园的故事，抒发乡土恩情，展示抗战前的东北人的生活和精神世界。香港沦陷，骆宾基在萧红病重期间，冒着生命危险照顾萧红直到她逝世，体现了东北作家间真挚的友谊。

1942年夏，端木蕻良和骆宾基逃出香港，前往当时颇具盛名的文化城桂林。抗日战争爆发后，随着南京、武汉、广州等城市相继落于敌手，那里的文化界人士如作家茅盾、巴金、柳亚子、夏衍、欧阳予倩、田汉、王鲁彦也都云集桂林，与重庆、延安一起形成战时文化的主要地区。端木蕻良和骆宾基到桂林后，正是抗战最艰苦的年代，端木经过半年多的沉潜，忍受着失爱和被他人误解的痛苦，默默地撰写《科尔沁旗草原》第二部、《几号门牌》《初吻》《早春》《蝴蝶梦》《琴》《女神》等长短篇小说，此外还有大量剧本的创作。骆宾基完成了长篇自传体小说《幼年》、中篇神话故事《蓝色的图们江》、中篇小说《吴非有》、短篇小说集《北望园的春天》。同时他们还将萧红的《马伯乐》《呼兰河传》在桂林首次公开出版。穆木天、端木蕻良、骆宾基均为"文协"桂林分会的理事，他们积极参与各种进步文艺活动。端木蕻良、骆宾基和聂绀弩合编过《文学报》。主编《文艺杂志》的王鲁彦病重期间，端木蕻良还主动承担编务，体现了乱世飘荡下作家间的崇高情谊。流亡香港、桂林的东北作家，也是一种无组织状态下，靠乡情——写东北家乡的故事，寄托游子的乡恋和哀伤。他们所选择的是"怀乡文学"，以家园的象征"呼兰河""图门江""珲春""科尔沁旗草原"等物象，怀恋故土，抒发乡情。

第二节　东北流亡作家的小说创作历程

通过对萧红、萧军、端木蕻良、骆宾基、李辉英、罗烽、白朗、舒群等人的家庭、生活、学习和习作的情况的论述，来分析东北流亡作家文化精神的形成，以及对其日后小说创作历程的影响。

一、倔强的灵魂：萧红

（一）呼兰河的女儿

1911年"农历五月初五日端午节，著名爱国女作家萧红（原名张廼莹）出生在呼兰城（黑龙江省），其父张选三当时是呼兰著名绅士，民国时期曾任教育局长"[①]。萧红因生日不吉利而被祖母和父亲所嫌弃。这就造成了"萧红一生都生活在父亲的阴影中，父权专制和男性偏见一直在追逐着她，她在临终前仍无法摆脱这个阴影"[②]。

萧红的幼年，是在冷漠与疼爱的双重环境中度过的。一方面是那时家里由祖母当政，祖母嫌弃她，生母去世后继母对她也冷漠；另一方面祖父是个老太爷，对她充满爱怜和教诲。萧红的祖父张维桢，是一个赋闲在家的乡绅。在其他的一些散文杂记中，萧红也陆续用充满思念的笔调描述了这位慈祥善良的老人。祖父是萧红童年回忆中的中心人物，对她的一生产生过重要影响。

---

① 李重华. 学海飞舟——治学奇思放谈 [M]. 哈尔滨：哈尔滨出版社，1998：1.
② 黄晓娟. 雪中芭蕉——萧红创作论 [M]. 北京：中央编译出版社，2003：5.

我想，幸好我长大了，我三岁了，不然祖父该多寂寞。我会走了，我会跑了。我走不动的时候，祖父就抱着我，我走动了，祖父就拉着我。一天到晚，门里门外，寸步不离①。

祖父对她的溺爱和祖母、父母对她的责罚，两种强烈而又截然相反的情感冲突使她的性格变得孤独、倔强、爱反抗。萧红那恣肆任性、无拘无束的性格受到了父亲的限制，这给萧红的精神生活带来压制，内心中对父亲的仇视几乎贯穿萧红终生。这时，只有祖父一如既往地喜爱着她，庇护着她，作为生命一部分的祖父是她孤独中仅有的快乐。祖父经常带她到大约200平方米的后花园里去，教她做游戏、栽花、种草……也对她进行启蒙教育。后园子里面各种各样的植物，各种各样的花草，在萧红童年的记忆中是五彩缤纷的：

这花园里蜂子、蝴蝶、蜻蜓、蚂蚱，样样都有。蝴蝶有白蝴蝶、黄蝴蝶。这种蝴蝶极小，不太好看。好看的是大红蝴蝶，满身带着金粉。蜻蜓是金的，蚂蚱是绿的，蜂子则嗡嗡地飞着，满身绒毛，落到一朵花上，胖圆圆的就和一个小毛球似的不动了。花园里边明晃晃的，红的红，绿的绿，新鲜漂亮。②

这样的自然培育了萧红自由自在的、随心所欲的性格，也培育了她对自由的向往，更富有反抗精神，祖父是她文学创作的第一位启蒙老师。

正因为有祖父的疼爱，萧红于1920年到呼兰镇城南乙种农业小学

---

① 中国现代文学馆. 萧红文集［G］. 北京：华夏出版社，2000：154。
② 中国现代文学馆. 萧红文集［G］. 北京：华夏出版社，2000：151。

读初小。1924年秋,萧红考入了呼兰县第一初高两级小学校。① 这年,父亲做主,把她许配给省防军第一路帮统王廷兰的次子王恩甲为未婚妻。在祖父的辅导下,萧红读了不少的古文,培养了她对于古文的兴趣,她还热衷于绘画,这为她日后创作提供了条件。除祖父之爱外,她大部分时间是在没有爱抚、没有温暖的感情的环境中长大,这无疑深深地使她感到"我家是荒凉的",并形成了她孤独、寂寞的心境和极度自卑敏感的心理,使她在极度的压抑中进行特有的"自我关注",在对周边农家的生活和命运的观察中朦胧地关注着人的生存形态和生命价值。

> 我家的院子是很荒凉的。
>
> 那边住着几个漏粉的,那边住着几个养猪的。养猪的那厢房里还住着一个拉磨的。
>
> ……
>
> 他们被父母生下来,没有什么希望,只希望吃饱了,穿暖了。但也吃不饱,也穿不暖。
>
> 逆来的,顺受了。
>
> 顺来的事情,却一辈子也没有。②(《呼兰河传》)

1927年秋,萧红高小毕业后到哈尔滨考入东省特别区区立第一女子中学校读初中。在中学读书时,她深受"五四"新文化传统和革命文学的影响,也开始对文学世界的探索,表露自己在文学上的天赋和才华。她特别喜欢鲁迅、郭沫若、茅盾、冰心、丁玲、郁达夫、徐志摩的文学作品,在《娜拉走后怎样》《伤逝》《春风沉醉的晚上》《女神》《三个叛逆的女性》等作品的启示下去探讨人生的真谛,她对外国翻译小说《复活》《猎人日记》《屠场》《石炭王》和莫泊桑的短篇

---

① 李重华. 呼兰学人说萧红 [G]. 哈尔滨:哈尔滨出版社,1991:300.
② 中国现代文学馆. 萧红文集 [G]. 北京:华夏出版社,2000:185.

小说等也情有独钟。这些思想深刻的中外文学作品滋养了萧红，为她后来的现实主义文学道路打下了坚实的基础。萧红在课余也开始进行文学创作，写了一些诗、散文，用"悄吟"这个名字刊发在学校的黑板报上或校刊上，成为她文学道路的起点。"悄吟"是萧红最初用的笔名，被她解释为"悄悄地吟咏"。萧红十分喜欢这个笔名，在成名之后也经常使用。

1929年萧红的祖父去世了，祖父的去世让萧红非常难过，她在《祖父死的时候》中这样写道：

> 我懂得的尽是些偏僻的人生，我想世间死了祖父，就没有再同情我的人了，世间死了祖父，剩下的尽是些凶残的人了。[①]

萧红内心中仅有的一点亲情也随着祖父的去世而离去，家她已经待不下去了。1930年，萧红毅然离家逃婚出走，到北平女师大附中高中班就读，以此来抗拒包办婚姻及家族的迫害，开始过着漂泊流浪的生活，这一从家庭到社会的亲身经历，使萧红感受到一副更为冰冷、残酷的面孔。后来她被王恩甲巧言相劝，骗回哈尔滨。当他发现萧红怀孕后，钱已花光，趁外出筹集资金之机，一去无回，把萧红遗弃在东兴顺旅馆里。因欠费店主欲将她卖入"青楼"抵债。本可以向家人求救的她，却倔强地表示"那样的家我是不能回去的，我不愿意受和我站在两极父亲的豢养"（《初冬》）。这是萧红与家庭彻底决裂的心声，这也是对封建势力的挑战。这个浸透了新思想，渴望着自由解放，有着憧憬与追求的新女性，是不甘心就此一蹶不振的。于是她抱着一线希望向《国际协报》投了一封求救信。副刊编辑裴馨园收到她的求救信后，即委托萧军前去探望。当时萧红就住在东兴顺旅馆二楼

[①] 张毓茂，阎志宏. 萧红文集[G]. 合肥：安徽文艺出版社，1997：50。

一间原是作为储藏室的阴潮发霉的小屋中。

1932年7月13日，二萧在旅馆相见，立刻同时落入爱河[①]。萧红得知萧军正是自己钦佩的连载小说《孤雏》的作者，心里既羡慕又惊喜。萧军开始只是同情这行动不便、身体虚弱的女子，可是经过几次交往，并在萧红住的小屋内的一张纸片上看到了萧红写就的两首清新的白话诗和几个魏碑郑公文双钩的大字后，萧红的诗情画意、谈吐才气，深深地吸引了萧军，开始对眼前这位才情出众的落魄女子另眼相看。"7月14日晚上，萧军又到东兴顺旅馆，两个人没有经过什么仪式，就迅速地结合在一起了。"[②]1932年8月间松花江的一场洪水，旅馆除萧红和一个老茶房，别的人全跑了，萧红在这个老茶房的劝告下乘了一艘偶然从楼前经过的柴火船，终于逃离了东兴顺旅馆。萧军去接她的时候，她已经走了，按萧军以前留下的地址找到了裴馨园的家。萧红就是在这失去冷暖的社会里，辗转于哈尔滨——北平——哈尔滨，经历了难以言状的痛苦生活，受尽了欺骗和凌辱，深深地感到了人世间的"炎凉"。

与萧军结合前后萧红写下了《春曲》（一、二、三、四、五、六），这些诗表达了萧红对爱情的渴望与勇敢追求，萧红从此走上了文学创作的道路。1932年中秋，方靖远（方未艾）在《商报》副刊《原野》的特刊上，把萧红写的新诗中的一首《春曲》，与萧军为她而作的三首旧体诗《寄病中悄悄》一并刊出，并以此来庆贺二萧结合。现将特刊上二萧的诗略作分析：

春曲

这边树叶绿了。

那边清溪唱着：

姑娘阿！

[①] 季红真. 萧红传 [M]. 北京：北京十月文艺出版社，2000：99。
[②] 季红真. 萧红传 [M]. 北京：北京十月文艺出版社，2000：100。

春天到了。

寄病中悄悄

一

浪儿无国亦无家，只是江头暂寄槎。
结得鸳鸯眠更好，何关梦里路天涯。

二

浪抛红豆结相思，结得相思恨已迟。
一样秋花经苦雨，朝来犹傍并头枝。

三

凉月西风漠漠天，寸心如雾复如烟。
夜阑露点栏杆湿，一是双双悄倚肩。

三郎

萧红的诗，平凡，却出奇，弥漫着一种浓浓的化不掉的爱意，充满着泛神论的灵性。似乎没有什么创新的东西，仿佛不是在写诗，只是自然的谈吐，是在司空见惯的现象中捕捉住了人生的乐趣。小诗没有重彩浓墨涂抹，而是清新澄澈自然而然地扑眼而来，使读者在平凡中见奇特，为之悄然心动，因为诗的字里行间处处流露着人与自然、人与物、天与地之间的纯真精妙之气。

萧军的诗则借古诗词中常见的物象如鸳鸯、红豆、并蒂莲等，来表现他那种怜香惜玉的香艳气息，诗句没有萧红的清新自然的灵气。

在萧军和东北进步作家的帮助和影响下，萧红就这样冲出牢笼，并开始从事文学创作。是萧军抛砖引出萧红这块玉的，可以说萧军是萧红文学创作的又一个启蒙老师。"当年的哈尔滨的左翼文化圈，经常在道里新城大街牵牛坊活动，萧红经常和萧军出入那儿，从而结识了不少共产党和进步文化人士。在萧军和朋友们的鼓励下，萧红终于拿起笔来进行创作。"①1933年10月,他们在好友舒群、罗烽、白朗、金人、裴馨园等资助下,自费出版了小说散文合集《跋涉》,里边收录悄吟的《王阿嫂的死》《广告副手》《小黑狗》《看风筝》和《夜风》等五篇小说。

《跋涉》不久即遭到了日伪特务机关的查禁。友人中,编《国际协报》文艺周刊的罗烽被捕。1934年初夏,在先行去了青岛的舒群的邀请下,萧军、萧红离开哈尔滨前往青岛。二萧取道大连,一路南下,于1934年6月15日抵达青岛。在青岛期间,二萧在创作上异常勤奋,1934年,萧红担任《新女性周刊》的编辑工作外,在《青岛晨报》上发表了短篇小说《进城》。与此同时,她继续撰写在哈尔滨已经发表过的《麦场》《菜圃》的续篇——《生死场》。

1934年11月初,在鲁迅先生的吸引、感召下,萧红和萧军乘上一艘日本轮船,从青岛驶向光芒耀眼的灯塔——鲁迅先生所在的上海。他们是对未来充满着憧憬和希望而来,像所有未成名、生活贫苦的文学青年一样,前去拜会文坛大师鲁迅。为了便于和鲁迅交往,他们搬到北四川路一处叫永乐里的地方住下来了。路近了,萧军、萧红便成了鲁迅家的常客,鲁迅从萧军、萧红的衣、食、住、行等方面处处关心。因二萧感情的裂痕和萧红体质下降,1936年7月前,萧红去日本疗养,至1937年初春才回到上海,所以满打满算,萧红在上海实际不过住了两年半时间。在萧红赴日、鲁迅刚刚过世的这段空白般的日子里萧军曾有过一小段移情别恋的历史,从萧红日后一封充满幽怨之情的信来看,此事对她伤害之深,远出他人意想。

1937年秋,萧军、萧红应胡风之邀从上海去武汉,同胡风、聂绀弩等作家在武汉筹办抗战文艺刊物《七月》。该刊最初是在上海创刊的,因战争影响,只出版了两期,就由胡风先行移到武汉出刊。编辑除二萧外,还有端木蕻良、彭柏山、田间、曹白等。1937年底,抗日

---

① 黄晓娟. 雪中芭蕉——萧红创作论[M]. 北京:中央编译出版社,2003:18.

战争进入了十分艰苦的阶段，穷凶极恶的日本帝国主义者向中国派遣了侵略大军，华北战局越来越紧张。恰好这时，在晋南临汾创办"民族革命大学"的李公朴先生向他们发出了邀请，聘二萧任艺术系"文艺指导"，培养抗日人才。于是，1938年1月27日，萧军与萧红等人一起离开武汉，奔赴临汾。萧军后来与萧红在西安分手了。

1938年4月，萧红和端木蕻良一起回到了武昌，5月，"端木蕻良和萧红在武汉的大同酒家举行了简单的婚宴"①。由于和端木蕻良的结合，使得不少朋友对萧红有看法，参加婚宴的"朋友只有胡风、艾青等少有的几位前来助兴"②。其余的大多数来自住在武汉的端木蕻良方面的亲戚。萧红与端木蕻良的结合是爱情也是需要，尽管端木蕻良填补了她离开萧军之后心灵上的空白，但她依然未能得到起初所幻想的家庭温暖和爱。

后来萧红、端木蕻良也来到了重庆，在相对稳定的环境中，萧红创作了不少作品，她写了散文《放火者》和小说《朦胧的期待》《旷野的呼喊》《逃难》《山下》《莲花池》《孩子的讲演》等作品。

1940年1月19日，萧红和端木蕻良飞往香港。萧红到香港是要寻求一个平静、安宁的创作环境，这样的环境她似乎找到了，然而，她依然不快乐："我的心情是如此的郁郁，这里的一切景物都是多么恬静和幽美，有山，有树，有漫山漫野的鲜花和婉声的鸟语……这一切不都是我往日所梦想的写作的家境吗？然而呵，如今我却只感到寂寞！在这里我没有交往，因为没有推心置腹的朋友。"③她感到孤独，这就泄露了她依旧渴望人群的秘密。就是在这孤独、悲愁的境遇中，萧红写出了《呼兰河传》《后花园》等对故乡一往情深的恋歌，她在

---

① 孔海立. 忧郁的东北人端木蕻良 [M]. 上海：上海书店出版，1999：98。

② 转引自孔海立. 忧郁的东北人端木蕻良 [M]. 上海：上海书店出版，1999：99。

③ 转引自黄晓娟. 雪中芭蕉——萧红创作论 [M]. 北京：中央编译出版社，2003：29。

寂寞中回忆童年的种种往事，思乡之情紧紧缠绕着她。

萧红在完成《呼兰河传》后，开始着手长篇小说《马伯乐》的创作。萧红在重庆的时候，就酝酿写《马伯乐》。《马伯乐》可以说是《逃难》的续篇，马伯乐本人则是何南生性格的延伸和发展。小说用讽刺和幽默的笔触，刻画了懒惰成性、一无所能、自私自利、矫揉造作的马伯乐这样一个典型形象。萧红在写这部小说时，因病几次辍笔。萧红预计要把《马伯乐》写成三部曲，但刚写完第二部，她就一病不起，未能完成这部长篇小说的写作。在写作《马伯乐》的同时，萧红还写了小说《北中国》，描写一个儿子投身抗日活动之后，由于心情郁闷而终于精神崩溃的老乡绅。

1942年1月22日，萧红在骆宾基的护理下，走完了她的文学创作上光辉的十年路程的最后一段时光。萧红的一生似乎总生活在与命运的抗争之中，她以柔弱多病的身躯，面对离家、寻家、思家的种种苦难和坎坷，在民族灾难中，经历了反叛、觉醒、抗争的历程，历史的风雨和家庭的破裂交织在一起，使她的情感和肉体备受摧残。特定的童年生活，养成了萧红任性、倔强、叛逆的性格，曲折多变的人生经历，形成了她执着又敏感细腻、对自由独立不懈追求的个性。

（二）鲁迅对萧红小说创作的影响

在20世纪的中国文坛上，鲁迅作为一代文学大师，不仅自己拥有丰硕的成果，而且以宽阔的胸怀培养了一代又一代的作家。在鲁迅用心血培育的众多的青年作家当中，萧红是非常引人注目的一个。

在现代文学史上，萧红不是在深厚文化背景中成长起来的作家。在她的身上找不到浓厚中外文学的熏陶和滋润。在现代女作家当中，萧红是不幸的，她没有大多数现代女作家优越的家学渊源和诗书氛围，孤苦寂寞的童年，漂泊流浪的生活，使她年轻的身心俱受严重摧残。这些不幸的经历成为她日后创作的素材。可萧红又是幸运的，她出生在小康之家，又有着良好的文化教育，她的创作萌生于东北新文艺运动的沃土哈尔滨，又在文学大师鲁迅的引领下登上文坛，成为

"鲁门弟子"。鲁迅像一盏明灯，照亮了萧红的人生旅程，鲁迅的精神影响着萧红的一生。鲁迅的思想一点一滴地启发了萧红的创作，使她成长为一名有着深刻思想的优秀作家。

到上海后，萧红把鲁迅先生看作导师，特别是看作革命文学的旗手。对于萧红来说，鲁迅的影响可能更深一些。萧红除了把鲁迅当作崇拜的文学导师之外，还在鲁迅身上找到了多年寻求的梦想特质：睿智和热诚，这是她理想父亲的典型形象。萧红离家出走以后，几年社会上的漂泊生活，使她受尽了孤独之苦。遇到萧军后，她曾经有过一段时间的美好生活，可时间一长，萧军在某些方面的表现又让她感到失望。好在她遇到了鲁迅，她仿佛在鲁迅和许广平的家庭中，找到了游子的港湾。

在鲁迅的帮助下，萧红的《生死场》以"奴隶丛书"的形式出版了，鲁迅还写了序文。鲁迅在《生死场》的序言中指出："叙事和写景，胜过人物的描写。"这短短的12个字，肯定了萧红创作在叙事和写景上的长处的同时，又略为婉转地点出了萧红在刻画人物形象方面不够生动，还需下苦功夫不可。鲁迅担心萧红不理解他所说的这12个字的真实含义，所以，当萧红向鲁迅索要笔迹时，鲁迅又特意在1935年11月16日的回信中做了一番解释："那序文上，有一句'叙事写景，胜于描写人物'也并不是好话，也可以解作描写人物并不怎么好。因为做序文，也要顾及销路，所以只得说得弯曲一点。"[①]可见，鲁迅对萧红的培养是一片苦心。

鲁迅很喜欢萧红的作品，每逢和朋友们谈起青年作家的创作，鲁迅总是"认为在写作上看起来，萧红先生是更有希望的"[②]。《生死场》是"奴隶丛书"之三，自费"非法"印刷发行的。鲁迅对萧红的关心和培养，并不一味袒护，一方面肯定她的进步，哪怕是点滴的进步；另一方面对她思想和创作上的弱点，也总是给予实事求是的批

---

① 鲁迅. 鲁迅全集（第13卷）[M]. 北京：人民文学出版社，2005：584。
② 王观泉. 怀念萧红 [G]. 哈尔滨：黑龙江人民出版社，1984：16。

评、教育和帮助。

鲁迅对萧红的影响是多方面的，但最主要的、最关键的是鲁迅的精神特征"改造国民性"的文学及文学观对她的影响。萧红和鲁迅虽是两代人，还有着不同的身世和经历，他们却有着相同之处——不屈的性格、叛逆的灵魂，他们对人民大众的疾苦都十分同情，对中华民族的命运同样密切关注。这就决定了他们在文学创作目的上的一致，决定了萧红能自觉地接受鲁迅的文学主张，以指导自己的创作实践。萧红非常喜欢鲁迅的散文和小说并理解鲁迅的心：

> 那时我们最爱读的是鲁迅的《野草》，对作品的许多妙句和篇章，我们都能背诵。
>
> 有时我们结合文章，讨论人生的意义，讨论怎样做一个举起投枪的战士，奇怪得很，我们十分神往，做人就要像鲁迅写的那样去做。①

> 鲁迅的小说的调子是很低沉的。那些人物，多是自在性的，甚至可说是动物性的，没有人的自觉，他们不自觉地在那里受罪，而鲁迅却自觉地和他们一起受罪……
>
> 我开始也悲悯我的人物，他们都是自然的奴隶，一切主子的奴隶。但写来写去，我的感觉变了。我觉得我不配悲悯他们，恐怕他们倒应该悲悯我咧！②

这说明萧红同鲁迅的"韧性的战斗"精神以及对"中国人从来也没有争得过人的地位"的感知是相通的。鲁迅在评价萧红的《生死场》时，一再赞扬萧红的作品沟通了"住在不同世界"的人们，写出了"北方人民的对于生的坚强，对于死的挣扎"，预言它将扰乱"奴

---

① 李丹，应守岩. 萧红知友忆萧红 [J]. 东北现代文学史料，1982 (5)：115。
② 聂绀弩. 回忆我和萧红的一次谈话 [J]. 新文学史料，1981 (1)：187。

隶的心"①；鲁迅也正是从"改造国民性"的角度充分肯定了萧红创作的思想和文学价值。鲁迅认为"文艺是国民精神所发的火光，同时也是指导国民精神的前途的灯火"我们的作家应该"取下假面，真诚地、深入地、大胆地看取人生并且写出他的血和肉来"②。鲁迅的指示非常及时地为萧红指明了创作方向，她开始从自己所熟悉的题材入手，在她所熟悉的日常生活中发现具有丰富意蕴的重大题材。在这个时期的创作中，萧红开始试图建立自己的自主意识和独立品格，她像鲁迅一样，从文化角度来重新审视她的题材，当她站在现代文明的高度来反思她所熟悉的原始性的农村生活时，一种难以排遣的忧郁悲愤之情深深地搅扰着她，震动着她，她开始认真地思索几千年中国乡土社会的生存状态。其创作重点从揭露封建主义和帝国主义对农民的剥削压迫上转移到批判封建主义传统文化对人民的精神毒害上。萧红旅居日本时在给萧军的一封信中就曾谈及"民族的病态"和"病态的灵魂"③。她认为要改革中国人生，就要医治人民的灵魂。1938年夏季，在大后方的一次抗战文艺界的座谈会上，她发表了这样的见解："现在或是过去，作家写作的出发点是对着人类的愚昧。"④这表明萧红创作思想的成熟和深化。

  与鲁迅的作品一样，萧红的作品也以注重风俗画的描写为主要特色。长篇小说《呼兰河传》可以说是在鲁迅创作思想的影响和启发下写成的。这部小说十分注意显示灵魂的深度，表现在旧中国黑暗统治下人民群众的精神状态。整个小说真实再现了20世纪20年代东北农村黑暗、贫困、愚昧的社会生活画面，表现了作者对广大农民身心痛

---

① 鲁迅. 鲁迅全集（第6卷）[M]. 北京：人民文学出版社，2005：422～423。

② 鲁迅. 鲁迅全集（第1卷）[M]. 北京：人民文学出版社，2005：254～255。

③ 萧军. 萧红书简辑存注释录[M]. 哈尔滨：黑龙江人民出版社，1981：100。

④ 转引自葛浩文. 萧红评传[M]. 哈尔滨：北方文艺出版社，1985：166。

苦的深切同情。小说着力渲染了极端贫困封闭和封建势力、宗教迷信以及传统恶习的束缚，给人们精神造成的沉重负担，描绘了众多被社会扭曲的灵魂。随着《呼兰河传》一个个人物的出现，我们自然会感到像有二伯、王大姑娘这些人物，同鲁迅作品中的阿Q、祥林嫂总有些相似之处。这些人物遭遇的不幸，特别是精神上的麻木，存在着共同的地方，但又具有不同的地方特点和艺术特点。这正说明萧红学习鲁迅不是机械地模仿，而是接受了导师的思想，反复消化和思索，然后才去加工自己的素材，塑造自己的典型的。《呼兰河传》是萧红在创作思想上师承鲁迅的成功实践。由于经历、学识、思想等方面的距离，萧红对于"改造国民性"的探索远不如鲁迅那么深广，作品也缺乏鲁迅那样强烈的冲击力量和深邃的思想力度，却多了一份忧郁与万事俱备的个人体悟。

依傍和模仿，绝不能产生真艺术，这是鲁迅先生一向的观点。萧红不仅接受了鲁迅的小说学观点，而且又有所创新。萧红笔下的国民性突破了鲁迅常用的阴沉黯淡的格调，更坦然于个人忧患与生命的感悟的呈现，充分表现出自己独特的人生体验和丰富情感，同时又由个人的忧患扩展到社会忧患的层面。

在表达方式上萧红崇尚充分自由，她对写小说有她自己的理解。她说："有一种小说学，小说有一定的写法，一定要具备几种东西，一定要写得像巴尔扎克或契诃夫的作品那样。我不相信这一套，有各式各样的作者，有各式各样的小说。若说一定要怎样才算小说，鲁迅的小说有些就不像小说，如《头发的故事》《一件小事》《鸭的喜剧》等。"[1]她的小说就是突破了这一传统的"一定的写法"，而且具有自己鲜明的艺术特色。《呼兰河传》就是一部"没有贯穿全书的线索，故事和人物都是零零碎碎，都是片段的，不是整个的有机体"的小说[2]。萧

---

[1] 萧红. 萧红选集［M］. 北京：人民文学出版社，1981：2.
[2] 转引自黄晓娟. 雪中芭蕉——萧红创作论［M］. 北京：中央编译出版社，2003：54.

红不是一味地盲从或学步，她不为成规所拘，在小说创作上突出地体现了向传统挑战的创新精神，在不断的学习过程中形成了她独立的创作原则。萧红根据自己的秉性、气质、个性和才能，创造了人物的群像性、情节的情感性、结构的音乐性这样一种独特的"萧红体"小说，从而打破了传统小说严丝合缝的章法。这些特点固然使得萧红的小说"不像是一部严格意义的小说"，却"比'像'一部小说更为'诱人'"①，更具有艺术魅力。

这种魅力，还体现于萧红艺术风格的变化丰富，多姿多彩。鲁迅在评价萧红的《生死场》时就指出了萧红小说"越轨的笔致"。她以开放的胸襟把艺术才华的生命更新建立在探索精神上，勇于打破艺术的成规。在她不足十年的创作生涯中，既写出了严谨而宽裕的《手》《牛车上》，又有疏散而开阔的《生死场》；既有细致而婉约的《朦胧的期待》，又有粗豪而雄壮的《黄河》《旷野的呼喊》；既有幽默讽刺的《马伯乐》，又有清澈如泉水、蕴藉似深潭的《呼兰河传》《家族以外人》《山下》和《小城三月》。她不拘格套、不断出新的小说风格在现代小说史上是无可替代的。

鲁迅对萧红的影响是深远的，特别是使她的创作思想发生了深刻的变化。她在创作上继续着以前的追求，大量描写阶级压迫和民族解放战争中的民众，但更多的注意力集中在对国民精神的关注。她远离了抗日主潮，并形成了个性化的文学观。这是她能超越自己所处时代的重要原因，她的作品也不被同时代人所理解。这些变化，都是和鲁迅的影响分不开的，对国民性的重视是她和鲁迅先生心灵相通的地方。作品的主题更加深化，艺术技巧也更加圆熟。在鲁迅身边的这段日子，无疑是萧红创作的一个转折点。

（三）萧红的小说创作历程

萧红文学生命的起点和终点，恰恰连接了那个时代的两件大事：

---

① 转引自黄晓娟. 雪中芭蕉——萧红创作论［M］. 北京：中央编译出版社，2003：55。

九一八事变和太平洋战争爆发。在时代面前,她没有迎合革命化的群体意识的潮流,而是坚持站在个人生活积蓄及迸发的立场上抒写自我情感的体验,忠实于自己的情感和姿态的直接传达。她以对时代边缘人生命存在的关爱,为中国小说增加了亮点。

1933年5月21日,萧红终于写完了她的第一个短篇小说《王阿嫂的死》。小说写的是生活在社会最底层的劳动人民,是以勤劳、善良的寡妇王阿嫂一家的悲惨遭遇为主线,愤怒地控诉了地主对农民的残酷剥削和压迫。这种观照和反映生活的角度选择,一方面与她幼年时的一些见闻和萧军影响有关,另一方面也与当时的政治气候和文学潮流有关。刚刚从饥寒交迫中挣扎过来的萧红,一走上文坛就直面东北大地惨淡的人生,独特的命运和遭遇使她最关注的就是中国下层人民最基本的温饱、生存、生死等问题。这种内心体验与民族灾难的特定交织,使萧红小说的问世即带着鲜明的时代印记。之后,萧红便以悄吟、田娣等笔名不断在报刊上发表作品。小说散文合集《跋涉》中所收萧红的五篇作品就是创作初期以悄吟为笔名所写的。

萧红这一时期的创作,题材广泛,视野也比较开阔。有一些带有自传色彩的题材,如《广告副手》《小黑狗》《烦扰的一日》等;更多的是反映广大下层人民的苦难生活和不幸遭遇的作品,如《哑老人》《看风筝》《夜风》等。在这些初期的作品中侧重描绘了宏阔社会画面,刻画了农民、工人、革命者、市民、乞丐等类型众多的人物形象。从题材的选择上,可以看出萧红对社会问题的热情关注,对时代要求的积极响应。但由于萧红生活阅历和社会接触面的限制,她对革命和革命者都不够熟悉,造成了这部分作品在写作上多是从理性和概念出发,斗争的故事来自简单想象和概念化,在对生活的把握上比较浮泛、表面,缺乏深度,人物的塑造上也显得苍白没有血色。如《看风筝》中的刘成,在萧红笔下是一个没有个人性格的革命者。在《夜风》中长青母子开始是奴性十足,到后来的觉醒和反抗极其突兀,其性格发展缺乏必要的交代和铺垫。

1934年9月9日,萧红完成了她的中篇小说《生死场》。以《生死场》为代表是她小说创作的发展期。《生死场》描写了抗日战争前后的农村生活。它的前半部描写了东北农民原始的生活方式,展示了一幅幅农村日常生活的图景,透着北方白山黑水的苍茫、凝重与悲凉,极具真实感,这部小说是萧红对故乡生活刻骨铭心的体验。

在上海期间,她的小说重点表现的另一类题材是有关自我生活的题材。这以萧红出版的两个集子为代表。一个是《商市街》(散文集),署名悄吟,于1936年8月由上海文化生活出版社出版,被收入"文学丛刊"第二集第十二册。另一个是《桥》(小说散文集),署名悄吟,于1936年11月由上海文化生活出版社出版,被收入"文学丛刊"第三集第十二册。两部文集所收文章记述的是她和萧军在哈尔滨的一段生活,这类作品"多是记叙与生活搏斗的经历,以及流浪街头和饿得发慌的片段"[①]。萧红在题材选择上的变化,是她的自主意识在选材上的初步反映。同时也与鲁迅"不必问现在要什么,只要问自己能做什么"的教导有关,在此之后,萧红的创作中没有再出现工人和革命者的形象,她创作的视野越来越深地向内心世界反顾,从个人的角度出发来咀嚼自己的悲欢。总之,在这个时期的创作中,萧红开始尝试建立自己的自主意识和独立品格,在时代要求与自我意识中寻找一条更适合自己创作的路。

值得一提的是1936年6月15日,鲁迅、茅盾、巴金等六十七位作家联合签名发表《中国文艺工作者宣言》,反对内战,要求一切爱国文艺工作者把握住现实,担负起时代赋予作家的伟大使命,为民族独立、解放、自由而斗争,萧红就是最初的发起人之一。此后,萧红更加自觉地以爱国救亡为己任,同时寻找更加适合自己的艺术形式,对人生和现实进行了更深刻的思索,相继写出了《手》(载1936年4月《作家》第一卷第一号)、《马房之夜》(载1936年5月15日《作家》第

---

① 转引自黄晓娟. 雪中芭蕉——萧红创作论[M]. 北京:中央编译出版社,2003:62。

一卷第二号）、《孤独的生活》（载1936年9月5日《中流》第一卷第一期）、《王四的故事》（载1936年9月20日《中流》第一卷第二期）、《红的果园》（载1936年10月《作家》第一卷第六期）。

　　在这些小说中，比较具有特色，能够代表萧红文学创作发展轨迹的要首推《桥》和《手》这两个短篇小说。在这两篇小说里，萧红已不再局限于对故事情节的描写，而开始注重对人物形象的刻画。《桥》的主人公黄良子为了生计离开自己的孩子去给人家当保姆，主人家和她自己的家就隔一条河，孩子小的时候，河上没有桥，孩子不能过河，母子无法相见；孩子大的时候，河上架起了一座新桥，结果母子相见了，新的苦恼又来了，黄良子既心疼自己的孩子又怕主人家的孩子被打，两难之中又开始埋怨桥的存在。后来悲剧发生了，结局是黄良子的孩子溺死在河中，一个穷苦人家母亲的悲剧发展到极致。而这种悲哀，显得很深切，震撼人心。萧红此前作品中注重的是生活片段的介绍，还没有像《桥》中对黄良子这样细致的人物描写。萧红在《桥》里所塑造的黄良子这个形象，可算是她在人物刻画上的一次重大突破。而在《看风筝》（刘成）、《夜风》（李老太和长青）中的人物性格方面描写都显得有些单薄，前后行为也不尽合性格逻辑发展。即使是《生死场》中的一些人物描写也显得零散。而写黄良子时，作家通过矛盾的心理活动，写出了一位因生活所迫离开自己的亲生骨肉的母亲，对自己的孩子欲爱而不能的痛苦。在黄良子之后，萧红又塑造了一个更为深厚、凝重的人物形象——《手》中的王亚明。王亚明的悲剧与其说是命运悲剧，不如说是当时社会所造成的悲剧。王亚明是染缸房家的女儿，双手因为长期泡在染料中而变得发紫。正是因为这双"青手"，使她在学校里遭受一次又一次的伤害。同学的嘲笑、校长的侮辱、校役的歧视，再加上自己学习上的压力，使王亚明的自信一天天失去。刚入校时安然的诵读到后来变成了喃喃低语，"并且那两边摇动的肩头，也显得紧缩和褊狭，脊背已经弓了起来，胸部却平了下去。"在这样的困境中，王亚明并没有灰心丧气，她始终坚持着一个信念,那就是不能辜负家里把买盐的钱省下来供她上学的期望。在这个信念的支撑下,她一直努力学习,甚至在退学的前一天还坚持上完每一节课。虽然到最后王亚明还是被退学,跟着父亲走向迷茫的远方,但这个鲜明的人物形象永远留在了读者心中。另外,萧红在写这篇小说时,采用了第一人称"我"的视角,使人物显得真实、亲切,更容易走近读者。

1936年下半年,以《牛车上》的创作为标志,萧红的创作进入了成熟时期。《牛车上》(载1936年10月1日《文季月刊》第一卷第五期)、《家族以外的人》(载1936年10月11日《作家》第二卷第一、二期)、《亚丽》(载1936年11月16日上海《大沪联报》第三版)等都是相当有成就的小说。

如果说《桥》和《手》标志着萧红在人物形象刻画上有了突破性进展的话,那么《牛车上》的构思就更令人拍案叫绝了。短篇小说散文集《牛车上》里面收了萧红在日本东京期间写的五篇作品(短篇小说有《王四的故事》《红的果园》《牛车上》,散文有《孤独的生活》《家庭以外的人》)。无论是作品的思想意义还是艺术价值,都明显地超过了《桥》。其中《牛车上》这个短篇最具代表性,它多侧面地展示了丰富的人生内容。这一时期萧红不仅经受了感情的创伤和煎熬,而且又失去了鲁迅先生这一值得信赖的倾诉伙伴,她像大海上的一叶小舟在无可奈何的情况下驶向她曾经拥有的港湾——故乡呼兰河畔的土地上。她凭借记忆构筑起了属于她自己的新的精神家园。这篇散文式的小说从一个小女孩儿"我"的视角出发,讲述了一个在牛车上发生的故事:五云嫂向当过兵的车夫讲述自己丈夫姜五云当逃兵被捉最后被处死的故事。一个非常"开阔"的事件在"牛车上"这个有限的空间里得以最大限度地展开。作者烘托出的那些亦真亦幻的气氛:车夫和五云嫂之间的不一般的对话,"我"眼中的花、雾和后塘溪,以及我在半睡半醒间所听到的这个故事……都给小说披上了一层美丽的轻纱,云里雾里似的缥缈着,魅力无限。《牛车上》也显示了萧红创造形式的能力。小说的结构是一种散文化的结构,这并不意味着她的小说只是一些生活片段的随意堆砌。她的小说在开放中仍然有紧凑的结构性,在放任中仍然有内在的统一感。只是这种结构性和统一感不是来自事件之间的因果关系,而是取决于创作主体的心理情感逻辑。这种逻辑体现在萧红的创作过程中是与对象世界相拥抱、相撞击而产生的一种贯穿其创作过程的、具有高度审美价值的情感态度。也就是她从自己所拥有的生命的哲学意味出发,把这种主体意味激活,并呈现在物化的对象主体——作品之中,赋予她的作品以一种主观的、体验的普遍性,从而构成一个个意象。

从《马房之夜》《王四的故事》《家族以外的人》和《亚丽》等短篇小说到《呼兰河传》《后花园》以及《小城三月》等中长篇小说,这些作品无一例外地是从她情绪记忆中的童年少年生活中取材的。作品所描述的也都是她深切体验过的世事;描写的也都是一系列小人物的生活和性格,冯山、王四、有二伯、亚丽等各种人物的各式各样的生活,充分体现了萧红在现实人生的疏离中,对自在天性的坚持。她以抒写个体心灵的悲欢感悟,表现自我的特点,是以自己的天性反映人生,以个体心灵的悲欢感悟而自语。由此,批评界开始责难她脱离现实,而萧红留下的传世之作也正在这里。在这些题材中,萧红自觉而明确地表达了"改造民族的病态"这一创作思想,把那些貌似平常的日常生活与深远的历史文化背景结合了起来,使这些作品具有了深刻的思想高度,这已构成了她后期创作独创性的另一个方面。从此在中国现代文学史上留下了鲜明的声音和痕迹。而我们也由此看出,萧红在这个时期的探索中,确实在艺术上得到了一定的升华,创作出的作品也更加深厚有分量了。它们代表了萧红创作的最高成就,标志着萧红创作风格的最终形成,也标志着萧红确立最适合自己艺术个性的创作角度的最后完成,这既是她对"跋涉"时期的自我的超越,又为其后向艺术高峰的攀登做好了充分准备。

二、辽西凌水一匹夫：萧军

（一）一个桀骜不驯的文人

萧军，1907年7月3日生于奉天（今辽宁）义县沈家台镇下碾盘沟村（现属凌海市）。乳名"欢喜"，学名刘鸿霖。父亲刘清廉是个制作木器家具的细木工。母亲顾氏的父亲则当过小文官。萧军六岁就入本村私塾读书，从小就受中国传统文化的熏染。

据说萧军父亲性格相当暴躁。萧军七个月时，母亲因不甘受父亲用手中的鞭子抽打之辱，吞食鸦片自杀身亡。父亲的急躁、易怒，及母亲的宁折不弯，都在日后萧军的人格结构中留下了深刻的印记。自小没娘的萧军，格外得到了祖父、祖母和四叔、五姑的疼爱和娇宠，他的顽皮和淘气，在一种宽容的氛围中得到了卫护。但另一方面，来自父亲的管束却又是那样的苛刻，以致他从来也没有感受到，本应人人都能在童年所享得的父爱。这两种反差极大的养育方式，日复一日，铸就了萧军后来反差极大的两极性格：一方面养成了他对强势权力、对暴力的强烈反感，培育了他宁折不弯、倔强、执拗、刚烈和急躁的性格，这种性格与他日后在延安和东北所受的挫折有直接关系；另一方面，他对来自柔情的抚慰又格外敏感、容易动心和顺从服帖，后来他与萧红的结合也证明了这一点。自萧军记事起，便从他祖母、四叔和五姑那里，耳濡目染，接受了东北农村世代相传的民间艺文的熏陶和启蒙。萧军对粗犷强悍、抑强扶弱一类的壮美之举是青睐的，可常人的那种缠绵细语、柔肠百结的阴柔之类，则与他天然地缺少缘分和亲近，到上海后与萧红的矛盾乃至西北之行与萧红的分手也证明了萧军这方面的缺失。

十八岁那年他投奔吉林陆军三十四团，当了一名骑兵，改名刘吟飞，别号"辽西醉侠"，日后又取笔名酡颜三郎、田军、萧军等。"萧军"一名，据说缘于对京戏《打渔杀家》中的主角、老英雄萧恩的倾服，可以说他内心时刻弥漫着豪侠之气。九一八事变后，在吉林省舒兰县与友人密谋组织抗日义勇军，因走漏风声事败，萧军于1932年初，化名三郎只身潜逃至哈尔滨。这里是萧军生活道路中一个非常重要的起点。在这里，萧军正式开始了文学生涯，也正式成为党的地下组织所领导的革命文艺队伍中的一员。他以"三郎"的笔名，写了大量的诗歌、散文和小说。从戎期间，即1929年，萧军写出了他的第一篇白话小说《懦……》，以"酡颜三郎"为笔名，发表在当年5月10日沈阳的《盛京时报》上。小说愤怒地揭发了军阀残害士兵的暴行，愤慨于军阀虐杀无辜及兵士的麻木不仁，竟至将曝尸野外的兵士头颅当球来踢。接着萧军又在《盛京时报》上发表了《端阳节》《鞭痕》《汽笛声中》《孤坟的畔》等小说。尽管这些作品还是萧军的试笔之作，不免粗糙、幼稚，但真实、质朴、粗犷，确有一种震撼人心的力量。

举目无亲，贫困交加，萧军流浪哈尔滨的经历和情景，在最早的几篇小说如《桃色的线》和《孤雏》里都留下了浓重的一笔。萧军浪漫、感伤的心理郁积，交相呼应，彼此激荡，推波助澜地抒写穷愁与爱这两个主题。萧军的文才被《国际协报》副刊编辑裴馨园发现，裴馨园安排他进报社做"专访"记者，并且还将他安排在自己与人合开的小饭馆里食宿。可惜萧军没有就这段知遇之恩留下片言只字，实为憾事。

在萧军走上新文学之途的准备期，徐玉诺对他的影响也是至关重要的。徐玉诺（1894—1958），河南鲁山人，早年毕业于河南开封第一师范。1925、1926年间，他来到远离故乡的东北吉林毓文中学教书。在这远离经济政治文化中心的偏远一隅，偶然也可以见到《呐喊》《彷徨》《热风》《华盖集》《沉沦》《春水》《海滨故人》这些新文学作品，还可以买到《东方杂志》《学生杂志》《小说月报》《语丝》《红玫瑰》以及《礼拜六》等期刊。应该说，也多少能够看到20世纪初曾经短暂出现过的文化上的多元开放气象。大概是1927年，时任上士文书的萧军买了几本书（其中包括鲁迅的《野草》），并在公园里翻读时邂逅了徐玉诺。徐告诉他，《野草》他也读过，是"真正的诗"，陶元庆还替这本书做了设计装帧，表现了"我们现时代的象征"。直到晚年，萧军还曾动情地回忆："为了要理解这封面的意义，我曾苦苦地观摩、思索过，却原来那灰黑色是代表着暗夜的天空，白色曲线是表现着鼓动着的云，连点是代表着雨，那粗粗的几条暗绿色的横线就是野草了。这封面它使我当时曾感到一种阴森和近于恐怖、战栗……的感觉，即使我还不能够理解它所代表的更深刻的意义"[1]。此后萧军把鲁迅的其他几种著作，如《呐喊》《彷徨》《热风》及《华盖集》等，都找来逐一读过。徐玉诺是萧军所接触到的第一个新文学知名作家，徐玉诺对鲁迅的推崇，对青年萧军走向鲁迅，以及日后与鲁迅建立起情谊，起了重要的桥梁作用。

小说散文合集《跋涉》除收萧红的五篇作品外，还收了三郎的《桃色的线》《烛心》《孤雏》《这是常有的事》《疯人》《下等人》等六篇小说。萧军的这些作品展示了殖民地大都市人吃人的黑暗恐怖景象。尽管在思想和艺术上都还比较稚嫩，但它的生活气息是那么浓烈。萧军以遒劲有力的笔触勾勒出东北沦陷区都市下层社会生活的真实画面，揭露了日伪统治的"王道乐土"的黑暗现实，同情人民的不幸，热烈地歌颂人民的抗争精神。那豪放的艺术风格，浓郁的乡土色彩，引起社会的强烈反响。许多报刊纷纷评介，认为"从广漠的哈尔滨，它是一颗袭入全'满'的霹雷"[2]。

萧军到青岛后，对生活在这美丽城市中的劳动人民的苦难深表同情，为此，他写下了散文《好美丽的地方》和诗歌《期待着》《好轻松的……》，把他到青岛后的失望心情强烈地表达出来了。萧军早在

---

[1] 萧军. 鲁迅给萧军萧红信简注释录[M]. 哈尔滨：黑龙江人民出版社，1981：58.

[2] 转引自张毓茂. 萧军创作综论——为萧军逝世十周年而作[J]. 社会科学辑刊，1998（5）.

1933年春就在哈尔滨的《国际协报》上连载过《涓涓》。1934年6月，二萧到青岛后，萧军又在《青岛晨报》上将《涓涓》重新发表。因此，《涓涓》也是萧军的早期作品。1937年9月，萧军还在上海出版了单行本中篇小说《涓涓》。《涓涓》通过描写崇德女校生活，揭露旧教育制度的腐朽和黑暗，热情讴歌涓涓、莹妮、小娴、荷子等青年学生追求自由、反抗封建势力的斗争精神。《涓涓》虽然在思想和艺术上带有萧军早期作品的粗糙和稚嫩，但是那种直面人生、顽强探索、大胆抗争的精神，是与《跋涉》一脉相承的。当然，萧军这时最主要的精力是用来写他日后轰动中国文坛的成名作品《八月的乡村》。

1934年9月9日，萧红率先完成了她的中篇小说《生死场》，而萧军的《八月的乡村》还未脱稿。他们不知道这两部作品所选取的题材和所表现的主题，与当时革命文学运动的主流是否合拍。此时，他们想到了当时领导上海左翼文学运动的主帅鲁迅，就萌发了向他请求指导文学写作的念头。于是，他们怀着不安和希冀给鲁迅写了一封信。让他们意想不到的是很快就接到了鲁迅的回信：

> ……不必问现在要什么。只要问自己能做什么。现在需要的是斗争文学，如果作者是斗争者，那么无论他写什么，写出来的东西一定是斗争的。[1]

两人双双写完日后撼动中国抗战文坛的名著《八月的乡村》和《生死场》之后，二萧又向鲁迅发出一封请求指导创作的信，很快得到了先生诚挚的回应，他们立即决定前往上海。

二萧到上海后，马上写信要求和鲁迅会面，而此时的鲁迅已被当局通缉几年了。为了小心谨慎起见，鲁迅回信提出见面应当"从缓"。收到鲁迅先生的拒绝见面的信以后，萧军为此感到困惑。作为

---

[1] 鲁迅. 鲁迅全集（第13卷）[M]. 北京：人民文学出版社，2005：224.

局外人，他们对上海的复杂情况缺乏了解。

直到11月27日，二萧终于盼来了鲁迅先生的邀请信，这是鲁迅写给二萧的第七封信。1934年11月30日午后，根据鲁迅先生在信中的指示，二萧在内山书店见到了鲁迅，并一起来到了一家咖啡店。鲁迅向他们了解了东北的抗日情况，也向他们介绍了上海国民党反动派对于左翼团体和作家的压迫、逮捕杀戮的情况，以及左翼内部不团结的现象等。临别时，鲁迅还给了他们必需的生活费。二萧在这股伟大的温情的浸润下，辨清了该前进的方向，也增添了继续奋勇向前的新力量，从而形成了他们创作中的一个重要转折点。这最初的见面，让萧红、萧军对鲁迅有了永恒的尊敬。有评论者认为："这一接触，从政治意义上讲，是一个散兵和战斗主力旗帜的接触，一个失却阵地的游勇站在了大义之旗的卫护下；从思想上讲，是一颗天真而又不安的灵魂，找到了歇息的处所，一株正在萌发的嫩芽，淋浴到了雨露和阳光。"[1]

鲁迅在第一次会面时，指出了萧军的幼稚、大胆和鲁莽，并进行了劝导和批评，萧军对此非常感动。鲁迅在给萧军的信中还就稚气谈了自己的观点。

> 稚气的话说说并不要紧，稚气能找到真朋友，但也能上人家的当，受害。上海实在不是好地方，固然不必把人们都看成虎狼，但也切不可一下子就推心置腹。……我觉得虽是青年，稚气和不安的并不多，我所遇见的倒十有八九是少年老成的，城府也深，我大抵不和这种人来往。[2]

---

[1] 黄晓娟. 雪中芭蕉——萧红创作论[M]. 北京：中央编译出版社，2003：39.

[2] 鲁迅. 鲁迅全集（第13卷）[M]. 北京：人民文学出版社，2005：255～256.

在当时政治环境相当复杂的上海，也许正是因为他们的这点稚气，才能够如此亲近地走近鲁迅。鲁迅先生亲切的关怀，久久地温暖着这两颗远离故土、孤寂的心。萧军和萧红一直生活在北方，特别是东北，一旦到了上海，一切都是陌生的，一切都不习惯，言语又不通，心情是沉重而寂寞的。鲁迅的来信，是他们每天生活中唯一的希望，也是强大的精神支柱。钱理群对萧军、萧红与鲁迅在上海相逢，这样评价："这是'左翼文化界一方面的主帅'和'游击战士的会师'，毋宁说这是中国现代史上'父'与'女'两代的会合。——他们之间整整相距了三十年，却有着最亲密的文学的血缘关系。"①

鲁迅为萧军的才气、勇气和爱国热情所感动，第一次见面后鲁迅收下了萧军创作的小说稿《八月的乡村》。尽管叶紫、萧军、萧红此前都曾与鲁迅有过交往，但彼此并不相识。当时，二萧刚到上海不久，涉世未深，而上海的社会环境又十分复杂、险恶，加上萧军的个性倔强、耿直，鲁迅担心二萧不了解上海的名人、阔人、商人所玩的种种把戏，"碰顶子还是小事，有时简直连性命也会送掉"②，因而想为他俩找一个"向导"和"监护人"。鲁迅很了解叶紫，同情他苦难的生活，在与他的交往中，非常信任他。此外，叶紫的流浪汉的生活也与二萧经历相似，他们又都擅长小说创作，鲁迅认为叶紫当二萧的"向导"和"监护人"是最合适的人选，便寻找机会介绍他和二萧见面。

据《鲁迅日记》记载，1935年3月5日晚，鲁迅请他们三位以及黄源、曹聚仁在内山书店附近的一个广东餐馆——桥香饭店吃饭。饭后，鲁迅与叶紫、二萧临时开了个碰头会。会议的结果，就是准备成立一个组织，以便出版一套丛书，计划出十本外面书店不敢出的书：第一本是叶紫的《丰收》，第二本是萧军的《八月的乡村》，第三本是

---

① 钱理群."改造民族灵魂的文学"——纪念鲁迅诞辰100周年与萧红诞辰70周年 [J]. 十月，1982（1）：230.

② 鲁迅. 鲁迅全集（第13卷）[M]. 北京：人民文学出版社，2005：286.

萧红的《生死场》……为了政治斗争的需要，面对国民党当局的书报审查，他们采取了"私盐官售"的战法，有出版社出版，有书店发行，装出一个"合法"的样子，以不至于被马上禁售。于是，萧军便从《国际歌》的歌词中抽出了"奴隶"二字，作为社团的名字，叶紫便提出用他曾经开过书店的朋友李容光的名字，将书局定名"容光书局"，并为书局编了一个假地址。鲁迅很赞成这种策略。这套丛书几经周折，冒着极大的政治风险，最后由与黎明书店有来往的民光印刷所排印。发行则由鲁迅联系，在内山书店等处代售。这样，三部优秀的作品以"奴隶丛书"的名义出版了。

在上海这个都市里穿行的这段岁月，也许是萧军全部生命中最值得庆幸的欢悦远远大于痛苦的一段日子。除了师承鲁迅，与先生结下忘年之谊，还与聚集在先生身边的这样一批禀性正直、才气横溢的年轻作家、批评家朝夕相处、坦诚相见：叶紫、黄源、聂绀弩、胡风、巴金、黎烈文、周文、孟十还、吴朗西、靳以、曹聚仁……由于鲁迅的引荐，还结识了良友图书公司的赵家璧，编《文学》的傅东华、郑振铎，编《太白》的陈望道和编《新小说》的郑伯奇……

1936年10月19日，中国现代文学史上最伟大的作家鲁迅因病于上海寓所内逝世。鲁迅逝世的消息在评论界引起了极大的反响，很多作家、评论家都著文纪念这位文学大师，从鲁迅逝世到1936年底共计有1000多篇纪念鲁迅的文章发表。在编辑《鲁迅先生纪念集》时，萧军负责国内外各报刊悼文及"逝世消息摘要"的剪裁、选定、辑录，全部发稿、校对、分类、顺序的编定以及《逝世经过略记》的撰写。在悲痛之余，他写了两篇祭悼鲁迅先生的文章，一篇是《十月十五日》，一篇是《让他自己……》。前文是散文，后文是九封鲁迅书简的注释。

1937年秋天的上海，周边已经被日军占领，日本特务在市内恣意横行，绑架、暗杀事件不断发生。为了保存革命力量，党指示进步文艺工作者分批撤出上海。李辉英、罗烽、白朗、萧军、萧红先后去了武汉,端木蕻良去了浙江后到武汉,骆宾基先去浙东后到桂林。

1937年秋,萧军到武汉便同胡风、聂绀弩等作家在武汉筹办抗战文艺刊物《七月》。1938年2月6日,萧红、萧军、端木蕻良等人,相继从武汉来到临汾。2月间,日寇攻陷太原之后,兵分两路向临汾进军。民族革命大学决定撤退。此时,萧红和萧军除了感情上的裂痕之外,在思想认识上又发生了分歧。萧军要留下来和学校一起打游击,萧红则只想有一个安静的环境进行创作。萧红几乎是哀求地对萧军说:"三郎,我知道我的生命不会太久了,我不愿生活上再使自己吃苦,再忍受各种折磨了……"[①]但执着的萧军不为所动,坚持自己的主意。之后萧红就与端木蕻良等人结伴,和丁玲率领的西北战地服务团同路去了西安。萧军则前往内地参加抗日部队打游击去了。萧军去五台山受挫后,中途折到延安,恰好碰上了回延安办事的丁玲和聂绀弩,并一起回到了西安。此次,萧军与萧红正式分手,带着各自的遗憾,也带着各自的满足,从此再也没有见过面。萧军很快离开了西安,先去延安,后来又打算去新疆,投身那里的抗日救亡文艺工作。途经兰州的时候,萧军结识了王德芬,结婚后养育了八个孩子,并终生厮守在一起。

(二)鲁迅对萧军小说创作的影响

"哀其不幸,怒其不争",这是鲁迅对于农民以及所有愚弱的国民基本态度。鲁迅在自己的小说中,表现了中国旧式农民文化心态中的愚昧、麻木、自私、保守的特性,一种缺乏清醒的自我意识的精神状态。农民身上的这种痼疾,直接地束缚着中国农民的灵魂。萧军和萧红一样,也在鲁迅那里得到了文学创作的熏陶和滋润。徐玉诺是萧军走向鲁迅精神的带路人,在他的引导下,萧军把鲁迅作品看作是自己的精神食粮和思想武器。

"离去——归来——再离去"是鲁迅小说情节、结构的模式之

---

① 王观泉. 怀念萧红 [G]. 哈尔滨:黑龙江人民出版社,1984:27。

一,也称为"归乡"模式。无论是《祝福》《故乡》,还是《在酒楼》《孤独者》,叙述者在讲述他人的故事(如祥林嫂的故事,闰土的故事,吕纬甫、魏连殳的故事)的同时,也在讲述自己的故事,两者互相渗透、影响,这些归乡者一直在为生活而"辛苦辗转",却失去了精神的家园。萧军的写作生涯起始于民族苦难,他的命运遭际,随同民族苦难的播迁而起伏不定。萧军不仅自己天性酷爱自由、冒险与漂泊,而且还把对它们的偏爱投射于作品中。他写的《同行者》是中国现代文学史上不可多得的"流浪小说"。在作品中,作者通过"我"与一个陌生的行路人的一段同行,生动地刻画了一位具有美德美情、侠肝义胆的流浪汉形象,具有鲁迅早期的"飘零者"的形象和情调。在萧军的长篇小说《第三代》中,作者写的几组人物形象中,也都或多或少地具有或者体现出漂泊流浪的精神气质。一组是凌河村的农民,如具有抗争精神的老农民井泉龙、老农民林青及儿子林荣、汪大辫子的人生经历都呈现出"去——来——去"式的漂泊特征,这样的经历和情节亦不能不具有"飘零者"的特点。另一组人物是小说所写的"胡子"。在作品中,这些"胡子"脱离了土地的羁绊,不受任何旧世界的法律规章道德伦常的束缚,自由自在地在人生路上漂泊,胡子首领海交就是其中的代表,他是"绿林"形象和漂泊、自由、闯荡、抗争精神的化身。甚至从宏观上看,萧军的写东北抗日生活的长篇小说《八月的乡村》中,抗日义勇军在山村、山林中不停地行进与战斗,也是一种"漂泊"。

倔强的生命意志和生命力量是萧军小说创作的一个重要主题。萧军的小说表现了东北民众在面对严酷的自然环境和社会性压迫环境时皆表现出决不屈服的生命态度,表现出执着的生命意识和倔强的生命力量,充满着野性。关于野气,萧军在给鲁迅先生的信中,问他对自己的"野气"的看法,鲁迅在回信中说:

……不要故意改。但如在上海住得久了,受环境的影响,是略略会有些变化的,除非不和社会接触。但是,装假固然不好,处处坦白,也不成,这要看是什么时候。和朋友谈谈心,不必留神,但和敌人对面,却必须刻刻防备。我们和朋友在一起,可以脱掉衣服,但上阵要穿甲。您记得《三国演义》上的许褚赤膊上阵吗?中了好几箭。金圣叹批道:谁叫你赤膊?并且告诉他,文坛也是如此,"以后关于不知道其底细的人,可以问问叶他们,比较的便当。"[1]

萧军在小说创作中就是通过一种强悍犷烈的心理和性格状态体现出这种野气。而这种心理和性格状态,又往往通过语言、行为方式体现出来。萧军小说在人物塑造上就体现了与社会环境压迫搏斗中表现出地火狂风、排山倒海般巨大激情和力量的"雄强型"人物群像,如萧军《八月的乡村》中的铁鹰队长,《第三代》中的新老两代反抗农民井泉龙和刘元等人物都是具有沉郁的原野和朴厚坚强性格的人民。

关于文学创作方面,鲁迅先生在给萧红、萧军的信中还教导他们:"一个作者,'自卑'固然不好,'自负'也不好,容易停滞。我想,顶好是不要自馁,总是干;但也不可自满,仍旧总是用功。要不然,输出多而输入少,后来要空虚的。"[2]在这封信里,鲁迅很赞成萧军和胡风谈谈,因为他专门研究文学批评。

《八月的乡村》作为"奴隶丛书"之一种,于1935年7月自费出版,书前是鲁迅先生写的序,封面则是由先生请木刻家黄新波制作的一幅木刻。著者还接受了先生的建议,放弃了此前自己喜欢用的笔名"三郎",改用"田军"。丛书的另外两本分别是萧红的《生死场》和叶紫的《丰收》。这套丛书的出版,鲁迅起到了一个"总编"的作用。他不仅付出了大量的精力审改书稿,提出具体的修改意见,而且

---

[1] 鲁迅. 鲁迅全集(第13卷)[M]. 北京:人民文学出版社,2005:286。
[2] 鲁迅. 鲁迅全集(第13卷)[M]. 北京:人民文学出版社,2005:439。

还亲自为这三部书分别写了序言,鲁迅在《田军作〈八月的乡村〉序》中,指出《八月的乡村》之好处在于:"作者的心血和失去的天空、土地、受难的人民,以至失去的茂草、高粱、蝈蝈、蚊子,搅成一团,鲜红的在读者眼前展开,显示着中国的一份和全部,现在和未来,死路与活路。凡有人心的读者,是看得完的,而且有所得的。"①

"奴隶丛书"的出版之后,鲁迅断言,《八月的乡村》不仅"不容于满洲帝国",也将"不容于中华民国"②。果然,《八月的乡村》《生死场》引起了国民党当局的恐惧和恼恨,反动报刊也竭力进行诋毁,当局以"鼓动阶级斗争"的罪名,查禁《八月的乡村》等书。一些嗅觉灵敏的御用文人,不仅对"奴隶丛书"进行恶毒的攻击,而且阴险地向当局告发了二萧、叶紫和鲁迅四人。文中点明田军的真名是"萧军"(田军系萧军的笔名),萧红是田军的妻子,叶紫真名是"余日强"等。在三位作者受到攻击的情况下,鲁迅当即写信给叶紫并对他们给予鼓励:"对于小说,他们只管攻击去,这也是一种广告。总而言之,它们只会作狗叫,谁也做不出一点这样的小说来。这就够是他们的死症了。"③当局对"奴隶丛书"的查禁和御用文人的攻击与迫害,正说明了"奴隶丛书"对社会影响之巨大。此外,在左翼阵营内部也出现了一篇署名"狄克"的文章,通过对《八月的乡村》小说进行抨击进而来攻击鲁迅。这个人就是后来在"文革"中平步青云而最终臭名昭著的张春桥。是鲁迅仗义执言,为萧军撑了腰。《八月的乡村》不到一年时间再版五次,受到广大读者的热烈欢迎,鼓舞千千万万的人民投入抗日救亡的斗争,同时,很快被译成俄、英、日、德等数国文字,在世界上产生了广泛的影响,萧军也受到国际文坛的瞩目。

由于与鲁迅晚年的那段亲密交往,作为鲁迅衣钵继承人之一,萧

---

① 鲁迅. 鲁迅全集(第6卷)[M]. 北京:人民文学出版社,2005:296。
② 鲁迅. 鲁迅全集(第6卷)[M]. 北京:人民文学出版社,2005:296。
③ 鲁迅. 鲁迅全集(第13卷)[M]. 北京:人民文学出版社,2005:609。

军一度成了延安文学圈子中鲁迅的权威解释者，而此前此后，对鲁迅的解释，正在成为延安文化政策的组成部分。1937年10月鲁迅逝世一周年，延安陕北公学举行纪念集会，毛泽东到会发表演讲，这篇演辞后收集整理为《鲁迅论》，刊发在胡风主编、重庆出版的《七月》1938年3月号上。演辞指出，目前面临的伟大的民族战争需要大批精炼的先锋队来开辟道路，而造就这种先锋队，鲁迅具有示范的意义，"鲁迅精神"值得仿效。

当然，萧军在对人性深度的体验上，远远不及鲁迅。萧军为人豪爽且不免鲁莽，与鲁迅的沉毅不同，热烈有余而冷静不足，这样的头脑，要完全进入鲁迅博大、复杂、深邃的精神世界，是有困难的。萧军永不安宁的追索和承担的热忱，要比常人来得浓烈，但鲁迅所倡导的韧的战斗精神则明显不足。但另一方面，鲁迅的一些精神话语或经由鲁迅为中介的部分五四精神传统，毕竟还是渗入了萧军的话语和行为方式之中。像鲁迅的决绝精神，仿佛自信的过客，穿行在深山大泽间，拒绝一切诱惑，以此体验生命价值，而不愿以麻木和自娱来消磨时光，鲁迅那深刻的人生选择，有时甚至到了自虐般的激烈程度，在萧军身上，是不难找到对应点的。对个人精神立场的坚持，显然也来自鲁迅。

（三）萧军的小说创作历程

1933年10月出版的散文小说合集《跋涉》中所收的萧军六篇小说代表了萧军小说创作的初期阶段。这六篇作品，可以分为两类：一类以小资产阶级的知识分子为主人公，描述他们的不幸遭遇与痛苦生活。《桃色的线》中的星和朗是怀有"亡国"之痛的爱国青年。他们宁可抛弃"美之寄食所"——反动军队的舒适生活，而去忍受饥饿与穷困的煎熬，显示了正直的知识分子不为穷困而折腰的豪气。《烛心》依然表现了对知识分子命运的关怀。春星依靠卖稿子为生，在他的脑海中，只有"文章……稿费……文章……稿费"。他所说的自己只能用写文章"骗"点稿费，同样是一种不平之言。那篇《孤雏》较之《桃色的线》与《烛心》，同是表现小资产阶级知识分子苦难生活的作品，在视野上则有了扩大。它所反映的生活圈子已经从小旅馆扩展到军校，并接触到旧社会的某些黑暗角落。穷困驱使一对烈士的子女走向社会的底层。哥哥只能以卖稿为生，妹妹则准备以出卖肉体换取复仇的资本；另一个被军校除名的爱国青年顾大喟只能流浪异地，而贫困的妻子为生活所迫，不得不伸手乞讨，最后甚至忍着病苦抛弃了自己的婴儿。在这篇作品里，萧军无情地揭穿了作为旧统治阶级各种工具的本质，通过这对兄妹父亲的口，表达了反抗的怒吼。

上面三篇以小资产阶级知识分子为主人公的作品渗透着萧军对旧世界的强烈不满，作者一方面同情他们为生活所困的不幸遭遇，一方面赞美了他们对同处逆境弱小者无私关怀的善良心地。但尤为重要的，则是努力挖掘他们潜在的反抗精神。这种反抗，已经从内心的诅咒发展为公开呼喊，这是作品中值得注意的发展轨迹。这部分作品也有某些不足之处，这就是：虽然作品所体现的反抗意识是清晰的，但这种反抗力量是孤独进行的，带有不同程度的自发性，因而还缺少足够的力度。有的作品中反抗的方式还是以被扭曲的形式出现的，就更不值得肯定了。《孤雏》中烈士的女儿为了复仇，准备以出卖肉体的方式赚钱买手枪，这种自我牺牲精神就是不应该加以赞颂的。

在发表于1933年的三篇作品中，萧军的视野扩大了。他跳出了个人生活的圈子，开始把笔触从正直的小资产阶级知识分子逐渐移向劳动人民。《这是常有的事》还只能算是过渡性的作品。两个体弱的老人，以劈木柴为生，他们企图用体力来和青年人竞争生存的权利，结局只能以失败而告终。作品写了两个老人生活的艰辛，表现了对劳动人民命运的关切和同情。但在对造成劳动人民生活贫困的原因以及对劳动人民反抗意识的挖掘方面，还没有迈出新的一步。到了《疯人》《下等人》，新的因素终于出现了。作品已经从对劳动人民的同情以及对他们优秀品质的赞颂，开始接触到造成劳动人民贫困的社会根源——阶级对立的现象，反映了他们反抗意识的觉醒。《疯人》中的疯人并不是真正的疯人,而是个清醒的旧世界的叛逆者。他不相信只是保护资产者和特权者利益的上帝,他不需要慈悲、赐舍与同情。因为他清楚,那不过是统治阶级进行剥削的手段。这是一个全身充满了复仇与反抗怒火的"疯人"。在大街上,他控诉着人间的不平;在公园里,他要寻找久别了的春天的影子。这样的疯子,其下场自然只能是被送到疯人院。这就是生活在日本帝国主义统治下被称为"王道乐土"中的广大东北人民的处境。小说在结尾意味深长地做了这样的描绘:"我的眼前依然是那条悄静的大路,开展而伸长的大路,路的那极端,似乎也有些什么闪着光的东西在驰走,"一个"疯人"被抓走了,但是"闪着灰暗颜色眼光的疯人们,在一家百货店的窗壁下,又出现了两个……"反抗的火种是扑灭不了的,这显示萧军在这篇作品中思想的升华。在《下等人》中,这种反抗精神又有了新的超载。小说正面写到工人阶级以行动展开的斗争,这在萧军的创作中还是第一次。工人于四无缘无故地被捕,激起了群众极大的愤怒。他们不再停留于诅咒、呼号,而是举起了斧头,砍下了日伪反动统治阶级的爪牙——署长王国权的头颅,仇恨的火种终于在暗夜中点燃了。

另外,1933年萧军还写了一篇小说《涓涓》,这是萧军的一部未完成的长篇,是他在文学道路上的一个探索。与萧军后期形成的粗犷、豪放的文笔风格不同,《涓涓》中的场景描写以及心理刻画,都较为精巧、细腻。在作品中,绣雁伫立于窗口的遐思,涓涓病后黄昏的回忆,都写得楚楚动人。从总体看,这篇作品的文笔是属于涓涓细流这一类型的,自然与《八月的乡村》等作品的笔致并不一样。萧军原可以使他的文笔从小说中纵横两个剖面"粗犷"起来,他可以对揭露并反抗崇德女校的奴才教育以及李克被捕、阿芸惨死等内容,多增加些能够震撼人心的情节,并对之进行直接的细节描写,这也许会使粗犷的风格凸现出来。尽管这也并不排除萧军已经比较熟练地掌握了对人物心理细致入微的刻画这一艺术方法的运用,但现在,他把相当的篇幅给予女生之间的娓娓对话。对李克被捕、阿芸惨死等情节又均为侧面的大笔勾勒，这就使人有粗而不犷之感了。萧军最后之所以没有将这部作品"做他完"[①]，其原因之一，是萧军感到"现在"（到上海后）再提起笔来，"笔致也有些两样"[②]了。这"现在"，就是指他已经创作了《八月的乡村》与《羊》《江上》等一系列小说以后，其风格相异了。

长篇小说《八月的乡村》代表着萧军小说创作进入了发展期。强烈的爱国主义激情为创作这部小说在思想上准备了比较充分的条件。《羊》和《江上》是萧军继《八月的乡村》后写成的两个中短篇小说集，是他小说创作成熟的标志。《羊》收有《职业》《樱花》《货船》《初秋的风》《军中》和《羊》六篇，均完成于1935年。《江上》收有《鳏夫》《马的故事》《江上》和《同行者》四篇，其中前两篇作于1935年，后两篇作于1936年。

两部小说集，首先以题材的广泛与多样吸引了我们的注意。它接触到了萧军生活过的两个地区社会生活的各个角落：城市、农村、厂矿、学校、军队、监狱等。这里集中展示的是处于义愤世界的人民群众在生死线上挣扎的图景。《职业》描写一个处于饥寒交迫困境中的青年李和为谋生而误入歧途的心态变化。李和患有肺病，从事着一个伪满侦缉局候补书记的职务，成为日伪的爪牙也许对他来说是无奈的，因为他念念不忘的只是"十元寄家……十元吃饭……十元检查病"，而且他也厌恶日本宪兵和警察的夜间突然性检查，以及给犯人灌"辣椒水"等暴行。他为了多得几元额外的奖金，就不能不为讨好上司而干起使"亲者痛，仇者快"的勾当来了。这部小说鲁迅先生阅后推荐给当时的《文学》杂志。他在小说中以李和这样的人物作为作品中的主人公，并写了他对生活的选择，当然不是在赞颂，也谈不上对他进行鞭笞，而是通过对还有良知的失业知识分子李和的命运的处

---

① 鲁迅. 鲁迅全集（第13卷）[M]. 北京：人民文学出版社，1981：93。
② 转引自王科，徐塞. 萧军评传 [M]. 重庆：重庆出版社，1993：149。

理，从一个侧面来揭露日伪统治的残酷与腐朽。《樱花》以其深厚的思想内容尤为引人瞩目。在到了日夜想念的祖国并广泛接触了现实后，萧军迅速调整了自己的创作视角。日益增长的民族矛盾固然是他在创作中所要集中反映的中心，但被暂时掩盖起来的阶级矛盾也依然存在于社会生活之中，《樱花》这篇小说正是以对这两种矛盾的同时存在与相互交叉的生动描绘，展示给广大读者其独有的理性思考的价值。

萧军在这两个小说集中的创作取向，几乎都是来自底层世界，而他的视角也都集中于这个底层世界中人民苦难的生活。《羊》这部小说集的其余几篇小说无不如此。如《货船》中的水手们：那个发育不完全的小水手，那个怕要挨不到码头的老年人或在窒息的空气中晕倒，或在繁重的劳动中累病，他们成年累月地在海洋中漂泊着。《初秋的风》中的小印刷工人们，在充塞着墨油、机器油、煤油的气息中以及印刷机发出的叫声中每天要干十六小时，而且时刻担心被工厂开除。《羊》中的年轻农民，只是为了给母亲治病，偷了两只羊，就被投进了监狱，以致被折磨而死。在《军中》这篇作品中，我们看到老号兵由于早吹了五分钟号，被打得血肉模糊，几次昏厥了过去；我们听到马夫由于没有将缰绳吊好，跪在砖地上受到连长用马鞭狠命地抽打而发出的嘶号声。那些为地主所逼而走进旧军队的士兵们被扣、被刑罚，过着非人的生活。

在《江上》这部小说集中，萧军依然把他的笔触集中在东北沦陷前后的社会众生相身上。《鳏夫》中的主人公金合，一个勤恳而又本分的看林人，整整十年为地主栽树护林。他的愿望是极其自然的，要有老婆、儿女和可以足够耕种的庄田。在悲怆的牧笛声中，他度过了人间的四十年。

以上所有这些作品，向我们展示了这个底层世界的一幅幅悲惨的画面。这是不公平的世界。不管是在日本帝国主义统治下的东北沦陷区，还是在国民党反动当局下的祖国，都是如此。从小说中显示的图像来看，是那些当了走狗的独眼侦缉队长，是看管公园的日本人，是心狠手毒的赵连长，是以伪善面貌出现的于举人和骑着大马、雇着炮手的少东家于四，是在日本特务机关里有差使的印刷厂里的黄所长，是汽车里挟抱着女人的阔佬和阔少，所有这一切黑暗势力以及在这背后支持着他们的当权者造成了底层世界人们的不幸。如此广泛的题材从更大的空间反映底层世界广大人民群众的苦难生活，成为《羊》和《江上》两部小说集在思想内容上最突出的特点。这些在"五四"以来的现代文学作品中已经反复出现过的内容，由于其题材中的绝大部分都取自广大读者还不十分熟悉的沦陷前后的东北社会生活，这就使这些作品有了新的意义。

三、忧郁的黑土地之子：端木蕻良

（一）科尔沁草原的文学之子

端木蕻良，乳名兰柱（是谐音"拦住"的意思），原名曹汉文，后更名为曹京平，1912年9月25日生于辽宁省昌图县鸳鹭树村。由于这里土地肥沃，谷物品种繁多，适合农业和畜牧业的发展，吸引了来自山东半岛和河南地区的拓荒者移民。端木蕻良父系的祖先是当地到关东开荒斩草的原始老户，姓曹。经过几代人的发展，到他曾祖父曹泰的时候，已经成为当地的最大的地主，他在科尔沁旗草原上渐渐购置了一千多垧土地，还娶了一个满族夫人①。端木蕻良的祖父叫曹履安，是"曹泰的次子，但因为他的哥哥早年夭折，所以就变成长子"②。端木蕻良的父亲叫曹仲元，原名曹铭，是曹履安的第二个儿子。曹仲元曾到过上海等南方大城市，并接受维新思想，拥有一块维新标志的"党证"。他同情太平天国革命，也接受过孙中山的思想。他订阅了《申报》《字林西报》和东北的《盛京日报》，还经常托人从

---

① 李兴武. 端木蕻良年谱 [J]. 东北现代文学史料，1982 (7)：142.
② 孔海立. 忧郁的东北人端木蕻良 [M]. 上海：上海书店出版，1999：11.

商务印书馆买书。所收存的书报包括政治、历史、文学等古今中外无所不有，如《新遗诏圣书》《新三字经》《幼学诗》等共有四箱。这些书深深地吸引了端木蕻良，刺激了他的求知欲，为端木蕻良日后成为文学家奠定了基础。

  端木蕻良的母亲姓黄，叫黄春先，乳名阳春。端木蕻良的外祖父是满人，性情非常耿直，也是曹家长期的佃户，租种曹家的土地。端木蕻良的母亲共有五个兄弟，她是家中唯一的女孩儿，因长得漂亮而被已经有了妻室的曹仲元强行纳为妾。端木蕻良的母亲到了曹家后，就像一个不花钱的奴仆，没日没夜地做着繁杂琐碎的工作，遭受曹家的欺凌，端木蕻良的外祖父母因此而伤心，并相继离世。端木蕻良的短篇小说《早春》中所描写的母亲形象，有很多是以他妈妈的影子为模型的。

  端木蕻良的母亲先后为曹家生下了四个儿子和一个女儿。端木蕻良是她的第四个儿子。端木蕻良出生不久，由于当地土匪的不断骚扰，举家离开了他的老家鸳鸯树，逃到城里去了。他在《有人问起我的家》中说："我生长的村子叫'鸳鸯树'，在我出生后的一个月光景，就在一个狂风暴雨的晚上，在我母亲的乳房下，由着颠簸的大车，渡过了滚滚黑泥，突过了土匪的袭击，逃到了城里。从那以后，我没见过'鸳鸯树'。"[①]这就是说端木蕻良没有在出生地生活几天。端木蕻良说："打记事起，我已是城里人了，从来没回到我出生的地方，心中却一直想着它。从我母亲的话里，知道那村子叫鸳鸯树。我的哥哥们是在老宅子里生的，独独我是在鸳鸯树生的。当然，我对老宅子和新宅子都想去看看，可是一直没有机会去。"[②]在端木蕻良的脑海中是没有鸳鸯树的印象的。可端木蕻良在他的很多长篇、短篇、散文当中，都花费了相当的笔墨来描绘这个鸳鸯树村。这个鸳鸯树似乎在端木蕻良整个的生命中显得是那么重要，体现他的生命中对家乡、

---

① 中国现代文学馆. 端木蕻良文集［G］. 北京：华夏出版社，2000：374。
② 端木蕻良. 友情的丝［M］. 广州：花城出版社，1993：51～52。

对土地的情结。而这个家乡又都是他想象和虚构出来的，是建立在他那思乡怀旧的意念之中的。端木蕻良说："关于鹭鹭树村的许多故事，都是来自我母亲的话里，还有的是来自鹭鹭树的乡亲们口中所听到的一些情况，就和我想象中的鹭鹭树联合起来了，经过时间的推移，他们又在我脑海中生起了幻想。"①是幻想成就了他的写作。

端木蕻良"在六岁的时候上了县读小学，县读小学位于昌图城天齐庙的东堂"②，开始接受现代教育。1919年端木蕻良七岁了，他开始学写大楷字，能画画，能吟诗，经常偷读父亲皮箱里的藏书，也包括他后来研读终生的《红楼梦》。沙金成的《端木蕻良年表》记录：端木蕻良在六岁的时候"常常偷看父亲皮箱里收藏的《红楼梦》"③。端木蕻良因和曹雪芹同姓，而渐渐地又对整部作品产生了极其崇拜的情感。他说："《红楼梦》的作者，在我很小的时候，就和他接触了。我常常偷看我父亲皮箱里藏的《红楼梦》。我知道他和我同姓，我感到特别亲切。""我作了许多小诗，都是说到他。这种感情与年日增，渐渐的，我觉得非看《红楼梦》不行了。也许我对《红楼梦》的掌故并没有别人那么深，但我的深不在这里，而在'一往情深'之深。""我爱《红楼梦》最大的原因，就是为了曹雪芹的真情主义。"④是《红楼梦》把端木蕻良引进了文学的殿堂，为端木蕻良打开了一个丰富的世界。"曹雪芹的文学天才、哲学思想，以及广漠的视野、宏大的气派，还有在描写家庭小说时那种反叛正统的倾向……都是和端木蕻良极为合拍的。"⑤端木蕻良后来也说过："每次读《红楼梦》，不管什么时候翻开它，就会放不下，不管什么时候看下去，都会有新鲜感。"⑥

---

① 端木蕻良. 友情的丝 [M]. 广州：花城出版社，1993：51—52。
② 孔海立. 忧郁的东北人端木蕻良 [M]. 上海：上海书店出版，1999：21。
③ 沙金成. 东北新文学初探 [M]. 长春：吉林文史出版社，1989：157。
④ 夏志清，孔海立. 大时代——端木蕻良四十年代作品选 [M]. 台北：立绪文化事业有限公司，1996：417。
⑤ 孔海立. 忧郁的东北人端木蕻良 [M]. 上海：上海书店出版，1999：23。
⑥ 端木蕻良.《红楼梦》随记 [J]. 花城，1980（7）：99。

让我们感觉到的是端木蕻良从小就受曹雪芹作品的熏陶，曹雪芹成了端木蕻良理想的崇拜对象和追随者。

除了《红楼梦》以外，对端木蕻良影响最大的应是他的母亲。是曹雪芹和善于讲故事的母亲一起把端木蕻良引向文学道路上来的。端木蕻良的父亲时常不在家，端木蕻良的母亲就负责孩子们的情感教育。讲故事成了母亲与孩子的交流方式，端木蕻良的母亲常常通过故事的形式把曹家的历史和曹家的秘密告诉孩子们。端木蕻良就是从母亲的口中追根溯源地知道了母亲的遭遇，"母亲有时候把自己在曹家奴婢一般的生活也讲述给端木蕻良听，她的'语言丰富、生动而包含感情'，'有时哀叹，有时抽泣，有时挂着泪珠发笑'。通过她的口，曹家的历史便像胶片一样装到了端木蕻良的心中，故事所形成阴惨的影子，永远无法在端木蕻良的眼前拂去"[①]。作为自己的生身母亲，端木蕻良深深地感到她一生中都没有失掉童年，她的心一直没有嫁到曹家。正是由于母亲对他产生了如此的影响，他才有这样的感触："小时候，我看了过多的云彩和旷野，看了过多的老人的絮叨和少妇的哀怨。我母亲的遭遇和苦恼尤其感动了我，使我虔诚的小小的心里埋藏了一种心愿，我要为我母亲写出一本书。这种感情非常强烈，一直燃烧着我，使我没有办法可以躲过去"[②]。这种感情促成他于1932年在清华大学读书时，写成短篇小说《母亲》，发表在《清华周刊》上，母亲在他幼小的心中留下了刻骨铭心的记忆，他对母亲的遭遇和曹家的历史怀着难以言说的混合的复杂感情——有仇恨、敌对，也有崇拜、光荣感。从端木蕻良创作的作品中可以深深体会到母亲对端木蕻良的影响是巨大的，特别是对端木蕻良形象思维以及叙述故事能力的启蒙都具有很大的贡献。端木蕻良对他母系的亲戚也怀有一种亲情，他们兄弟虽没住过姥姥家，但他在与舅舅、表兄弟们的接触中感受到了他们生活的艰辛，并在小说中加以赞美。如《大江》《科尔沁旗草原》

---

① 孔海立. 忧郁的东北人端木蕻良［M］. 上海：上海书店出版，1999：24。
② 中国现代文学馆. 端木蕻良文集［G］. 北京：华夏出版社，2000：380。

对跳神的描写就是以大舅、二舅为原型；《科尔沁旗草原》的大山就是以大表哥大祥为原型创作的。

端木蕻良的父亲在他的成长中也起着决定性的作用。曹仲元由于经常去南方，接受了新的思想，也就是维新思想，他本人是个维新党。他同情太平天国革命，接受过孙中山的思想，藏有许多太平天国和孙中山的宣传资料，还喜欢收藏先进的书籍。父亲的书房给端木蕻良留下了很深的印象，他也为父亲的书房而感到骄傲和自豪，在小说《初吻》里，非常细腻而又富有感情色彩地描写了父亲的书房——静室，"他也说过《初吻》里的静室就是按照他父亲真实的书房描写的"[①]。从每一个物件、每一个细节的描写，可见端木蕻良对父亲的书房是情有独钟的。不难看出端木蕻良的父亲对于端木蕻良兄弟们的成长有着潜移默化的影响。他很重视孩子们的教育，而且思想十分开放。所以，1923年秋，一向信奉"教育至上"的曹仲元果断地卖掉了八十亩土地，让十一岁的端木蕻良第一次有机会离开他的科尔沁旗大草原，随着他的二哥到天津去读书了。他没有如愿进入南开中学读书，只好转入了美国美伊美教会办的汇文中学。但由于哥哥们在南开中学读书，所以端木蕻良就可以和他们同"住在南开寿康里"[②]。在天津"这个新的环境中，他怀着一种无法遏制的热情，迎接这些纷至沓来的新思想、新事物，贪婪地阅读各种新的书报，吸收新的知识"[③]，尤其喜欢阅读北京《晨报》副刊，在这上面端木蕻良看到了鲁迅、胡适等人写的文章。他还阅读了《语丝》《创造》《奔流》等杂志[④]，同时，他又读了很多文学作品，其中有叶圣陶的《火灾》《稻草人》，对文学研究会中的茅盾、叶绍钧、郑振铎等人的作品也很喜欢。他非常喜欢郭沫若的作品，"他甚至能把郭沫若的长诗《女神》一句一句地

---

① 孔海立. 忧郁的东北人端木蕻良[M]. 上海：上海书店出版，1999：30。
② 孔海立. 忧郁的东北人端木蕻良[M]. 上海：上海书店出版，1999：38。
③ 沈卫威. 东北流亡文学史论[M]. 郑州：河南人民出版社，1992：129。
④ 李兴武. 端木蕻良年谱[J]. 东北现代文学史料，1982（7）：146。

背了下来，并且从中获得浪漫主义的情调的感染"①。也是在这段时间里，端木蕻良开始接触到西方文化，对汉译本的托尔斯泰的《复活》产生了极大的兴趣②。这部作品和《红楼梦》一样引起了端木蕻良的共鸣，特别是主人公那种贵族气质、忏悔意识深深地打动了端木蕻良的心。他在作品中也仿佛看到了自己的家庭，看到自己和主人公的家庭、主人公的经历相似之处，并直接勾起他对阔别已久的那个在科尔沁旗草原上的古老家乡的思念和回忆。他说："五四运动以来，在我生命史上，印下最深刻烙痕的两部书，一部是鲁迅的《呐喊》，另一部就是托尔斯泰的《复活》。"③他对鲁迅的思想非常钦佩，也特别欣赏鲁迅那种对人的真实刻画以及对封建社会的无情抨击。他还对西方的电影产生了浓厚的兴趣，第一部感染端木蕻良的电影是根据《捕鲸》改编的《难兄难弟》。他从电影中吸取了对文学创作有益的营养，为他的文学创作增添了色彩。

端木蕻良在天津只读了两个学期的书。1924年军阀吴佩孚和张作霖开始了第二次直奉战争，加上日本的资本挤撞，端木蕻良父亲的信托交易所倒闭，无力支付学费，端木蕻良不得不辍学回到东北老家。然而，东北老家的落后、闭塞，教育的滞后，已经无法满足经过大城市生活的端木蕻良对知识的需求。于是，他再也没有回到县城学校去读书，在家自学，一待就是三年。自学的东西也是杂乱无章的，一些书籍是由二哥直接从天津寄来。他对新出版的文学作品更是狼吞虎咽地大量阅读，在炎热的夏日里，他曾"躺在那一棵倒在水面的树上"④把鲁迅的《呐喊》小说集一口气读完。天津短暂的生活使端木蕻良接触到、感受到了现代都市的进步思想。丰富多彩的城市生活给

---

① 孔海立.忧郁的东北人端木蕻良[M].上海：上海书店出版，1999：38。
② 李兴武.端木蕻良年谱[J].东北现代文学史料，1982（7）：146。
③ 端木蕻良.端木蕻良近作[M].广州：花城出版社，1983：313。
④ 端木蕻良：《有人问起我的家》，载《中流》杂志2卷5期，1937年5月20日，第286页。

这位走出科尔沁的草原之子打开一扇可以通往新世界的窗户,并接受了新世界的洗礼。当他再次回到草原时,已经是拥有新思想、新观点的少年。这个时期,他不仅读书而且开始练习写作,"今天写写这个,明天写写那个,诗都写上了,他的第一篇小说《真龙外传》就是这个时候写成的"①,写的是"一个耳朵不灵的长工,和这个长工悲惨遭遇的故事,很受鲁迅《阿Q正传》的影响"②。端木蕻良这部习作小说不仅没有发表,而且失传,但毕竟是他十二岁时的中篇习作。

土地是端木蕻良的创作之源,端木蕻良这一时期的最大的收获是来到了那片厚实的土地上,了解东北农村实况,熟悉当地风俗人情,深入农民情感生活。这是他第一次用心地去观察、注意农民的生活和劳动,了解他们朴实的思想感情。农夫们"耕耘时所唱的歌子,他已不只是觉得好听,而且还体味到了其中的哀鸣;牧童的芦笛,牧羊女的小曲,他能品尝到其中所含的世态、人情,从中了解到他们的憧憬、追求"③。通过和农民的接触,他体验、熟悉了农民的生活,了解到他们勤劳、质朴的性格,使自己在情感上感受到农民的顽强的意志和勤劳精神。这对生活的观察、感受和体验正是他后来创作《红良》四部曲原始的素材,以此来表达他对故乡、对农民的热爱。

由农村到城市,再由城市到农村,后来又到城市,这对端木蕻良来说是难得的。端木蕻良回忆起那几年在家自学的日子(1924—1928)时说:"如果那几年我不在家,就不能了解当时东北的情况。那时我只有十几岁,正是我吸收力感染力最强的时候……"④正因为从不同的角度去观察生活,才对生活有了独到的体会,这对他从事文学创作是很有好处的。1926年,正在端木蕻良求知欲和吸收力最强的时候,他

---

① 李兴武. 端木蕻良年谱[J]. 东北现代文学史料,1982(7):146。
② 孔海立. 忧郁的东北人端木蕻良[M]. 上海:上海书店出版,1999:41。
③ 沈卫威. 东北流亡文学史论[M]. 郑州:河南人民出版社,1992:130。
④ 转引自孔海立. 忧郁的东北人端木蕻良[M]. 上海:上海书店出版,1999:43。

目睹了自己所处的大家族的种种家事,更重要的是经历了曹家这座大厦的倾覆的过程。曹仲元因交易所倒闭,投机高利贷又亏损,最后积劳成疾,染病而亡。当时端木蕻良才十四岁。这惨痛的一切,在他记忆的长河里都激起过情感的浪花,他在回忆这段经历时说:"我亲眼看见了两个大崩溃,一个是东北草原的整个崩溃下来(包括经济的、政治的、军事的);一个是我的父亲的那一族的老的小的各色各样的灭亡。这使我明白了许许多多的事务。就像在一个古老的私塾里我读完了我的开蒙的一课一样。"① 剧痛的事实在端木蕻良的心灵上留下了极深的伤痕,鲁迅也曾饱含伤感地说过:"有谁从小康人家而坠入困顿的么,我以为在这途路中,大概可以看见世人的真面目。"② 历史的变革和社会的动荡在这个家庭中的巨大反映,使童年和少年时代的端木蕻良身历了一个大家庭由昌盛而坠入困顿的严峻过程。曹氏家族辉煌的过去和没落的过程给端木蕻良以后的文学创作留下了巨大资源。日后在他发掘这个资源的过程中,曹家的历史不断地被强化、虚构并注入了浪漫的色彩,这对端木蕻良哲学观、历史观的最初形成都产生了极大的影响。从端木蕻良早期的叙事性小说和晚期的历史传记性小说里,都可以看到他对家庭、对出生的故土、对故土的历史似乎有着一种特殊的理解。

1927年秋,端木蕻良入南开中学读书。九一八事变后,他因组织参加学潮而被学校除名。读书不成,他就到塞外参加抗日学生军。后来回到北平,考入清华大学历史系。在南开期间,年轻的端木蕻良在那里渴望吸收各种各样的新知识,阅读了大量的古今中外的书籍,包括莎士比亚、屠格涅夫、马克思、尼采等人的作品。在这些书中端木蕻良最喜欢的是文学方面的书籍,许多汉译本的外国小说如《哈姆雷特》《罗亭》《莉莎》《奥勃洛莫夫》等,只要能够启发他、激励他、

---

① 夏志清,孔海立. 大时代——端木蕻良四十年代作品选 [M]. 台北:立绪文化事业有限公司,1996:250.

② 鲁迅. 鲁迅全集(第1卷) [M]. 北京:人民文学出版社,1981:415.

使他透过作品可以认识世界以及人类未来的,他都崇拜。他说:"认识世界就是通过文学来认识的。"①端木蕻良在南开参加好多学会,在各个领域一展他的才华。在初三的时候,就组织了一个初三三组的"三三文学研究会",还担任南开校刊——《南开双周》编辑并为其撰稿。他还和胡思猷、刘克夷等几个人成立了一个新人社,出版了自己的小型文艺刊物,定名为《人间》,后改为《新人》。他在《新人》第二期上发表了小说《水生》,这是端木蕻良的处女作小说。后来端木蕻良说:"从这儿,我开始了文艺创作。"②毫无疑问,端木蕻良最初的这些在中学时代的编辑经验对他以后走上文学道路是很有帮助的。1931年3月后,他又去北平自学了几个月。他曾在《我是中国人》一文中提到:"我在天津南开中学读高一的时候……受了高尔基《我的大学》的影响。我一度和陶行知先生长子陶宏离开南开,到北平自学,我和陶宏两人住在北京东不压桥……我跑图书馆,写诗和小说。"③一直到当年的9月,端木蕻良才回到天津的南开继续学习。

  1931年秋,端木蕻良在天津南开时,就展露创作方面的兴趣和能力。这个时期,"端木蕻良发表的政论、书评和小说等至少有27篇。其中23篇都是政论文章,只有五分之一是有关文学的"④。所以端木蕻良作为"五四"以后的文学青年,也是有着强烈政治追求的,除此之外也非常注意西方文坛上的新动向和新发展。"九一八"事变后,整个东北被日寇侵占,虽然端木蕻良早在"九一八"事变前就离开了家乡,但他和逃离东北的流亡作家一样都变成了战争的弃儿、无家的流亡者。他感到从未有过的失落,这种失落就好像是个悲哀的影子,紧紧地贴着他的身体,这种思乡"热切的情怀便进一步牵引了他与东北

---

① 端木蕻良. "五四"和我 [N]. 新民晚报,1993-5-4。
② 转引自孔海立. 忧郁的东北人端木蕻良 [M]. 上海:上海书店出版,1999:51。
③ 端木蕻良. 我是中国人 [N]. 解放日报,1982-11-14。
④ 孔海立. 忧郁的东北人端木蕻良 [M]. 上海:上海书店出版,1999:52。

草原之间的情结，并深刻地影响了他以后的生活以及文学创作"[1]。端木蕻良渴望着夺回失去的家园，收复国家的领土。于是他放弃升官的机会，也放弃了回东北老家开书店的设想，"一心只想投入抗战，端起枪来打日本"[2]。他因参加组织"抗日救国团"而被南开中学开除，又因参加筹备南下示威而被拘留。他在1937年撰写的小说《被撞破了的面孔》，其中的许多情节就是来自那几天痛苦的生活体验。1932年3月伪满洲国宣布成立，端木蕻良一气之下参加了北京的学生军，属孙殿英部队，他们主要活动在河北、山西、伊克昭盟和卓索图盟一带。这一段从军的经历，也为他后来的创作提供了很多宝贵的素材。端木蕻良的小说《遥远的风沙》几乎就是他戎装生活的写照，另外，在他的《螺蛳谷》《柳条边外》《大江》里也都有他从军的影子，这一切说明端木蕻良原本也是一个颇具反叛精神的人，这是他走近鲁迅的原因之一。当孙殿英的部队准备调防西北，这违背了端木蕻良抗日的本意，他决定离开军队。端木蕻良后来这样解释自己这一决定的："在孙殿英决定往西开之前，我便回北平了，想念完大学的课程。"[3] 这一举动为端木蕻良日后进入文化圈，成为一个作家，提供了可能性。

  1932年，二十岁的端木蕻良跨进了清华大学的校门，成为历史系的一名学生。在清华，他一方面从事文学创作，另一方面他又积极参加政治活动。这一年端木蕻良有两大收获。一个是文学上的收获：1932年12月19日，《清华周刊》第38卷12期发表了端木蕻良的第一篇小说《母亲》，这篇小说后来被端木蕻良改成长篇小说《科尔沁旗草原》的一个章节，标志着端木蕻良的小说创作是以其家族的历史描写开始的；另一个是政治上的收获，其标志就是这一年端木蕻良参加了北方的左联。端木蕻良非常热衷于左联在北平的各种活动，经常在

---

[1] 孔海立. 忧郁的东北人端木蕻良 [M]. 上海：上海书店出版, 1999：53。
[2] 孔海立. 忧郁的东北人端木蕻良 [M]. 上海：上海书店出版, 1999：54。
[3] 端木蕻良. 记孙殿英 [J]. 七月, 1926（1）：4。

繁忙的学业和创作的缝隙中从事各项政治活动。他也因政治斗争的残酷性而踟蹰徘徊在从政和当文学家的两难之中，这无形中也在考验着他的选择。1933年6月，端木蕻良和方殷、臧云远等一同编辑出版了北方左联的《科学新闻》周刊。①这是一个以政治文化内容为主的周刊，上面不仅刊登国内的消息，而且还有苏联、法国、日本的政治文化动态。端木蕻良还在6月24日的创刊号上，以"螺旋"的笔名发表了题为《开展动向和联系的中区》的发刊词。之后，他在《科学新闻》上经常以各种笔名发表政论性的文章，如《打击左联右倾机会分子》《批判上海诗歌的路线》《〈文艺杂志〉简评》《反对斗争中的文学的活动》等。相对于文学来说，这一时期他政治上的收获远远高于文学上的收获。正如他自己所说的那样："我的长篇不能在那个时候写出来，最大的原因，是因为我曾经参加了一种活动，这种活动把我的兴味引到政治方面去。我有一个时候，很贱视文学，觉得太没有用处，太兜圈子，对社会起不了决定作用。心中鄙视她。"②他完全被卷入政治的旋涡中。为了引起鲁迅的注意，端木蕻良当时把《科学新闻》的每一期都及时寄给鲁迅。也是从这个时候起，端木蕻良开始与鲁迅通信了。

端木蕻良虽然是具有反叛精神的人，但由于家庭的影响，尤其是他父亲的贵族气质的熏染，使他在待人处世的过程中，常常不自觉地流露出一种无关心、我行我素、游离度外的浪荡，这种气质确定了端木蕻良远离了政治家的气质。让端木蕻良政治热情最终冷却下来的原因是发生在1933年8月3日的事件，当时北方左联在北平艺术学院开会，准备欢迎国际反战代表团到京事宜。由于组织部长徐突微被捕叛变，引来特务捣毁会场，十九位与会者被捕。端木蕻良在进会场前得

---

① 端木蕻良. 中国现代作家选集：端木蕻良［M］. 北京：人民文学出版社，1995：250。

② 中国现代文学馆. 端木蕻良文集［G］. 北京：华夏出版社，2000：380。

知消息而逃此一劫。端木蕻良不仅"从此再未返回清华大学"①，而且从此再没有像他学生时代那样冒着生命危险如此热情地参加过政治活动。8月4日，端木蕻良离开清华大学逃到天津他的二哥家中。重大的挫折几乎把他整个人打垮，他感到无望，前途茫茫。他说："我那时到了'无欲望'状态。我一个人死了似的躺在床上，是最舒服。我变得乖戾，反常，阴郁和突兀。我不晓得怎样生活下去，精神的每一个角落里都充满了烦躁和厌恶。"②正当端木蕻良萎靡不振的时候，他收到了一封鲁迅的来信，信封上写着"叶之琳小姐收"③，这封信源起是端木蕻良逃离清华大学的时候，途中遇到一个同学，得知有鲁迅的来信，当时由于端木蕻良急于逃离，无暇回清华取信。后来他就用化名"叶之琳"给鲁迅写信，询问鲁迅是否有信寄他，于是就有了鲁迅的这封回信。信中说："茅盾被捕的消息是造谣言，请代为更正。"④因为《科学新闻》第三号上曾刊登了茅盾被捕的消息。所以才有了清华大学信箱中的那封鲁迅的来信。端木蕻良化名"叶之琳"给鲁迅的信就是询问这一封信。鲁迅的这封普通的回信，使端木蕻良激动不已。这封普通的来信使端木蕻良的人生坐标改变了方向，"鲁迅的信引发了端木蕻良的特殊的情感，也引发了他的文学想象和写书的欲望"⑤，从此端木蕻良走上了文学的道路，一发而不可收。在《我的创作经验》中，他曾写到自己收到鲁迅先生的信后开始创作的情况：

> 那一天，我找到了稿子（纸）和笔，我就开始写下了《科尔沁旗草原》的第一页……我那时不能控制自己的写着，饭也懒得吃，觉也睡不着，夜里睡觉也是穿起衣服来睡

---

① 端木蕻良. 中国现代作家选集：端木蕻良 [M]. 北京：人民文学出版社，1995：250。

② 中国现代文学馆. 端木蕻良文集 [G]. 北京：华夏出版社，2000：377。

③ 鲁迅. 鲁迅全集（第15卷）[M]. 北京：人民文学出版社，1981：95。

④ 鲁迅. 鲁迅全集（第15卷）[M]. 北京：人民文学出版社，1981：95。

⑤ 孔海立. 忧郁的东北人端木蕻良 [M]. 上海：上海书店出版，1999：65。

的，醒了来就趴在桌子上写。①

长篇小说《科尔沁旗草原》就是他用了整整四个月，到1933年12月底完成。这部三十多万字的小说来自端木蕻良父系家族的史实，其中许多人物甚至可以在端木蕻良的周围寻找到原型。如端木蕻良自己所说，《科尔沁旗草原》写的是土地的历史。从那片土地的开发到争夺和衰败，端木蕻良力图把科尔沁旗草原两百多年的土地史描绘出来。值得注意的是，端木蕻良完成这部小说时年仅二十一岁。端木蕻良曾经一度计划最先把《科尔沁旗草原》寄给鲁迅，后来听从朋友的建议，先寄给了在北平燕园教书的郑振铎。这部小说得到了郑振铎的高度赞扬，并许愿："尽力设法，使之出版！"然而不幸的是，这部小说一直拖到1939年才与读者见面。到了1935年，二十三岁的端木蕻良又拿起笔来。以他亲身经历的天津学生运动为题材，创作了二十五万字的长篇小说《集体的咆哮》。②这部小说的命运比《科尔沁旗草原》更加悲惨，还没有经任何人阅读，稿件就遗失了。③1936年元旦后，二十四岁的端木蕻良只身来到上海。

初到上海的端木蕻良，大概是2月中旬的时候，又以"叶之琳"的化名给鲁迅写信，目的是请求和鲁迅相见。端木蕻良之所以追随鲁迅，一方面是为鲁迅的作品感召，另一方面是鲁迅是左联的领导人之一，所以有着强烈政治欲望和创作欲望的端木蕻良想要与鲁迅这位大师级的文学巨匠联系，并跻身于政治、文学之林的想法是理所当然的。根据《鲁迅日记》2月20日记载："得叶之琳信，即复。"④大意是拒绝了端木蕻良求见的要求。这一时期，鲁迅之所以放弃与外界的接触是因为斗争环境的恶劣。他在致许广平信中多次说到上海文化界是

---

① 中国现代文学馆. 端木蕻良文集［G］. 北京：华夏出版社，2000：381。
② 沙金成. 东北新文学初探［M］. 长春：吉林文史出版社，1989：163。
③ 李兴武. 端木蕻良年谱［J］. 东北现代文学史料，1982（7）：150。
④ 鲁迅. 鲁迅全集（第15卷）［M］. 北京：人民文学出版社，1981：283。

"势利之邦","殊不似上海文人反脸不相识也",上海文人交朋好友是"专以利害为目的"①。在致萧军、萧红的信中说:"左联开始的基础就不大好,因为那时没有现在似的压迫,所以有些人以为一经加入,就可以称为前进,而又并无大危险的,不料压迫来了,就逃走了一批。这还不算坏,有的竟至于反而卖消息去了。"②这种种现象成了鲁迅不能与端木蕻良相见的根本原因。这样,端木蕻良竟因此而永远失去了和鲁迅见面的机会。③为了避人耳目,端木蕻良就和"一个朋友,去跳舞,或者跑到在兆丰花园的草地上去打滚"④,甚至做出一种玩世不恭的样子。等到别人不再注意他了的时候,他又开始创作他的第二部长篇——《大地的海》。这部小说的故事是发生在"九一八"事变以后,这和描写"九一八"之前的故事《科尔沁旗草原》不同。《大地的海》表现了极强的"思想"倾向性,它直接地反映了抗日的情绪。这部长篇端木蕻良仅仅用了五个月的时间于1936年6月18日完成。当端木蕻良完成了《大地的海》的那一天,他想立即抱着稿件去见鲁迅,却受到好友善意的"斥责",说他未免狂妄⑤,使他再一次丧失与鲁迅见面的机会。于是端木蕻良便想到把稿件先寄给《作家》杂志,请他们转交给鲁迅。端木蕻良万万没有想到的是,这份稿子不仅没有转到鲁迅手中,而且是原封不动地给退了回来。更让端木蕻良生气的是,他发现《作家》杂志的编辑根本没有看过他的稿子,因为他故意倒置了一页稿纸,退回的稿件中这一页的稿纸还是倒置的。端木蕻良为此于7月10日再次以"曹坪"的名字直接给鲁迅写信,并随信并附上了《大地的海》的两个章节,信中向鲁迅倾诉了这部小说的创作目的和家庭背景,并把稿件在《作家》编辑部的遭遇向鲁迅诉苦。"鲁

---

① 鲁迅. 鲁迅全集(第12卷)[M]. 北京:人民文学出版社,1981:123~127。
② 鲁迅. 鲁迅全集(第12卷)[M]. 北京:人民文学出版社,1981:593。
③ 李兴武. 端木蕻良年谱[J]. 东北现代文学史料,1982(7):150。
④ 中国现代文学馆. 端木蕻良文集[G]. 北京:华夏出版社,2000:382。
⑤ 端木蕻良. 端木蕻良近作[M]. 广州:花城出版社,1983:333。

迅很快就回信了,并让他把稿子寄来。"①端木蕻良立即将稿子给鲁迅寄去,又附信一封,信中向鲁迅介绍了近年来的创作过程以及今后的创作计划等。但当时长篇出版很难,鲁迅提醒他赶快再写点短篇。端木蕻良收到信后,立刻将手中的《爷爷为什么不吃高粱米粥》寄给了鲁迅先生。鲁迅很快复信说:"这篇文'也好',但又说:'一般的(时式)的批评家也许会说结末太消沉了也许不定,我则以为缺点在开初好像故意使人坠入雾中,作者的解说也嫌多,又不常用的词也太多,但到后来这些毛病统统没了。'端木蕻良回信说:'……寄回来吧,让我改一改。'但是鲁迅回答已经寄给《作家》了,是否能发表要到16日才知道。结果这一期的《作家》延至18日才和读者见面。"②这是端木蕻良在《作家》上发表的第一篇文章,是鲁迅第一次帮助端木蕻良发表文章,也是最后一次。因为鲁迅于1936年10月19日,离开了这个世界。

  七七事变爆发,端木蕻良离开了上海,不久去了武汉,和萧红结合后去了重庆。日本侵略军的战线继续向西延伸,敌机开始对重庆市进行狂轰滥炸,并把北碚作为轰炸的重点。一时间对萧红和端木蕻良的创作产生了不良的影响,使他们不胜烦躁。萧红和端木蕻良都有些支持不住了,就想离开重庆。萧红主张去香港,《大江》正在香港报纸上连载,有稿费收入,有生活保障。端木蕻良觉得也合理,但因国内正在全面抗战,端木蕻良也担心去香港是否合适。萧红认为一个作家的任务,是写出好作品来,这就是对抗战的贡献,其他都不是主要的。他们又征得了《新华日报》前主编华岗的意见,也赞成他们去香港。端木蕻良去找孙寒冰,告诉他们准备去香港的事。孙寒冰很支持他们的想法,告诉他们复旦大学在香港办有大时代书店,到香港可住在书店楼上,继续保持联系。

  到达香港后,1940年12月到1942年2月,端木蕻良撰写了他半

---

① 端木蕻良. 端木蕻良近作[M]. 广州:花城出版社,1983:333。
② 孔海立. 忧郁的东北人端木蕻良[M]. 上海:上海书店出版,1999:74。

自传半虚构的家庭史、地方史《科尔沁前史》，并在香港《时代批评》上连载。萧红为了回报端木蕻良，主动为他题了篇名。端木蕻良创作《科尔沁前史》，一部分的意图是记录他的家庭史，同时又要为他的《科尔沁旗草原》提供背景资料，作为《科尔沁旗草原》的一个序幕。"这部《科尔沁前史》确实为大家提供了许多宝贵的地理、文化、历史甚至端木蕻良家庭的背景资料。"①

在端木蕻良埋头创作之际，来自美国的著名女记者史沫特莱注意到时局的险恶。她建议端木蕻良和萧红及早离开香港，到新加坡等南洋地区去。端木蕻良和萧红也认为离开香港是上策，但因萧红病情恶化而未能动身，直到萧红病重去世后，端木蕻良于1942年2月，"乘坐日本'白银丸'客轮离开了香港前往广州，同船的还有骆宾基和另一位友人"②。那时日军已经控制了广州湾，他们只好在澳门上岸，并遗失了萧红的手稿《马伯乐》，为此端木蕻良几十年后还懊悔不已。

失去了萧红的端木蕻良，似乎变得永远那么懒散、那么伤感。他长久地沉湎于对往事的回忆之中，乃至长达半年之久竟没有"造"出一篇完整的小说，他的创作搁浅了。一直到7月里的一天，端木蕻良突然在一天的时间里一口气写下了《初吻》，又在9月间完成了《早春》。这是两篇细腻地解析自我心路的短篇小说，可以说是"一对非常完整的姊妹篇"③。完成了《初吻》《早春》，端木蕻良似乎在精神上找到了宣泄的对象，创作的风格也有了重要的变化，这种变化就是从早期的浪漫化、理想化的现实主义转变到寓意化、思辨化的象征主义，或现代主义。

小说《雕鹗堡》写于1942年的初冬。端木蕻良一反以往的写实风格，有意模糊或淡化时间地点的重要性，而突出其主题的超越时空性。小说继续了《初吻》《早春》的表现自我的主题，所不同的是，

---

① 孔海立. 忧郁的东北人端木蕻良 [M]. 上海：上海书店出版，1999：116。
② 孔海立. 忧郁的东北人端木蕻良 [M]. 上海：上海书店出版，1999：140。
③ 孔海立. 忧郁的东北人端木蕻良 [M]. 上海：上海书店出版，1999：145。

早先的强烈忏悔意识和否定自我已经转化为悲愤的抗议以及对"自我"的肯定。《初吻》《早春》的主人公兰柱和《雕鹗堡》的主人公石龙都是孤独者形象,兰柱表现的是自我失落后的孤独,石龙表现的是不被人理解、不被人认同的孤独。我们可以把村子解读为毫无人情可言的顽固不化宗法制社会,把雕鹗解释为支撑这个保守社会的精神支柱,而把石龙和代代的故事看作是宗法制度扼杀个性的悲剧,作者以寓言的形式宣泄了内心压抑的个性。

另一篇小说《红夜》与前不同的是,小说所描绘的地域环境发生了变化。这里的"地方"已经由塞外的东北变成西南地区了。端木蕻良陶醉于西南风景之中,通过对当地文化、风俗以及人情世故的细腻渲染,衬托了小说主线——原始情爱的神秘及纯正。

端木蕻良丧妻之后,在桂林的小说创作,包括《初吻》《早春》《雕鹗堡》《红夜》等,每部作品里面都流露出失落感和孤独感,正是端木蕻良丧妻之后这一时期心情的真实写照和彻底地有意识地表露。只是这里的"失落"和端木蕻良30年代长篇小说里的"失落"有所不同,那时是"土地"的失落,而现在则是"情爱"的失落。在40年代,这种"情爱"的"失落"美丽而又苦涩地缓缓沁满了他的小说。

(二)端木蕻良的小说创作历程

我们对端木蕻良二十世纪三四十年代的作品进行考察,不难发现,根植于他感情深处的是东北浓厚的地域文化底蕴,其作品反映了他对东北地区文化形态的密切关注和深刻思考。他的乡土小说生成于对东北农牧文化的审视与反思中,总是联系着农牧文化的主体——土地和农民,正是那片肥沃的土壤生成了他这一时期的作品。他的作品体现的是"土地"情结,表达的正是他对早年记忆的心灵回归。端木蕻良作品的主要意象是土地,他的创作全身心地浸入东北土地的气息、泥土的芬芳和东北农民的生活中。

《鹭鹭湖的忧郁》被看作是端木蕻良的短篇代表作。这篇小说于

1936年8月1日,经郑振铎的推荐发表在上海的《文学》杂志第七卷第二期上,第一次署名"端木蕻良"①。它以"土地"上的"湖"的意象展开了"端木式"的忧郁。小说中,鹭鹭湖含义广阔,超越了它本身作为地点的意义,它是人的精神处境的折射和浓缩。"一轮红橙橙的月亮,像哭肿了的眼睛似的,升到光辉的铜色的雾里。这雾便热郁地闪着赤光,仿佛是透明的尘土,昏眩地笼在湖面。"②作品开篇就勾织出一幅由月亮与雾构成的忧郁画面,这正是小说主题意蕴的象征。当我们进入鹭鹭湖混沌雾气的一刹那,一股巨大的哀怜和郁闷便迎面袭来。在这片"闷郁郁的窒人死命的毒气似的"③雾气潮里,我们就像那位少年玛瑙一样,"被精神的疲倦带入一道无比的伤痛与睡眠混合的深渊里"④,只是下意识地迎来一股羞辱与不可知的恐怖。通篇布满了令人窒息的沉闷气氛——田地与湖,月亮与雾,惊惶的小女孩儿与孤独的少年玛瑙,共同交织着苦闷的人间景象。小说没有从正面描写国土被吞食后人民遭受民族劫难后的沉重灾难。作品结尾以删节号作结,形成一股愤极而哀的意绪。这正是"端木式"忧郁的精妙所在,写不尽的大概是那月亮与雾所象征的无边忧郁,抑或还有那远远的鸡声所隐喻的要打破这沉沉暗夜的内心希冀。

步入上海文坛的第一篇作品,展示出端木蕻良的艺术才华。黑土地的忧郁,在端木蕻良的小说中表现得那样深沉,那样执着。《爷爷为什么不吃高粱米粥》《乡愁》等作品述说着流亡者的失土之痛。《乡愁》可谓是《鹭鹭湖的忧郁》的姊妹篇。同样简洁的人物形象勾勒和对话描写,同样小至若有若无的"日常事件",叙述也是平淡舒缓。"土地"的意象由"湖"变为天空漂浮的"白云",它像一只断了线的风筝,寄寓着小主人公"我要回家"的呼喊所传达的浓烈乡愁,字里

---

① 孔海立. 忧郁的东北人端木蕻良 [M]. 上海:上海书店出版,1999:215.
② 中国现代文学馆. 端木蕻良文集 [G]. 北京:华夏出版社,2000:3.
③ 中国现代文学馆. 端木蕻良文集 [G]. 北京:华夏出版社,2000:12.
④ 中国现代文学馆. 端木蕻良文集 [G]. 北京:华夏出版社,2000:9.

行间有股解不开的哀伤。《鸳鹭湖的忧郁》《爷爷为什么不吃高粱米粥》《乡愁》等小说,一定程度上代表了端木蕻良20世纪30年代初期创作的心态和总体风格:倾诉心中忧愤,力求以小见大,情感与理智相融,从普通个人的悲欢展现国家、民族的危难,因而叙述的笔调也是沉郁的,没有激烈宏大的社会生活场面。

在《遥远的风沙》《浑河的急流》《憎恨》《万岁钱》等小说中,沉积的忧郁、哀伤经过时代风云和社会生活的锤炼,形成一种更为浓郁厚沉的情绪。小说中"土地"的意象由"湖""白云"进一步衍化为河水、风沙等更富特性的意象,意象由静止到流动,从而具有更加丰富、深远的象征意义。小说不仅意象发生了转换,小说风格也随之起了变化,笔调高昂,语言简洁,节奏明快,情节跳跃。《遥远的风沙》呈现着塞外风光的苍凉古朴、俚语的诙谐灵动。小说刻画了接受义勇军改编的土匪"二当家的"煤黑子,尽管匪气十足,但是,当面对共同的敌人时,他却能与义勇军队长一道掩护战友突围,同敌人殊死搏斗,直至献出自己的生命。作品在生死瞬间的险境中刻画了人物的复杂性格,提示出面对民族共同敌人时不同力量的协同一致。文学史家杨义称《遥远的风沙》"是一篇奇峭悲壮的'塞外行'"[1]。这篇富有浓厚地域色彩的小说,向我们展示了全部塞外特色的风景:马啸是"唯一的声音",一派苍茫空间的荒原景观,映衬着他们孤独的旅程和风沙的肆虐。双尾蝎与煤黑子两个极富个性的人物构成忧郁色调中的亮点。在《浑河的急流》[2]中,作者把视野投向了山野林莽中的普通百姓,但发掘民族反抗侵略的主旨没有改变,而且还向历史追溯不屈不挠的传统。"满洲国"皇帝迎娶东洋皇妃,限令猎户按期进贡狐皮,否则将以"反满嫌疑"治罪。主人公小芹子是忧郁的,但她选择了让心爱的情人金声走上生死难卜的前线。浑河的水翻腾着流去,汹涌奔腾的是复仇的激情。小说《憎恨》更是这股激昂情绪的延续。圆子一

---

[1] 杨义. 中国现代小说史(第三卷)[M]. 北京:人民文学出版社,1991:278。
[2] 中国现代文学馆. 端木蕻良文集[G]. 北京:华夏出版社,2000:60。

家在地主孙大绝后的压榨下家破人亡,所以,当孙家的大账房麻算盘豪横地将朱老全赶出家门,鸠占鹊巢地在他家的热炕上与另一佃户的妻子淫乐时,圆子火烧麻算盘的行为就可以理解了。起来救火的乡民,宁可救朱老全的爱犬"老虎"也不愿去救麻算盘,小说《憎恨》将这种蕴藏在广大民众心中的激昂情绪上升到极致,是憎恨激情的宣泄。这种"憎恨"的情绪可以看作"忧郁"的某种扩展,"憎恨"其实凝聚着深刻的爱意,涤荡一切黑暗的浊流,从而将爱升华为歌颂与赞美。《万岁钱》等作品描写了社会底层生存无依的绝境。但端木蕻良的忧郁并非浮泛的感伤与哀怜,而是一种发自内心深处的愤懑和忧郁,伴随着对苦难根源的追索、抗争与对未来出路的探寻,燃起了复仇的火焰。

深沉的忧郁、激愤的复仇,都源自对黑土地眷恋的执着。"土地"的意象反映在他的长篇创作中,渗透着更为强烈、浑厚的情绪。端木蕻良在《我的创作经验》里,满怀深情地谈到了自己与土地的关系:

> 在人类的历史上,给我印象最深的是土地。仿佛我生下来的第一眼,我便看见了她,而且永远记起了她……
> 土地传给我一种生命的固执。土地的沉郁的忧郁性,猛烈地传染了我,使我爱好沉厚和真实,使我也像土地一样负载了许多东西。当野草在西风里萧萧作响的时候,我踽踽地在路上走,感到土地泛溢出一种熟识的热度,在我们脚底。土地使我有一种力量,也使我有一种悲伤……
> 我活着好像是专门为了写出土地的历史而来的。①

端木蕻良心中念念不忘的土地,就是他的家乡——科尔沁旗草

---

① 中国现代文学馆. 端木蕻良文集[G]. 北京:华夏出版社,2000:377.

原。经过多年的漂泊和思索，他终于意识到土地才是人的真正的根。他开始把全部的热情倾注到对土地的歌颂上，找到了他的情感的寄托和归宿。他的《科尔沁旗草原》《大地的海》和《大江》，体现了他的"我活着好像是专门为了写出土地的历史而来的"创作心境。这三部小说都是对土地的历史与现状的审视，将端木蕻良的"土地情结"凝结在广袤的关东大地。

长篇小说《大地的海》将土地同人民的命运更为紧密地联系起来。与《科尔沁旗草原》不同的是，《大地的海》把土地的聚焦点放在面临土地遭受掠夺和蹂躏的人民身上，把土地上的人民推到历史舞台的前沿，并热情歌颂了他们的顽强斗争，"当主人们在大观园里诗酒逍遥将土地断送给敌人的时候，这些奴隶们却想用他们粗拙的力量来讨回！"[①]由此，我们看到，人民会在压迫下丢掉幻想，拿起劳动工具同侵略者进行殊死搏斗，使广袤可爱的大地汇合成淹没侵略者的汪洋大海。这正是端木蕻良小说《大地的海》的深意。与《科尔沁旗草原》相比，《大地的海》中的人民体现了更充分的斗志和更成熟的力量，他们不再畏首畏尾，而是坚决顽强地表示了抗争。

《大地的海》只是端木蕻良对土地的沉思，这一思索体现了作者和他的主人公们心中都怀着遥远朦胧的期冀，并把这种愿望在《大江》中表现出来。小说《大江》以一种全新的面貌将"土地"呈现在我们的面前。此时的土地在端木蕻良的视野中已经不只是东北，而是由东北大地延伸到大江南北，作者关注和思索的是全民族的历史命运和神圣使命。正如端木蕻良本人所说，他之所以写《大江》是"侈想从大江日夜奔流中，看到中华民族的投影"[②]。

端木蕻良还表达了另一主题，这就是热切关注社会问题与民族命运的时候，始终带有一种时代激流中的文化审视的眼光。这种文化审视不单是对乡情的欣赏，更是鞭辟入里的批判。《科尔沁旗草原》里

---

① 中国现代文学馆. 端木蕻良文集 [G]. 北京：华夏出版社，2000：368。
② 沈卫威. 东北流亡文学史论 [M]. 郑州：河南人民出版社，1992：117。

丁宁性格的分析、佃户"推地"的怯懦都包含了作者的批判意绪。《被撞破了的脸孔》在揭露监狱黑暗的同时，也刻画了豪横者外强中干的性格。短篇小说《生命的笑话》(1937年)、《嘴唇》(1938年)与长篇小说《新都花絮》(1940年)等，主旨都从人格批判出发，讽刺了狭隘、缺乏决断、爱慕虚荣、贪图安逸等人格弱点。中篇小说《江南风景》在战争的背景下，描写了爱国知识分子伍老先生殚精竭虑研制飞灯、志在灭敌的形象，与此对照，鞭挞了怯懦、自私、愚昧、颟顸的国民性弊端。写于1942年11月的短篇小说《雕鹗堡》是一篇寓言小说，作者着力塑造的石龙已经不再是一个热切关注社会、投身社会事业的人。在这篇作品里，小山悬崖上的那对雕鹗不知传了多少代，谁也不去理会它们。可是这个被村子里人认为是最没有出息最愆懒的人——石龙，居然成了唯一敢于向主宰村子命运长达几千年的雕鹗挑战的人。有一天他突然爬上山去，要把雕鹗捉下来，结果发生了失手跌下断崖的惨剧。作品以含蓄婉曲的笔触表现出封闭社会的人间冷漠。那些"看客们"那种爱好观赏的洋相不就是鲁迅笔下看客的再现吗？这篇作品的题材表面上看起来不过是顽童的莽撞冒险，作者却从中发掘出国民性批判的主题，人们嘲笑得越是风趣、欢快，就越是反衬出对石龙的冷漠与残酷。

萧红的逝世，给端木蕻良带来了巨大的精神打击。他在小说创作中留下了抒写个人隐曲的轨迹。1942年7月15日，他一气呵成写下了小说《初吻》。时间仅隔一个多月，端木蕻良就又创作了一篇两万余字的《早春》。这两篇不同程度地反映了端木蕻良童年时代的故事，里面有端木蕻良童年的经历、童年的幻想、童年的情趣。这两部小说都是以兰柱为主人公。在《初吻》里作者始终伸展了两条叙述线，一条是梦幻的、虚无的，另一条则是现世的、真实的。这两条叙述线交错向读者披露主人公的心灵。作者通过静室、花园和白房子三个具有象征意义的场景，表达了主人公对"异性"的好奇、对"异性"的"初恋"、对异性的失恋及心灵的创伤。故事一开始，就从主人公父亲的"静室"着笔，但作者并非以写"静室"为重点，而是着重表现"静室"的真正主人"我"，特别是"我"的心理状态。"静室"是主人公"我"的心灵之外化。主人公专注"静室"里的一张女人的画像，而对室内的珍贵的稀奇宝贝并不很注意。那张高挂的女人的画像，不仅是虚幻的神秘的，而且是可望而不可即的。这种若隐若现、虚实结合形成观照"我"的心灵的一面镜子。作者安排的第二面镜子是"花园"里的一汪盖满了花瓣儿的水池子——在这里通过叙述者和所喜欢的灵姨在水池子边嬉戏及其梦境牵引出一个朦胧的"爱"，这面镜子直接实录了"我"的"初恋"，并萌发了一个小男孩儿原始的"性"意识。最后，在"白房子里"，"我"终于发现，是"我"一向尊敬的父亲，伤害了"我"的"恋人"灵姨，这个十四岁的小男孩儿伤心极了，并堕入冰冷、苍白无望之中。于是，在那座"白房子"反衬之下，小男孩儿成为强权下的弱者。然而现实的残酷并没有使小男孩儿心灵泯灭，主人公再一次回到了梦幻的世界当中，让小男孩儿徘徊在对母亲的爱和对女人的爱之间。而当他闭着眼睛等待母亲的时候，等来的却是另一个女人；而当他躺在这个女人怀里的时候，听见的却又是母亲的爱抚。他努力要把母亲和这个女人区分开来，但她们始终交替地出现在他的梦幻和真实当中，他的梦幻世界是真实的，同时他的真实世界又是虚假的。通过这两种相互矛盾相互对立的情境，他完成了主人公"自我"的反思。

《早春》和《初吻》一样，也是描写"兰柱"通过认识一个"女人"——金枝姐来实现认识外部世界和自我的故事。但两者也有不同，那就是，《初吻》从纵向描写了兰柱从八岁到十四岁的成长变化的过程，时间是流动的。而《早春》只是从横向凝固在一个特定的时间段：在兰柱十四岁那年的春天。此时的兰柱已经长大了，但身边的女人却从"灵姨"变成了"金枝姐"。年龄的差距虽然缩短了，内心失落的结果仍旧是不可避免的。小说是以小男孩儿兰柱和小女孩儿金枝的情感纠缠构成故事的主要情节，作者浓墨渲染了"瞬间"对于人生的意义。这个"瞬间"表现了一年中最美丽的季节春天乃至生命都是短暂的,而失落却是永恒的。与《初吻》不同的是:一是《早春》里的爱是直接的,失落是直接的,忏悔也是直接的;二是《早春》里的小男孩儿兰柱始终生活在一个真实的世界里,而不是常常堕入在梦幻的意境当中;三是《早春》更加注重主人公对失落情人的忏悔意识,而不是徘徊于思辨性的反悔之中;四是《初吻》刻画兰柱那种"恋母(姨)弑父"的复杂情节的同时对宗法家长制度进行了批判,而在《早春》里作者的着重点似乎就是集中在"自我"上。

不过,这两篇小说倒是并不悲观,只是像一杯苦酒,让品尝者体验其中苦涩,回味其中痛苦和意义。端木蕻良本人也常常流露出对这两篇小说的偏爱,特别是《初吻》,他说:"《初吻》是我在40年代写得最好的一部小说。"①

四、冰山下的火山:骆宾基

(一)从边陲进入文坛

骆宾基,原名张君璞。原籍山东省胶州弯平度县。其父张成俭、母亲金氏是贫穷的农民。清朝末年,二十岁的张成俭就到关外修中东铁路,从此和许多"闯关东"的人一样,背井离乡,千里迢迢来到东北谋求生路。几经奔波,举家在与苏联、朝鲜接壤的边陲小城珲春定居。1917年2月12日,骆宾基出生在这里时,父亲经营着一个茶庄,其家已是小康状态。可惜好景不长,到了1931年,茶庄倒闭,家境复又贫困,从此一蹶不振。家计只能靠金氏出面经管前两年领下的那三千余亩"占荒地"维持生活。母亲的倔强和郁郁寡欢,在骆宾基幼小的心灵上打下了深深的烙印。

金氏十分关切儿子的前程,坚持让他按部就班地上学,张成俭则

---

① 转引自孔海立. 忧郁的东北人端木蕻良 [M]. 上海:上海书店出版,1999:152。

主张让孩子跟塾师读古文，为的是日后经商。在父母的两种意见下，骆宾基先上小学，再退学进私塾，十三岁又插入高小一年级。这时，珲春县立高小聘来几位刚从北平香山慈幼院毕业的新教员，他们为这边远的角落带来了一股醉人的"五四"新风。其中，一位叫白全泰的新来的语文教员兼班主任进入了骆宾基的视野，也就在这时，他开始接受"五四""五卅""共产党""宁汉分家"等新的概念。次年，日本帝国主义制造了九一八事变，东北沃土沦陷。正读高小的骆宾基受到来自北京的教师影响，开始萌发进步思想意识。都德的《最后一课》曾使他的心灵受到极大震撼；革命师生挺身参加"抗日救国军"则在他身上注入了反抗侵略者的血液，骆宾基也报了名，却被父母拦住了。街面上人心浮动，张成俭最担心一旦交通隔断，"占荒地"收成运不进城，一家几口无以度日，于是决定先搬到黑顶子山去躲一躲。骆宾基只得跟家里人一起坐朝鲜牛车，过了大盘岭到九道泡子。那里接近苏联国境，他们住在佃户的窝棚里，忙时一同下地。这段经历使骆宾基体验到稼穑的艰辛。秋后，学校复课。在母亲极力主张下，骆宾基一个人返回珲春继续读高小。此时，白全泰等一批师生已离校参加抗日救国军。骆宾基决定毕业之后也走这条路；但不久，城外一支救国军被头领带着接受了日本人的改编，他炽热的胸膛就像被浇了一瓢冷水。这段不长的经历，成为他后来创作著名自传体长篇小说《姜步畏家史》的主要生活依据。

  张成俭执意不肯让孩子留在关外念日本书，主张要上学也得回山东去上，妻子只得依从。1933年春，骆宾基辞别父母随一位名叫孙梅魁的乡亲（曾在救国军中当过"郎中"），一同乘船在烟台上岸。骆宾基一个人回到父母所思念的老家——平度县廉家村。老家给他留下的头一个印象是极度的贫穷。父亲原配妻子不肯拿钱让骆宾基进省城赶考，他只好寄居在一个叔伯哥哥家里，边务农边温课，直到秋后，接到珲春汇款才动身去济南。他考取了私立正谊中学黄台分校。初一第一学期尚未读完，他就接到父亲病危的电报，急忙赶回珲春，可这时，因负债而长年郁积的父亲已溘然长逝了。为了了却张成俭的归乡心愿，金氏以一种少有的魄力和激情，变卖家当，还清债务，冲破重重阻障，带着三个孩子将丈夫棺柩运回了山东。这中间，身为长子的骆宾基，和母亲一起深深地感受到世态的炎凉。

1934年夏末，十七岁的骆宾基在母亲回珲春后，同一姓黄的青年去北平求学。到北平，报考时间已过，骆宾基时而去北京大学旁听，时而去北京图书馆阅读。这时，他常读《申报·自由谈》，也广泛地涉猎了西欧与俄罗斯19世纪文学作品。读鲁迅的小说《故乡》《社戏》、林琴南译列夫·托尔斯泰《现身说法》（《幼年·少年·青年》）、迭更司《块肉余生述》（现通为狄更斯《大卫·科波菲尔》）诱发了他以自己童年经历为素材从事创作的欲望。同时，他深受李季《我的生平》的启发，产生留学的愿望。1935年暑假回珲春，骆宾基想越境赴苏联东方大学读书，因日本军队封锁国境未成，日本领事馆对从北平回来的学生十分注意，只好再赴哈尔滨。

在哈尔滨，他结识了当地话剧界崭露头角的青年导演贾小蓉和年轻的音乐教员李仲华。经贾小蓉介绍，骆宾基见到了《大北画刊》编辑、笔名"巴来"的中共地下党员金剑啸，从而又得知萧军、萧红，于是，找来他们合著的《跋涉》，读毕，他和几位朋友决定创办一种综合性文艺期刊，取名《艺蕾》。后因骆宾基怒斥任教的"精华学院"日籍教员安本元八殴打院长阎宗山事件，而被告到日本宪兵队。由于安本平日常以"赤色分子"标榜自己，骆宾基读《母亲》《子夜》和钱杏邨的《无产阶级与革命文学》等革命书籍时并未回避他。事已至此，骆宾基只好连夜出逃，继而逃向上海，投奔左翼文坛的主将鲁迅。

1936年5月，骆宾基冲破日伪的封锁，经烟台抵达上海，住在租界里，埋头创作处女作长篇小说《边陲线上》。他准备把这部反映东北抗日救国军斗争的作品完成后再去拜见鲁迅，以求得指教。这一年7至9月鲁迅的日记上三次记载着"得张依吾信"，这"张依吾"就是骆宾基。长篇刚写完前两章，就寄给了鲁迅，然而此时鲁迅重病在身，不久就与世长辞了。幸而，茅盾答应看稿，骆宾基赶紧誊清寄了出去，这时，萧军曾去看望靠典当衣物度日的骆宾基。茅盾回信说，从处女作《边陲线上》的"氛围气"和人物刻画中可以看得出年轻作者的笔力与未来，答应修改后介绍出版，这才使他几乎熄灭的创作热情重新燃烧起来。然而，《边陲线上》的出生却是艰难的。虽经茅盾推荐给几家书店出版，但仍均遭拒绝；当巴人主持的天马书店同意出版时，八一三淞沪战争又爆发了，书稿险些毁于战火。多亏巴人的抢救，两年后终于由文化生活出版社付梓面世。在战火中，骆宾基写出了大量文章，发表在茅盾主编的《烽火》上。1937年10月，骆宾基的作品《大上海一日》发表在《呐喊》上，后由文化生活出版社编辑出版。这部小说引起人们普遍关注。

1938年4月，他陆续写成《失去巢的人们》《夏忙》等短篇报告文学，寄给《文艺阵地》等刊物发表。1938年冬以后，骆宾基开始能以较多时间从事写作。《东战场别动队》题材新颖，篇幅较长，问世后影响也较大，但艺术表现仍较粗糙。这时期写作的《千人塔下的声音》，尖锐地触及了现实的阴暗面，揭露了国民党新军阀的冷酷、残忍。作品富于激情，也写得比较谨严、凝练，是他第一篇真正的短篇小说。同期完成的中篇小说《罪证》写一个善良的、平日并不关心国事的大学生从北平返回东北原籍途中被日本人关押在大连，五年后虽获释却已经精神失常，借此控诉了侵略者的法西斯罪行。中篇小说《吴非有》部分章节以抗战初年一个江南县城为背景，对那里的军、政以及新闻、教育各界各色人等进行了一番粗略的描绘，谴责了一些人的怠惰、麻木和"把抗战职业化"，也一定程度地反映了进步青年的苦闷与憧憬。这些作品尽管显得有些凌乱、琐细，缺乏提炼，因而不够成功，但在骆宾基创作的发展史上，它们都是不可缺少的环节，具有一种过渡的意义，反映着作家观察生活和艺术构思的逐渐深化。

1940年底，骆宾基抵达桂林，完成了短篇小说《寂寞》、童话

《鹦鹉和燕子》的创作，并以胶东农村见闻为题材写作长篇小说《人与土地》。萧红客死香港后，骆宾基重返桂林，此后的两年间，他完成了《姜步畏家史》一、二部：《幼年》《混沌》，同时还写成《老女仆》《乡亲——康天刚》《北望园的春天》《1944年的事件》等短篇小说，《萧红逝世四月感》《萧红逝世一周祭》《孤独》《鸡鸣与狗吠》等散文以及中篇神话《蓝色图们江》。

1942至1944年桂林时期骆宾基的小说创作，以朴质、厚实、充满生活气息和浓郁的地方色彩，写出了对东北家乡的执拗而深沉的思恋。温婉、清淡的笔致，再加上精细、严谨的短篇技法和一种含有诗意的静谧的气氛，这一切就构成了为人们所欣赏和称道的"骆宾基式"独特的风格和艺术个性，是一个作家臻于成熟的标志。当时的"文化城"桂林陶冶着一批作家、艺术家，他们继承着"五四"和30年代左翼文艺的传统，抗战大时代激发了他们的创作灵感，也给予了他们开阔的艺术视野和思维、创造的空间。当时，对骆宾基影响较大的是胡风、聂绀弩等人。正是在那样一种环境和气氛里，他以往所接触的艺术大师的作品才仿佛是溶解了似的，真正在他的创作中发生了作用。骆宾基写于这时期的自传体长篇《幼年》，展示出一幅20世纪初东北一边远县城里别具风味的生活和自然的画卷，展示了童年姜步畏那易感、内向、倔强的性格和心灵，真实、细腻、朴素、亲切，字里行间流露着思乡的柔情。这种柔情也体现在《乡亲——康天刚》和《庄户人家的孩子》里。短篇小说里最出色的还要算是《北望园的春天》，它以轻淡、含蓄的笔触表现了一个小院落里几个文化人一周间的日常生活，写出了他对于北方家园的向往和对于艺术真谛的执着追求。小说虽没什么火药味，但它不仅不能被排除在抗战文学之外，而且应当说，是属于另一层次的、更深层的抗战文学。

1944年春，骆宾基去广东坪石小住，在那里接到冯雪峰自重庆寄来的信。冯雪峰就骆宾基刚刚发表的短篇小说《一个唯美派画家的日记》提出了严厉的批评，告诫他应注意自己的创作倾向。这时，衡阳失守，形势危急，骆宾基赶紧回桂林，拿到《幼年》的稿费后直奔重庆。

一到重庆，骆宾基立即去"作家书屋"见冯雪峰。冯雪峰叮嘱他不要因埋头创作而失去了政治敏感。不久，骆宾基去丰都教书，因思想左倾被一教员告密，被逮捕入狱。经冯雪峰、老舍等通过邵力子、冯玉祥积极营救，骆宾基于1945年1月获释。回重庆后，受到抗敌文艺界的欢迎和慰勉。这一段时间，骆宾基写成短篇小说《一个奉公守法的官吏》和《贺大杰的家宅》等。后来又到上海，在那里写成《姜步畏家史》第三部中的三章和剧本《五月丁香》，并于1946年11月下旬将《萧红小传》脱稿。离上海前，他写成了短篇小说《由于爱》。1947年除夕，浦江码头小雪霏霏，骆宾基独自登上一艘北去的货轮，向阔别已久的故乡归去。

（二）骆宾基的小说创作历程

似乎在东北生命力和东北精神与民族解放事业和民族精神之间，存在着直接的、必然性的联系，即作家刻意让东北人民生命和东北精神承担起民族解放的历史任务。这种将东北人民生命力同民族解放事业相联系的自觉的功利追求，使大多数东北作家热衷于发掘抗战题材和弘扬东北生命力与东北精神，并使之成为其群体风格。骆宾基早期也有过疾言厉色的作品如《边陲线上》《胶东的暴民》等，因为这些抗日"大叙事"融进了作家自己当兵的经历与体验。抗日战争爆发后，他奔赴抗日前线，丰富的生活经历，进一步打开了他的创作视野，引发了他不可遏止的创作激情，一大批再现生活的小说在炮火硝烟中诞生了。其中有《救护车里的血》《拿枪去》《我有右胳膊就行》《在夜的交通线上》《阿毛》《难民船》《一星期零一天》等。这些作品是抗日将士们鲜血和生命的结晶，也是骆宾基在民族危亡时刻，对祖国和人民献出的赤子之心。

1937年到1941年这4年间，骆宾基离开了战火纷飞的前线，到浙东从事民众运动，宣传抗日，并先后转到桂林、香港。这期间，与抗日大叙事相比，骆宾基呈现给读者的大多是卑微庸常的小人物及小人物的小事情，他的注意力由热情讴歌前方英勇将士转到了剖析后方民众在国难当头时形形色色的人生态度，陆续写了《生与死》《东战场别动队》《失去了暖巢的人们》《戏台下的风波》《吴非有》《罪证》《一个倔强的人》等作品。他在《生与死》中记叙司机老董得知日本鬼子的飞机炸掉了自己的家后忘记修刹车闸而全车人亡，反映的是小人物无聊的生与无谓的死。在《贺大杰的家宅》中写贺大杰夫妇没完没了的争吵，在日常性中倾诉东北籍革职军官报国无门的无聊与"乡恋"，大叙事退出舞台。《吴非有》可作为骆宾基探索艺术风格的有益尝试。作品没有正面描写抗日场面，而是深入人物的心理层面，述说了一个苦闷的镜花水月式的恋爱故事，透视了省府军政要人和社会名流昏庸、奢华的糜烂生活，展示了抗战岁月中的人们消磨生命的腐臭沉滞的精神世界。这种探索，为其日后创作风格的转换与成熟，提供了一个审美逻辑上的契机。《罪证》中，骆宾基也有意避开了"大叙事"的笔法，痛切地展示了关外沦陷区青年知识分子的灵魂，是一出心灵的悲剧。《一个倔强的人》是作者这一时期的代表作。主人公高占峰曾是胶东乡间红枪会的领袖，仗义疏财，因欠赌债，便去当苦工偿还，为逃杀人之嫌，南下充军，又因不满无为的连队，流落到江南，其间收留了遗孤小铁儿，流浪十二年后回到家乡。乡邻旧友前来探望，可他却如古刹老僧，仿佛失去了生命的锋芒，倔强的脾气化作平静，每日带小铁儿忙于田间、菜园，宁静地享受家事与人伦之乐。然而，日军进攻县城的消息，顿然引发了人们身上久受压抑的野性，高占峰又披挂上阵，重整红枪会，同日军战斗。作品尽情地渲染了主人公带传奇色彩的经历，旨在揭示田畴山野间能使侵略者闻风丧胆的原始野性。作品没有停留在枪林弹雨的浮面渲染上，而是把江南的灾难和齐鲁的民气在广阔的视野中牵合起来，笔端洋溢着传奇色彩和地方民俗，从历史和文化深处勾勒了中国人民在强敌侵凌面前倔强不驯、粗犷强悍的原始生命力，寻找着中华民族的闪光点和原始的凝聚力。《幼年》通过儿童"我"（姜步畏）稚嫩、诚挚而略带忧郁的眼光，温婉含情地注视着破落家门的平凡琐事："我"随母亲到红旗河去洗衣服，到韩四婶家去看喂猪，跟父亲去赴宴会，与韩国小孩儿决斗，和琴琴到俄国果品店买糖果等，这些"几乎无事"的日常叙事，便是《幼年》的主要内容。在上述叙事中，骆宾基舍弃了他早期作品的悲壮酷烈，而落实到平凡寂寞的人生现实中，在寻常人事中开掘人性。这些小人物都是社会底层者，他们的生命平庸、脆弱，但他们仍然渴望生命的尊严，却无法与命运抗争，终其一生一无所获。康天刚（《乡亲——康天刚》）只为要娶财主的女儿为妻，而把自己的一生投进荒凉的森林草原，但现实与理想相悖（我以为，虽然他采到了千年人参，但这不是最终目的）；美术学院教员赵人杰（《北望园的春天》）的崇高追求就是把一个摆果摊的满脸皱纹的老太婆画成油画，但终究只是个梦；贺大杰、孙学孟（《贺大杰的家宅》）也是有家难归，寂寞无主；姜青山（《幼年》）最大的愿望是回归故乡，然而事与愿违。他们的人生是那么卑微，人性是如此封闭，他们善良的愿望和仅有的一点生命意识最终被现实一点一点地消耗殆尽。作家借人物对于"命运"的思虑包含了自己的思考，对理想、命运、乡情乃至存在本身的人生感悟。有时这种表达的愿望甚至超过了他对于小说自身的兴趣，以至他笔下的人物常常会发出一些与其身份悟性不相称的人生感慨，甚至直接以作者自身关于"命运"的思考作为小说结构来打动读者——读者感到自己是活在人群中，活在生活中。骆宾基的《幼年》与萧红的《呼兰河传》"有着同样的光辉"，骆宾基常在寻常人事中寻找构筑中国人精神面貌的深层文化心理结构，并将寂寞悲凉的悲剧意识从个人体验提升到民族的人类的普泛性生存体验。

骆宾基作为一个男性作家，更多地表现出了东北流亡作家的刚强、剽悍的一面。即使在《幼年》这样的童年母题创作中，骆宾基也侧重于表现"闯关东"的硬汉形象，如崔婆、姜步畏的母亲和年轻的姜青山等，在他们身上迸发的是东北人的自由意志与拓荒者的原始活力。大体说来，这些人物基本有两种性格类型，一种是犷悍雄强，一种是坚忍不拔。在东北作家作品中犷悍雄强型尤多。古班大叔和韩四叔一样都是留在东北的满族人，韩四叔浑身一股霉气，而古班大叔充满了活力与野气，他常年劳作于雄犷、苍茫的大森林和严酷伟烈的田野上，作家把他写成原始旷野的生命力的象征，他全身焕发出一种与东北原始大自然极为和谐的自然气息，仿佛他就是东北大自然，东北大自然就是他。古班大叔是土生土长的东北人，而崔婆、姜步畏的父母却是山东移民，中国农民历来就具有极强的乡土根性和乡土家族观念，他们敢于背井离乡就意味着强烈的求生本能和开拓冒险的精神，他们属于第二种类型——坚忍不拔。崔婆在小说中身兼姜家的保姆、同乡等多重身份和角色，她之所以离开故土是因为丈夫死去、小儿夭折、大儿不孝、家徒四壁，加之中原故土日益艰难的生存竞争。她历尽千难万险终于在东北找到一席之地。年轻的姜青山也是一个天性野气、自由不羁的人，他天生属于东北黑土地之子，他是唯一把自己主动放逐到东北这块神奇自由的土地并且成功地成为一个"上流人"的形象。姜步畏的母亲，即姜青山的妻子，她到东北安家落户却因为被"骗婚"做二房，生性好强的她不愿意逆来顺受，因而把自己打发到东北这块冰天雪地中。当丈夫破产后，她独自一人挑起了生活的重担，用她的坚忍和勤劳为全家支撑起一片生活的绿荫，她终于为自己找回了生命的尊严。

恋乡情结和发掘自我，是骆宾基艺术成熟期的两个重要标志，前面说过，骆宾基是离开故乡，以流亡者的特殊经历和特殊心态去瞻望、回顾家乡并诉诸文字的。这种恋乡情结和"自叙传"已成为骆宾基与东北流亡作家这一群体所共有的一种特殊的叙述风格。骆宾基的许多作品都充溢着浓郁的乡土气息，如《边陲线上》《一个倔强的人》《蓝色图们江》等。长篇自传体小说《幼年》是骆宾基艺术突破的总结。

骆宾基前后创作风格的转变，给他的创作生涯蒙上了一层迷人的色彩。在20世纪30年代的创作中,他为我们展示了充满抗战烽火的世界,壮烈的战斗,紧张的冲突,使我们感受到了作家恢宏的气度;40年代的创作又使我们进入一种平淡蕴藉的艺术世界,丰富多彩的人物心态,温婉清淡的情感格调,处处显示出作者细腻朴实的艺术感受力,体现出一种阴柔之美。这种两个世界的转换,这种由直面现实到折射人生的变化,反映了作家在创作道路上的探索,那种由融入式体察到超脱式俯瞰的视角改变,由战争场面的描写到人生感悟式命题的转换,使我们从具象和抽象两个层面上领略到独特的美学境界,而骆宾基正是在创造这一境界中显示了才华。

五、侵略者铁蹄下的愤怒与追求:李辉英

在和鲁迅有交往的东北作家中,李辉英是最早的一位。李辉英原名李连萃,笔名有西村、东篱、北陵、李唐等二十多个。

李辉英1911年1月20日出生于吉林省永吉县大金家屯,分别在吉林省立模范小学、省立第五中学读书。受到进步教师的影响,他阅读了五四时期新文学作品。1927年转往上海立达学园,在这里他受到了朱自清、陈望道等的教诲,并决定"把社会的黑暗暴露出来,以尽国民之天职"[①]。1929年考入吴淞中国公学。在这期间,李辉英接触了大量的中外文学名著,开始学习写小说,并和同学创办文学刊物《青露》,他在中国公学求学期间,沈从文、赵景深等都在该校任教,使李辉英受到很大的教益,更增加了他对文学创作的爱好。

1931年九一八事变后,正在中国公学上学的李辉英心中燃烧起抗日的怒火,他参加了上海人民反日大示威,并与上海爱国学生一起到南京请愿,包围总统府,要求蒋介石停止内战出兵抗日。从此他开始写些反日的文字,以笔做刀枪,走上文学创作的道路。他在创作自述

---

① 马蹄疾. 李辉英研究资料 [G]. 沈阳:春风文艺出版社,1988:38。

中说:"我是在1931年九一八事变以后,因为愤怒于一夜之间,失去了沈阳、长春两城,以不旋踵间,又失去了整个东北四省的大片土地和三千万人民被奴役的亡国亡省痛心的情况下,起而执笔为文的。"①从此,他开始使用文学这锐利的武器冲向了敌人。他的处女作《最后一课》于1932年1月20日在丁玲主编的左联杂志《北斗》二卷一期上发表,小说原名为"某城记事",小说发表时由丁玲将文题改为《最后一课》。小说讲述的是"九一八"后吉林市女中学生遭受日寇侮辱的故事,作品主题是面对残暴的日本侵略军,只有抗争才有生路,此外,别无他途。其创作风格靠近左翼文学。1933年3月他的第一部以抗日为题材的长篇小说《万宝山》由上海湖风书店出版了单行本,同铁池翰(张天翼)的《齿轮》、林菁(阳翰笙)的《义勇军》一起列为"抗战丛书",这部长篇小说比萧军《八月的乡村》、萧红《生死场》的问世要早两三年,李辉英是第一位以反映抗日为主题跨入30年代的中国文坛的东北作家,作品堪称我国抗日文学的先声。其后陆续写出一些作品,大多是反日的主题,其创作方向仍然紧靠左联。关于李辉英在左联中的活动,有很多文献资料记载。金丁在《有关左联的一些回忆》里说:"记不确切是(一九)三二年底还是(一九)三三年初,左联召开了一次改选后的执委会。执委共十一人,当天上午到会的,有鲁迅、茅盾、丁玲、周起应、楼适夷、华蒂、彭莲青、艾芜、李辉英和金丁。"②张大明在《中国左翼作家联盟简况》③一文中提到的盟员中就有李辉英的名字。丁玲在《关于左联的片段回忆》一文中写道:"我编《北斗》很重视读者的意见,我联系了不少读者……李辉英、芦焚,都是从投稿中发现的新人。"④从这些记载的内容中,我们可以看出李辉英在左联及文学中的活动情况。

---

① 马蹄疾. 李辉英研究资料 [G]. 沈阳:春风文艺出版社, 1988:4~5。
② 金丁. 有关左联的一些回忆 [J]. 新文学史料, 1980 (1):81。
③ 张大明. 中国左翼作家联盟简况 [J]. 新文学史料, 1980 (1):107。
④ 丁玲. 关于左联的片断回忆 [J]. 新文学史料, 1980 (1):30。

小说《万宝山》以万宝山事件为背景。万宝山，地处长春市北30公里的长春县境内。这里不是"满铁"的附属地，而是完全属于中国政府的管辖之地。作品中描写了日本驻长春领事田代、中川警部收买汉奸郝永德，成立"长农稻田公司"，侵占万宝山五百垧土地并转租给被日本帝国主义剥夺了土地而流落到中国来的朝鲜人耕种，从而造成中朝两国农民之间争水夺地的纠纷。这一侵害农民利益的行为，引起万宝山农民的坚决反抗，日本侵略者出动军警制造了震惊中外的"万宝山事件"。作品较为成功地塑造了汉奸郝永德、日本侵略者领事田代、警部中川及万宝山抗日农民的代表马宝山等形象。作者以现实主义的手法，充满乡土气息的笔调，朴实晓畅的语言，形象而真实地反映了万宝山这一历史事件。尽管作品在艺术技巧上尚显稚嫩，思想尝试发掘不够，但这呐喊的先声仍起到唤起民众、激励抗战的作用。周扬认为这是一部"有意义的新鲜作品"[①]。茅盾对这部作品专文评论指出："作者借一个朝鲜侨民金老头子的嘴巴演说了朝鲜人的痛苦，日本帝国主义的凶暴，做了一次政治的煽动；作者又写万宝山的农民如何渐渐对于那些被压迫的朝鲜农奴发生了'阶级的同情'，而且最后成立了一条战线：作者努力使阶级意识克服民族意识。"[②]李辉英前期创作的突出特点是直面现实，迅速出击。作为一个作家、战士，是时代养育了他。所以，李辉英说他的作品"如果说还有可取的地方，首先要推到它们的'真实'"[③]。

为了更加真实地反映现实，1932年7月底，李辉英潜回东北，进行了一次实地考察，他先后到吉林、长春、哈尔滨、沈阳、大连等城市，并深入到农村，访问调查，为他的小说创作积累了大量的写作素材。9月底他回到上海后，依据返归故里的所见所闻，写出了大量抗日题材的小说。他先后出版了《两兄弟》《丰年》《人间集》三个短篇

---

① 周扬. 现阶段的文学［J］. 光明，1936（1）。
② 东方未明（茅盾）. "九一八"以后的反日文学［J］. 文学，1933（1）。
③ 马蹄疾. 李辉英研究资料［G］. 沈阳：春风文艺出版社，1988：124。

小说集。此外，他还写了许多篇散文，如《回了故乡——吉林》《在哈尔滨》《南满线上》《吉长线上》等，均收在他的第二本散文集《还乡记》中。这些作品从不同侧面真实地反映了沦陷区人民在日本军国主义及傀儡政权的残暴统治下是怎样过着亡国奴生活的。在当时的时代背景下，李辉英自觉地投入抗日救亡的社会活动和文学活动中。1933年春，他通过丁玲等左联作家的介绍加入了左联，见到了鲁迅，并聆听了鲁迅关于文学创作的讲话。由于他热情参加左联的社会活动，积极撰写稿件，逐步成为较有成绩的左联盟员作家。

1936年，李辉英举家赴北平，他仍以写作为主，写出了大量鞭挞和揭露敌伪如何勾结、奴役、残害百姓的作品，这些作品收在他的第三本散文集《再生集》中，这时他是北平左联的领导人之一，负责编辑抗战文学刊物《文艺周刊》。1937年日寇发动卢沟桥事变，中国抗日战争全面爆发，李辉英把主要的笔墨投向抗战文学。1938年底，他到武汉，参加了中华全国文艺界抗敌协会。同年，他出版了抗日战地报告文学集《军民之间》。1939年5月，李辉英参加了由中华全国文艺界抗敌协会发起、组织的"作家战地访问团"慰问前线的抗日将士。这次访问李辉英获得了大量的写作素材。据此，他写出了许多反映抗日前线军民生活和斗争的短篇小说和散文。这些作品分别收在短篇小说集《火花》《夜袭》和散文集《山谷野店》里边，讴歌了广大人民群众在抗日救亡斗争中表现出的高昂的爱国热情和誓死同日寇斗争到底的精神。这一年，他用了8个多月的时间，在河南抗日前线完成了长篇小说《松花江上》（第一部）的写作，于1945年1月由重庆建国书店出版。这部长篇小说是作者这一时期杰出的代表作，引起了当时文学界的瞩目。

抗战胜利后，他最具代表性的力作是"抗战三部曲"——《雾都》《人间》《前方》。这是他从实地体验和创作实践，对抗战历史进行了认真的审视、深沉的思索，深化了抗战文学的创作主题。三部曲正是李辉英在历史的反思与自省中，使创作思想性、艺术性达到了完善与成熟的作品。长篇小说《雾都》是三部曲的第一部，小说开笔于1945年夏，1947年冬脱稿于长春，这部20万字的作品，描写了抗战末期重庆一群"迷雾样的人"，他们是"畸形社会中的畸形怪物"。小说以大量的笔墨叙述了高级交际花屈小姐如何戏耍了国难商罗经理，鞭挞和揭露了民族败类的丑恶灵魂。长篇《人间》是三部曲的第二部，全书30万字，先在《星岛日报》连载，1952年11月由香港海滨书屋出了单行本，这部作品在香港文艺界曾经产生了重要的影响。曹聚仁认为，这是一部"真正能够反映抗战时期实际生活的"[①]写实的小说。《前方》是李辉英"抗战三部曲"的最后一部，也是他抗战文学创作的最后一部长篇小说。作品写于1968年到1969年间，全书50万字，1972年9月由香港东亚书局出版。小说主要是写国民党一支杂牌军在抗日前线的胜败遭际，描写了爱国将士的事迹与精神。"抗战三部曲"是讴歌抗日民族解放战争的英雄史诗，其中《人间》《前方》在思想性艺术性上的成就更为突出。

从李辉英的作品来看，反映抗日斗争的主题与题材是他创作的特色。他不仅是第一个写抗日小说的作家，而且是一生以写抗日题材为主的作家，这也是李辉英不同于其他作家之处，是他一直心怀故土、父老乡亲的表现。

六、追求光明的代价：罗烽、白朗

罗烽，原名傅乃奇，1909年出生于辽宁省沈阳市郊苏家屯。由于家境贫寒，他自幼饱尝生活艰辛，因此走上社会后，对腐朽的统治阶级深恶痛绝，对依稀看到的光明充满憧憬。他如饥似渴地阅读了大量的普罗文学作品，接受了进步思想的熏陶，并开始尝试动笔写作。1929年，罗烽加入了中国共产党，踏上了革命的文学之路。最初，他

---

① 曹聚仁. 文坛五十年（续集）[M]. 香港：香港新文化出版社，1971：59.

用笔名"洛虹"在《哈尔滨晨报》副刊发表了一些诗歌,内容多为反映下层人民的苦难,带有明显的左翼倾向。

九一八事变后,罗烽被任命为铁路特别支部书记,后因文化宣传工作需要,他又调任哈尔滨东区(道外)区委宣传委员。他的家就是地下印刷所,秘密出版不定期的抗日救亡小报。不久,经杨靖宇介绍,他与共产党员诗人金剑啸相识。小报的插图、漫画等美编工作均由金剑啸负责。1932年,哈尔滨松花江堤由于多年失修决口,罗烽举家奔赴南岗避难。这样,印刷所的工作被迫停止。

为了开辟新的宣传阵地,党指示罗烽等人到社会报纸上去找地盘。罗烽与金剑啸商量后,通过作家萧军与长春《大同报》副刊编辑陈华的朋友关系,在该报创办了《夜哨》文艺周刊。《夜哨》于1933年8月6日创刊,这是我党领导下的东北最早的公开文艺阵地。《大同报》是伪满官办报纸,在敌人报纸上办刊物,一方面要反映反满抗日内容,一方面又防备敌人察觉,在当时是冒着一定风险的。罗烽积极为《夜哨》撰稿,在创刊号上,用笔名"洛虹"发表了独幕剧《两个阵营的对峙》,以一个疯人院为背景,描写一个精神病患者的不幸遭遇和愤怒,巧妙地表现了存在于当时社会的阶级矛盾和斗争。在这一期上,罗烽还发表了《哈市文坛消息》,报道了金剑啸在哈尔滨组织星星剧团的情况,使沦陷区人民在这里看到了一片星光。罗烽在《夜哨》上发表的作品还有《口供》《胜利》,诗歌《说什么胜似天堂》《从黑暗中鉴别你的路吧》等。从这些富有战斗性的标题中,明眼人就会感受到一股催人奋起的力量。

《夜哨》创刊还不到半年,由于刊登了一篇抗日小说《路》,被敌伪强制停刊,罗烽便和其他进步作家转移到哈尔滨《国际协报》,新创办了一个名为"文艺"的副刊,继续沿着《夜哨》的方向前进。罗烽此时改用笔名"彭勃"。

1934年6月18日,由于叛徒出卖,罗烽被驻哈尔滨南岗日本领事馆特高系以共产党嫌疑犯罪名逮捕,面对着严刑拷打,罗烽始终坚强不屈，拒不招认。1935年5月下旬，敌人一无所获，最后只得无可奈何地将人释放。

罗烽出狱不久，便在1935年9月与夫人白朗一道，秘密地逃离了哈尔滨，经过艰难的旅程，取道大连走海路到达了上海，住到了萧军、萧红的家中。在上海安顿下来后，罗烽通过先期到达的东北作家舒群结识了周扬同志并接上了党的关系，同时加入了中国左翼作家联盟。在做左联工作的同时，罗烽开始了他文学创作的新时期。他陆续发表了一组短篇小说，后结集为《呼兰河边》由上海北新书局出版。这是罗烽的第一个短篇小说集，所有作品都是以东北为背景表现抗日主题。

继《呼兰河边》后，罗烽又陆续发表了《第七个坑》《特别勋章》《到别墅去》等短篇小说。其中《第七个坑》可以说是他这一时期的短篇代表作。小说的背景是九一八事变后第二天的沈阳。皮鞋工耿大为饥饿所迫，冒生命危险去其舅舅家借粮，不幸半路被日本兵拦住，逼他挖埋人的土坑。一个排字工人，一对年轻夫妇，一个周岁的孩子，一个吗啡鬼，先后被活埋了。在刺刀威逼下，在他挖的第六个坑里，敌人又埋了他的舅舅。当他挖完第七个坑后日本兵便要埋他了。此时耿大忍无可忍，抡起锋利的军锹，将日本兵砍死推进坑里，然后扛起了枪……小说充分揭露了日本侵略者的残暴罪行，同时号召人民，除了反抗，别无出路。《第七个坑》在文坛引起反响，被选入《东北作家近作集》中。在这前后，罗烽还创作了中篇小说《归来》。

抗日战争爆发后，罗烽从上海撤到武汉。武汉时期，是罗烽的创作高产期。在不到一年的时间里，他写了四幕话剧《国旗飘扬》、中篇小说《莫云与韩尔漠少尉》、长篇小说《满洲囚徒》的前半部、第二个短篇小说集《横渡》，还与他人集体创作了轰动一时的话剧《台儿庄》和《总动员》。这期间，罗烽曾到过西北抗日前线。返回武汉后，由于敌机轰炸，他将母亲及夫人白朗和孩子先送往四川。1938年

8月,他只身一人赴重庆,住在市郊的小县江津。

1939年,罗烽随由王礼锡为团长的作家战地访问团再次出川奔赴抗日前线,与敌人周旋在华北平原太行山区,历尽艰险达半年之久。1941年1月,国民党反动派制造了震惊中外的皖南事变,并开始疯狂迫害在大后方的进步文艺工作者。罗烽与艾青等人化装前往延安。到了延安,罗烽被选为中华全国文艺界抗敌协会延安分会第一届主席。毛主席对他的《高尔基论艺术与思想》读书札记,给以充分肯定。

1945年8月,日本帝国主义宣布无条件投降,背井离乡十年的罗烽随东北第二支队从延安出发,准备进入沈阳。当他们行进到阜新时,接到沈阳急电:情况突变。因国民党挑起内战,罗烽毅然穿上军装,投身到解放战争之中。这期间,他主要担任部队宣传部门负责人,兼管《前进报》工作。

白朗是沈阳人。1912年8月20日生于城里小西关,原名刘东兰。罗烽是她的姨表兄,比她大三岁。祖父刘子扬是沈阳有名的中医,后来当了黑龙江省督军吴俊升的军医处长,罗烽父亲则在军医处担任拟稿员。这时,白朗和罗烽两家先后搬至齐齐哈尔,住在同一个院子里,他们二人青梅竹马,度过童年和少年生活。白朗十一岁时丧父,不久祖父失业,患病去世。这使家庭生活发生了更大的变化。

1929年,十七岁的白朗同罗烽结婚,他们一直过着清贫的生活。年轻的白朗因受新思潮的影响,十分厌倦旧式家庭生活,她要冲破樊笼,渴望着新的天地。后来,罗烽向白朗公开了自己秘密从事编印地下刊物工作。那长方形的油印小册子上的蝇头小字,像希望之火点燃了白朗的理想,她找到了新的世界,政治上有了寄托。不久,白朗加入了"反日同盟",她开始了新的生活。中共满洲省委书记兼中共哈尔滨市委书记杨靖宇,亲自指派巴来(金剑啸)和白朗协助罗烽工作,白朗从此成了罗烽的得力助手,帮助他保存文件、资料,刻写蜡版,印刷刊物。她还变卖了结婚首饰,以弥补抗日宣传经费的不足。此后,白朗的家,成了一个反满抗日的中心,编印小报的印刷机关。

反日同盟会开会，也常在她家。

1933年4月，白朗考进了进步报纸《国际协报》，先任记者，后主编每天半版的该报副刊《国际公园》和《儿童》《妇女》《体育》等周刊。后来又主编新创刊的大型周刊《文艺》，此后认识了萧军、萧红、舒群、金人等，并得到了他们的支持，周刊《文艺》与长春《大同报》的副刊《夜哨》齐名成为反满抗日文艺阵地。在此期间，她开始了文学创作的生涯，以刘莉、弋白等笔名发表了不少散文和小说。她的开山之作是中篇小说《叛逆的儿子》，这是描写两代人的隔膜，歌颂青年人的叛逆精神，暴露老年人的保守与落后的作品，在《夜哨》上连载了十一期。作为一个女性作家，白朗同其他一些女作家一样写了一些反映女性人生历程、心灵自省和自我抒情的小说，包括《四年间》《探望》《女人的刑罚》等，都以鲜明的性别特征以及情绪流动表现出了白朗对女性身份和命运的省察和思考。

白朗写的中篇小说《四年间》，1934年6月在《国际协报·文艺》[①]上连载。小说字里行间透露着理想之光，集中再现了女性面临的两难处境，它叙述了主人公黛珈在婚后四年间不断生产、婴儿相继夭亡的过程，重点刻画女性极度复杂的矛盾心理。小说从黛珈与矢野结婚写起，黛珈从一开始就陷入矛盾当中，一方面她因与矢野的爱情获得了胜利而愉快；另一方面她又陷入会因此而失学的担心中，于是"她宁肯拖延婚期，也不愿为了结婚而失学"。在婚后仍可入学的谎言下，黛珈成了新娘。婆婆自然是反对黛珈婚后入学的要求，认为"做媳妇的人就只有管理家务，是她的职责"，况且女孩子念书"学得没个女人样儿"简直就是瞎胡闹，因而坚决反对。但黛珈并不放弃，她倔强地说："我要努力，我要反抗，我要做一个人，要做一个有为的女人！"然而当她最终决定回母校读书时，却怀了身孕。她彻底地绝望了，她知道"一切从此完结，希望破灭了，前途是无涯际的黑

---

① 白朗于1934年6月在《国际协报·文艺》上连载的小说还有《悚栗的光圈》《逃亡日记》《琴音》及《她一直望到黎明》等。

暗",深深地感到:"结婚是女人堕落的路,是女人的陷阱,是埋葬女人的坟墓!"黛珈从此陷入委顿之中。白朗在这里用了鲜明的对比手法突出了婚姻对女性生命的戕害:婚前,黛珈有一副"健美的体格","不知疲倦,没有烦恼",总是"生气勃勃";如今,黛珈"健美的体格一天天孱弱下去,精神也渐渐颓靡了,以前愉快的面容,已飞入乌有之乡,笑容很少在她的脸上出现"。黛珈在这种阴郁沉默的心情中生下了第一个女儿。可爱的婴儿唤醒了黛珈的母爱,她开始忘却过去的痛苦与疲惫,忘记了一切,她"不分昼夜为孩子忙碌着",还兴致勃勃地与矢野畅谈着教育孩子的长远计划,她梦想着让女儿得到她所没有得到的东西:"我一定多多供她读书,要她多得些新知识,要她成为一个典型的女性,要她成为一个勇敢刚毅、充满生命力的女性,要她为我们世界吐一线曙光,要她做我们理想中的女儿……"当黛珈在女儿身上找到了自己的生命和希望时,她脸上终于"现出了愉快的光芒"。然而当孩子生命垂危时,黛珈又陷入了矛盾之中,"她怕她的孩子死去而毁灭她为孩子设想着的一切希冀,她又愿意她的孩子快些死去而实现她没有孩子时幻想的美梦——读书或服务"。当女儿离开仅活了37天的人世时,黛珈的眼前"立刻掠过一道光","被哀闷塞住了的心扉突然敞开了,压在心头的沉重的大石融化了"。但是女儿死了以后,她所希望的读书或者服务并没有实现,而她"不希望的孩子却又降生了"。这第二个女儿同第一个女儿患了同样的不治之症,为了安慰黛珈,矢野给她带来一个去某校任职的消息,黛珈欣喜若狂,她"这时唯有希望孩子速死而完成她第二步希望","这并非她太残忍,也并非不爱她的孩子,实在是她爱希望更甚于爱孩子"。当孩子终于在第七天死去时,黛珈解脱了一般,决定立刻去学校"度她朝夕憧憬着、想念着的清高教学生涯"。然而当她满怀热情地要投入到工作中时,"那官僚式的校长"和"蝴蝶般的同事"令她灰心失望,她重又陷入忧郁和痛苦之中。第三个女儿又出世了,黛珈又开始为孩子设想着将来的一切,然而不久这个孩子也夭折了。白朗在这篇小说里挖掘了婚姻、家庭、生育以及社会对女性的种种束缚和压制，以及女性在这种种逆境下不断挣扎、不断抗争、不断追求、不断失落的命运，其中对女性自身的矛盾性格和矛盾心理以及现实与理想之间的矛盾冲突也做了细致入微的描摹与刻画。实际上，白朗自始至终都是把关注的焦点放在女性在婚姻、家庭、子女与读书、工作、事业的矛盾当中所面临的两难选择，这样的矛盾和冲突以及女性对此的艰难的选择，即使在今天仍具有现实意义。

应该承认，对女性来说，要想像黛珈所希望的那样"做一个人"、做"一个女性的懿范"并不是轻而易举的事，她们需要付出更大的代价和更多的努力。生儿育女、烦琐的家务把女性困在家庭的围城里，消磨掉她的勇气和意志甚至她整个的生命，一直到终老。因此不甘消磨的女性要想突围出去，实现自己更大的人生价值，就必须做出更大的牺牲，而这需要付出多大的勇气！白朗对此深有感触："最难割断的是'母子之情'，最难解决的是家庭的'生活问题'。"在全国上下一致抗战的呼声下，作为一个有社会责任感和爱国主义热情的作家，白朗迫切地期待着"到前方去"，为抗战做出自己的一份贡献。然而，"正因为母子之情难以割舍，生活问题无法解决，虽然我的期待随时都有实现的机会，而我却永远也不敢向那机会握手"。于是一直"隐伏在后方"，"抱着无限惭愧与疚歉的心情，在敌机狂轰滥炸之下，苟延着还很年轻的生命"。而在"整天蹲在家庭的小圈子里，除了柴米油盐和孩子外，与外界，尤其与前方几乎完全隔绝"的情况下，"题材贫乏了，头脑空虚僵化了"，"'文章'等于荒废"了。然而几次下决心离开都因不忍抛下孩子而放弃。于是她又深感到"孩子的牵掣"，感叹他的"生不逢时"。正像所有向往工作，想有所作为的女性一样，白朗也面临着两难选择："为了孩子，我只好暂时牺牲那工作，倘如要去工作呢，也只有牺牲我可爱的孩子了。"于是，"工作、孩子，孩子、工作，它们整日整夜地在我的脑里交战着，激起了不常有的矛盾"。实际上，1934年3月，北满省委遭到大破坏。6月罗烽因叛徒出卖而被捕。白朗受着敌人的严密监视，生活上感情上都负担沉重：一方面她要东奔西走营救罗烽，照顾老人，承担家务；一方面还得坚持编好副刊，继续与敌人作战。年轻的白朗，沉着、冷静，以顽强的毅力，像中流砥柱一样，承受了巨大的苦难和考验。

《四年间》《探望》《女人的刑罚》等小说，可以说是她自身的情感经历，特别是她作为一个女性的人生经历的真实再现。这不仅是白朗一个人所面临的难题，实际上也是觉醒了的现代女性无法逃避的问题。

1935年初，经过党的活动，罗烽被保释出狱，逃出哈尔滨，和白朗登上了从大连开往上海的日本船，投奔已在上海的萧军和萧红。

1936年白朗加入上海文艺家协会，和金人合编了《夜哨小丛书》，写了《伊瓦鲁河畔》《轮下》《生与死》《一个奇怪的吻》《珍贵的纪念》等短篇小说，后来编入《伊瓦鲁河畔》（1948年，文化生活出版社出版）这个集子里。这些小说，描写了在伪满、日寇的魔爪下，那些不甘做奴隶、有血气的最普通的中国人所昭示的中华民族的伟大民族意识和爱国主义精神。

> 咱们的土地，谁打算给夺去，那可不行，这一块地有咱祖宗的血和汗，有咱们祖宗的骨尸，长腿三，你想想，一个后代，眼巴巴地看见人家把自己祖宗的骨尸盗去，那还叫人？
>
> 贾德，冲这话，你小子有骨头！咱们的祖宗的后代全是硬棒棒的，不是这样，咱们简直不能认他是中国的子孙！

这是《伊瓦鲁河畔》里的主人公贾德和长腿三的对话，每个字都闪耀着永远不可征服的我们民族的精魂。

> 死了，无论谁都不要为我流泪，当我瞑目之前，我看见

一个为我所爱的人，正向为民族而牺牲的大路走去，我仿佛也看见了他的血花，我是快慰地死了！

这是《一个奇怪的吻》里的主人公李华用左指写在垄沟上的几句话。她要死了，但仍然用对祖国的挚爱鼓励自己所爱的人去为祖国而牺牲。白朗这时期的所有创作，都无一例外地表现了这一爱国主题。

在《珍贵的纪念》中，表达了爱国与母爱不可兼得的两难心理。白朗曾回忆了她那三个未满周月的婴儿的死去以及她当时无动于衷的心理："我没有一点惋惜，我也不曾流过一滴泪，甚至在第二个小孩子停了呼吸的一瞬，我竟忍心地拍手欢跃，我感到了被解放的轻松"，她因而受到邻居们的议论和婆婆的责骂。在她看来，孩子"不过是一个女人的累赘，无论怎样有希望的女人，一生了孩子，她的自由会被孩子束缚住，她的意志会消磨净尽了，她会变成一个孩子的奴隶，永不解放"。因此，"我怕生孩子，每当我发觉了我已经受孕之后，我便怕得常常暗地里流泪，那种郁闷的心情直到孩子出生之后，死了，才舒展开来。"然而，白朗也有为了孩子而"甚至牺牲一切都不能有一丝的怨悔"的矛盾心理。

1937年七七事变后，抗日战争全面爆发，她同文艺界的大多数人士一样，投身到拯救民族存亡的伟大斗争之中。不久，八一三上海战争爆发，白朗和罗烽都参加了上海的文艺界战地服务团，她日夜在街头奔走呼号，募捐宣传，慰劳伤员和难民……上海的日日夜夜，那是多么不安定的生活啊！艰难的生活、恶劣的环境，迫使白朗夫妇先后搬了六次家，不到一岁的孩子，也在这灾难中死去。但坚强的白朗在祖国的苦难中变得更坚强了。她在散文《一封不敢递的信》中说："从踏上了祖国的土地，我们便蜷伏在上海租界里。为了信仰的关系，我们依然不能畅所欲为，依然受着无形的监禁。然而，从抗战发动以后，祖国总算解放了我们，我们的信仰已获得了广大群众的同情,如今,我可以自由地在人群中高呼着'打倒日本帝国主义'的口号了。妈妈,你该高兴,你的女儿已经跳出了苦闷陷阱,让无限的欢欣与兴奋拥抱着了。"这是白朗来到上海投入抗战洪流后的生活、思想和感情的写照。

1937年9月,在敌人的狂轰滥炸中,白朗夫妇和沙汀、任白戈、舒群、丽尼、杜谈等几十个文艺界的人(包括家眷),第一批撤离上海,来到武汉。当时,武汉、长沙是大批文化界人士的集中地,也是他们去重庆、桂林等地的中转站。白朗在那里生活了一年多,参加了中华全国文艺界抗敌协会的一些活动,参与了罗烽、聂绀弩、丽尼编的《哨岗》的编务和丁玲、舒群编的《战地》的组稿、发行工作,还招待南来北往的文艺界朋友,杨朔、吕荧等人便常住在他们家里。罗烽只身投军山西临汾,白朗独自承受着一家老幼的生活和感情上的折磨。在文坛她不甘寂寞,发表了十几篇记述她的生活、思想和感情的文章。白朗的小说创作主要是一种客观的写实和社会的观照,是白朗对时代文化主流的捕捉和反映,是对自己所处时代生活的客观再现,或者说是对自身以外客观世界的描摹,此外,关于另一些纪实性散文和日记体报告文学如《狱外记》《西行散记》《战地日记》等,白朗则以自己的亲身经历为线索,真实地再现了自己在几个阶段的人生旅程以及自己的情绪波痕,同时也"在这些情绪波痕中折射着时代的和社会的光与影"[1]。这些小说都带有浓郁的自叙传色彩,而且还把自身的经历和命运与民族命运联系在一起,使得她的这些作品既具有真实性又具有鲜明强烈的时代性,留下了时代的真实的影子。

1938年夏,白朗和罗烽先后到达重庆,在上游的江津找了一间房子,住了三个月,萧红也曾在她家小住。为了躲避几十架、上百架日本飞机的空袭,他们不得不多次迁居。1939年夏,白朗下了很大的决心,丢下母亲和嗷嗷待哺的孩子,参加了中华全国文艺界抗敌协会组

---

[1] 杨义. 杨义文存第二卷:中国现代小说史(下)[M]. 北京:人民出版社,1998:334。

织的"作家战地访问团"。她曾说:"我爱我的孩子,同时,我更爱那伟大的工作。"她和其他男同志一样,发挥着自己的作用。返回重庆后,在不安定的日子里,白朗以日记体报告文学的形式,写出了生动记录这次难忘的作家访问团的战斗生活的《我们十四个》,后由上海杂志公司出版。1940年初,她创作的中篇小说《老夫妻》,作为作家战地访问团丛书,由中国文化服务社出版。这部小说,主要刻画、描写了自私、吝啬的守财奴张老财的形象,在日寇奸淫烧杀、无恶不作的血的教训下,他的爱国主义思想从愚昧中醒来,改变了原来的性格,积极支持抗日。张老财的转变,反映了抗日斗争的一个侧面。这部中篇的诞生是她这次战地访问的直接结果。这时期,白朗还创作了一些以东北沦陷为题材的《沦陷前后》《轮下》《忆故乡》等短篇小说和文章。

1941年皖南事变后,反动派到处屠杀进步人士。在周恩来的关怀下,白朗以八路军办事处家属的身份,同草明等人乘车赴延安。稍后,罗烽、艾青、张什、严辰等人也到了延安。白朗在延安《解放日报》当副刊编辑,艾思奇为副刊主任,同陈企霞、林默涵一起工作。她曾在中华文艺界抗敌协会延安分会工作一个时期,任理事;1942年参加延安文艺座谈会,在艾青主编的"文抗"延安分会机关刊物《谷雨》上发表描写罗烽于1934年入狱后,她在狱外的遭遇及苦难生活的《狱外记》,还写了一些其他的文章,如萧红在香港病逝后所写的《遥祭萧红》等。

1943年,白朗入中央党校三部学习一年多,在那里参加了整风,1945年加入中国共产党。"八一五"日本投降。白朗和罗烽于9月离延安奔赴东北故乡开展工作。1946年,白朗来到第二故乡哈尔滨,被选为哈尔滨临时参议会参议员,担任《东北日报》副刊部长、《东北文艺》月刊副主编、东北文艺家协会出版部副部长、东北作家协会轮执主席。

七、激情燃烧的岁月：舒群

（一）寻求文学之路

舒群，原名李书堂，曾用名李春阳、李旭东，李村哲。笔名黑人、舒群。满族，是东北流亡作家的重要成员之一，也是一位革命活动家。其主要作品有短篇小说集《没有祖国的孩子》《战地》《海的彼岸》《我的女教师》《崔毅》；中篇小说集《老兵》《秘密的故事》《雪》；长篇小说《这一代人》；长诗《在故乡》；还有一些散文和评论。

1913年9月20日，舒群出生在黑龙江省阿城县一个工人家庭里。1920年，八岁的舒群入阿城县西营小学读书。舒群父亲为了一家的生活，做过泥瓦匠、铜匠和多种杂工，但都不得温饱，为了生计，舒群父亲和家人颠沛流离于阿城、一面坡、哈尔滨等地。舒群的幼小生命就是在这苦难的家庭、不幸的童年中长大的。苦难的生活，在作家童年的心灵深处打下了不可磨灭的烙印，留下了深刻而沉痛的记忆。

舒群一家最后又回到一面坡。1922年春，舒群去珠河县立第二小学读书，1926年秋毕业。由于成绩优秀，舒群跳了一级。1927年，十五岁的舒群考入哈尔滨一中，名列前茅。但因缴不上伙食费，只读了一个半月的书就被勒令退学。1927年夏，舒群在一面坡"普庆茶园"拐角一家铺面当了徒弟。这个铺面，经营两个铺子：一个叫石印所；另一个叫扎彩铺。舒群少年时期，最喜欢从事有创造性的劳动。舒群当时很喜欢扎纸草人（殉葬品）这种劳动。每个纸草人他都做成神色不同、形象各异的样子，常常出神地观赏着自己得意的作品，心里有一种说不出的愉快。这种创造性的劳动，一定程度地陶冶了舒群的艺术气质。后来，因老板娘打他，舒群一气之下离开了这铺面。

舒群在流浪中结识了一个朝鲜孩子果里，他是中东铁路苏联子弟第十一中学的学生（是作家后来所写小说《没有祖国的孩子》主人公果里的原型）。经果里的引见，在班主任苏联女教师周云谢克列娃的帮助下，舒群进了中东铁路苏联子弟第十一中学。这位女教师就是舒群写的小说《我的女教师》里苏多瓦的原型。舒群从生活到经济、政治等各个方面，都得到了这位女教师的热情帮助。她给舒群讲十月革命的故事，帮助舒群学习文学名著和科学知识，在舒群幼小而纯洁的心田里，播下了革命的种子。老师给了舒群很好的政治、文学的启蒙教育。用舒群的话讲："她不仅是我的文化老师，第一个政治老师，而且也是指引我走上文学道路的老师。"但是，好景不长，第二年舒群就被东省特别区教育厅的督学查出，赶出了学校。1928年春末夏初，转到在一面坡新建的第六中学读书。1927年至1928年间，曾在哈尔滨一中、苏联子弟中学、一面坡第六中学就读，受到很好的教育，为以后的文学创作打下了很好的基础。

直至1930年，经同学温少筠、陈仕卿的帮助，舒群又重新回到哈一中，读完初中三年。读书期间，舒群阅读了大量古今中外名著，如中国古典小说《红楼梦》《水浒传》《三国演义》，俄国作家托尔斯泰的《战争与和平》，法国作家梅里美的《卡尔曼》《高龙巴》，美国小说家欧·亨利的《二十年后》以及唯美派大师王尔德的作品，同时还阅读了鲁迅、郭沫若、茅盾、田汉、蒋光慈、白薇等中国现代作家的作品，使他对社会对人生有了许多新认识。舒群从大量的文艺作品阅读中，找到了自己第一个文学上的老师蒋光慈。他认真研究探求蒋光慈的文学道路，蒋光慈的作品给舒群的早期创作以有力的影响，指引他健步走上艰难的文学道路。从舒群最初的作品中，可以明显地看出这种影响。

舒群在哈一中毕业后，又考入了免费的哈尔滨商船学校，舒群念了半年书，又因家境贫困而退学，到航务局做俄文翻译。九一八事变第三天，面对着国破家亡的严酷现实，舒群怀着强烈的爱国热忱，退职参加了哈尔滨抗日义勇军，奔赴抗日前线。

（二）舒群的小说创作历程

舒群的文学生涯开始于1931年秋。这年春天，在哈尔滨市地下党的领导下，哈尔滨市委第一个党报《哈尔滨新报》正式创刊。舒群在该报副刊《新潮》上经常发表诗歌和散文，后来他被聘为这家报纸的通讯员。

1932年3月末，舒群经陈仕卿介绍，参加了第三国际中国组的工作，9月加入中国共产党。年底，组织派他到洮南任情报站站长，用《哈尔滨五日画报》分销处的名义做掩护，从事情报的搜集和传递工作，直到1933年秋。舒群在第三国际工作期间，业余写作并演出进步戏剧。他在《国际协报》《哈尔滨商报》《大同报》的副刊上，用"黑人"的笔名，发表诗和散文。这些作品，有的是揭露日伪反动统治者的残暴和黑暗；有的反映下层穷苦劳动人民的苦难；也有的表现知识青年的爱国热情和对祖国沦丧的苦闷心情。这阶段，舒群与在哈尔滨的许多进步文学青年建立了友谊，如陈凝秋（塞克）、罗烽（洛虹）、金剑啸、三郎（萧军）、悄吟（萧红）、白朗（戈白、刘莉）等，并在现代作家金剑啸创建的进步戏剧团体"星星剧团"里当演员，和萧红一起排演白薇的独幕剧《娘姨》（女佣人之意）。

1934年3月，哈尔滨一片白色恐怖，日伪反动当局到处抓人，疯狂迫害进步作家和革命人士。由于这种危险的环境和复杂的斗争形势，第三国际的情报人员都采用单线领导，这时舒群已与组织失去了联系。他为寻找党和免遭毒手，在友人的帮助下，离开哈尔滨，来到青岛。当时，北洋军阀统治着青岛，海军司令沈洪烈兼任市长。那时，德、日帝国主义势力很大，国民党特务只能半公开活动。所以，当时东北逃亡青年和革命者都以此地为避风港。舒群在那里通过同学介绍，认识了姓倪的地下党员，倪家将他安排住在二区区公所。不久他和倪家三妹（也是中共地下党员）结了婚。舒群这时写信给萧军、萧红，让他们也来青岛，倪家又给二萧安排了住处。

1934年秋，青岛出了内奸。中秋节，国民党蓝衣社搞了一次大搜捕。青岛地下党组织尽遭特务破坏，舒群及倪鲁平、倪青华兄妹等均被捕入狱。舒群与中共青岛市委书记高嵩同囚一室。他在阴冷的监牢里，在高嵩的支持与鼓励下，开始并完成了《没有祖国的孩子》的写作（初稿）。幸而舒群党的关系尚未暴露，在哈尔滨的革命活动，敌人也没掌握，几个月后，他便被释放了。这段经历虽很短暂，但对舒群来说，是永生难忘的。不仅是狱中生活和难友教育了他，锻炼了他，更重要的是他的名篇小说《没有祖国的孩子》在此诞生。

1935年春，舒群获释后，去烟台待两个月，六七月流落到上海，参加了左联。改完小说《没有祖国的孩子》，请人面呈鲁迅先生而未能如愿。幸逢作家白薇（同楼房客）于亭子间发现此稿，赞不绝口。她将舒群此作转递给周扬。1936年5月，《没有祖国的孩子》以"舒群"笔名刊于傅东华主编的《文学》杂志五月号上。这是他的第一篇小说，也是他的代表作，它标志着舒群从事专业文学创作的开始。《没有祖国的孩子》发表后，震动很大，周扬、周立波等都有评论。

从发表《没有祖国的孩子》开始，到七七事变前一年多的时间里，舒群写了二十多篇短篇小说，分别收入《没有祖国的孩子》（1936年9月出版的短篇小说集九篇）、《战地》（1938年4月出版的短篇小说集十四篇）等两个短篇集中，两部中篇小说《老兵》和《秘密的故事》，还有没成集的散文、长诗等，加在一起共三十多万字。他不辞辛苦地日夜写作，可谓是高产作家，这是舒群写作最旺盛的时期。

1937年八一三事变后，党指示将上海的著名作家和文化界人士分两队撤退。舒群先随第一队沙汀、罗烽、白朗、艾芜等二十来人去重庆。但到南京，他因任务耽搁，便跟第二队的周扬等十多人前往延安。当走到西安办事处，林伯渠和周扬派他和周立波以随军记者的名义，去山西东南前线的八路军总司令部工作。当时与他们同行的还有美国作家史沫特莱女士。

在总部，舒群给朱总司令做过四个月临时秘书。1938年2月，任弼时指示他去武汉办刊物，和丁玲共同创办了《战地》。但当时丁玲身在延安，实际由舒群一人主编，得到了罗烽、白朗、锡金等人的支持。抗战全面爆发后，舒群不断地参加革命工作，做记者、编辑、教员和若干组织里的负责工作，中断了写作。这时与王莹、适夷、锡金、罗烽等集体创作出版了三幕剧《台儿庄》，贺绿汀制曲；报告文学集《西线随征记》；还和罗烽、陈荒煤、宋之的共同创作了四幕剧《总动员》；并先后于《战地》《抗战文艺》《文摘》发表了一些小说和散文。后因与胡风发生了争执，《战地》只出六期就停刊了。

1939年初春，由武汉撤至桂林。在桂林，舒群在《中学生半月刊》《文艺阵地》《国民公论》《广西日报》副刊《漓水》上，发表过一些短篇小说和散文。1940年党派他回到延安，任延安鲁迅艺术学院文学系教员。1941至1943年凯丰派他担任《解放日报》四版主编。1942年4月13日，毛泽东写信给舒群，委托他代为搜集"关于文艺诸方针问题"反面的意见，指示他"如有所得，请随时示知为盼"。1942年延安整风时，他在"抢救运动"中被怀疑受审，停止工作两年。一年被看管，从1944年开始近一年时间，在三五九旅开荒种地。同年秋收后，调至"鲁艺"任文学系主任。此时，由于繁重的工作和频繁的政治运动，舒群又中断了写作。

1945年八一五光复后，党中央以鲁艺为中心成立了有文学、美术、戏剧、音乐著名工作者参加的东北文工团，舒群任团长，后改名为东北文工一团。后来，沈阳、本溪、大连、齐齐哈尔又有一些同志参加了文工团。延安青年剧院全体人员也赶到东北，组成东北文工二团。文工团于9月2日出发，徒步横跨陕西、山西、河北、热河、辽宁五省，于1945年10月抵达沈阳。舒群出任东北局宣传部文委副主任。后来，东北局从沈阳撤到本溪办东北大学，舒群任副校长。

第三章　东北流亡作家的发展与中国左翼文学

第一节　九一八事变后的中国文化与中国文学

一、北京和上海文坛状况

1931年9月18日晚，盘踞在中国东北的日本关东军按照精心策划的阴谋，由铁道"守备队"炸毁沈阳柳条湖附近的南满铁路路轨，并嫁祸于中国军队。这就是所谓的"柳条湖事件"。日军以此为借口，突然向驻守在沈阳北大营的中国军队发动进攻。由于东北军执行"不抵抗政策"，当晚日军便攻占北大营，次日占领整个沈阳城。日军继续向辽宁、吉林和黑龙江的广大地区进攻，短短四个多月，128万平方公里、相当于日本国土3.5倍的中国东北全部沦陷，3000多万父老成了亡国奴。这就是震惊中外的九一八事变。

（一）九一八事变后国民党的文艺观

九一八事变发生前，中国内战不息，1930年中原大战，张学良受蒋介石诱惑，率东北军7万余人入关助蒋，使东北防务空虚，给日军行动造成了机会。中原大战后，蒋介石继续坚持反共立场，调动数十万军队，连续对中国共产党领导的工农红军发动大规模的反革命"围剿"。国民党内部斗争亦十分激烈，1931年5月，汪精卫等在广州另立中央，成立"国民政府"，形成宁粤对峙的局面。国民党统治集团把精力都用到内战和内争中去了，根本不顾外患。从1930年12月到1931年7月，国民党反动派先后发动三次反革命军事"围剿"，烧杀掠夺，血流成河，但工农红军和苏区人民在毛泽东、朱德等同志的正确领导下，连续取得反"围剿"的巨大胜利。

"万宝山事件"发生后，东北边防公署三次派员调查。9月初，国民党政府承认了这一事实，表示可用外交途径解决，并委曲求全，将关玉衡逮捕，拟对关进行军事审判。但日本帝国主义者并不罢休，他们认为"中村事件"正好是向东北出兵的"天赐良机"，公开宣称要以武力解决满蒙问题，侵略气焰更加嚣张。东北危亡在即，蒋介石政府却认为日本为亚洲文明国家，绝不会有违反国际公约之行为，日方之宣传或系一恐吓手段。蒋介石不仅没有对日军入侵有所防备，反而一再电令张学良，"无论日本军队此后如何在东北挑衅，我方应予不抵抗，力避冲突"。由于中国政府奉行不抵抗政策，所以日本关东军司令部敢于命令仅一万余人的关东军向驻有近20万中国军队的东北全境发动进攻。

九一八事变发生时，正值国际联盟召开第十二届大会。中国政府不积极动员人民和军队抗击日本侵略军，却把一切希望寄托于国联。9月19日，国民党政府外交部电饬出席国联会议的代表施肇基，向国联控告日军侵略中国东北领土，请国联出面主持公道。施肇基在诉说日军入侵，中国军队毫无抵抗的情景时，声泪俱下，并声明：中国完全听命于国联，毫无保留条件。

九一八事变后，由于国民党政府奉行不抵抗主义的政策，对人民抗日救国运动力加镇压，使日军占领东北后把侵略的战火又烧向中国内地，给中国人民带来了无比深重的灾难。国民党政府为了配合军事上的"围剿"，在其统治区内又对革命的文化运动进行了"围剿"，对进步团体、进步组织成员进行疯狂的迫害,进步作家所处的环境阴霾弥漫。

早在1929年,创造社、太阳社先后被封,许多同志被通缉。所有的事实让人感到凡是反对国民党反动政府的文艺家,都要遭到盯梢、失踪或秘密的逮捕。

1930年2月13日,"中国自由运动大同盟"成立,这是一个纯粹政治性的团体,斗争纲领是反对帝国主义和国民党的反动统治,鲁迅是重要领导者之一。为了将同盟的宗旨扩大宣传到青年中去,鲁迅在两个月内,曾先后到艺术大学、大厦大学和中国公学等校演讲。鲁迅在一封信里谈到这几次演说,都是关于文学的,可是连这些演讲也不被国民党当局所放过,"有些人也以为大出风头,有些人则以为十分可恶,谣诼谤骂,又复纷纭起来。半生以来,所负的全是挨骂的命运,一切听之而已,即使反将残剩的自由失去,也天下之常事也"①。当时上海的教育局长陈德徵,对于鲁迅等发起的"自由大同盟"勃然大怒说:"在三民主义的统治之下,还觉得不满吗?那可连现在所给予着的一点自由也要收起了。"②后来的事实证明,他们真的是收起了。"自由大同盟"很快遭到了特别严重的压迫,简直无法活动。鲁迅也因参加"自由大同盟"的活动,被反动派"秘密通缉",国民党的浙江省党部明目张胆地呈请通缉鲁迅,并借"自由大同盟"作题目,加给鲁迅以"堕落文人"的罪名。因为这一纸反动公文,鲁迅即从此被斥逐于自己的家乡。鲁迅遭此厄运,义愤填膺。当时有人来劝鲁迅发表声明,退出"自由大同盟",但鲁迅坚定地说:"浙江省党部'今竟突然出此手段,那么我用硬功对付,决不声明,就算由我发起好了……'"③自此以后,鲁迅基本上过着半地下式的生活,敌人不断地盯梢、信检,以至于散布黑名单,扬言要加以捕杀等。在国民党的

---

① 鲁迅. 鲁迅书信集(上卷) [M]. 北京:人民文学出版社,1976:246。
② 转引自林志浩. 鲁迅传 [M]. 北京:北京出版社,1981:300。
③ 转引自林志浩. 鲁迅传 [M]. 北京:北京出版社,1981:301。

破坏和恐吓下，到了5月"中国自由运动大同盟"就等于自行解散了。

1930年3月2日，中国左翼作家联盟在上海成立。参加发起的作家有鲁迅、郭沫若、茅盾、沈端先、钱杏邨、蒋光慈、冯乃超、郁达夫、柔石等五十多人。会上通过的理论纲领宣告，"我们的艺术是反封建阶级的，反资产阶级的，又反对'失掉了社会地位'的小资产阶级的倾向"，并且表明要"援助而且从事无产阶级艺术的产生"。无产阶级革命文学的倡导发生在1928年初，但其渊源可以追溯到1923年前后。早期共产党人邓中夏、恽代英、萧楚女、沈泽民、蒋光慈等就提出过无产阶级文学的主张，革命文学运动的发生是马克思主义传播的结果，从"文学革命"到"革命文学"的转变是有迹可寻的。到1928年，无产阶级革命文学的崛起，主要是由政治形势突变所推动。四一二反革命政变后，上海聚集了一批参加过革命实际活动的作家，加上一批从日本等地归国的激进的青年，这些人共同倡导了革命文学运动，推动了政治上的持续革命。此外，他们的文学观点深受当时苏联和日本等国的无产阶级文学运动中左倾机械论的影响。后期创造社的骨干李初梨在他的倡导文章《怎样地建设革命文学》[①]明确提出文学的任务就是"反映阶级的实践和意欲"，只要将革命的意图加以形象化，就可以"当作组织的革命的工具去使用"；由此认为"五四"以来那些重在描写与提示生活现实的作品都已经过时，他们全面否定"五四"新文学的传统，要彻底抛弃。倡导者们把矛头直指五四时期已经成名的作家，重点批判清算了鲁迅、茅盾、叶圣陶、郁达夫等人，并认为鲁迅写作的那个"阿Q时代早死去"，鲁迅创作大都没有现代意味，只能代表清末及庚子义和团时代的思想[②]，甚至判定鲁迅是"封建余孽"，其他资深作家也一律被戴上"有产者与小有产者代表"的帽子。这种攻击引起鲁迅、茅盾对文学理论的深入思考。鲁迅

---

① 李初梨. 怎样地建设革命文学 [J]. 文化批判，1928（2）。
② 钱杏邨. 死去了的阿Q时代 [J]. 太阳月刊，1928（3）。

指出，在革命到来之前，文学大抵都是叫苦鸣不平的文学，渐次变为怒吼的文学，但"到了大革命的时代，文学没有了。没有声音了"，因为"大家忙着革命，没有闲空谈文学了"，①不应当夸大革命的伟力。然而当革命文学成为一股潮流并受国民党镇压时，鲁迅又从现实的角度又肯定了"革命"作为一种反抗性思潮的存在理由，认为这是"势所必至，平平常常，空听嚷力禁，两皆无用"②。茅盾比鲁迅更明确赞成革命文学的倡导，他批评创造社、太阳社某些作者"仅仅根据了一点耳食的社会科学常识或是辩证法，便自负不凡地写他们所谓富于革命情绪的'即兴小说'"③，这种忽视文艺本质的做法将不可避免地走上标语口号化的道路。他还认为以现实主义精神去"凝视现实""揭露现实"是严酷的革命低潮时期所必需的，并严厉批评创造社、太阳社对"五四"文学传统的全盘否定。

革命文学的论争引起了国共两党的注意，面对危机四伏的历史时期，为了维持思想统治，国民党政府曾做过建立党制文化与党制文学的种种努力。1929年9月，国民党中央宣传部召开了"全国宣传会议"，提出以"三民主义的文艺政策"来清理统一文坛，扼杀"革命文学""无产阶级文学"。为了达到目的，并由宣传部出钱，在南京办起中国文艺社，刊行《文艺月刊》；在上海则有《民国日报》的文艺周刊与《觉悟》副刊，公开宣言打倒"革命文学"和"无产阶级文学"，"建设三民主义的新文学"④。国民党当局将左联的一些刊物和书籍查禁，左联的成员也遭到通缉、逮捕甚至杀害。在这种情况下，共产党则指示创造社、太阳社停止攻击鲁迅，让他们同鲁迅以及其他革命的"同路人"联合起来，成立统一的革命文学组织，对抗国民党的文化"围剿"。为了服从旨在抵抗日本侵略的民族统一战线政策，

---

① 鲁迅. 鲁迅全集（第3卷）[M]. 北京：人民文学出版社，1981：421。
② 鲁迅. 鲁迅全集（第10卷）[M]. 北京：人民文学出版社，1981：292。
③ 茅盾. 茅盾全集（第19卷）[M]. 北京：人民文学出版社，1991：211。
④ 1930年11月26日上海《民国日报》。

1936年春左联解散，其前后活动存在六年时间，对20世纪30年代乃至后来的文学发展产生巨大的影响。

（二）九一八事变后共产党的文艺观

九一八事变前后，中国共产党在文化、文学上的态度是：结合中国的实际，坚持理论和实践相结合的原则。

左联成立后，出版了《拓荒者》《萌芽月刊》《北斗》《文学周报》《文学导报》《文学》半月刊等，左联还接办和改组了《大众文艺》《现代小说》《文艺新闻》等期刊。在北方有设在北平的相对独立的"北方左翼作家联盟"，并与上海的左联遥相呼应，吸引了大批革命的文学青年。端木蕻良就是北方左联的成员之一，有的成员既是左联作家又是革命者，从事实际的革命活动。左联成立后的第一项重要工作，就是成立马克思主义文艺理论研究会，加强对马克思主义文艺理论的翻译、介绍和研究工作。由于鲁迅、瞿秋白、茅盾、冯雪峰、周扬、胡风、钱杏邨等人的努力，在中国第一次出现了"依据社会潮流阐明作者思想与其作品底构成，并批判这社会潮流与作品倾向之真实否"[①]的马克思主义文艺批评。瞿秋白从俄文原文翻译了马克思主义经典作家的主要理论著作，并写了大量文章系统全面地介绍与阐述马克思主义经典作家的文艺思想。普列汉诺夫、拉法格、梅林、卢那察尔斯基、沃罗夫斯基的论著也都介绍到中国。他们还以极大热情努力输入苏联及其他国家的文学作品，影响最大的有高尔基的《母亲》、法捷耶夫的《毁灭》、绥拉菲摩维支的《铁流》、肖洛霍夫的《被开垦的处女地》等早期无产阶级文学作品。鲁迅也先后与郁达夫、茅盾等主编过《奔流》与《译文》杂志，主要译介了易卜生、惠特曼、列夫·托尔斯泰、莱蒙托夫、裴多菲、契诃夫、果戈理等作家的作品。同时也有一部分中国现代作家的作品翻译介绍到国外，让世界了解中国。

---

① 冯雪峰. 冯雪峰论文集（上）[M]. 北京：人民文学出版社，1981：12~13。

左联还积极推动文艺大众化运动。左联成立后,设立了文艺大众化研究会,并在《中国无产阶级革命文学的新任务》的左联执委会决议中,明确规定"文学的大众化"是建设无产阶级革命文学的"第一重大的问题"。《大众文艺》等刊物展开了文艺大众化问题的讨论,发表了许多文章和座谈会记录。鲁迅参加了这次讨论,发表了《文艺的大众化》。他一方面驳斥了新月派梁实秋之流对劳动人民的诬蔑,反对把艺术置于大众之上的错误观点;另一方面他又批评革命文艺界内部某些绝对化的主张和做法,指出"倘若此刻就要大众化,只是空谈"。在无产阶级取得政权以前,大众化没有"政治之力的帮助","一条腿是走不成路的"。鲁迅在讨论中始终坚持了将接受外来文化与继承民族传统相统一的观点,指出:"采用外国的良规,加以发挥,使我们的作品更加丰满是一条路;择取中国的遗产,融合新机,使将来的作品别开生面也是一条路。"[①]鲁迅将这概括为"拿来主义",强调对于古代、民间与外国文化"我们(都)要拿来","或使用,或存放,或毁灭","没有拿来的,文艺不能自成为新文艺"[②]。鲁迅这一"拿来主义"思想指出批判继承文化遗产对于创造新文化的重要意义。这在为柔石翻译的《浮士德与城》所写的《后记》里,就有明确而深刻的论述。他指出:"新的阶级及其文化,并非突然从天而降,大抵是发达于对于旧支配者及其文化的反抗中,亦即发达于和旧者的对立中,所以新文化仍然有所承传,于旧文化也仍然有所择取。"[③]

以左联为核心的无产阶级文学运动,在其后期又从苏联引入了"社会主义现实主义"的口号,作为一种新的创作方法,其影响一直延续到当代。作为无产阶级文学的一种基本创作方法,"社会主义现实主义"是1932年苏联首届作家代表大会确定的。它要求文艺家从现实的革命出发,真实地历史地具体地描写现实,这个口号的提出强调

---

① 鲁迅. 鲁迅全集(第6卷)[M]. 北京:人民文学出版社,1981:48。
② 鲁迅. 鲁迅全集(第6卷)[M]. 北京:人民文学出版社,1981:38。
③ 转引自林志浩. 鲁迅传[M]. 北京:北京出版社,1981:304—305。

文学"写真实"的一面。

（三）九一八事变后自由主义作家流派的文艺观

20世纪30年代文艺思想领域呈现出极为活跃的状态，经过整合筛选形成了马克思主义与自由主义两大文艺思想对立的局面。马克思主义文艺思想在斗争中成为无产阶级文学运动的指导思想，而且对众多追求革命的文学家产生巨大的吸引力，构成30年代文学的主潮；而自由主义文艺思潮在理论和创作实践上与中国社会发展的时代背景背道而驰，远离政治斗争集中体现的党派斗争。

这一时期自由主义作家流派有新月派、性灵文学流派、京派和海派等，在理论上的主要代表人物有梁实秋、林语堂、沈从文、朱光潜等。他们公开地表示反对"为艺术而艺术"。梁实秋认为，"文艺而躲避人生，这就是取消了文学本身的任务"，"文学里面是要有思想的骨干，然后才能有意义，要有道德性描写，然后才有力量"。[①]朱光潜也明确表示19世纪所盛行的"'为文艺而文艺'的主张是一种不健全的文艺观"。[②]沈从文则希望自己的作品能给那些"对中国社会变动有所关心""各在那里很寂寞的从事与民族复兴大业的人"以"一种勇气同信心"[③]。这些观点表明在半封建半殖民地的中国自由主义作家不可能完全无视民族、国家的呼唤，他们也是以自己的不同于革命作家的方式关心民族、人民以及社会现实人生，以自己的方式探求民族复兴的道路。

朱光潜关于20世纪30年代自由主义作家对政治、社会、艺术的思考具有代表性，他认为："中国社会闹得如此之糟，不完全是制度的问题，是大半由于人心太坏。我坚信情感比理智重要，要洗刷人

---

① 梁实秋. 梁实秋论文学 [M]. 台北：时报文化出版事业有限公司，1981：373。

② 朱光潜. 我对于本刊的希望 [J]. 文学杂志，1939（1）。

③ 沈从文. 沈从文文集（第6卷）[M]. 广州：花城出版社、生活·读书·新知三联书店香港分店联合编辑出版，1983：68。

心,并非几句道德家言所可了事,一定要从'怡情养性'做起……要求人心净化,先要求人生美化。"① 这在以改变社会制度为目标的政治革命为时代中心的30年代里,把社会问题的症结归之于"人心太坏",并与社会制度根本改造对立起来,就显得不合时宜。特别是在九一八事变后,日本连续发动对中国的侵略战争,东三省沦陷,这些自由主义作家面对民族危机,回避现实谈"风"、论"月",时代感不强。这些自由主义作家既不满意国民党政权,更对日益发展的工农力量心怀疑惧,他们对政治斗争(特别是作为政治斗争集中体现的学派斗争)采取贵族式的不介入的清高态度,绝对不能容忍文艺成为政治斗争的一翼。文艺的超功利性与独立性是他们一贯的主张,他们反复强调"超脱现实"的原则。这种文艺观与当时强调现实批判和社会功利性的文学主潮是相对立的。以鲁迅为代表的"左翼"文学家们与自由主义者展开了思想理论上的斗争。

首先是左翼作家与新月派的论争,这是当时非常具有代表性的论争。

1927年,胡适、徐志摩等到达上海,于是年春创办新月书店,由胡适任董事长,1928年3月创刊《新月》杂志,主要撰稿人有徐志摩、罗隆基、胡适、梁实秋等。在论争中新月派的目的在于根本否定无产阶级文学存在的理论基础,他们首先打出"人性"的旗帜,抹杀左翼文学家所看重的文学的社会阶级基础,以"永恒的人性的文学"否定"无产阶级的阶级的文学"。争论的焦点,不在于肯定或否定"人性"的存在,问题在于梁实秋等人是以人性的普遍存在论反对阶级论,否定无产阶级文学。为此引起左翼的反击。鲁迅指出阶级社会里的文学,"都带"着阶级性"而非'只有'"②。

左、右文坛对"性灵文学"(幽默文学)的态度

20世纪20年代末,文学的生产迅速走向商品化,其明显的标志

---

① 朱光潜. 朱光潜全集(第2卷)[M]. 合肥:安徽教育出版社,1987:6.
② 鲁迅. 鲁迅全集(第4卷)[M]. 北京:人民文学出版社,1981:127.

是书局大量涌现，报纸杂志的数量也成倍地增长，文学生产的商品化竟然与意识形态领域的斗争缠结在一起。这种文学的商品化生产还直接地助长了消闲性文学的产生。20世纪30年代以林语堂创办或主编的几家杂志为代表的"幽默文学"的兴起，是20世纪30年代上海日渐成熟的消费文化在文学领域里的回响。所谓的幽默文学其实就是指当时风行的小品文。1932年，林语堂创办《论语》半月刊，1934年9月主持出版小品文半月刊《人世间》，1935年9月又有《宇宙风》问世，依托三个刊物为阵地，并形成了一个标榜"性灵文学"的文学流派。与上述风格相近的还有《十日谈》《新语林》《文艺风景》《小品文月刊》《文艺茶话》等刊物，小品文在1934年前后达到了极度的繁盛。章克标在一篇题为《论随笔小品文之类》的文章中说道："以幽默号召的《论语》半月刊既有最广泛的读者群众，而同性质的刊物，不下数十种，各能维持相当的销数。连本来不注重此种杂文的大杂志，也都另辟专栏来登载此类文章，可见其确有风靡一时之概。"[1]由此可见，幽默小品文的影响是何等巨大。

在当时的社会环境下，消费文化的产生是现代性被世俗化的必然结果，文学的生产、流通和消费逐渐形成一套商业化的机制也是势所必然。但是在现代中国特殊的历史文化背景下，文学始终被置放在民族国家政治的高位上，文学是启蒙的工具，是挽救民族危亡的利器，在外族入侵的紧要关头，这种高调的文学观自然不会容忍文学跌落到聊供赏玩、消闲之用的消费品的地位。林语堂的这种"自我表现的学派"标举性灵——"'性'指一个人之'性'，'灵'指一个人之'灵魂'或'精神'"[2]，其自我表现理论大抵有两个特色：一是强调对内灵魂的封闭性的自我审视与表现，绝对排斥对自我之外的国家、民族、人民、社会的关注、探索与表现；二是强调人的性灵——自然本

---

[1] 章克标. 论随笔小品文之类 [J]. 矛盾月刊，1934（3）.

[2] 转引自钱理群等. 中国现代文学三十年（修订本）[M]. 北京：北京大学出版社，1998：205.

性的自然流露，要求文艺摆脱社会（首先是阶级斗争的实践）的"约束"，回到"自然"——本能的生物的人——那里去，作个人生命本能的、非意识的表现。这一流派作家讲究性灵、笔调，多谈风月，少谈或不谈政治。这与国共两党的意识形态要求都相去甚远，因此不可避免地遭到了来自左、右两个方面的夹击和围攻。这与现实政治有意拉开距离的文学流派，也必然难以找到顺利发展的空间。

国民党文人对于立意在讽刺的幽默文学，当然要视为仇敌。幽默文学以《论语》《人间世》等林氏刊物上的小品文为主要代表，《论语》在前几十期，讽刺色彩还是相当浓烈的，而且矛头常常直指时政，如第四期《论语》栏里几篇短文的标题是《断烂朝报》《吾家主席》《汪精卫出国》《兴国之徵》《尊喇嘛教为国教议》，由此变可见其锋芒之锐利。其余像《半月要闻》《雨花》《古香斋》等栏目在风格上也都极为辛辣。《半月要闻》是以讽刺笔法概述每半月发生的政治时事，常常涉及政界要人，批评当局政策，如讽刺国民党的对日不抵抗政策："四中全会，绝口不言外交。一说弱国无外交，故不谈。一说外交不成问题，故不谈。又一说，外交重实践不重空谈，故亦不谈。又一说，长期抵抗，一面，忍耐抵抗等字面皆已用完，故不谈。"①《雨花》所收多是短则三五十字、长则三四百字的幽默短文，内容广泛涉及社会、伦理、风俗等各个方面。《古香斋》则辑录各地逸闻奇事，内容多关于政治、陋俗以及社会生活中的荒谬事件，是《论语》最有特色的栏目之一。鲁迅曾在《"滑稽"例解》中自言，在《论语》中他最爱看的是《古香斋》这一栏，认为其中登载的荒诞可笑的事情断非滑稽作家所能凭空写得出来②。这些时事批评，词句非常尖刻，大不为官僚绅士所容，因此，"各地禁止《论语》销售，也和禁售《语丝》相同"③。国民党甚至认为幽默是普罗文学的新"伎俩"，

---

① 《论语》1934年2月16日第35期"半月要闻"。
② 鲁迅. 鲁迅全集（第5卷）[M]. 北京：人民文学出版社，1981：343。
③ 曹聚仁. 文坛五十年 [M]. 上海：东方出版中心，1997：271。

刘百川认为"普罗之计划，暗中复侵入于幽默，变成幽默的普罗，普罗的幽默。由是人民只有怨愤，慨叹，怨恨，甚至铤而走险，入山为匪。最好的也是暗骂当局，不负责任，造成今日之现象。"①文公直在《亡国文化的肃清与文化统制的建设》一文中列举了现代中国文化的十大蠹，其中"幽默文艺"位列第七，其罪状是"消蚀意志，离散团结"②。国民党文人对幽默文学的攻击主要集中在以下几个方面：一是指责幽默文学"惟事谩骂"，"一意指摘他人，辱骂政府"，③助长了一种"喜笑怒骂的尖刻作风，催促民族意识极度衰落"；④二是认为"带有滑稽玩乐的幽默文学正和中国人的苟且、散漫、狎昵的态度相近，这种文章不只是不能使中国人兴奋、紧练、勇敢，简直是赞美中国人的劣性；这些文学作品顺我们看来出版的越多，流毒也越大，中国民族的劣根性，越不能变换"⑤；三是嘲讽"'幽默'运动之真谛，发财而已矣！"林语堂、陶亢德之流"一方面榨取读者之血汗，一方面剥削投稿者之心血，坐收巨金，其手段毒辣，视'文贼''文商'之流，则有过无不及也"⑥。总之，在国民党看来，幽默文学涣散民心，挑动人们反政府的情绪，使他们在麻醉中丧失民族意识和国家意识。

  如果说30年代的时代特征可以用一两个简单的字眼来概括的话，最合适的或许会是"抗战"，这是一个充满强烈的感情色彩的词语。这种概述相当确切地指明了战争对于作家生活方式的改变，"抗战的

---

  ① 刘百川.建设民族文化［J］.汗血月刊，1934年第2卷第5号"民族文化建设专号"。
  ② 文公直.亡国文化的肃清与文化编制的建设［J］.汗血月刊，1934年第2卷第4号"文化剿匪专号"。
  ③ 文公直.中国政治之史的观察［J］.汗血月刊，1933（2）。
  ④ 文公直.自己的检举［J］.汗血月刊，1933年第1卷第2号"抗日问题研究专号"。
  ⑤ 漠野.论小品文杂志［J］.华北月刊，1934年第2卷第3期。
  ⑥ 1934年5月30日《社会新闻》第7卷第20期《幽默有价》。

烽火,迫使着作家在这一新的形势底下,接近了现实:突进了崭新的战斗生活,望见了比过去一切更为广阔的、真切的远景。作家不再拘束于自己的狭小的天地里,不再从窗子里窥望蓝天和白云,而是从他们的书房、亭子间、沙龙、咖啡店中解放出来,走向了战斗的原野,走向了人民所在的场所;而是从他们生活习惯的都市,走向了农村城镇;而是从租界,走向了内地……"①这样一种抗战激情下,林语堂等却表现出所谓"自我表现",所谓"闲适""趣味"的主张和创作实践,在20世纪30年代严酷的社会现实中,这些容易被视为是对黑暗现实的逃避,对作家社会责任的推卸。鲁迅等左翼作家这样指责林语堂、周作人"性灵文学"的实质:"在风沙扑面、狼虎成群的时候","靠着低诉或微吟,将粗犷的人心,磨得渐渐的平滑"②,这是十足的"抚慰劳人的圣药"③,"麻痹"民族灵魂的"麻醉性的作品"④。鲁迅在谈到幽默时还认为,在做讽刺家危险的时代,人们只能借着笑的幌子,把肚中的半口闷气吐出来,这便是幽默流行的原因。但是"幽默既非国产,中国人也不是长于'幽默'的人民,而现在又实在是难以幽默的时候。于是虽幽默也就免不了改变样子了,非倾于对社会的讽刺,即堕入传统的'说笑话'和'讨便宜'"⑤。在鲁迅看来,幽默"是只有爱开圆桌会议的国民才闹得出来的玩意儿"⑥,中国是只有唐伯虎、徐文长和金圣叹式的滑稽,"但这和幽默还隔着一大段。……中国之自以为滑稽文章者,也还是油滑、轻薄、猥亵之谈,和真的滑稽有别"⑦。鲁迅对《论语》提倡幽默的不满,主要是因为在他看来,在那样一个严峻的时代,"重重迫压,令人已不能喘气,除

---

① 罗荪.抗战文艺运动鸟瞰[J].文学月报,1940(1)。
② 鲁迅.鲁迅全集(第4卷)[M].北京:人民文学出版社,1981:575。
③ 鲁迅.鲁迅全集(第4卷)[M].北京:人民文学出版社,1981:426。
④ 鲁迅.鲁迅全集(第4卷)[M].北京:人民文学出版社,1981:576。
⑤ 鲁迅.鲁迅全集(第5卷)[M].北京:人民文学出版社,1981:43。
⑥ 鲁迅.鲁迅全集(第4卷)[M].北京:人民文学出版社,1981:567。
⑦ 鲁迅.鲁迅全集(第5卷)[M].北京:人民文学出版社,1981:342。

呻吟叫号而外，能有他乎？"①这个时候还来提倡什么幽默，也就和金圣叹式的"幽默"一样，"是将屠户的凶残，使大家化为一笑"②了事。对《人间世》《宇宙风》所代表的闲适的小品文，鲁迅也多有微词，认为它们"既小品矣，而又唠叨，又无思想，乏味之至"③，这种"文学上的'小摆设'"只会"靠着低诉或微吟，将粗犷的人心，磨得渐渐的平滑"，他一再强调"生存的小品文，必须是匕首，是投枪，能和读者一同杀出一条生存的血路的东西"④，而林语堂等的幽默小品文学离这个要求自然相差甚远。除鲁迅之外，其他左翼年轻作家的批评相比之下则显得更加苛刻。廖沫沙批评《人间世》是"只见'苍蝇'，不见'宇宙'"，"和近来的《论语》相似，俏皮埋煞了正经，肉麻当作有趣"。"吗啡红丸"是他对这种小品文所做的形象的比喻，认为其显著的特点就是"个人的玩物丧志，轻描淡写"；"西方文学有闲的自由的个人主义，和东方文学筋疲骨软，毫无气力的骚人名士主义，合而为小品文，合而为语堂先生所提倡的小品文，所主编的《人间世》"⑤。徐懋庸干脆称幽默文学为"冷水文学"，他指责幽默文学家"以超脱派自居，冷眼观世，嘲笑一切，不但笑孳孳为利的人，同时也笑孳孳为义的人；不但笑他人之所哭，同时也笑他人之所笑。事无大小，人无贤愚，一概以冷水泼之自以为得意"，"是一面诅咒现世，而一面仍藉现世的一切麻醉自己的灵魂"⑥。

九一八事变后，东三省沦为日本控制，大批难民逃往关内。可当时作为现代都市的上海等沿海城市以及周边城镇仍呈现出一片繁荣景象，关东的沦落好像与他们毫不相干。这里集聚了从各地涌来的知识分子，加上上海及东部沿海城市和乡镇中逐渐形成了一个数

---

① 鲁迅. 鲁迅全集（第12卷）[M]. 北京：人民文学出版社，1981：187。
② 鲁迅. 鲁迅全集（第4卷）[M]. 北京：人民文学出版社，1981：567。
③ 鲁迅. 鲁迅全集（第11卷）[M]. 北京：人民文学出版社，1981：127。
④ 鲁迅. 鲁迅全集（第4卷）[M]. 北京：人民文学出版社，1981：576~577。
⑤ 野容（廖沫沙）. 人间何事[N]. 申报·自由谈，1934-4-14。
⑥ 徐懋庸. 徐懋庸选集（一）[M]. 成都：四川人民出版社，1983：102~103。

量庞大的受教育阶层,包括教师、职员、政府公务员、下级军官、学生各色人等。这批人实际上构成了新式的市民阶层,他们多数都有比较稳定的职业,他们的阅读趣味总的来说偏向于消闲性和娱乐性。这种"有闲"的口吻正是鲁迅所深恶痛绝的,因为对于"那些炸弹满空,河水漫野之处的人们"来说,这份风雅、悠闲和幽默是根本谈不到的[①]。鲁迅不满这些人对国家危难、百姓处于战乱侵扰的无动于衷。

京派的文学主张及左翼与京派的论争

20世纪30年代,中国北方以《骆驼草》《大公报·文艺副刊》《水星》《文学杂志》为主要阵地,形成了一个作家群,一般称为"京派",有的也把他们称为"北方作家群"。

"京派"作为一种文化现象,最早出现于京剧界。京剧是发祥于北京的。京剧正式形成之前的徽班,原来是在民间演出的。乾隆五十五年(1790年),徽班进北京为皇家祝寿演出,深得皇帝喜爱,便留在北京,此后逐渐吸收了他种戏曲艺术的因素而形成了京剧艺术。北京是帝都,贵族、官僚聚居之地。皇帝的嗜好影响了到贵族和官僚们,他们上行下效,一时间京剧成为人们的娱乐项目,为皇家、贵族、官僚们消"闲",所谓"帮闲",即帮助皇家、贵族、官僚消"闲"。为了迎合这些人的口味,有些演出内容刻意体现出"曲意奉承",以便博得青睐和犒赏。而一些一直在民间演出的艺人也受到了皇家、贵族、达官们欣赏习惯的影响,而使京剧艺术愈来愈"雅",从而具有贵族化色彩。这样,帝都北京所具有的文化积淀及特殊的文化氛围,便形成了自己的文化品位。

到了20世纪20年代末,全国政治重心南移,北京失去了京都的地位而成为一个文化城市之后,一批京派文学家在这里经营出了具有共同特色的文化现象。这批京派文学家是"学者型的文人,也即非职

---

① 鲁迅. 鲁迅全集(第4卷)[M]. 北京:人民文学出版社,1981:570。

业化的作家。他们一面陶醉于传统文化的精美博大,又置身于自由、散漫的校园文化氛围之中,天然地追求文学的独立与自由,既反对从属于政治,也反对文学的商业化:这是一群维护文学的理想主义者"[1]。主要代表人物有沈从文、朱光潜、废名、朱自清、俞平伯、萧乾、曹禺、冯至、李健吾、何其芳、卞之琳、李广田等人。其中京派文人的盟主是周作人,这是比较一致的看法,而且也为他们自己所承认[2]。京派文人还有一个精神领袖,那就是胡适。朱光潜、沈从文则是他们在理论上的主要代表人物。

如前所述,他们的理论主要特点是强调文学与时代、政治的"距离",追求人性的、永久的文学价值。这种文学的主张和追求与当时强调文学艺术与无产阶级事业密切联系的无产阶级文学运动自然形成尖锐对立。这时的周作人已不再呼唤"平民文学",却倡导"文学的贵族性"了。1928年他在《晨报》副刊上发表了《文学的贵族性》的文章,矛头直指革命文学:"其实,文学家是必跳出任何一种阶级的;如其不然,踏足在第三或第四阶级中,那是绝不会有成功的。提倡革命文学的人,想着从那革命文学上引起世人都来革命,是则无异于以前的旧派人以读了四书五经,诸子百家等的古书来治国平天下的梦想!"在别的地方他还说过,以前他是喜爱文学里所透露出来的主义,现在他所爱的是文学自身。这就是说,他要超越阶级,抛弃主义,专去耕耘文学这块"自己的园地"了。周作人的文学主张和艺术情趣,不但为他的弟子废名所继承,而且受到与他并无历史渊源的朱光潜等人的推崇。1935年12月,朱光潜在《中学生》杂志上发表《"曲终人不见,江上数峰青"》一文,提出"和平静穆"的美是美的"最高境界",也是人生哲理的"最高理想"。他又提出"艺术的最高境界都不在热烈",而把和平静穆看作诗的极境,并说"陶潜浑身

---

[1] 钱理群等.中国现代文学三十年(修订本)[M].北京:北京大学出版社,1998:209.

[2] 萧乾.重读《粟子》[N].新民晚报,1996-5-10.

'静穆',所以他伟大"。他们把这种境界看成是一种对现实的"超脱",是"泯化"一切利害、是非、善恶、恩仇的因子,从而达到天下太平,个人内心"无矛盾、无冲突"的美学观。1936年10月,沈从文以炯之的笔名在《大公报》文艺副刊上发表《作家间需要一种新运动》,指责文学创作中题材、内容、风格"差不多"现象,其原因在于"记着'时代'忘了'艺术'",号召"作家需要有一种觉悟,明白如果希望作品成为经典,就不宜将它媚悦流俗"。这种观点引起了众多左翼作家的批评。茅盾在《关于"差不多"》一文中指出,争论的实质是沈从文将文学的时代性与艺术的永久性对立起来,根本否定新文艺"作家应客观的社会需要而写他们的作品"的正确传统。

从以上分析,我们可以看出:京派作家的作品创作中,周作人有意回避现实斗争,专写闲适小品,是不用说了。废名的小说,回避社会斗争,喜写凡人细事和乡间景致,可称作田园小说,他笔下的竹林、河柳、桃园、菱荡,都很优美,他所写的牧童、村女、和尚、塾师,也都很有情趣,但是,在废名的作品里,看不到生活的激流,感受不到时代的脉搏。沈从文的小说,对于上流社会有所揭露,对于下层人民的同情也是显然的,但他的人生理想则是"返璞归真",其代表作《边城》与《长河》(稍后写于抗战初期)就表现出一种田园牧歌的味道。在这里,我们可以看到边城和乡间风景的秀丽,民风的淳朴,人性的优美,却远离当时的社会斗争。萧乾是避难逃到汕头的,但他的《梦之谷》只为我们提供了一个动听的爱情故事,也没有去写更复杂的社会背景。这种创作现象发生在民族矛盾激化的九一八事变后,对东北的沦陷、民族的危亡他们是那样无动于衷,丧失了作家创作所应具备的起码的责任感。所以,鲁迅强调,在"风沙扑面,狼虎成群"、社会矛盾空前尖锐的20世纪30年代,"雍容、漂亮、缜密"风格的作品必然成为"供雅人的摩挲"的"小摆设",失掉了时代的意义。虽如此,我们也不能说京派文人的作品完全与现实无关。其实,归隐本身亦是对现实不满的一种表现。何况,京派文人都关心过社会斗争,而在他们超然的作品里,我们也仍可以读出对现实的微词,在对田园风光的描写里,也寄托着作者的哀愁,只是这种情绪并不显露,不易为人所注意,如鲁迅在评论废名的作品时所说:"于是从率直的读者看来,就只见其有意低徊,顾影自怜之态了。"[①]到了一二·九运动前后,民族危亡的紧张形势使得华北再也放不下一张书桌,京派作家当然也无法宁静地躲在书房里画梦雕龙了。萧乾本人的《粟子》就是写一二·九学生运动的。他说:"当时我在巴金的鼓励下,努力冲出个人早年遭际的黑圈,把笔献给大众的事业。"[②]在外国侵略面前,就奋然起来抗争,斗争意志非常坚决。

海派的文学主张及左翼与海派的论争

"海派"是20世纪30年代以上海为中心的东南沿海城市商业文化与消费文化畸形繁荣的产物,他们依托于文学市场,在西方工业文明的冲击下,既享受着现代都市文明,又感染了都市文明病。海派小说对都市文明既留恋又充满幻灭感的矛盾心境,在中西文化冲撞和交汇中孕育出来,有着较为自觉的先锋意识,追求艺术的"变"与"新"。

1909年出版的《上海指南》称:英租界南京路"房屋高敞,为沪上冠",美租界"高屋连云,轩窗洞辟"。到了20世纪20—30年代,鳞次栉比的高楼荟萃各国建筑样式,如英国古典式、英国文艺复兴式、法国古典式、法国大住宅式、中西参合式等,堪称"万国建筑博览"。这些前所未有的人文景观,既使作家们得以俯瞰都市,获得新的感觉,又使他们扩大想象空间,激发奇妙的创作灵感。1931年后,百乐门、仙乐斯、新仙林、丽都等高档舞厅纷纷开张。每当夜幕降临,霓虹灯闪烁,各种娱乐场所灯红酒绿,纸醉金迷,上海成了"东方不夜城"。四马路口现代书报业、出版业的发达,现代印刷厂的滚

---

① 鲁迅. 且介亭杂文二集(第6卷)[M]. 北京:人民文学出版社,1981:89.
② 萧乾. 重读《粟子》[N]. 新民晚报,1996-5-10.

筒飞转给海派文学带来新的契机。于是，原先的纯文学作家如张资平、叶灵凤等，嗅闻到这种气息，便脱离社会小说的轨道，带头"下海"，成为海派作家。

商品经济对文学艺术的影响，在中国并不是从上海开始的。上海成为经济中心以前，苏州和扬州等地就已经是商业繁荣之地，并开始孕育出适应自己需要的文化。晚明后的唐伯虎、郑板桥就打破了"仕不经商""文人耻于言利"的陈规，明显地把自己的艺术创作与商品经济联系起来。到了民国初期，上海就出现了以"游戏""娱乐""消遣"为旗号的鸳鸯蝴蝶派小说，盛极一时并垄断上海文坛，他们可算是早期的海派作家了。现代海派作家群落的正式形成，是在20世纪20年代末至30年代初。初期的海派小说有下列特点：第一，是新文学的世俗化和商业化。它受市民审美趣味的牵动，与政治性、社会性强烈的主流文学拉开距离。施蛰存在《现代》的"创刊宣言"里曾宣称："本志并不预备造成任何一种文学上的思潮、主义或党派。"当时的海派作家群落，完全是一种松散的聚合，其文学倾向却受到都市现代生活方式的支撑。它表现市民的日常生活、人际交往，突出生活化，迎合大众的口味，是一种"轻文学"。第二，过渡性地描写都市。但显露狂放颓荡有余，现代文明的体验不足，人物心理上是扭曲变态的。第三，性爱小说成为海派表现现代人性的试验场。"都市男女"是海派常写常新的主题，造成一种"新式的肉欲小说"。这一特点表明，海派文化和海派文学是在商品经济的滋养下发展起来的。没有上海的十里洋场，没有上海繁荣的经济，海派文化和海派文学是不可能成长起来的。

上海十里洋场与苏、扬经济区及内地其他地区有一个明显不同的地方，就是租界的存在。外国人在中国划地为界，且享有治外法权。这种特殊的政治环境，在客观上为中国文化发展提供了两个有利条件：一方面是有利于借鉴外国文化；另一方面是在中国的土地上出现了一块中国政府权力所无法控制的地方，成为反政府者及反正统的叛逆者活动的舞台。由于经济的发达，再加上相对于内地的自由发展空间，一些向往自由的人纷纷汇集到这里。来到上海的"移民"，多半是思想开放，富有进取心，加上商业的发达，于是给海派文学的发展带来求新求异的特点。1928年以后，随着政治重心的南移，上海的文化事业也格外活跃起来。不但左翼文人在此出版了很多刊物，而且新月派的《新月》杂志和新月书店也在上海开办。还有一些以中间派面貌出现的《文学》《现代》等刊物也在上海出版。《现代》杂志的骨干们在现代主义艺术的探索上，取得了很大的成绩，这和他们创作的环境以及追求新视角不无关系。

　　海派文人对上海都市文学的发展起了巨大的推动作用。早在晚明时期随着都市经济的发展，就已经出现了都市文学，但都市文学真正发达起来，还是在上海开埠以后。晚清的狭邪小说、民初的鸳鸯蝴蝶派小说，都是都市文学。其著名的有20年代后的张资平为代表的"性爱小说作家群"，曾朴父子为代表的写情写性小说；30年代的穆时英、施蛰存、刘呐鸥等人的新感觉派小说；40年代的张爱玲和苏青为代表的洋场娱情小说。这些小说派别的商业文化特征论是公认的，用商业文化的趣味来欣赏，表现商业都市，注重一定的商业运作。由于上海是全国的经济中心而非政治中心，十里洋场在某种程度上保障了市民的生活可以不受或少受国内政治动乱的干扰，因此，和其他城市比较起来，上海的市民更多地关心经济生活而非政治生活。反映他们欣赏趣味的海派市民文学，则更多地注重娱乐性而非政治性。武侠、言情作品在上海盛行，就是这个道理，并且由上海而辐射到全国各地的小市民中去，这是海派文学游离主流文学之外的根本原因。

　　在商品经济的影响下诞生了海派文化和海派文学，商品经济也给文化、文学的发展带来一定的负面影响。这就是文学的商业性（广告性）、投机性和利益性。沈从文很明确地批评了"上海目下的作家，虽然没有了北京绅士自得其乐的味儿，却太富于上海商人沾沾自喜的习气，去呆头呆脑地干，都相差很远"，他们"混合到商人市侩赚钱蚀本的纠纷里去"①。沈从文早就把"上海目下的作家"和"上海商人"联系在一起加以"嘲笑"。沈从文在《论"海派"》一文中，从"礼拜六派"谈起，谈到"新海派"，认为海派即"'名士才情'与'商业竞卖'相结合"，其显著特征即"投机取巧""见风使舵"。他列举了海派作风的种种表现：

> 如旧礼拜六一位某先生，到近来也谈哲学史，也说要左倾，这就是所谓海派。如邀集若干新斯文人，冒充风雅，名士相聚一堂，吟诗论文，或远谈希腊罗马，或近谈文士女人，行为与扶乩猜诗谜者相差一间。从官方拿到了点钱，则吃吃喝喝，办什么文艺会，招纳子弟，哄骗读者，思想浅薄可笑，伎俩下流难言，也就是所谓海派。感情主义的左倾，勇如狮子，一看情形不对时，即刻自首投降，且指领栽害友人，邀功牟利，也就是所谓海派。因渴慕出名，在作品之外去利用种种方法招摇；或与小刊物互通声气，自作有利于自己的消息；或每书一出，各处请人批评；或偷掠他人作品，作为自己文章；或借用小报，去制造旁人谣言，传达撮取不实不信的消息，凡此种种，也就是所谓海派。②

从他的文章来看，海派的概念是广义的，泛指那些在"文学创作杂志编纂"之外去"邀功牟利"、特别是把类乎商业投机手段运用于文化活动之中的文人。他认为海派风气会"妨害新文学的健康发表"，呼吁南、北文人共同"扫荡这种海派的坏影响"，促进"新文学的健康发展"，特别是希望有"伟大作品的产生"。沈从文的观点只是列举了海派风气的种种表现，并没有深刻挖掘海派的本质及根源；只

---

① 沈从文. 窄而霉斋闲话[J]. 文艺月刊，1931年第2卷第8期。
② 沈从文. 沈从文文集（第12卷）[M]. 广州：花城出版社、生活·读书·新知三联书店香港分店联合编辑出版，1992。

谈论海派风气对新文学健康发展的妨害，未触及京派风气也会"妨害新文学的健康发展"，沈从文是以一种倾向掩盖了另一种倾向；沈从文更没有看到京派与海派的相通处、共同点。鲁迅则超越了沈从文，解决了沈从文没有解决的问题。

鲁迅的《"京派"与"海派"》文章客观、公正地指出京派、海派是两种文化现象，是文坛上两种较为普遍的倾向：商业化和隐士化。商业化和隐士化这两种倾向，涉及两个重要的理论问题，即文学的商业性和文学的政治性问题。这表现了鲁迅目光的锐利，是为了"新文学的健康发展"。鲁迅从地域环境与文化的关系来解剖京派与海派。他认为地域环境与文化有着密切的关系。鲁迅从此角度着手分析，准确地把握了京派与海派的特点和本质，并做出了精辟的概括：

> 北京是明清的帝都，上海乃各国之租界，帝都多官，租界多商，所以文人之在京者近官，没海者近商，近官者在使官得名，近商者在使商获利，而自己也赖以糊口。要而言之，不过"京派"是官的帮闲，"海派"则是商的帮忙而已。但从官得食者其情状隐，对外尚能傲然，从商得食者其情状显，到处难于掩饰，于是忘其所以者，遂据以有清浊之分。而官之鄙商，固亦中国旧习，就更使"海派"在"京派"的眼中跌落了。

鲁迅所说的"没海"，意义更广泛，泛指文人为一种商业气氛所笼罩，并沉浸其中。鲁迅所要批评的是商业投机对文化的影响，他在《"商定"文豪》中对海派做了更广泛的评述，说"上海的各式各样的文豪"，他们的所作所为，"根子是在卖钱"。鲁迅对海派所存在的文化风气是厌恶的，他说"上海到处是商人气"[1]。鲁迅正确地指出了海

---

[1] 鲁迅. 鲁迅书信集（上卷）[M]. 北京：人民文学出版社，1976：232。

派作风的本质和根源,即受资本主义商业化环境的影响,把商业投机手段错误地运用到文化活动中来。把金钱追求作为文化的主要目的甚至为唯一目的,把商业投机手段运用到文化(特别是创作活动)中来,是错误的,是会妨害文化活动(特别是创作活动)的健康发展的。鲁迅所谓"商的帮忙",是指以商业投机为手段,以追求金钱利益为主要目的甚至为唯一目的的文人。他们确实会妨害"新文学的健康发展"。

二、从鲁迅的《伪自由书》《准风月谈》看左翼文学对东三省沦丧的态度

日本侵略者从"九一八"到"一·二八",连续发动对中国的侵略战争,标志着帝国主义重新分割世界的争夺的开始,这是同1932年世界资本主义国家的经济危机密切关联着的。为了冲破国内外敌人禁锢和欺骗的罗网,帮助广大读者认清国民党"不抵抗"和反共阴谋,《伪自由书》所收作品是鲁迅从1933年1月底起至5月中旬为止的寄给《申报》上的《自由谈》的杂感。《准风月谈》是鲁迅向《自由谈》投稿接连遭到封杀以后,从1933年6月起到1933年11月初鲁迅接连更换笔名向《自由谈》的投稿,鲁迅在后记中说"这六十多篇杂文,是受了压迫之后,从去年六月起,另用各种的笔名,障住了编辑先生和检查老爷的眼睛,陆续在《自由谈》上发表的。"[①]正是鲁迅这两部杂感,让我们从字里行间感受到了以鲁迅为代表的左翼文学对东三省沦丧的态度。

日本帝国主义在并吞东北三省之后,1933年1月3日,日本帝国主义进攻山海关。伴随着平津告急,当地驻军奉命撤退,平津一带危在旦夕。就在这种情况下,闭口不敢言抗日的《东方杂志》,出了一

---

① 鲁迅. 鲁迅全集(第5卷)[M]. 北京:人民文学出版社,1981:382.

个新年特大号。它以"新年的梦想"为题,开辟一个大专栏,引导人们丢开现实。针对这种倾向,鲁迅不仅辛辣揭露当时连说梦也不自由的黑暗现实,而且尖锐指出:"虽然梦'大家有饭吃'者有人,梦'无产阶级社会'者有,……而很少有人梦见建设这样社会以前的阶级斗争,白色恐怖,轰炸,虐杀……倘不梦见这些,好社会是不会来的,无论怎么写得光明,终究是一个梦。"鲁迅还指出:"他们不是说,而是做,梦着将来,而致力于达到这一种将来的现在。"他不仅是这样说的,而且他本人也正是这种脚踏实地为革命理想而斗争的战士。鲁迅参加了中国民权保障同盟,这是一个推动大家进行革命的团体。鲁迅经常出席"同盟"的活动,和大家一起热烈讨论如何反对白色恐怖,并抗议国民党陷害爱国进步人士。在声援牛兰事件,为杨铨举行送殓仪式等活动中,鲁迅都不愧是一位英勇坚强的战士,充分表现了大无畏的革命精神。从1月开始,受郁达夫的邀请,鲁迅对"才从法国回来,人地生疏"的黎烈文予以支持。当时黎烈文担任《申报》副刊《自由谈》的编辑,鲁迅利用这块阵地,从1933年1月底到1934年8月止,每月投稿从三四篇至十几篇不等,对国民党反动派不抵抗的卖国政策和残酷统治进行了有力的抨击。这些几百字的短文,有的是个人的感触,有的则出于时事的刺戟。

从九一八事变到山海关失守,日本侵略者步步进逼之际,鲁迅在《观斗》里,从人们"爱看别的东西斗争,也爱看自己们斗争"[1]。开始,揭露在国民党统治下,军阀们"频年恶战",祸国殃民,他们无论怎么打,但只有对于外敌却是两样的:"近的,是'不抵抗',远的,是'负弩前驱'云。"[2]这是指当时国民党政府对日本侵略采取不抵抗政策,每当日军进攻,中国驻守军队大都奉命后退,如1933年1月3日日军进攻山海关时,当地驻军在四小时后即放弃要塞,不战而退。但远离前线的大小军阀却常故作姿态,扬言"抗日",如山海关

---

[1] 鲁迅.鲁迅全集(第5卷)[M].北京:人民文学出版社,1981:7.
[2] 鲁迅.鲁迅全集(第5卷)[M].北京:人民文学出版社,1981:7.

沦陷后,在四川参加军阀混战和反共的田颂尧就誓言:准备为国效命,候中央明令,即负弩前驱。《观斗》是对于国民党新军阀既投降卖国又伪称抗日的罪恶行径的有力鞭挞。山海关失守后,北平形势危急,各大、中学学生有请求暂缓考期、提前放假或请假离校的事。当时有人责骂学生"贪生怕死""无耻而懦弱"。周木斋发表的《骂人与自骂》一文中,也说学生是"敌人未到,闻风远逸","即使不能赴难,最低最低的限度也不应逃难。"[1]鲁迅为此在《逃的辩护》《崇实》等文里,对国民党反动派营私利己和逃跑政策进行了尖锐的批判,而对广大群众和青年学生一再声援。鲁迅认为学生是"进也挨骂,退也挨骂"。学生的顿首请愿遭来的是"'为反动派所利用',许多头都恰巧'碰'在刺刀和枪柄上,有的竟'自行失足落水'而死了"。面对日本侵略者的进一步入侵,学生是:"大家走散,各自回家。"可这一来,又有人来骂了,说他们"遗臭万年"[2]。鲁迅在《崇实》中又揭露国民党的从"北平的迁移古物"是并非因为"古物的'古',倒是为了它在失掉北平之后,还可以随身带着,随时卖出铜钱来"。而"不准大学生逃难"是因为"大学生虽然是'中坚分子',然而没有市价,假使欧美的市场上值到五百美金一名口,也一定会装了箱子,用专车和古物一同运出北平,在租界上外国银行的保险柜子里藏起来的"。但大学生却多而新,不如古物可以换得到钱花。在这里,鲁迅认为,广大群众和学生是爱国的,但国民党一贯"用浩谕,用刀枪",来"教育"满腔热情的要求抗日的学生。九一八事变后,全国学生奋起抗议蒋介石的不抵抗政策。为此各地学生纷纷到南京请愿。可国民党政府却通令全国,加以禁止,并出动军警,逮捕和屠杀前来示威的各地学生。学生面对危险"逃难"时,1933年1月28日,国民党政府教育部又电令北平各大学:"据各报载榆关告紧之际,北平各大学中颇有逃考及提前放假等情……查大学生为国民中坚分子,讵容

---

[1] 周木斋. 骂人与自骂 [J]. 涛声,1933年1月21日第2卷第4期。
[2] 鲁迅. 鲁迅全集(第5卷)[M]. 北京:人民文学出版社,1981:7。

妄自惊扰,败坏校规;学校当局迄无呈报,迹近宽纵,亦属非是。"学生的不"赴难",正是对国民党"用刀枪"教育结果的嘲讽。

日寇继攻占山海关之后,又于2月间分三路侵占热河,进逼冀东,企图并吞平津、华北。蒋介石一贯执行对外妥协、对内用兵、对民压迫的政策,不顾民族危机,正在集中兵力,对鄂豫皖区和洪湖区发动第四次反革命"围剿",企图消灭我中央红军主力。这次"围剿"失败后,又高喊"攘外必先安内"的反动口号,并强制推行他们的反动政策。鲁迅密切关注着时局的变化,事态的发展,为了彻底地揭穿蒋介石在新口号掩盖下的阴谋,鲁迅先生继续利用"自由谈"的园地,发表大量时事短评,在《赌咒》一文中,他指出蒋介石一伙的"抗日"誓言:"誓杀敌,誓死抵抗,誓……"不过是像"天诛地灭,男盗女娼"这一中国人赌咒的经典一样,是信不得的"赌咒"。《迎头经》一文中,鲁迅抓住当时通用的说法"日军所至,抵抗随之"引发议论,以"日军一到,迎头而'赶':日军到沈阳,迎头赶上北平;日军到闸北,迎头赶上真茹;日军到山海关,迎头赶上塘沽;日军到承德,迎头赶上古北口……"这种迎头赶上是虚张声势,实质是迎头放弃、步步退让。"你要换个样子去抵抗,我就抵抗你",北平军委分会就曾下令"固守古北口,如义军有欲入口者,即开枪迎击之"。所以抵抗是假,放弃才是真,何况这种放弃和后退是"预先约好了的"。在《战略关系》里,鲁迅揭露国民党军事当局在日本侵略者的进攻面前,以"战略关系""诱敌深入"为借口,甚至"以武力制止反对运动,虽流血亦所不辞"。这一卖国求荣,彻底实行不抵抗主义的政策,把大片国土拱手出卖给日本侵略者。这样,"无论这些敌人要深入到什么地方"都不要害怕,因为我们的战略家会为其开路"虽流血亦所不辞",所以尽可放心。蒋介石借这种"战略关系"对外投降,目的是为了对内用兵,这叫作"为王前驱"。

林语堂的《论语》创刊不久,鲁迅就写下了《从讽刺到幽默》的短文。他正确指出:在国民党的黑暗统治之下,人们"倘不死绝,肚子里总还有半口闷气,要借着笑的幌子,哈哈的吐他出来"[1]。鲁迅在这里是提示幽默产生的社会原因,也就是肯定提倡者还有不满黑暗现实的一面。但是,他又说:"而现实又实在是难以幽默的时候。"于是幽默"非倾于对的讽刺,即堕入传统的'说笑话'和'讨便宜'"。接着,鲁迅又于当天写了《从幽默到正经》,进一步发挥"现在又实在是难以幽默的时候"这一主题思想,说明"笑笑,原也不能算'非法'的。但不幸东省沦陷,举国骚然,爱国之士竭力搜索失地的原因,结果发现了其一是在青年的爱玩乐,学跳舞"。另一是"又不幸而榆关失守,热河吃紧"之际,无法再"笑嘻嘻",否则就会被人叫作"全无心肝",于是就"'幽默'归天,'正经'统一了剩下的全中国",以此来嘲讽那些对国土沦丧漠不关心的"幽默",提倡文人学士"倾于对社会的讽刺"[2]。

鲁迅又以何家干的笔名在《中国人的生命圈》《文章与题目》《天上地下》等文里,揭露国民党反动派以"攘外必先安内"为由和日本帝国主义互相勾结,犯下了血腥屠杀中国人民的滔天罪行,"边疆上是炸,炸,炸;腹地里也是炸,炸,炸。虽然一面是别人炸,一面是自己炸,炸手不同,而被炸则一"[3]。这也就是"非安内无以攘外"或"安内急于攘外"[4]。说得更直截了当一些的话,那就是"安内而不必攘外""不如迎外以安内""外就是内,本无可攘"了。国民党反动派正是以"炸进去",配合日寇的"炸进来",以"安内"与帝国主义的"共同防共"相呼应。鲁迅对问题的分析鞭辟入里,提出的论点精当不移,既令人悦服,又发人深省。这就把国民党反动派假抗日、真反共的卖国本质完全暴露无遗。

当国民党的御用文人伪造"光明"来粉饰国民党的黑暗,并向侵

---

[1] 鲁迅. 鲁迅全集(第5卷)[M]. 北京:人民文学出版社,1981:43。
[2] 鲁迅. 鲁迅全集(第5卷)[M]. 北京:人民文学出版社,1981:44~45。
[3] 鲁迅. 鲁迅全集(第5卷)[M]. 北京:人民文学出版社,1981:99。
[4] 鲁迅. 鲁迅全集(第5卷)[M]. 北京:人民文学出版社,1981:138。

略者献策的时候，以鲁迅为代表的左翼文学家们一起研究国民党的御用文人，从已经泄气的吴稚晖到红得发紫的胡适。然后由鲁迅写了《"光明所到……"》《言论自由的界限》《新药》诸篇，尖锐揭露胡适抛却人权说王权；同时嘲笑"自从'九一八'以后，再没有听到吴稚老的妙语了，相传是生了病"。照此情形"党国元老"吴稚晖仿佛成了"药渣"一样，也许"连狗子都要加以践踏了"，可是吴稚晖也是聪明的，"又很恬淡决不至于不顾自己，给人家熬尽了汁水"。这是因为"九一八"以后，形势已经发生变化："先前所用的是单方，此后出卖的却是复药了。"所以国民党的"文化班头"，他们不仅能替蒋家王朝尽奴子之忠，还能为帝国主义效犬马之劳。

　　作为国民党的吹鼓手"民族主义文学"家们，以党国的门犬猎犬为标榜，从"九一八"以来，经过"一·二八"，山海关、热河相继失守，他们更加暴露出猎犬的原形。鲁迅为此写下了《对于战争的祈祷》《止哭文学》，揭露他们对于战争的祈祷。鲁迅认为国民党的抵抗"是非革命，则一切战争，命里注定的必然要失败"。后来，十九路军得出了经验"打是一定要打的，然而切不可打胜，而打死也不好，不多不少刚刚适宜的办法是失败"。因为这战争是"好像戏台上的花脸和白脸打仗，谁输谁赢是早就在后台约定了的"。鲁迅又在《止哭文学》中指出他们提倡"辣椒救国"，是在鼓吹"止哭文学"，"给人一辣而不死，'制止他讨厌的哭声'，静候着拔都元帅"，即静候日本侵略者的奴役，就是这种"文学"的目的。他们或"止哭"，或"嚎丧"，情随事迁，他们的文学就是为日本的侵略歌功颂德，于是"来了一部《大上海的毁灭》，用数目字告诉读者以中国的武力，决定不如日本，给大家平平心"，以蒙蔽那些因"东三省的沦亡，上海的爆击"而悲愤的人们。

　　总之，1933年上半年，鲁迅用何家干的笔名，有时也用"干"或"丁萌"在《申报》的《自由谈》上发表短评，这些短评"时有对于时局的愤言"，说话也往往很晦涩。可是5月以后，就接连不能发表了，是因为其"文字却常不免涉及时事的缘故"①。鲁迅把这段时间投给《自由谈》的已刊和未刊的杂文收成集子，并起名叫《伪自由书》。但是"伪自由"也不长久，5月25日，《自由谈》的编者便登出启事，"吁请海内文豪，从兹多谈风月，少发牢骚，庶作者编者，两蒙其休"。其实，同是谈风月，也可以根本不同。

1933年下半年，蒋介石为了加强法西斯统治，政治环境不断恶化。早在"九一八"前后，国民党政府就崇拜和宣扬法西斯的政治理论，并派遣党徒前往德、意受训。1933年10月前后，则指使特务、暴徒，逮捕、杀害进步人士和革命者，袭击并捣毁进步的文化机关，到处是一片黑暗、凋零的景象。面对虎狼，鲁迅临危不惧，谈笑于刀丛之中。从1933年6月起，他又继续在"自由谈"上发表文章，因为"骨鲠在喉，不得不吐"。但因避忌太多，只好"婉约其辞"。虽然屡经扣留、删节，但鲁迅从未辍笔不耕。《准风月谈》上的杂感表面上是在谈"风月"，说"琐屑"，如《夜颂》《秋夜纪游》《推》《踢》《谈蝙蝠》《喝茶》等篇，无不是从"风月"映出"风云"，以一斑来窥全豹。其中有些文章，也撇开"风月"的限制，写出了讽刺、尖锐的内容，向希特勒及其"黄脸干儿子们"直接挑战。《华德保粹优劣论》，揭露国民党反动派效法希特勒，指出两国的立脚点，是都在大搞"国粹"的，其目的是维护和实行法西斯独裁统治，不仅赞其"大刀阔斧"，也"细针密缕"。不但"雌女"难以蓄犬，连"雄犬"也将砍头。之所以如此是因为这将影响于叭儿狗，"它必将变成'门犬猎犬'模样"。《华德焚书异同论》，对华德焚书的异同作了精辟剖析。中日论者把希特勒的烧书比之于秦始皇，鲁迅为秦始皇鸣不平，并对秦始皇的烧书及其事业做出正确的评价，既抨击希特勒的法西斯暴政，也批判嘲讽了国民党"黄脸干儿们"为希特勒上台高唱赞歌、亦步亦趋积极效仿的罪行。在《同意和解释》中，鲁迅高瞻远瞩，从希

---

① 鲁迅. 鲁迅全集（第5卷）[M]. 北京：人民文学出版社，1981：5。

特勒等法西斯头子的言论，指出"现在的世界潮流，正是庞大权力的政府的出现"从"日本的大人老爷在中国制造'国难'，也没有征求中国人民的同意"出发，通过论证得出："大家做动物，使上司不必征求什么同意，这正是世界的潮流。"这对国民党来说是如获至宝。"好榜样，哪能不学？"斗争讽刺的矛头由希特勒急转指向国民党反动派，并进行讽刺。

鲁迅为了迎接1933年在上海召开的远东反战会议，鲁迅和茅盾等联名在《中国论坛》上发表《欢迎反战大会国际代表宣言》。鲁迅和毛泽东、朱德和苏联的高尔基等，被推为会议主席团的名誉主席。鲁迅积极参加大会的筹备工作，而且捐款以补经费的不足。为了在思想和舆论上给予支持，他还在《自由谈》上发表《新秋杂识》一文。这篇杂感通过对武士蚁"掠取幼虫，使成奴隶"的联想，有力抨击日本法西斯侵略者和国民党反动派，以鲜明的立场反对非正义战争，提倡正义战争。

此外，鲁迅对自称第三种人的施蛰存、叛徒杨邨人的错误文学思想进行了批判，并对梁实秋、张资平和其他许多反动文人进行了有力的鞭挞。鲁迅还写了许多杂文，来批判在国土沦丧、民族矛盾激化下的各种病态的社会现象。《男人的进化》揭露阶级社会男人对女人的残酷压迫；《吃白相饭》鞭挞了旧上海"'白相'可以吃饭，劳动的自然就要挨饿"的现象；《爬和撞》勾画旧社会向上爬和投机冒险这两种现象及其关系；在《新秋杂识（二）》里，他指出当时的社会内忧外患，老百姓正处于饥饿死亡、水深火热之中，而上海的善男信女们却热衷于盂兰胜会，担心鬼魂饿死，遇到月蚀时，还噼噼啪啪放爆竹，要从天狗嘴里救出月亮。作者提示这个矛盾，主要是尖锐地指出：国土相继沦陷，灾民不计其数，"不但数不胜数，即使想要数罢，一开口，说不定自己就危险"，所以最稳妥是救鬼魂、救月亮。通过这种深入的分析，有力地教育人民：反动统治者正是利用和制造这种怪现象的罪魁。

1933年，鲁迅从1月到11月将所写的杂文编成《伪自由书》(四十三篇)、《准风月谈》(六十四篇)。为了避免国民党反动派封杀出版，鲁迅只好用种种笔名发表，但也逃不过专靠嗅觉的走狗文人疑神疑鬼，大凡看见一个新的作者的名字，就疑心是鲁迅的化名，因而对鲁迅乱吠乱咬。而鲁迅更是不惧国民党的威胁，用战斗的笔揭露了国民党反动派不抵抗的反动政策及其御用文人替国民党反动派妥协、退让开脱的事实，同时鞭挞了革命队伍中的"蛀虫"，从而向世人"照见了时事"。作为左翼文化战线的主将，鲁迅在动荡不安的年代里，对国土的沦丧表明了鲜明的政治态度。

第二节　30年代左翼文学与东北流亡作家的关系

一、胡风与萧红的《生死场》

胡风（1902—1985），原名张光人，笔名谷非等，湖北蕲春县人。1925年7月考入北京大学预科二年级，1926年9月考入清华大学文科二年级。后来留学日本时因参与抗日活动，于1933年被驱逐回国。同年参加左翼作家联盟，开始职业作家的生涯，一直工作在鲁迅先生身边，和鲁迅先生有"平生风谊兼师友"的交往。

胡风通过鲁迅和萧军、萧红认识了。当时，胡风"见到了这一对来自被敌人占领的国土，而用笔参加了民族解放斗争的青年夫妇"，此后，他们成为志同道合的朋友。二萧到上海后，经过艰苦的奋斗和鲁迅先生的帮助，陆续发表了几篇小说，后来还想出版《八月的乡村》和《生死场》。这两本书稿，胡风事先都读过。他和鲁迅都很想帮忙出版或发表，但没有成功，最后才准备自己筹款出版。正好这时，叶紫也想出他的《丰收》，因此就定名为"奴隶丛书"，暗含反抗市侩书商之意。1935年11月14日，鲁迅先生看完了《生死场》的校样后，把样稿交给了胡风，鲁迅先生为《八月的乡村》写了序，《生死场》就不想写了。他们要胡风写，胡风写好后，得知鲁迅先生还是为悄吟写了序，就提出自己的那篇作为后记，并建议用"生死场"作为书名。

胡风的《读后记》客观地评价了萧红的这部作品。他先以肖洛霍夫《被开垦的处女地》和萧红的《生死场》做比较，指出："《生死场》的作者是没有读过《被开垦了的处女地》的，但她所写的农民们对于家禽（羊、马、牛）的爱着，真实而又质朴，在我们已有的农民文学里面似乎还没有见过这样动人的诗篇。"他的《读后记》自然真实地指出了萧红笔下人物的物质，以及萧红在把握他们生存状态的恰到好处。

胡风为《生死场》写的《读后记》中，体现了他读出了此书的重要内涵，是为写出农民普遍的生存状态：

> 不用说，这里的农民的命运是不能够和走向地上乐园的苏联的农民相比的：蚁子似的生活着，糊糊涂涂地生殖，乱七八糟地死亡，用自己的血汗自己的生命肥沃了大地，种出食粮，养出畜类，勤勤苦苦地蠕动在自然的暴君和两只脚的暴君的威力下面。
>
> ……这些蚁子一样的愚夫愚妇们悲壮地上了神圣的民族战争的前线。蚁子似的为死而生的他们现在是巨人似的为生而死了。①

胡风的评价可以说是独具慧眼，以及萧红在把握他们生存状态的独到之处：人与物之间有一种生动而形象的互喻关系，盲目地生与盲

---

① 胡风. 胡风评论集（上）[M]. 北京：人民文学出版社，1984：396~397.

目地死，人们终于因国破家亡而从麻木不仁中惊醒过来，走上了自发的反抗的道路。特别指出了农民的"反抗"精神，明确肯定了作品对抗日情绪和抗日行为的正面描写。胡风因此称赞萧红：

> 使人兴奋的是，这本不但写出了愚夫愚妇的悲欢苦恼，而且写出了蓝空下的血迹模糊的大地和流在那模糊的血土上的铁一样重的战斗意志的书，却是出自一个青年女性的手笔。在这里，我们看到了女性的纤细的感觉，也看到了非女性的雄迈的胸境。①

《八月的乡村》和《生死场》体现出了萧军与萧红不同的艺术个性。胡风这样对萧军说：

> 她在创作才能上可比你高，她写的都是生活，她的人物是从生活里提炼出来的，活的。不管是悲是喜都能产生共鸣，好像我们都很熟悉似的。而你可能写得比她深刻，但常常是没她的动人。你是以用功和刻苦，达到艺术的高度，而她可是凭个人的天才和感觉在创作……②

这正是胡风对东北流亡作家粗犷豪放一面的直接赞许。胡风对萧红赞许之余，也直言不讳地指出《生死场》创作中的弱点：

> 然而，我并不是说作者没有她的短处或弱点。第一，对于题材的组织力不够，全篇显得是一些散漫的素描，感不到向着中心的发展，不能使读者得到应该能够得到的紧张的迫力。第二，在人物的描写里面，综合的想象的加工非常不

---

① 胡风. 胡风评论集（上）[M]. 北京：人民文学出版社，1984：397。
② 转引自杨义. 中国现代小说史[M]. 北京：人民文学出版社，1986：551。

够。个别地看来,她的人物都是活的,但每个人物的性格都不突出,不大普遍,不能够明确地跳跃在读者的前面。第三,语法句法太特别了,有的是由于作者所要表现的新鲜的意境,有的是由于被采用的方言,但多数却只是因为对于修辞的锤炼不够。我想,如果没有这几个弱点,这一篇不是以精致见长的史诗就会使读者感到更大的亲密,受到更强的感动吧。①

胡风这一批评《生死场》人物描写的不集中和语法的不规范,在当时的主流群体要求下有着不合时宜之处,也是情理之中的事情。另外,胡风还指出:《生死场》从结构来说,前后不匀称,前面丰润细腻,后面则显得粗粝一些,但那真真切切、鲜血淋漓的生存写实,那"用钢戟向晴空一挥似的笔触"②,在当时具有强烈的感染力。

《生死场》在当时民族解放斗争中诞生,以抗日的题材适应着时代的需要,并以鲜明的阶级意识,呼应了20世纪30年代左翼文学的主潮,加上有鲁迅先生的序言,胡风先生的《读后记》的较高的评价,使得《生死场》自1935年自费印刷出版以后,再版了不下二十次,至今仍有它的读者。

二、30年代左翼文学与东北流亡作家的关系

20世纪30年代的左翼文学在现代史上的发生,是多种因素交互作用的结果。概括而言,有20世纪30年代世界范围"红色革命风暴"的影响,有马克思主义社会政治学说的广泛传播与盛行,有文学自身不断发展的必然要求,有现实政治和革命形势的思想需要,有30

---

① 胡风. 胡风评论集(上)[M]. 北京:人民文学出版社,1984:398。
② 胡风. 胡风评论集(上)[M]. 北京:人民文学出版社,1984:398。

年代政治文化心理对左翼作家创作的影响[①]，以及中国固有的"文人传统"在新的历史条件下的重新发扬的影响。左翼文学备受青年读者的欢迎，当时主要的左翼文艺刊物就达四五十种之多，由此可见其文学力量和影响，这对新文学的发展具有一定的推动。

　　左联是左翼文学家的大本营。在左联的领导下，出现了鲁迅、茅盾为代表的左翼文学巨匠和一大批有鲜明创作个性的左翼作家，如蒋光慈、丁玲、胡也频、柔石、张天翼、萧红、萧军、艾芜、沙汀等，他们以扎实的创作向世人展示了文学的价值，文学创作取得了出色成就，使左翼文学的艺术表现方式得以丰富，艺术追求品格得以提升。鲁迅与茅盾投身的左翼文学实践，又与极端强调"革命"的极左文学观念保持警觉和距离，从而避免了使文学沦为政治的工具。以鲁迅为代表的左翼理论家、创作家的左翼文学精神，不仅促进了民众的觉醒，而且为中国现代文学注入了真正现代的生命和活力。左翼文学精神强调文学为无产阶级的现实斗争服务，强调文学的现实战斗性。这在军阀混战、外敌入侵的20、30年代来讲，左翼文学是在当时的政治高压下发生、发展，乃至壮大的文学。它是与统治阶级文艺相对抗的文学，是关注现实的文学家的必然选择。左联成立大会上通过的纲领认为："社会变革期中的艺术，不是极端凝结为保守的要素，变成拥护顽固的统治之工具，便向进步的方向勇敢迈进，作为解放斗争的武器。也只有和历史的进行取同样的步伐的艺术，才能够唤喊它的明耀的光芒"[②]。"诗人如果是预言者，艺术家如果是人类的导师，他们不能不站在历史的前线，为人类社会的进化，消除愚昧顽固的保守势力，负起解放斗争的使命"[③]。显然，那个时代，艺术家力图把政治倾

[①] 林虹. 从众心理与30年代年代转向 [J]. 郑州大学学报，2001（3）。
[②] 马良春，张大明. 三十年代左翼文艺资料选编 [G]. 成都：四川人民出版社，1980：133。
[③] 马良春，张大明. 三十年代左翼文艺资料选编 [G]. 成都：四川人民出版社，1980：133。

向性与艺术真实性较好地结合起来,以革命现实主义的创作方法,努力塑造人物典型,也注意环境描写的典型化,以启蒙者的身份出现于文坛,自觉肩负起政治使命,他们对所处时代的政治思想文化环境和当时的艺术状况的把握和感觉还是相当敏锐的。他们发出这样的号召:"无产阶级作家和革命作家,一切爱好文艺的青年,你们的笔锋,应当同着工人的盒子炮和红军的梭标枪炮,奋勇的前进!"[①]要求文学家直接参与现实的政治斗争。他们的文学作品,激励了一代又一代人,走上革命的征途,去追寻"真理",舍身报国。左翼作家积极投身反帝反封建宣传社会主义思想的崭新文艺运动,继承并充分发扬"五四"文学的感时忧国精神,作品中流动着浓烈的爱国热情,要求文学面对客观的现实问题。他们的思想才逐步从专注于自我的浪漫主义转向了关注中国社会、无产阶级的生存命运这个更广阔的现实世界中,他们才全身心地倾心于更加具有概括认识社会能力的现实主义艺术。左翼文学直接继承"五四""为人生"的文学传统,"并把五四文学中所喊出的寻求个人政治、经济解放的声音纳入到寻求整个民族、国家、阶级解放的轨道上,把五四新文化(文学)的现代化目标真正向前推进了一大步"[②]。在左翼作家的作品中,至今仍令人感动的,就是作品中那种罕见的激情、对理想的执着和对普通人生存命运的深切关注。一个民族,一个国家,以及这个国家的人民,如果没有追求美好生活的激情、理想,这个民族和国家就是没有希望的。左翼作家正是在那个灾难深重的时代,在对国家和民族命运的强烈的使命意识和独立思考中,获得了完全不同于传统文化的现代文化意识。也昭示着处于水深火热中的东北流亡作家,在民族危亡的紧要关头,为了寻求民族救亡运动,义不容辞地和左翼作家聚集在一起。

[①] 马良春,张大明. 三十年代左翼文艺资料选编 [G]. 成都:四川人民出版社,1980:170.

[②] 赵学勇. 左翼文学精神与20世纪中国文学的现代化论纲(上)[J]. 兰州大学学报(社会科学版),2003(1):27.

李辉英是一位左联老战士，30年代初崛起于文坛，1933年春经丁玲、穆木天等左联作家的介绍，他加入了左联，见到了鲁迅，并聆听了鲁迅关于文学创作的讲话。由于他热情参加左联的社会活动，编辑刊物，扩大了左翼和进步文学的阵地，积极撰写稿件，逐步成为较有成绩的左联盟员作家之一。

　　萧红、萧军的性格决定他们一开始就和左翼有着亲和力，从创作的那天起就受左翼作家作品的影响，其作品也着力揭露和批判旧中国社会的不合理。而像《王阿嫂的死》这样的小说在《跋涉》中已经显示出萧红在创作中对黑土地文化生态的细致描摹和困顿思考。萧红、萧军小说集《跋涉》的书名就在有意效法鲁迅先生的《呐喊》。鲁迅是在为开拓者、为那些"奔驰的猛士"而奋力"呐喊"；萧红他们则是在探索新的人生之路上艰苦地"跋涉"。在《跋涉》后记中，他们开宗明义地写道："从有了印这册子的动机始，迄现在止，使我们对于现人生，是又有了更深一层的认识……"可见萧红在刚刚开始文学生涯时，便同鲁迅一样，对探索人生的意义十分关注。萧红的《生死场》，虽然写农民的生存苦难和对土地、动物的感情，但这背后有他们对"生的坚强和死的反抗"，透露出对美好生活理想的坚实向往。有的学者也相当敏锐地把握到了它之所以获得成功的原因："……没有清楚紧凑的结构……只是一组松散地结合在一起的短文，没有明显的叙述顺序（《狂人日记》则经过推敲）。这部中篇描写贫困和泛灵论（动物作为偶像和价值与人类等同），再现了一个奇妙的真实世界。小说'硬性'的人道主义特点正是它吸引人的基本原因。"[①]这种自觉的文学启蒙，有力地唤醒了民众的觉悟，提高了他们认识社会的能力，不能不说是左翼作家对中国文学现代化的独到贡献。

---

　　① 李欧梵. 论中国现代小说[J]. 邓卓，译，中国现代文学研究丛刊，1985(3)。

第三节　战争背景中的东北流亡作家与中国左翼文学

一、重庆：胡风与萧红、萧军、端木蕻良（从《七月》到《希望》）

萧军、萧红从东北来到上海后，鲁迅介绍他们与胡风等人见面，胡风因没见到信未能前往。几天后，胡风才与萧军、萧红相识，从此建立了深厚的友谊。他替他们看稿子，提意见，代他们推销自印的书，介绍他们的作品在刊物上发表。抗战初期，萧军和萧红是胡风主办的刊物《七月》的主要作者，《七月》停刊后，萧军又继续在《希望》上发表作品。

胡风曾创办过好几种刊物，其中《七月》（三十二期）、《希望》（八期）两刊贯穿了抗战的全过程，时间最长，影响最大。抗日战争爆发时，胡风正在上海从事左翼文学活动。1937年8月份，上海沉浸在抗日战争热潮中，人人都兴奋难抑，一些作家发起投笔从戎运动，文学刊物大都停止了。幸存者又都有些脱离群众。因此，他在友人的帮助下，于1937年9月，在上海自费创办了《七月》周刊，刊名复印了鲁迅的笔迹，这就是表示纪念的意思。自此以后，在整个抗日前期，这个小刊物一直都在伴随着胡风，直到抗日后期，《希望》创刊，《七月》才完成了它的使命。

随着战争的加紧，1937年10月，胡风到武汉工作，《七月》也随之移至武汉，并改为半月刊。1939年初，胡风来到当时的"陪都"重庆，《七月》又改成月刊。1941年皖南事变之后，他为了表示对国民党的抗议，离开重庆到香港。1944年再回重庆，将《七月》改为《希望》。抗战胜利后，他回上海，继续出《希望》。在1937年10月6日出第一集。从第七期到第十二期为第二集，第十三期到十八期为第三集。后因武汉形势紧张，和书店的合约已满，停刊了。在这十八期里，表现了一个总的情况，那就是作者大都是20世纪30年代出现的新人，更多的是第一次或不久前才出现的名字，刊物主要是依靠读者中想通过文学实践做斗争的先进分子来支撑，正如胡风在致辞中所说，"愿和读者一同成长"[1]，作品内容是从现实生活取来的，是战时生活和战斗行为的反映，这使得《七月》的作品中，散文和报告文学这种形式的作品占了很大的比例。如邱东平，他在大革命时期参加过海陆丰土地革命战争，他写的有《第七连》《我们在那里打了败仗》；陈守梅写了《闸北打了起来》。其他的有知名或不知名的作者所写的报告、散文涉及后方前方各个地区和各种群众活动。其中，特别注意发表了有关延安生活的报告。《七月》尽量地团结、号召有共同创作倾向的作家、作者，但不去拉名作家的稿子，它对投稿者是完全公开的。胡风在从事文学编辑活动时，贯彻自己的现实主义理论思想，反对"冷静""技巧""题材"论，反对形形色色的形式主义。

胡风抗战期间的文学编辑和出版活动不但顺应了历史的潮流，而且为现代文学锻炼了一批文学作者，并在其中培养起了很有前途和作为的作家，这些人后来大都成为新文学的著名作家，有的还成为标志性的文学家。萧军、萧红就是在胡风编辑的刊物或主持的出版社发表或出版过作品的著名作家。

《七月》这个充满诗意的名字是由萧红起的，他们无疑是期待着中华民族高扬的民族热情，就像那燎原烈火一样烧死日本侵略者。围绕这杂志的作家和诗人，形成了现代文学史上著名的"七月"派。萧军、萧红除了参加《七月》的编辑、出版工作外，还为《七月》创作作品。

萧红在《七月》上发表作品九篇：《失眠之夜》《天空的点缀》《在东京》发表在《七月》第一集第一期上，《火线外二章》发表在

---

[1] 胡风. 胡风评论集（中）[M]. 北京：人民文学出版社，1984。

《七月》第一集第二期上,《一条铁路底完成》发表在《七月》第一集第四期上,《一九二九年底愚昧》发表在《七月》第一集第五期上,《大地的女儿与动乱时代》发表在《七月》第二集第一期上,《突击》(与绀弩、塞克、端木蕻良共同完成)发表在《七月》第二集第六期上,《无题》发表在第三集第二期上。此外,萧红还参加了《七月》二集一期及三集三期两次座谈会。

萧军对《七月》也抛洒了更加执着的热情,在编辑之余在《七月》上发表作品十一篇:《王研石(公敢)》《不是战胜,就是灭亡》《周年祭》发表在《七月》第一集第一期上,《上海三日记》发表在《七月》第一集第二期上,《第三代》长篇连载在《七月》第一集三、四、五、六期上,《清血工作》发表在《七月》第一集第四期上,《两种教育的结果》发表在《七月》第一集第六期上,《他们等待我去复仇》发表在《七月》第二集第二期上,《做买卖》发表在《七月》第二集第六期上,《死者的血渍》发表在《七月》第四集第四期上。萧军在《希望》第二集第二期上只发表一篇小说《回家》。其中长篇小说《第三代》被评论家赞誉为"庄严的史诗"。他的杂文,锋芒犀利,控诉日寇罪行,揭露国民党反动派卖国投降活动,鼓舞抗日军民的斗争。萧军还以《我们要怎样活下去》为题,在电台发表广播演说,并不遗余力地参加了各种有关抗日救亡的社会活动。

萧军从1938年2月7日到临汾后,到1942年7月22日在延安,近四年时间,萧军共给胡风写了32封信,几乎每封信都谈到《七月》杂志。内容涉及为杂志投稿,杂志的邮寄,对《七月》在艰难的环境中出版的关心——"《七月》原来就是贫寒出身,从艰难再回到艰难,谅也不是多大困难的事。(写到这里,不知为什么,我鼻子里有点酸!)"[①]在信的字里行间,也表达了萧军对胡风的关心——"为了《七月》你确是吃了好些苦,不过,这苦是不能为外人道的,如果一道起

---

① 萧军1938年8月2日自成都写给胡风的信。

来，那人家就是说你浅薄了，而且也无聊……"①。足见萧军与胡风及《七月》杂志的感情之深。

胡风对端木蕻良在文坛上成长的帮助也是不遗余力的。当端木蕻良经郑振铎的推荐，于1936年8月1日在上海的《文学》杂志第七卷第二期上，发表了《鹭鹭湖的忧郁》后，胡风首先撰写了评论——《生人的气息》，指出《鹭鹭湖的忧郁》"这一篇无疑是今年的创作界宝贵的收获"，②这对端木蕻良在文坛上的起步无疑奠定了基础。此时，端木蕻良也意识到，要在文坛上成功，必须首先要被有名望的评论家所承认，否则是寸步难行的。于是，端木蕻良开始和胡风等评论家来往。在胡风的介绍下，端木蕻良在上海的"大东酒家"吃茶点，结识了宋之的、姚克和茅盾。这是端木蕻良第一次和茅盾见面，日后茅盾成了端木蕻良在文坛上的支持者，端木蕻良也始终对茅盾感恩在心，并把茅盾视为"文学巨星"。鲁迅去世后，端木蕻良的《大地的海》的手稿就是胡风在鲁迅家发现的，又经胡风的手送到生活书店，后送到文学社，并在《文学》杂志九卷一号上开始连载。③所以，是胡风首先介绍端木蕻良在上海文坛上起步的，介绍了他认识了茅盾等许多知名人士，包括萧军、萧红。此后，引起文学界对端木蕻良的注意。

1937年夏，《七月》杂志的筹备会在上海召开，胡风特别邀请了端木蕻良。端木蕻良也就是在这次会议上结识了萧红的。萧军到武汉后，写信给端木蕻良让他也来这里。端木蕻良接到信后，于10月到了武汉，端木蕻良很快就卷入那里的左翼作家抗日活动，他和胡风、萧红、萧军等一起，着手继续编辑《七月》杂志。10月16日，《七月》杂志在武汉的创刊号终于问世。这一期的《七月》杂志上同时刊登了端木蕻良的两篇散文，一篇就是端木蕻良从上海逃难因风湿病在绍兴

---

① 萧军1939年1月13日自成都写给胡风的信。
② 胡风. 生人的气息 [J]. 中流，1936年第1卷第3期。
③ 沈卫威. 东北流亡文学史论 [M]. 郑州：河南人民出版社，1992：196。

附近的乡下——嵩坝养病时，这里离鲁迅故居很近，"当汽车在会稽经过的时候，看见那道小河，想起《故乡》里所描写的乌篷船就曾经在这里划过……心中忍不住受着一次悲哀的袭击"①。端木蕻良写下了哀悼鲁迅的文章《哀鲁迅先生一年》，另一篇是《记孙殿英》。此后在每一期上都刊有端木蕻良的文章。

1938年5月，"端木蕻良和萧红在武汉的大同酒家举行了简单的婚宴"②。参加婚宴的仅有几位宾客，其中大多数来自住在武汉的端木蕻良方面的亲戚。参加婚宴的朋友"只有胡风、艾青等少有的几位前来助兴"③。胡风接到婚宴通知后，开始感到"迷惑不解"④，但胡风还是接受了邀请并担任了司仪。也正是这之后，端木蕻良、萧红与胡风之间的矛盾与隔阂开始加深和公开化。胡风1938年9月28日离开武汉的，12月2日到达重庆，在复旦大学任教，1939年6月10日搬到北碚黄桷镇师家坝。后来萧红、端木蕻良也来到了重庆。开始，萧红还常去看胡风，胡风说："如果是她一个人来，我们谈得很好，如果是他们两个人，就显得无话可说似的。可能是我不愿说，她不敢随便说。"⑤有一次萧红去胡风家，恰巧胡风不在，梅志看见萧红就想起萧军从兰州寄来的信和新婚照片，并拿给萧红看。萧红仔细地看了信和照片，看后半晌没说话，"脸上显出白里透青的颜色，像石雕似的呆坐着。"⑥后来萧红回过神来，仍旧没有做任何表示，只是说："我走了，你同胡风说我来过了。"⑦萧红逃避似的匆匆走了，从此萧红再也

---

① 端木蕻良.中国现代作家选集：端木蕻良[M].北京：人民文学出版社，1995：250。

② 孔海立.忧郁的东北人端木蕻良[M].上海：上海书店出版，1999：98。

③ 转引自孔海立.忧郁的东北人端木蕻良[M].上海：上海书店出版，1999：99。

④ 转引自孔海立.忧郁的东北人端木蕻良[M].上海：上海书店出版，1999：99。

⑤ 萧红.中国现代作家选集：萧红[M].北京：人民文学出版社，1984：1。

⑥ 季红真.萧红传[M].北京：北京十月文艺出版社，2000：359。

⑦ 梅志.花椒红了[M].北京：中国华侨出版社，1995：25。

没有去看过胡风。

端木蕻良、萧红乘飞机去香港,由于没有和朋友告别,也引起了一些朋友的误解和议论。胡风就曾写信给许广平谈及此事。萧红对此很反感,给华岗写信说:"胡风有信给上海鲁迅夫人,说我秘密飞港,行止诡秘……我想他大概不是存心诬陷。但是这话说出来,对人家是否有好处呢?绝对没有,而且有害的。中国人就是这样随便说话……这种自由自在的随便,是损人不利己的。"1940年7月28日萧红在给华岗的信中又提及此事。她说:"想当年胡风也受到过人家的诬陷,那时是还活着的周先生把那诬陷者给击退了。现在事情也不过三五年,他就出来用同样的手法对待他的同伙了。呜呼哀哉!"同时,端木蕻良也在给华岗的信中感叹,"(胡风)要陷人至此,世事真有令人大惑不能解者,呜呼!"[①]后来据艾青告诉端木蕻良,胡风也给他写了信,信的内容是这样的:"汪精卫到了香港,端木蕻良也到了香港。端木蕻良在香港安下了香窝。"对此端木蕻良和萧红都非常生气,他们和胡风私人之间的隔阂因此发展到了无法消除的地步。可见,萧红和端木蕻良对胡风的误解之深。后来胡风也到了香港,听说萧红的身体欠佳,在家里养病,就去看她。萧红很高兴地和胡风聊天,并兴奋地说:"我们办一个大杂志吧?"胡风希望她好好保重身体,安心养病。以后是能见到这些老朋友的,还有许多做不完的工作呢!由胡风前去看萧红可见,胡风对萧红的友谊还是从行动上体现了出来。可是端木蕻良在1980年8月16日告诉专访他的美国学者葛浩文说:"自己在一开始就不喜欢胡风,不仅是不喜欢胡风的个性,而且不喜欢他的政治观点和文学主张。"[②]在端木蕻良的心中,一开始就埋下了与胡风之间不和谐的音符。

---

① 萧红,端木蕻良. 萧红、端木蕻良在香港期间致华岗的信 [J]. 萧红研究,1983(4):10—11。

② 孔海立. 忧郁的东北人端木蕻良 [M]. 上海:上海书店出版,1999:78。

二、延安：毛泽东与萧军，萧军与王实味事件

（一）毛泽东与萧军

在辽宁省凌海市的萧军纪念馆珍藏着延安时期毛泽东主席与萧军的往来书信，这些珍贵历史信件的字里行间都渗透着领袖与文豪的真挚情谊。

萧军曾先后两次去延安。第一次是1938年3月。当时，萧军在山西临汾"民族革命大学"执教，后因日军进攻，阎锡山疯狂反共，萧军愤然辞职，决定弃文从武，重操旧业，去五台山前线参加抗日游击队，直接投身前线的战斗，为此决定先去延安。他独自一人，风餐露宿，徒步跋涉二十余天，于3月18日抵达延安，并在陕甘宁边区招待所安顿下来。毛泽东主席闻讯，派秘书去请萧军。萧军以主席公务繁忙，不便打扰辞谢了。想不到第二天，毛泽东主席亲自登门拜访，并在招待所里宴请了他。毛泽东平易近人、和蔼可亲以及谦恭友好的态度，把萧军深深地感动了。日后萧军在回忆第一次到延安的半个月的往事时说："毛主席真是礼贤下士，平易可亲，气度不凡。和毛主席相比，伟大的是毛主席，自己年轻气傲就太渺小了。"

第二次是1940年6月14日，萧军与妻子王德芬在董必武、邓颖超的安排下，从"陪都"重庆来到革命圣地延安。组织上分配他在"文协"任鲁迅研究会主任干事、《文艺日报》编辑、《鲁迅研究丛刊》主编、鲁迅艺术文学院讲师，还被推选为"中华全国文艺界抗敌协会延安分会"理事。萧军第二次到延安时，毛泽东与他已经成了交往密切、无所不谈的朋友，萧军应邀参加了不少活动，多次见到毛泽东，进行了亲密的交谈。在陕北公学的开学典礼上，经毛泽东主席介绍，萧军结识了陈云、李富春、成仿吾等同志。

在延安的五年，毛主席先后给萧军写过十封信，其中1941年8月2日的那封直率、坦诚，两人推心置腹。7月底，萧军曾接连给毛主席

写了两封信，反映延安文艺界出现的新情况。8月2日，萧军收到了毛主席的亲笔复信：

萧军同志：

　　两次来示都阅悉。要的书已附上。我因过去同你少接触，缺乏了解，有些意见想同你说，又怕交浅言深，无益于你，反引起隔阂，故没有即说。延安有无数的坏现象，你对我说的，都值得注意，都应改正。但我劝你同时注意自己方面的某些毛病，不要绝对地看问题，要有耐心，要注意调理人我关系，要故意地强制地省察自己的弱点，方有出路，方能"安心立命"。否则天天不安心，痛苦甚大。你是极坦白豪爽的人，我觉得我同你谈得来，故提议如上、如得你同意，愿同你再谈一回。敬问

近好！

毛泽东
八月二日①

　　从毛泽东给萧军的信中，我们可以看出，毛泽东对萧军的性格和心理特征是十分了解的，并热情地肯定了萧军的优点，坦率地指出了他的缺点。但是即使有了毛泽东的提醒，萧军依然故我，并没有改变自己的意思。萧军生性豪放不羁，坦率直言却不注意的方式，很快就使他在人际关系上出现了矛盾。以致后来，萧军遭到许多不公正的待遇，受到了严酷的折磨。

　　萧军向毛主席反映了他见到、听到和知道的文艺界问题，并谈了自己的感受和意见。这引起了毛主席的重视，让萧军不要急着离开延安，留下来协助他搜集文艺界各方面的情况，萧军高兴地同意了。从

---

① 王科，徐塞. 萧军评传[M]. 重庆：重庆出版社，1993：187。

此萧军和毛主席见面的机会很多。主席也向萧军袒露胸怀，回顾了自己在党内受委屈的历史，指出，对同志要"爱"，对受委屈要"耐"，使萧军深受启发，萧军并因此于1942年4月4日写下了一篇杂文《论同志之"爱"与"耐"》，送交毛主席审阅删改后投给《解放日报》。但萧军这篇文章却成了十五年后，在所谓反对资产阶级右派的斗争中的批判对象。

毛泽东曾建议萧军弃文从政。可萧军以"到时候连我自己也管不住自己"为由谢绝了毛泽东的好意。萧军虽然没有在从政问题上接受毛泽东的建议，但对向毛泽东提供文艺界情况和资料的工作，一直做得非常认真细致，而且两人不断地通信交谈。于1942年4月13日，毛泽东来信说：

萧军同志：

　　来信敬悉。前日我们所谈关于文艺方针诸问题，拟请代我搜集反面的意见。如有所得，祈随时示知为盼！

　　敬礼！

毛泽东

四月十三日[①]

在毛泽东的热情帮助下，萧军的积极性越来越高。萧军参政议政，提出的几项好建议，都被边区政府采纳了。1942年5月，毛泽东同志针对延安、边区文艺界存在的种种问题，在广泛征求意见，掌握大量第一手材料的基础上，决定召开一次"文艺座谈会"，这就是具有伟大历史意义的延安文艺座谈会。然而，萧军虽为会议做了大量准备工作，却不打算参加会议，并想去外地旅行。其原因是他深知自己脾气暴躁，性格耿直，不讲究方法，怕参加会议和一些同志发生争

---

① 张毓茂. 萧军传［M］. 重庆：重庆出版社，1992：234。

执，产生误会。再则，他已经给毛泽东主席报送了很多材料，觉得对座谈会已经做了一些工作，不参加会议也没什么，但毛泽东主席执意相留，并亲笔致信：

萧军同志：

  准备本星期六开会，请你稍等一下出发，开完你就可以走了。会前我还想同你谈一下，不知你有暇否？我派马来接你，月报1—14期收到。谢谢你！

  敬礼！

毛泽东
四月二十七日早①

在毛泽东的盛情挽留下，萧军参加了5月2日的座谈会。座谈会在杨家岭中共中央办公厅大礼堂召开。毛泽东、朱德、陈云、凯丰、贺龙等出席了会议。到会的文艺界人士有一百多人。会议由凯丰主持。毛泽东致开幕词后，萧军在别人不肯发言的情况下，第一个起来发言。题目是"对当前文艺诸问题底我见"，他谈了六个问题：一是立场，二是态度，三是给谁看，四是写什么，五是如何搜集材料，六是学习。这篇文章后来刊载在5月15日的《解放日报》上。这次会议不出萧军所料，他在大会小会上的发言都引起了争论，不免又触及了一些人，也得罪了一些人。但萧军在座谈会上的这次发言，在总的方向上是符合毛泽东的文艺思想的。

这次座谈会开得很成功，具有深远的历史意义，并已经被载入史册。只是萧军又同某些同志伤了感情，内心总觉得不够舒畅。因此，在休会中，他又面呈主席信函，请求批准到外地旅行。毛泽东回信说：

---

① 张毓茂. 萧军传 [M]. 重庆：重庆出版社，1992：235。

萧军同志：

　　会要到十六日才开，如果你觉得不能等了，你就出发吧。此复即致

　　敬礼

毛泽东
五月五日①

　　对于萧军的任性，我行我素，想怎样就怎样的行为，毛泽东还是宽容了他。对萧军的不近情理的做法，妻子王德芬规劝说："你怎么可以开会开到半道就溜了呢？不是太不通人情了吗？有什么不同意见，大家可以商量嘛，别闹个人意气，让毛主席一次又一次地留你，不觉得难为情吗？"妻子的奉劝，使萧军决定会议结束再走。5月16日，召开了第二次大会。在毛泽东的亲自主持下，大家又就文艺与政治的关系、文艺的源流、文艺工作的方向、方针、文艺批评的标准、文艺作品的倾向性等问题进行了热烈讨论，并取得了共识。到5月23日，会议才闭幕，毛泽东做了总结性发言，这就是著名的《在延安文艺座谈会上的讲话》。

　　会议一结束，萧军又给毛泽东写信，要求毛泽东向王震要一张通行证。毛泽东复信说：

萧军同志：

　　来信已悉，王旅长现去郿县，俟他回来，即与他谈。此复。

　　敬礼！

毛泽东
五月二十五日②

---

① 张毓茂. 萧军传 [M]. 重庆：重庆出版社，1992：236。
② 张毓茂. 萧军传 [M]. 重庆：重庆出版社，1992：237。

萧军只好静候。然而，还没有等到毛主席向王震旅长谈萧军外出旅行的问题，却发生了一件意想不到的事件，使得萧军终未能实现旅行计划，这就是著名的"王实味事件"。

（二）萧军与王实味事件

王实味（1906—1947）出生于河南省一座历史悠久的古城潢川的一个普通的耕读人家。父亲王言炳靠教书种田为生，他是清朝举人，因而周围城乡百姓都称他为王举人。王实味有兄弟姐妹共八人。王实味自幼发奋读书，先随父亲习诵四书五经，因此打下了较为浓厚的国学根底。1925年夏王实味考入北京大学文科预科班学习，并同五凡西（王文元）、张光人（胡风）等编在一个班。在北大时他积极参加学生运动，并请求入党，后经就读于北大哲学系的同乡陈清晨介绍加入中国共产党。但后来又因与李芬的爱情纠葛而离开了党组织。

在北大时，王实味就开始了小说创作，《休息》是王实味于1925年底完成于北京大学的。这时他已经是北京大学文科预科的一年级学生。只是这部作品在五年之后，才由徐志摩编入自己亲自审定编选的"新文艺丛书"并作为第八种由中华书局出版。徐志摩在介绍这部小说时称赞作品"取材严格，文字优美"。王实味1926年7月写了三万余言的小说《毁灭的精神》，并发表在当时很有影响的《现代评论》上，为此，该刊破例支付王实味三十元稿费，此事一时在京城文学圈风传为美谈。王实味最早投稿的短篇小说，是极具故乡潢川风土人情的《杨五奶奶》。当时徐志摩把这篇并不成熟的小说置于《晨报》副刊篇首，表现了他对文学青年提携的热心和对王实味的器重。1929年王实味到上海后，他开始由创作转入翻译工作。他的第一本译作是霍普特曼的《珊拿的邪教徒》，后来陆续译了都德的《萨芙》、高尔斯华绥的《福尔赛世家》、奥尼尔的《奇异的插曲》、哈代的《还乡》等五部世界名著，分别编入"世界文学名著"和"世界文学全集"，由商务印书馆或中华书局出版，字数一百余万字。

1937年7月7日卢沟桥事变拉开了全面抗战的序幕。祖国面临生死存亡的抉择，王实味更积极地投入了抗日宣传活动。自从中共中央进驻延安城的凤凰山麓，这座古城从此成了革命的圣地、摇篮和熔炉。大批知识青年怀着对中国共产党的信任和抗日救国的赤诚，历尽千辛万苦从沦陷区或国统区来到延安。王实味和妻子商量，于1937年10月先行一步抵达延安。王实味到延安后，分到陕北公学，任第七队队长。几个月后，王实味调到设在清凉山的出版局，从事翻译马克思、恩格斯、列宁原著的工作。这对王实味来说是充分发挥他外文功夫的最好的工作了。1938年5月5日，在马克思诞生120周年纪念日这一天，中央马列学院成立。学院是专门培养理论干部的地方，学院除了设立教学、管理机构外，还附设了一个编译室，主要从事马列经典著作的译述。当时兼院长的洛甫（张闻天）早就了解到王实味深厚的英文底子和较好的翻译能力，所以点名调王实味来编译室工作。后来陈伯达调到编译室并内定为主任，可陈伯达没有洛甫博学谦和，并动不动对下属装腔作势，常常拿政治帽子压人，刚正不阿的王实味对此十分反感，经常与陈伯达发生争执。王实味到延安后仍然没有改掉他以前火爆的脾气，他对现实不满，语言尖刻、辛辣，对人毫不留情，这也就注定了他在主流的上层社会因不合时宜而必定遭受危难的结局。

萧军与王实味本来并不相识，是1942年初普遍展开的延安整风运动中发生的王实味案件，才将萧军这位东北的爱打抱不平的汉子与王实味牵扯到了一起。当时作为中央马列研究院特别研究员的王实味发表了几篇"暴露黑暗"的文章，如《政治家、艺术家》《野百合花》等。《政治家、艺术家》刊载于3月15日出版的《谷雨》第一卷第四期。文章纵论："'愈到东方，则社会愈黑暗'，旧中国仍是一个包脓裹血的、充满着肮脏与黑暗的社会在这个社会里生长的中国人，必然要沾染上它们，连我们自己——创造新中国的革命战士，也不能例外。"还指出："当前的革命性质，又决定我们除掉与农民及城市小资产阶级做同盟军以外,更必须携带其他更落后的阶级阶层一路走,并在一定程度内向他们让步,这就使我们更沾染上更多的肮脏与黑暗,"正是这种历史与现实的双重原因,我们"艺术家改造灵魂的工作,因而也就更重要、更艰苦、更迫切。大胆地但适当地揭破一切肮脏与黑暗,清洗它们,这与歌颂光明同样重要,甚至更重要"。

《野百合花》是王实味创作的唯一针对解放区的现实予以批评的杂文。《野百合花》是杂文的总题,杂文除了前记外,写出的四部分,分两次发表于《解放日报》1942年3月13日和23日的《文艺》副刊上。

王实味在前记中说,野百合花"与一般百合花同样有着鳞状球茎,吃起来味虽略带苦涩,不似一般百合花那样香甜可口,却有更大的药用价值"。也许在写作时,王实味就担心有人会打棍子揪辫子,所以他给自己留了一手,他强调听到的那段对话"也许有偏颇,有夸张,其中的'形象'也许没有太大的普遍性",他只是要人们把它当作"镜子"来起作用。

杂文的第一节是"我们生活里缺少什么",论及在延安生活中领导与群众之间缺乏爱的现象。王实味正确估计了当时大批青年奔赴延安是"抱定牺牲精神来从事革命,并不是来追求食色的满足和生活的快乐"。他以两个女青年的谈话作为感性材料,提出延安生活中缺乏爱的问题。第二节是"碰《碰壁》",系针对2月22日《解放日报》刘辛柏的《碰壁》一文而发,要求学会保护青年敏感、热情、勇敢的特点,从他们"牢骚"的背后找出我们工作的缺点来。第三节是"'必然性''天塌不下来'与'小事情'",主旨是说革命内部要防微杜渐,"把黑暗削减至最小限度"。第四节是"平均主义与等级制度",王实味明确表示他并非平均主义者也不反对等级制,只是说在这艰苦的革命岁月,"一切应该依合理为必要的原则来解决",反对一些"不见得必要与合理"的地方。当时涉及这一方面主题的杂文不是个别的,萧军也撰文写道:"和一些革命的同志接触得更多一些,我却感到这'同志之爱'的酒越来越薄稀了！虽然我明白这原因，但这却阻止不了我心情上的悲怆。"①语言表达得也很激烈。还有丁玲的《三八节有感》，当时许多人都对丁玲的《三八节有感》和王实味的《野百合花》提出批评，是毛泽东的一句话："《三八节有感》虽然有批评但还有建议。丁玲同王实味也不一样，丁玲是同志，王实味是托派。"使王实味成为阶下囚，并失去了宝贵的生命，而丁玲检讨得及时，并对自己发表的《三八节有感》做了说明和自我批评，特别又反省自己的《三八节有感》，态度异常沉痛，于是逃此一劫。

1942年春，包括王实味的文章在内，《解放日报》副刊上大量杂文的出现，形成一股强劲的潮流，特别引人注目。当时还有中央青委创办的《轻骑队》，边区美协的《讽刺画展》和中央研究院的《矢与的》三种曾轰动一时的壁报。可以看出，延安这股文艺思潮在当时的知识界产生了强烈的反响，并且这股"针对自己""暴露"的思潮，与当时延安热烈的时代氛围形成了一种似乎极不协调的冲撞，所以延安整风运动的发生也不是空穴来风。

在后来的整风运动中，王实味受到了批判，却不像一些文人一样做检讨，因此他受到的批判也不断升级，从思想政治错误到"托派"，再到"国民党特务"。据统计，"仅1942年4月初至6月底3个月的时间内，中共中央党报《解放日报》就在15个版面上刊有关于王实味的评论和报道，百分之百全是批评和批判。"②甚至领导人毛泽东也在看过王实味的《矢与的》后说了一句意味深长的话："思想斗争有了目标了。"③在这样的情况下，没有一个人敢为王实味说话。随着运动的发展，舆论出现了一边倒的局面，王实味单一的声音被众人的呵斥质问声所淹没，每次座谈会都成了他的批斗大会。就在这众声讨伐

---

① 萧军. 论同志之"爱"与"耐"[N]. 解放日报，1942-4-8。
② 李书磊. 1942——走向民间[M]. 济南：山东教育出版社，1998：207。
③ 黎辛. 《野百合花》·延安整风·《再批判》——捎带说点《王实味冤案平反纪实》读后感[J]. 新文学史料，1995（4）。

中也有不谐之音，那就是仗义执言的萧军的出现。

在6月2日，王实味向党委提出退党要求后，诗人李又然找到萧军，对萧军说"王实味是个好同志哎""听说他要脱党，这样影响不好哎，你对主席讲讲吧……"希望他能够出面向主席求情，萧军毫不考虑地便答应了。来到杨家岭，萧军找到了毛主席，开门见山地提出了要求，没想到毛泽东给了他一个软钉子，说："这件事你别管——"并进一步说，"王实味有托派嫌疑，他并没有参加托派呀，有托派的问题在里头，你别管——"话到此，萧军也只好作罢。此事也引起了一些人对萧军的不满。

6月4日上午，"文抗"秘书长于黑丁来通知萧军，要他去听一听批判王实味大会，这就是那次由中央研究院召开的有延安几十个单位参加的批判王实味千人大会。当时会场秩序较乱。王实味一开口说话，立即招来一片呵斥声。看到这种场面，萧军为此气不过，并在会场上喊了起来，认为不应该对王实味围攻。散会后，萧军进一步表达自己的不满，认为会上缺乏实事求是的说理的态度，对王实味的批判是"往脑袋上扣屎盆子"。这话被一个女同志汇报到时"文抗"党组织，这更引起人们的不满。几天后，中央研究院派郭小川等四名同志作为代表到萧军住处，要他承认错误，赔礼道歉。萧军坚持己见，断然拒绝道歉的要求。不但如此，他还以《备忘录》为名写了一份材料，说明事实经过，表明自己的看法，将材料送给中央和毛泽东。萧军在"文抗"整风小组会上，宣读了这份《备忘录》，没有人起来反驳，可在10月19日两千多人参加的"鲁迅逝世六周年纪念大会"上，萧军再次宣读了这份《备忘录》，这次引起了部分与会作家的不满，周扬、丁玲、柯促平、刘白羽、艾青等当场与萧军在主席台上展开了激烈的辩论。辩论从晚上8点一直进行到深夜2点多。萧军"越辩越激动，越辩越不服气"，最后，怒气冲冲、拂袖而去。萧军这些表现，体现了他性格鲁莽的一面和政治的不成熟。从此，萧军在延安也在无形中开始遭到冷落，他与一些同志有了隔阂，成了"同情王实味"的人。

紧接下来,整风发展到康生一手制造的"抢救运动",萧军更是被打入另册。萧军自此之后在延安的生活走向困境。1945年3月,中央党校三部解散,萧军夫妇被分配到鲁迅艺术文学院,最后离开了延安。

三、东北解放区:萧军与《文化报》,批判萧军

1945年8月15日,日本侵略军无条件投降的消息传到延安,萧军同延安军民一起沉浸在狂欢之中。8月20日他写下了《抚今追昔录》诗三首,其中的《惊讯》记叙了延安欢庆胜利的不眠之夜和自己惊喜交加的心情"惊闻捷报浑如梦,痴立山头看火烧"——

> 胜利之夜,延安各山腰,山头窑洞前,纷纷燃起高高的野火,十余里相望不绝;各学校、机关通夜举行狂欢跳舞晚会,有人痛哭失声,有人狂笑若痴,有人因兴奋过度而晕倒。余痴立山头,恍如梦境。

面对着急剧演变的国内形势,党中央、毛泽东做出了英明的决策:迅速开赴东北、华北接管日伪占领区,大力加强宣传工作。为此,党中央陆续派了得力干部,组成工作大队,奔赴各解放区开展工作。9月20日首批人员出发,其中赴东北的由舒群、田方任队长。当时组织上考虑到萧军夫妇孩子小,行动不便,决定让他们暂缓出发,对此,萧军焦急万分。

11月间,中央决定"鲁迅艺术文学院"迁至东北解放区去办学,隶属东北大学鲁迅艺术文学院,同时党派彭真等去东北地区建立东北局。得知萧军赴东北,彭真表示欢迎。1946年8月7日,《东北日报》头版登载了一条引人注目的消息披露:东北大学鲁迅艺术文学院将由

著名东北流亡作家萧军先生担任院长。事先萧军并不知道这一任命。11月,萧军从哈尔滨到佳木斯就任院长。可是萧军对那些烦琐的行政教学业务管理没有丝毫兴趣。他决定回哈尔滨干自己应该和想要干的事情去。春节之后,他写信给中央东北局,提出自己辞职的意见和理由,东北局同意了萧军的意见。于是,萧军从佳木斯回到了哈尔滨。

长时期以来,萧军心存一个愿望,那就是办一个出版社。回到哈尔滨以后,他的想法得到了东北局领导彭真和宣传部长凯丰的支持,东北局在经济上资助三两半黄金用于办公费用,市政府将尚志大街五号原福特汽车公司的旧址拨给了萧军做社址。萧军自任社长,并聘请了一位有做生意经验的青年徐定夫任经理。为了弘扬鲁迅精神,他把出版社定名为"鲁迅文化出版社",同时挂上了"鲁迅学会"和"鲁迅社会大学筹备处"两块牌匾,显示了创办文化教育事业的勃勃雄心。

1947年5月4日,由萧军任主编的《文化报》在哈尔滨创刊。当时的哈尔滨只有两份报纸,而且都是党的机关报,文艺副刊很少。所以,《文化报》是当时哈尔滨唯一以文艺为主的报纸。《文化报》创刊时,是一个四开大的小报,五日刊,发行一两千份,内容主要是报道一些文化、文艺活动消息,三言五语的短文。在当时文化生活枯燥的情况下,它深受哈尔滨文学青年们的喜爱,很快售量近万份,影响很大。《文化报》在传播革命文化思想方面起过积极的作用,基本方向是正确的。到《文化报》事件发生后,它只生存了一年半的时间,至1948年11月2日被迫停刊,一共发行了72期,另有"半月增刊"8期,两项共80期。《文化报》创刊不久,鲁迅社会大学正式上课,萧军亲自授课,鲁迅农场等实业也开始营运,萧军和《文化报》在哈尔滨乃至东北的影响越来越大了。

正当萧军春风得意,决心在文化教育事业上开出一条新路时,一场悲剧已经向他徐徐拉开序幕。

就在《文化报》创刊不久,东北局宣传部秘书长刘芝明出面委任宋之的主编《生活报》。这份报纸的开张和《文化报》一样,也是五日刊，只是它由纯白报纸印刷，极为引人注目。在创刊座谈会上，《生活报》几乎请遍了哈尔滨市的文化名人，唯独没有邀请大名鼎鼎的萧军。这一信号并没有使天真质直、自信又多少有些傲气的萧军警觉。一场灾难性的悲剧在萧军身上发生了。这是几乎影响了他一辈子政治生命与文学生命的沉重打击。这就是史称"《文化报》事件"。

《文化报》与《生活报》的论战是从1947年春夏之交开始的。《生活报》刚刚创刊，就发表了一篇《今古王通》的文章：

> 史书上记载着隋末的一位妄人，名叫王通，他封自己作孔子，把一时的将相如贺若弼、李密、房玄龄、魏徵等人，攀作其门弟子，著了一本他自己和他的门徒们问答的书，叫作《文中子》。这个人，后世虽称他为病狂之一，这本书，后世虽称之为妖诬之书，但在当时，这一举动，却不失为一种很好的沽名钓誉的方法，少不了有一些群众要被迷惑的。这种藉他人名望以帮衬自己，以吓唬读者的事，可见是古已有之了，不晓得今之王通，是不是古之王通的徒弟。①

全文仅有二百多字，用醒目的黑色边框围着，以引起读者的注意。文章搬出了一个被后世称为"病狂之一"的隋末知识分子王通，说他抬出孔子作为自己"沽名钓誉"的招牌。很显然，"古之王通"已经死了千年之多，作者将其翻出来痛骂，其目的是借古讽今。这种影射性的语言，果然使萧军沉不住气了，他立即以"风风雨雨话'王通'——夏夜抄之一"为题加以回应，这是一场试探性的交锋。

三个月后，激烈的冲突爆发了，《生活报》突然以系列社论正式向萧军及《文化报》宣战。"八一五"抗日战争胜利三周年纪念日刚过，《生活报》突然以社论的名义发表了标题鲜明的《斥〈文化报〉

---

① 转引自张毓茂. 萧军传［M］. 重庆：重庆出版社，1992：257.

的谬论》一文，正式举起了向《文化报》宣战的旗子。文章指责《文化报》在8月15日出版的第53期报纸上，以"三周年'八一五'和第六次劳动'全代大会'"为题的社评和国民党反动派一样，"诬蔑苏联是赤色帝国主义"，而且指出：用了"各色帝国主义"的名称是"暗示苏联是'赤色帝国主义'"。这以后，又发表了《分歧在哪里？》《"剥开皮来看"》《论萧军的求"真"》等一系列社论，对萧军和《文化报》连篇累牍地发起围攻，对萧军的思想、言行、创作，进行了多方面的毁灭性的所谓"批判"。萧军被判定为攻击苏联，"挑拨中苏友谊，诽谤人民政府，诬蔑土地改革，反对人民解放战争"。萧军则以《古潭里的声音》系列文章加以回击。也有一些替萧军鸣不平的同志写文与之论辩。但对方凭借强大的政治力量、组织手段和经济措施，压垮了萧军及其《文化报》。直到1948年5月，公布了《中共中央东北局关于萧军问题的决定》《东北文艺协会关于萧军及其〈文化报〉所犯错误的结论》。当时东北局宣传部负责人刘芝明也写了长达万言的批判萧军文章《关于萧军及其〈文化报〉所犯错误的批评》，以组织的名义宣布萧军的政治生命和文艺生涯的结束。

反思历史，我们不难发现，这是一场不该发生而又难以避免的悲剧，是意料之外、情理之中的事情，是历史的必然产物。这是因为：其一是《文化报》和《生活报》之间的论战是在特定的历史时期发生的，正是人民解放战争处于十分激烈的情况下，国民党也在我党的报刊中寻找可用的消息，残酷的现实使我们某些同志始终绷紧阶级斗争这根弦。其二是现代文学史从产生的那一天起，就掺杂着不健康的因素，存在宗派主义情绪。由观点、思想的不同发展到人身攻击，乃至悲剧成为难以避免的事实，《文化报》事件是宗派主义作祟的又一恶例。其三是萧军在文艺界的威望是其他同伴们难以达到的，并是广大青年青睐的对象，加上他耿直坦率，性格倔强，又爱打抱不平，与那不屈服于强权势力的傲气难以并存。这在文艺界势必引起一些人的不满，难以容忍他的存在。于是，一场本不该发生的悲剧终于难以避免地发生了。就萧军及其《生活报》本身而言，也的确存在着这样或那样的缺点和失误，主要表现在：其一是倘若萧军谦虚谨慎，仍然紧紧依靠党的领导，同党的关系和当初一样密切，那就不会引起别人的猜疑，也就不至于出现后来的问题和误会。可粗心的萧军一时为成功所陶醉，疏远了党的领导。其二是萧军缺乏政治头脑，没有吸取在延安时的教训，遇事又不能自我化解矛盾，对什么都无所谓，恶化了本来就有前嫌的文艺界人际关系。其三是萧军自己也不讳言《文化报的缺点》，他说，"本报的缺点那是多得很，首先是材料不够多样丰富"；内容方面"小资产阶级气味太浓，'自由主义'色彩不少"，所以这就给对方以可乘之机。

四、大西南和香港：萧红、端木蕻良、骆宾基

1938年2月6日，萧红、萧军、端木蕻良等人，相继从武汉来到临汾。不久，丁玲带领着西北战地服务团，从潼关来到了临汾。正是在这里，萧红和丁玲这两个只闻其名却从未见面的左翼作家，终于在这里相见了。这显然是一次伟大的会晤，具有历史的意义。

2月间，日寇攻陷太原之后，兵分两路向临汾进军。民族革命大学决定撤退。招聘来的作家，愿留下来的随校教职工一起撤离，不愿留下来的可以随丁玲的西北战地服务团去西安。此时，萧红和萧军除了感情上的裂痕之外，在思想认识上又发生了分歧。萧军要留下来和学校一起打游击，萧红则只想有一个安静的环境进行创作。萧红几乎是哀求地对萧军说："三郎，我知道我的生命不会太久了，我不愿生活上再使自己吃苦，再忍受各种折磨了……"①但执着的萧军不为所动，坚持自己的主意。之后萧红就与端木蕻良等人结伴，和丁玲率领的西北战地服务团同路去了西安。萧军则前往内地参加抗日部队打游

---

① 王观泉. 怀念萧红[G]. 哈尔滨：黑龙江人民出版社，1984：27.

击去了。

在去西安的火车上,丁玲邀请塞克、萧红、端木蕻良、聂绀弩等人,为她的战地服务团写个剧本,以便到西安后能立即举行公演。萧红等人在火车上,一面谈一面议,一面写一面练,并由塞克整理出剧本,取名《突击》。后来该剧本刊登在1938年4月1日出版的《七月》第十二期上,署名塞克、端木蕻良、萧红、聂绀弩。茅盾先生在评价这个剧时说:"编剧者、导演、演员都是真真实实生活在《突击》里的人,这是它最大的特色……"[①]

萧军去五台山受挫后,中途折到延安,恰好碰上了回延安办事的丁玲和聂绀弩,并一起回到了西安。此次,萧军与萧红正式分手,带着各自的遗憾,也带着各自的满足,从此再也没有见过面。萧军很快离开了西安,先去延安,后来又打算去新疆,投身那里的抗日救亡文艺工作。途经兰州的时候,结识了王德芬,结婚后养育了八个孩子,并终生厮守在一起。1938年4月萧红和端木蕻良乘上火车,返回武汉,仍然住在武昌小金龙巷的那所平房里,1938年5月下旬,在汉口大同酒家举行婚礼。由于日本侵略军的战线向西延伸,敌机轰炸武汉,迫于形势的需要,端木蕻良就与罗烽先期一起坐船到了重庆。不久,萧红也到了重庆。1939年春天,萧红在毗邻重庆的江津生下一男婴,当即夭折。大后方的艰难生活,使萧红产后虚弱的身体一直没有得到很好的恢复。产后不久,萧红离开了江津白朗的住处,与端木蕻良会合,住到了歌乐山上一座名叫云顶寺的旅馆里。山上环境清幽、安静,是文人学士休养、写作的理想环境。在这样的环境里,萧红写下了散文《牙粉医病法》《滑竿》《林小二》《长安寺》这些作品。

在这里小住之后,萧红又与端木蕻良下山,于1939年的夏天,搬进了位于北碚嘉陵江边的复旦大学教员宿舍里。此时端木蕻良在新闻系任教,生活比较安定。这时候,萧红拒绝到复旦大学任教的邀请,

---

[①] 茅盾. 突击[J]. 文艺阵地,1938年第1卷第4号。

专心致志地进行创作。萧红写作很勤奋,她写了散文《放火者》和小说《朦胧的期待》《旷野的呼喊》《逃难》《山下》《莲花池》《孩子的讲演》等作品。这六篇小说后来集成名为《旷野的呼喊》的短篇小说集,于1940年3月由上海杂志公司出版发行。

这一年的10月,萧红还写完了她悼念鲁迅先生的回忆录《回忆鲁迅先生》。在萧红短促的一生中,可以毫不夸张地说,与鲁迅相处的日子,是她坎坷不幸的一生中,少有的让她回忆起来最快乐的日子。因此,她在内心中对鲁迅先生一直怀有崇敬和感激之情。鲁迅先生的去世,对她来说是一个深重的打击,因为那时她正在日本东京,这无疑是她难以消除的憾事。萧红写这篇文章,是想用自己的笔,把读者轻轻地领进鲁迅家敞开的大门,让读者看到鲁迅和谐的家庭、朴素的生活。端木蕻良还为萧红的《回忆鲁迅先生》写了后记,针对萧红写的鲁迅先生生活的态度,在后记为萧红做了补充说明:"鲁迅先生治学经验,接世之方法等,以后有机会再续记。"[①]足见两人是一对创作上的合作伙伴。

在重庆期间,端木蕻良和萧红都写了不少作品。萧红对端木蕻良的创作给予了很大的帮助。那时,戴望舒在香港,主持《星岛日报》副刊《星座》,来信向端木蕻良、萧红约稿,并且要求最好是长篇小说,以便连载。端木蕻良早就酝酿想要写战争题材的小说,写抗战第一枪,"因为抗战第一枪,就是上海闸北的一位士兵自发打响的。端木认为这士兵射出的不是一颗子弹,而是人民战斗呼声的迸然爆发。端木认为这一枪不是孤立的,它冲破了横隔的长江,和他家乡的游击队接联起来了,他想写众大江的日夜奔流中,看到中华民族的投影……"[②]为了活跃版面,戴望舒来信要端木蕻良亲笔题写篇名。萧红看信后,提起毛笔顺手写下了"大江"两个字,并确定为长篇小说的篇名。在连载时,端木蕻良因风湿病犯了,以致不能写作,则由萧红

[①] 钟耀群. 端木与萧红[M]. 北京:中国文联出版公司,1998:57。

[②] 钟耀群. 端木与萧红[M]. 北京:中国文联出版公司,1998:58。

代笔续写，直到端木蕻良病情好转能接着写作，萧红才停笔。后来，香港《大公报》杨刚也来信要端木蕻良写长篇，准备在《大公报》副刊上连载，端木蕻良也答应下来，这就促使另一个长篇小说《新都花絮》诞生了。这部长篇小说背景资料来自于歌乐山儿童保育院。这一年端木蕻良的短篇集《风陵渡》也由上海杂志公司出版，收入了端木蕻良在上海时期创作的《轵下》《可塑性》《三月夜曲》和重庆时期创作的《嘴唇》《风陵渡》《螺蛳谷》《火腿》《泡沫》等。端木蕻良在这一时期发表的作品是繁多的，而这一切又与萧红的关心和照顾是分不开的。

这段时间，重庆的局势开始恶化，日本侵略军的战线继续向西延伸，敌机开始对重庆市进行狂轰滥炸，并把北碚作为轰炸的重点。一时间对萧红和端木蕻良的创作产生了不良的影响，使他们不胜烦躁。于是，萧红和端木蕻良都有些支持不住了，就想离开重庆。萧红主张去香港，《大江》正在香港报纸上连载，有稿费收入，有生活保障。端木蕻良觉得也合理，但因国内正在全面抗战，端木蕻良也担心去香港是否合适。萧红认为一个作家的任务，是写出好作品来，这就是对抗战的贡献，其他都不是主要的。他们又征得了《新华日报》前主编华岗的意见，也赞成他们去香港。端木蕻良去找孙寒冰，告诉他们准备去香港的事。孙寒冰很支持他们的想法，告诉他们复旦大学在香港办有大时代书店，到香港可住在书店楼上，继续保持联系。

1940年1月19日，萧红和端木蕻良飞往香港。不久，孙寒冰来港办事，请他们住在九龙尖沙咀乐道3号的大时代书店隔壁的房子，这样便于编辑"大时代丛书"，端木蕻良是这套丛书的主编。他们一安定下来除了参加一些座谈会、讲演会外，就坐下来专心致志地埋头写作。当时，萧红正在写《呼兰河传》，这一篇名是在端木蕻良的建议下确定的。这是一部在国家危难时期背井离乡的作者对故乡一往情深的恋歌。萧红1938年从武汉就开始酝酿这篇小说的写作，由于颠沛流离，一直没有大块的时间把它写完。到了香港，生活的安定又促使她开始了中断好久的写作。童年的往事像萤火虫一样在她的眼前跳动，撞击着她的创作欲望。"小县城里人们的善良、愚昧、自私、麻木、势利、迷信，以及沉滞刻板单调的古旧生活方式，都与她早已成熟的文艺思想相合拍，引起她的愤慨和激愤。"① 这是萧红最后一部中篇小说，起笔于1939年，完稿于1940年12月20日，从1940年9月1日起，在《星岛日报》副刊《星座》上连载。

就在1940年3月，萧红曾和朋友计划出版一本大型的文艺刊物，这是一本专门纪念鲁迅先生的刊物，并希望赶在鲁迅逝世纪念日时出版。萧红为此做了大量的准备工作，但因种种原因这刊物最终没能出版。4月萧红还写了短篇《后花园》，这部作品可以称为《呼兰河传》的姐妹篇，以东北农村乡土人物的命运为内容，围绕主人公冯二成子一生悲剧的故事展开了故事情节，在抒情诗一样的旋律中，展现了冯二成子暗恋着邻居家的女儿，由于自卑而没有勇气说出来，无可奈何地看着她嫁人。爱屋及乌的他默默地承担起照顾着她母亲赵老太太的任务。最后老太太的搬走，又使他再次陷入痛苦之中。无论如何他也没有找到人生的结论。后来他接受了王寡妇的关照，并结婚生了孩子。但老王的死，孩子的失去，后花园又换了主人，他还是仍然日复一日年复一年地平平淡淡地生活着。萧红在这篇文章中写出了乡土人生的悲凉。"这里已经没有了她早期作品中的阶级压迫，而是一种困惑而无望的忍耐，一种日常生活的悲剧。"② 这篇小说发表在1940年4月15日至25日香港《大公报》副刊《文艺综合》与《学生界》。

1940年6月，香港文协筹办纪念鲁迅先生诞生60周年大会。香港《大公报》文艺副刊的编辑、女作家杨刚曾经找到萧红，特请她写一出描写鲁迅先生的话剧，萧红从未写过话剧，一时不知如何下手。在端木蕻良的建议下，她打算用"哑剧"的形式来写鲁迅先生。但萧红

---

① 季红真. 萧红传 [M]. 北京：北京十月文艺出版社，2000：368.
② 季红真. 萧红传 [M]. 北京：北京十月文艺出版社，2000：369.

还为具体怎么写而发愁，端木蕻良怜惜萧红并自告奋勇来写，让萧红提供素材，由他起草。两人互相研究，经过补充后定稿。端木蕻良还以为鲁迅送葬时，遗体上盖的"民族魂"旗帜的印象，为"哑剧"起了篇名——民族魂。该剧本以萧红的名义在10月21—31日的《大公报》副刊上连载，萧红在《附录》①中说：

> 鲁迅先生的一生，所涉之广，想用一个戏剧的形式来描写是很困难的一件事，尤其用不能讲话的哑剧。
> 所以，这里我取的处理的态度，是用鲁迅先生的冷静、沉定，来和他周遭世界的鬼祟跳嚣做个对比。

萧红对鲁迅的理解，可说是与众不同。正是因为萧红对鲁迅有如此独到的见地，才使剧本产生了非凡的影响。同时，端木蕻良的《略论民族魂》也在《星岛日报》副刊《星座》上发表。这一时期，端木蕻良和萧红常常在《星岛日报》《大公报》上发表作品。

端木蕻良到达香港后，在写稿、编《大时代丛书》的同时，能按照自己的意愿编《时代文学》这样一种纯文学刊物。他在每期目录上推出一位世界著名人物的头像，他推出的第一位就是鲁迅先生。这些画都是端木蕻良自己画的。从1940年12月到1942年2月，端木蕻良撰写了他半自传半虚构的家庭史、地方史《科尔沁前史》，并在香港《时代批评》上连载。萧红为了回报端木蕻良，主动为他题了篇名。端木蕻良创作《科尔沁前史》，一部分的意图是记录他的家庭史，同时又要为他的《科尔沁旗草原》提供背景资料，作为《科尔沁旗草原》的一个序幕。"这部《科尔沁前史》确实为大家提供了许多宝贵的地理、文化、历史甚至端木蕻良的家庭背景资料。"②

萧红在完成《呼兰河传》后，就又开始着手长篇小说《马伯乐》

---

① 载1979年11月《明报月刊》第14卷第11期。
② 孔海立. 忧郁的东北人端木蕻良 [M]. 上海：上海书店出版，1999：116.

的创作。萧红在重庆的时候，就酝酿写《马伯乐》，原先的名字叫"马先生"，端木蕻良觉得这不像个书名，便改成了《马伯乐》。《马伯乐》可以说是《逃难》的续篇，马伯乐本人则是何南生性格的延伸和发展。小说所描写的历史背景是九一八事变后，在国家危难之际，全国救亡之声高昂，抗日之情激起，亿万人民为挽救民族危亡而奋起战斗、流血牺牲的大时代，也潜藏着反动的以出卖国家民族利益的丑恶现象，萧红就是以敏锐的观察力，用讽刺和幽默的笔触，刻画了懒惰成性，一无所能，自私自利，矫揉造作，时而粗声粗气，时而可怜兮兮，时而滑头滑脑，时而优柔寡断的马伯乐这样一个典型形象。萧红在写这部小说时，因病几次辍笔。这部小说的前半部于1941年1月列为《文艺丛书》，由重庆大时代书局初版，初版本为小32开本，封面是萧红亲自设计的。1941年2月1日，周鲸文主编的香港《时代批评》第三卷第六十四期开始连载《马伯乐》的下半部，中间除第七十三、七十四、七十五、七十九等期因出版纪念专号偶有停顿外，一直连载到1941年11月1日第四卷第八十二期辍止，萧红预计要把《马伯乐》写成三部曲，但刚写完到第二部，她就一病不起，因病未能完成这部长篇小说的写作。在写作《马伯乐》的同时，萧红还写了小说《北中国》，描写一个儿子投身抗日活动之后，由于心情郁闷而终于精神崩溃的老乡绅，于1941年4月13日至29日，发表在《星岛日报》副刊《星座》901—917号上。

在1941年的6月，萧红在患病期间，在病床上写成了一个短篇小说《小城三月》，这是她的最后一篇小说。小说以她童年的挚友开姨作为原型，在这部作品中，她放弃了对家庭的嫌恶态度。小说中的父亲是一个有维新思想的形象，家庭也是一个开放而民主的家庭。这个家庭很接近萧红家庭的实际情况，也是萧红自我内心矛盾的一个折射。这篇小说也是思乡之作，也体现着萧红的启蒙主张。端木蕻良受萧红的要求为这篇小说画一幅插图，萧红题写了篇名"小城三月"，并且签了名。这篇小说发表在1941年7月1日香港《时代文学》第一卷第二期上。

在端木蕻良和萧红埋头创作之际,史沫特莱注意到时局的险恶。她建议端木蕻良和萧红及早离开香港,到新加坡等南洋地区去,端木蕻良和萧红也认为离开香港是上策,但因萧红病情恶化而未能动身。萧红接受史沫特莱的建议,到香港郊区的玛丽医院寻求一种新式治疗肺病的空气疗法。不料打完了空气针,萧红感到从未有过的疲倦,她身上所有的疾病都显露出来。① 从此萧红大部分时间都是在医院度过的。

9月的一天,端木蕻良突然接到一个陌生人的电话,是内地来的一个青年作家,到香港后找不到工作,请求给予帮助,这就是骆宾基。端木蕻良把他安排到周鲸文的时代书店的宿舍里。为了安定骆宾基的生活,端木蕻良又撤下自己在《时代文学》五六期合刊的长篇连载《大时代》,换上骆宾基的小说《人与土地》。萧红还为这部小说设计了报头式的刊头画,又肥又大的高粱叶子。对此,骆宾基很是感激。

骆宾基在九一八事变后到关内读书,"1935年夏天到哈尔滨学习俄语,想将来到苏联去留学"②。在那里他结识了金剑啸,从他那听说萧红的《生死场》在上海出版了,鲁迅先生为这本书作了序。后来,骆宾基到了上海,又陆续读到了萧红的短篇小说《手》《牛车上》等,以及回忆哈尔滨艰难写作生活的《商市街》,骆宾基心中暗暗钦佩这位女作家的写作才能。正是在上海,骆宾基结识了萧红的弟弟张秀珂,并结下了友谊。当时萧红正在日本的东京。1937年10月,骆宾基的作品《大上海一日》发表在《呐喊》上,后由文化生活出版社编辑出版。1939年9月他由皖南去桂林工作,这时期他写过许多小说。被补选为桂林文艺界抗敌协会理事。他一边去附近乡间教书,一边从事创作,陆续写成了中篇小说《吴非有》发表在《自由中国》

---

① 骆宾基. 萧红小传[M]. 哈尔滨:黑龙江人民出版社,1981:85.

② 丁言昭. 萧红传[M]. 南京:江苏文艺出版社,1993:262.

上，短篇小说《寂寞》、童话《鹦鹉和燕子》，并以胶东农村见闻为题材写作长篇小说《人与土地》。后来皖南事变发生后，他经广州去澳门，最后到香港。"骆宾基第一次到萧红家里去，是萧红刚从玛丽医院出来不久"①，此时萧红身体十分虚弱，稍坐，即告辞了。第二次骆宾基去萧红家时，萧红病稍情好转，他们谈得多了些。骆宾基讲了他的小说《生活的意义》的故事梗概。"萧红听后，大笑不止，还发挥了她的想象能力，……为小说添枝加叶。"

1941年12月7日，日本军队偷袭珍珠港，太平洋战争爆发。8日清晨日本飞机开始轰炸香港，并很快占领了九龙。端木蕻良、萧红加入了逃难行列。此时萧红咳嗽、头痛、失眠日益加重，身体极度虚弱。此前，骆宾基与萧红仅见过两次面。但战争爆发后，直至萧红于1942年1月22日逝世的44天里，骆宾基一直守护在萧红的身边。这期间，由萧红口述，骆宾基记录，完成了在1943年1月《人世间》上发表的萧红遗作《红玻璃的故事》。萧红是在骆宾基的护理下，度过她的文学创作上光辉的十年路程的最后一段时光。

萧红离世后，端木蕻良"1942年2月，乘坐日本'白银丸'客轮离开了香港前往广州，同船的还有骆宾基和另一位友人"②。那时日军已经控制了广州湾，他们只好在澳门上岸，并遗失了萧红的手稿《马伯乐》，为此端木蕻良几十年后还为此事懊悔不已。在澳门暂住后，他和骆宾基一同取道西江，途经肇庆、坪石等地，一直到3月才由王坪接至桂林③。经骆宾基的介绍端木蕻良认识了孙陵，他们俩并暂住在孙陵的书店。从此后的两年间，骆宾基与"文化城"抗敌文艺界保持密切联系，但大部分时间是在附近乡间教书，同时从事写作。骆宾基完成了《姜步畏家史》一、二部，同时还写成《老女仆》《乡

---

① 丁言昭. 萧红传[M]. 南京：江苏文艺出版社，1993：263.
② 孔海立. 忧郁的东北人端木蕻良[M]. 上海：上海书店出版，1999：140.
③ 端木蕻良. 中国现代作家选集：端木蕻良[M]. 北京：人民文学出版社，1995：259.

亲——康天刚》《北望园的春天》《1944年的事件》等短篇小说，《萧红逝世四月感》《萧红逝世一周祭》《孤独》《鸡鸣与狗吠》等散文以及中篇神话《蓝色图们江》。

1942至1944年桂林时期可以说是骆宾基创作史上的黄金季节。他以朴质、厚实、充满生活气息和浓郁的地方色彩，写出了对东北家乡的执拗而深沉的思恋。温婉、清淡的笔致，再加上精细、严谨的短篇技法和一种含有诗意的静谧的气氛，这一切，就构成了为人们所欣赏和称道的"骆宾基式"独特的风格和艺术个性。这是一个作家臻于成熟的标志。当时的"文化城"桂林陶冶着一批作家、艺术家，他们继承着"五四"和30年代左翼文艺的传统，抗战大时代激发了他们的创作灵感，也给予了他们开阔的艺术视野和思维、创造的空间。当时，对骆宾基影响较大的，是胡风、聂绀弩等人。正是在那样一种环境和气氛里，他以往所接触的艺术大师的作品才仿佛是溶解了似的，真正在他的创作中发生了作用。骆宾基写于这时期的自传体长篇《幼年》，展示出一幅20世纪初东北一边远县城里别具风味的生活和自然的画卷，展示了童年姜步畏那易感、内向、倔强的性格和心灵，真实，细腻，朴素，亲切，字里行间流露着思乡的柔情。这种柔情也体现在《乡亲——康天刚》和《庄户人家的孩子》里。短篇小说里最出色的还要算是《北望园的春天》，它以轻淡、含蓄的笔触表现了一个小院落里几个文化人一周间的日常生活，写出了他的对于北方家园的向往和对于艺术真谛的执着追求。小说虽没什么火药味，但它不仅不能被排除在抗战文学之外，而且应当说，是属于另一层次的、更深沉的抗战文学。

1944年春，骆宾基去广东坪石小住，在那里接到冯雪峰自重庆寄出的信。冯雪峰就骆宾基刚刚发表的短篇小说《一个唯美派画家的日记》提出了严厉的批评，告诫他应注意自己的创作倾向。这时，衡阳失守，形势危急，骆宾基赶紧回桂林，拿到《幼年》的稿费后直奔重庆。

一到重庆，骆宾基立即去"作家书屋"见冯雪峰。冯雪峰叮嘱他不要因埋头创作而失去了政治敏感。不久，骆宾基去鄷都（今丰都）教书，因思想左倾被一教员告密，被逮捕入狱。经冯雪峰、老舍等通过邵力子、冯玉祥积极营救，骆宾基于1945年1月获释，回重庆后，受到抗敌文艺界的欢迎和慰勉。这一段时间，骆宾基写成短篇小说《一个奉公守法的官吏》和《贺大杰的家宅》等。后来又到上海，在那里写成《姜步畏家史》第三部中的三章和剧本《五月丁香》，并于1946年11月下旬将《萧红小传》脱稿。离上海前，他写成了短篇小说《由于爱》。1947年除夕，浦江码头小雪霏霏，骆宾基独自登上一艘北去的货轮。向阔别已久的故乡归去！

端木蕻良随骆宾基暂住榕荫路的孙陵书店。在这里住了约有两个月的时间。有一天，两个人因一件小事，发生了争吵，骆宾基嚷着非要揍端木蕻良不可，并告诉孙陵鲜为人知的一些事："萧红遗嘱将《生死场》的版权送给萧军，《呼兰河传》送给骆宾基，《商市街》送给弟弟，什么也没有留给端木蕻良……"云云[①]。关于这场争吵风波，种种传闻及舆论似乎都对端木蕻良不利。"端木立刻请孙陵书店的一位叫秦黛的编辑帮助他寻找新的住处。"[②]很快就在桂林市三多路十三号二楼找到了两室一厅的住房，端木蕻良在这里闭门索居。失去了萧红的端木蕻良，似乎变得永远那么懒散、那么伤感。他长久地沉湎于对往事的回忆之中，乃至长达半年之久竟没有"造"出一篇完整的小说，他的创作搁浅了。一直到7月里的一天，端木蕻良突然在一天的时间里一口气写下了《初吻》，又在9月间完成了《早春》。这是两篇细腻地解析自我心路的短篇小说，可以说是"一对非常完整的姊妹篇。"[③]并不同程度地反映了端木蕻良童年时代的故事，赋予了主

[①] 转引自孔海立. 忧郁的东北人端木蕻良［M］. 上海：上海书店出版，1999：141.

[②] 孔海立. 忧郁的东北人端木蕻良［M］. 上海：上海书店出版，1999：143.

[③] 孔海立. 忧郁的东北人端木蕻良［M］. 上海：上海书店出版，1999：145.

人公和自己一样的名字——兰柱（和端木蕻良乳名相同）。故事以东北大草原为背景，两个故事的氛围都是被强烈的感伤情绪所笼罩着。这种情绪除了怀旧、怀乡之外，更主要的是怀念主人公"我"所失去的恋人——《初吻》中的灵姨和《早春》中的金枝。作者仿佛在有意表露自己失去萧红的痛苦是无法挽回的，又是永恒的。在这永恒的痛苦中，作者还掺揉着宗教式的忏悔意识，这好像是他在萧红墓前无声地哀哭、默祷一样。

完成了《初吻》《早春》，端木蕻良似乎在精神上找到了宣泄的对象。创作的风格也有了重要的变化，这种变化就是从早期的浪漫化、理想化的现实主义转变到寓意化、思辨化的象征主义，或现代主义。小说《雕鹗堡》写于1942年的初冬。端木蕻良一反以往的写实风格，有意模糊或淡化时间地点，突出其主题的超越时空性。小说继续了《初吻》《早春》的表现自我的主题，所不同的是，早先的强烈忏悔意识和否定自我已经转化为悲愤的抗议以及对"自我"的肯定。《初吻》《早春》的主人公兰柱和《雕鹗堡》的主人公石龙都是孤独者形象，兰柱表现的是自我失落后的孤独，石龙表现的是不被人理解、不被人认同的孤独。我们可以把村子解读为毫无人情可言的顽固不化宗法制社会，把雕鹗解释为支撑这个保守社会的精神支柱，而把石龙和代代的故事看作是宗法制度扼杀个性的悲剧，作者以寓言的形式宣泄了内心压抑的个性。

另一篇小说《红夜》与前不同的是，小说所描绘的地域环境发生了变化。这里的"地方"已经由塞外的东北变成西南地区了。端木蕻良陶醉于西南风景之中，通过对当地文化、风俗以及人情世故的细腻渲染，衬托了小说主线——原始情爱的神秘及纯正。

端木蕻良丧妻之后，在桂林的小说创作，包括《初吻》《早春》《雕鹗堡》《红夜》等小说创作，每部作品里面都流露出失落感和孤独感，这正是端木蕻良这一时期心情的真实写照和彻底的有意识的表露。只是这里的"失落"和端木蕻良30年代长篇小说里的"失落"有所不同，那时是"土地"的失落，而现在则是"情爱"的失落。在40年代，这种"情爱"的"失落"美丽而又苦涩地缓缓沁满了他的小说。

端木蕻良在这段时期内还热衷于剧本的创作。他不仅创作话剧本，还创作了京剧本和电影剧本。主要有《红楼梦》《晴雯》《林黛玉》《红拂传》等。此外，在战火飞扬的年代，他还沉湎于研究希腊神话，《女神》《蝴蝶梦》《琴》等是他在这方面研究的代表作。

第四章　东北流亡作家小说创作中的"东北"及"西南生活"

第一节　东北流亡作家笔下的东北抗战

对民族精神的理解，对家族、生命和生态意识等问题的思考，对故乡的守望，都是东北作家特别倾心和关照的题材与主题。九一八事变爆发，东北沦为日本帝国主义的殖民地。由于受时代环境的制约，20世纪30年代崛起的东北流亡作家这一群体创作的基本题材和主题都与阶级压迫和民族反抗相关，在不知不觉中靠近了左翼文学，只不过在表现民众的反抗精神时，相对疏离了政治性，而接近了原始本能的复仇精神。一时间，现代东北文学成为全国抗战文学的急先锋，为国家和民族的解放发出了自己的最强音。

一、复仇与英雄主义精神

20世纪30年代崛起的东北流亡作家是以描写抗日题材而引起文坛瞩目的，并由此赢得了他们在文坛的地位。

在文学史上，人们普遍认为是东北流亡作家发出了抗日反帝文学的先声。其实，在他们之前已有关于抗日题材的文学作品问世，只是尚未引起人们的注意。吴组缃的《山洪》是公认的比较早的一部抗日文学作品，但由于作家不熟悉生活，颇有些"应景"之嫌。东北流亡作家不但是抗日反帝文学的开创者，更重要的是，他们还是此类题材的最忠实、最真诚的反映者和书写者。他们的作品具有极强的感染力和生命力。纵观整个抗战文学，难以寻觅到像他们这样倾尽所有的感情和心血去集中表现"东北广袤的黑土、铁蹄下的不屈人民、茂草、高粱"[①]。他们的创作倾诉了自己对沦陷的故乡的思恋，充溢着浓郁的爱国主义情绪。而萧军的《八月的乡村》，李辉英的《松花江上》等大量创作实绩显示了东北流亡作家这一群体所具有的艺术功力。究其原因，一是由于东北流亡作家在国难乡愁中被迫流亡的切身体验，使他们"以笔为枪"，发出抗战的呐喊；二是由于东北所具有的剽悍、雄健、粗犷的地域文化精神在艺术上所铸就的壮美的艺术魅力，使人们第一次这么关注处于边缘地带的东北和东北文学。

（一）萧军的《八月的乡村》：抒写个体生命体验与强劲不羁的反抗精神

在抗战题材文学中，东北流亡作家普遍表现了一种原始古老的复仇主义与英雄主义精神，这是与当时很多同类题材的文学有着重要区别的。东北萨满教文化培育了人们一种原始强悍的生命意志，以及尚武好战的心理倾向。萨满神话所赞美的为民除害的反抗斗争的英雄，所倡导的与天地恶魔相抗争的正义力量，是东北抗日题材文学的精神支点，从而摆脱了庸俗社会学的钳制。

1935年7月，在反革命文化"围剿"的白色恐怖下，萧军的长篇小说《八月的乡村》出版了，这部约十四万字的小说，描写了一支抗日游击队在共产党领导下与敌人英勇奋战的事迹。这支队伍仅有九人，但人员结构成分非常复杂。农民、工匠、旧士兵、胡子、知识分子，在共同的抗日目标下聚集一起。他们抱着不前进即死亡，不斗争

[①] 钱理群等. 中国现代文学三十年（修订本）[M]. 北京：北京大学出版社，1998：309。

即毁灭的信念,伏击日军送给养的火车,攻打封建地主庄园。小说人物铁鹰队长、陈柱司令、李三弟、李七嫂等身上流淌着关东人强劲不羁、粗犷雄健的热血。在血肉横飞、战马嘶鸣的搏杀战场,在篝火点点、悲歌低咽的露宿营地,在崇山峻岭、密林山野的行军途中,这些关东好汉肩负着抗日保土杀敌救国的历史重任,在共产党的领导下浴血奋斗,经历着战争的磨难,也经历着自身灵魂的洗礼。"胡子"是关东农民反抗精神的畸形显露,但在一致对外的救亡目标下,"胡子"的反抗精神具有了新的内涵,具有民族性、先进性的意义,是反抗邪恶反抗压迫者的农民革命者的化身。萧军在作品中以欣赏的眼光,看待"胡子"不羁的行为,肯定"胡子"的反抗。因为"胡子"的行为准确地投射了关东地域文化精神的某些基因成分,诸如豪迈、反抗意识、生命意识、生存方式等。

小说在以抗战为背景的救亡文学中捷足先登,以土地沦丧而民族气节不屈的浩然正气登上民族反抗、情绪高涨的上海文坛。作品中渗透出苍凉的色调、剽悍的民风、血性的人物与历史,三者交相辉映,成为一种特有的强悍壮阔的美学风骨,一下子征服了读者。读书界也对之做出了有力回应。当时,鲁迅、周扬、乔木都给《八月的乡村》以高度评价。鲁迅的序自不待言,1936年2月25日《时事新报·每周文学》第9期刊出乔木(胡乔木)的文章,乔木指出:"《八月的乡村》的伟大成功……是带给了中国文坛一个全新的场面。新的题材,新的人物,新的背景。"[1] 同年6月,周扬撰文《现阶段的文学》(刊《光明》第一卷第二号),认为《八月的乡村》"表现出过去一切反帝作品中从不曾这么强烈地表现过的民族感情"[2],使广大读者"第一次在艺术作品中看到了东北民众抗战的英雄的光景,人民的力量,'理智的战术'"[3]。文中引《八月的乡村》与《生死场》,作为他提出"国

---

① 乔木. 八月的乡村 [N]. 时事新报,1936-2-25。
② 周扬. 现阶段的文学 [J]. 光明,1936年第1卷第2号。
③ 周扬. 现阶段的文学 [J]. 光明,1936年第1卷第2号。

防文学"观点的正面印证。

（二）李辉英的《松花江上》：原始血族复仇精神的迸发

李辉英的长篇《松花江上》，描写的是东北松花江畔一个山村中，义勇军发动组织农民抗日的故事。作品思想内涵深厚，显示了抗战文学的战斗性，起到了精神动员、发动群众、激励抗战、保卫祖国、粉碎敌寇、争取胜利的作用。作者站在爱国的立场上，有着强烈的民族自信心，爱憎分明。李辉英在披露创作意图时曾说："希望尚未沦陷地区的同胞们，看看我们沦陷了八年的东北大地上，那些朴实的人民如何组成了武装力量在和敌人展开了一场你死我活的斗争，从而增强了尚未沦陷区军民的反抗暴敌的决心。如果你说文学写作可能沾染了某种功利的话，我可以说这就是我写作《松花江上》功利的所在。"[①]他又说，正是这种"与敌人誓不两立的决心，使我更易于把文学写作作为武器而来面向敌人反抗到底了"[②]。作品中宣扬了一种原始的复仇主义和英雄主义的精神："当他们（即日本鬼子，引者注）说明的'缴枪'的任务之后，便在这个小村子里大模大样地扎下来了，他们用强蛮无理的一种手段，逼着收去了人们视为珍宝的枪支，他们的这种完全反常的行动，到后来是引发起人们为着报复而掀起来的反抗的仇恨，年轻的、充满着热血的小伙子们，他们在开始背着日本兵到处地宣泄着他们的不平"，"像集拢起的，一堆经过炎夏曝晒的，遇火即燃的干柴似的，他们说到那里也就跟着做到那里了。这一把反抗暴力的摧残的正义的火焰，依着白龙似的奔流着的松花江崖，在这一向平静无事而现在在众人愤怒中的村子燃烧起来。他们在仓促中运用着那些具有原始时代人民朴质的感情之中激动出的愤慨，迸发为实际上表现在行动中的反抗，便在开始不顾一切地，近乎越规地，袭击着日本兵驻扎的驻所了。"[③]"九一八"的炮火把人们从混沌无知、浑浑

---

① 马蹄疾. 李辉英研究资料 [G]. 沈阳：春风文艺出版社，1988：136。
② 马蹄疾. 李辉英研究资料 [G]. 沈阳：春风文艺出版社，1988：129。
③ 中国现代文学馆. 李辉英代表作 [G]. 华夏出版社，1998：5。

噩噩的精神状态中惊醒，面对乡土沦陷、生灵涂炭的严酷现实，人们很快从麻木不仁的精神状态中觉醒，带着满腔的仇恨走向了反抗之路。东北作家普遍倾心于表现东北民间的这种抗日复仇的故事，以此来表达对沦陷中的故乡的眷念，对收复旧河山的热烈的迫切的期盼之情。作者是怀着无比悲伤、愤慨、激奋的感情，进行着《松花江上》的创作的。他回忆道："亲爱的朋友们，你简直不知每当我听到青年男女唱起流亡三部曲（包括《松花江上》这第一部曲在内）时，我的心情会激动什么地步，而那种热血沸腾的情形，真不知如何处置自己才是呢。"①

恩格斯在《家庭、私有制和国家的起源》一书中曾多次提到"血族复仇"的概念，他指出，这种"起源于氏族制度的血族复仇"，乃是"同氏族人互相保护和援助的义务"，"同氏族人必须相互援助、保护，特别是在受到外族人伤害时，要帮助报仇……凡伤害个人的，便是伤害了整个氏族"②。"血族复仇（又译血亲复仇、血属复仇）是原始社会人们社会生活中一个基本的、重要的方面，是氏族、胞族、部落处理对外关系的主要内容之一。"③这种复仇精神自古以来就绵延流传于中国人的血脉之中，但在外族入侵、国破家亡的时代里，复仇精神在东北地区的人们心目中表现得更加重要，也更加引人注目了。作为一场伟大的民族战争，反抗日本侵略者虽然已经远远超出"血族复仇"的历史范畴，但是，在反抗者的潜意识深处，无疑仍然积淀着这种原始的野性的复仇因子。由于特定的历史环境，东北抗日主要是靠民间自发的力量。土匪本来在百姓心目中是灾难和祸患的代名词，但在国土沦陷民族危亡之时，很多都演变为抗日的主要力量。正如另一位东北作家端木蕻良所说："冰雪的严寒使他们保有了和从前一般出

---

① 马蹄疾. 李辉英研究资料［G］. 沈阳：春风文艺出版社，1988：136。
② 恩格斯. 马克思恩格斯选集（第四卷）［M］. 北京：人民出版社，1966：77。
③ 李永采. 论血族复仇［J］. 齐鲁学刊，1995（1）。

色的粗犷，复仇的火焰在大地的心中跳跃，长白山的儿子，原不是那么容易去势的，为了生，他们知道怎样去死。"①

《八月的乡村》《松花江上》体现了现代东北作家正是凸显了底层人民这种复仇主义和英雄主义精神，才使他们的创作以一种前所未有的震撼力和感染力获得了文坛的瞩目。

二、沦陷区人民生与死的抉择

"在所有的文学中，我喜欢用血泪写成的文字。"②作为东北流亡作家代表人物的萧红、舒群、骆宾基，他们用自己的笔记录下了这样的血与泪。在那外敌入侵、民族蒙难的岁月，白山黑水之间，铁蹄刀枪之下，一批不甘受屈辱的年轻作家，怀着背井离乡的悲怆和忧愤，捧出自己那颗燃烧的心，以庄重的态度写出了版图的变色、乡邦的灾难和人民的抗争。《生死场》《没有祖国的孩子》《边陲线上》就是三位作者用爱和憎的旋律奏出的东北沦陷区人民生与死的抉择。《生死场》展现了东北人民面对外敌的入侵，面对生与死的抉择，其中真实地表现了强烈的反抗精神和生命意识；《没有祖国的孩子》以祖国沦丧的朝鲜儿童的经历，述说着"祖国"的真正含义；《边陲线上》向我们十分真实地再现了义勇军艰苦卓绝的斗争生活和顽强的战斗精神，闪烁着新时代民族的希望之光。这些作品也为现代文学增添了清新、亢进的音符。在这些作品中，老一辈的农民已经不是过着麻木、愚昧、逆来顺受式的生活，而是经过了一个苦难的历程，逐渐觉醒并产生了反抗意识。

（一）萧红的《生死场》：生的坚强与死的挣扎

《生死场》以"细致的观察和越轨的笔致"③，写了关东人民在

---

① 端木蕻良.端木蕻良文集（2）[M].北京：北京出版社，1999：248。
② 转引自沈卫威.东北流亡文学史论[M].郑州：河南人民出版社，1992：4。
③ 鲁迅.鲁迅全集（第6卷）[M].北京：人民文学出版社，1981：422~423。

"生死场"中挣扎的生存方式、关东地域强悍的民俗风采,并以简洁明快的构图和女性富于实感的笔触,描绘出东北人民在"九一八"前后的生存状态。

从作品的整体构架来说,《生死场》没有完整曲折的情节,往往只截取一个或几个生活片段来编织故事。每个故事都是平行发展,没有一个中心事件加以贯穿。除了夫妻口角,邻里交往,春种秋收,生儿育女,浑噩而生糊涂而死外,没有尖锐的矛盾冲突,没有悬念,一切都像一潭死水那样平淡。但每一章都是一篇精美的散文佳品,建立起以散文为参照系自由灵活不拘一格的结构体系。作者以女性特有的细腻的笔触真实地描绘出了九一八事变前东北农村的现状。全文分前后两部分,相距十年。前一部分共九章,用横、纵两种形式分别叙写了二里半、赵三、金枝等各家的生活及其从夏到冬又到夏一年间的变化。这里的底层社会,在层层压榨之下,就连身体也打上了扭曲变形的烙印。王婆的三岁孩子摔死了,不算一回事;二里半的世界里只有那一只老山羊,一家为找那只迷了路的老山羊丧魂落魄;赵三家卖掉赖以耕作的老马,靠编鸡笼当佣工维持生活;金枝与成业偷情,婚后丈夫失去往日的温情成了"严凉的人类";打鱼村里最漂亮的女人月英因为得病瘫痪在床,走投无路的丈夫对她不问不管,致使月英悲惨死去;生活重压下的男人们组织镰刀会试图反抗却以失败告终,女人是生孩子的工具,生育却是女人的刑罚;贫困紧迫不舍,传染病又在蔓延,尸骨狼藉,野狗活跃……然而"死人死了!活人计算着怎样活下去",他们只想着怎样才能活下去,却没思考过活着是为了什么。这样的人,真的是和动物一样忙着生,忙着死,日复一日地过着刻板单调的生活,既不对过去有所反思,也不对将来有所奢望,而是心安理得地承受着与生俱来的命运。小说后半部突出描写受尽地主压榨的广大农民还要在太阳旗招摇的"王道乐土"下,更残酷地遭受侵略者的践踏。烧杀、抢掠、强奸,血的事实,生的愿望,使王婆、赵三等愚夫愚妇们震惊觉醒,奋起抗争。王婆的儿子因参加革命被处死,她毅然决然地鼓励女儿去为哥哥报仇。孙犁这样评价萧红:"她写人物,不论贫富美丑,不落公式,着重写他们的原始态性,但每篇的主题,是有革命的倾向的。"[①]就连一向不问世事只关心自己老山羊的二里半,在家破人亡之后也跛着脚跟李青山追随人民军去了。作品不止表现出底层社会生存的艰难与痛苦,也表现了东北人民"对于生的坚强,对于死的挣扎"[②]。老赵三、王婆、二里半这些淳朴而又愚昧麻木的关东农民,在平时的生活环境里生死随命。当亡国之祸降临时,他们又自觉地将自身命运与民族命运联系在一起。在卑琐生活中喘息的老赵三悲怆地喊出了"我不当亡国奴,生是中国人,死是中国鬼";伴随这种强烈的生命意识的张扬,还将自然的原始野性与人的生命强力融为一体,在充满生命活力、蓬勃着生命气息的文化氛围里,把农耕民族的坚忍、游牧民族的剽悍、渔猎民族的执着共筑在这"生的坚强""死的挣扎"上。日本侵略者的疯狂劫掠、肆意践踏与残暴杀戮,激起了广大人民的极大愤慨与殊死反抗。这部分题材相对集中,作者以女性的笔触让我们看到了神圣的民族战争如何在奴隶们心头点燃了圣火,"蚁子似的为死而生的他们现在是巨人似的为生而死了"[③],但第十四章和第十六章又插入金枝进城谋生历尽苦难和凌辱最后想当尼姑而不得的故事,似乎游离于整个情节之外,然而作者正是通过这样的安排,从对比中展示一条真理:不战斗就是死亡,别无选择!

  结构的"越轨",正看出作者的匠心。前一部分的"散",正映照了后一部分的"聚"。神圣的民族战争是一股无比强大的凝聚力,"红胡子"把枪口对准了日寇,"人民革命军"揭竿而起,老实的农民积极响应,王婆的儿子拿起了枪,为国殉难,愚夫愚妇们或迟或早地挣脱了因袭的重担,在反侵略的形势下汇成滚滚人流向前挺进,给处于铁蹄之下的人们以灵魂的震动和启迪。

---

① 孙犁. 孙犁文论集 [M]. 北京:人民文学出版社,1983:374。
② 鲁迅. 鲁迅全集(第6卷)[M]. 北京:人民文学出版社,1981:422~423。
③ 胡风. 胡风评论集(上)[M]. 北京:人民文学出版社,1984:397。

《生死场》通过富有特征性的外部行动来揭示人物的内心世界。赵三是个忍辱负重型的农民。早年间曾参加镰刀会，自发地组织起来反抗地主的剥削压迫。后因一犁杆没打着地主狗腿，却打折了小偷的腿骨而被关进监牢，从此思想发生急剧变化，认为地主是好心肠而忏悔自己的过失。当日本鬼子蹂躏他的村庄时，赵三已和老牛一般，年轻时的气力全部消泯，只是偶尔回想起镰刀会才使他忆起当年的勇力来。然而就是这个赵三后来全然变成了另一个人，"他逢人便讲亡国，救国，义勇军，革命军"，"他把儿子从梦中唤醒，他告诉他得意的宣传工作：东村那个寡妇怎样把孩子送回娘家预备去投义勇军；小伙子们怎样准备集合……他整个的灵魂在阔步"，[①]就是他，在宣誓大会上发出了不当亡国奴的铿锵誓言。那么，老赵三是如何转变的呢？文中写了这样两节。一次王婆看到老头子只提当年勇而畏缩不前时，便抢白了几句："狗，到底不是狼。"他带着羞耻和愤恨向树林那边走去，无尽的田野落入他视线的却是断壁残墙，荒芜的田园，他感到烦恼忧伤，也意识到在日本兵的脚下田地不能够再长起庄稼。又一次，酒烧胸膛的赵三又来到旷野巡行，他看到的是拉着孩子的寡妇，脚下踏进的是炸崩的洞穴。忧伤牵引他来到死去的年轻时的伙伴坟前，此时"亡国后的老赵三，蓦然念起那些死去的英勇的伙伴"。赵三是个尚未觉醒的愚昧的农民，他不会见花流泪对月抒情，因此作者没让人物作大段的内心独白，只是平实地叙写了他的所见，读者完全可以从笼罩在赵三心头的忧伤的情绪中感受到他的激动和不安，"留下活着的老的，只有悲愤而不能走险了，老赵三不能走险了！"这是意味着老赵三虽不能亲手杀敌报国，但他有家可以作为秘密集会的地点，他有嘴可以宣传革命道理，作者就是在这种不动声色的描述中完成了赵三"由狗到狼"的心路历程。

《生死场》最鼓舞人心和最具吸引力之所在，还是因其表现了北

---

① 中国现代文学馆. 萧红文集 [G]. 北京：华夏出版社，2000：74。

方人民"生的坚强"和"死的挣扎",因而显示了"力透纸背"的分量。"那是个繁星的夜,李青山发着疯了!他的哑喉咙,使他讲话带着神秘而紧张的声色。这是他们第一次大型的集会。在赵三家里,他们像在举行什么盛大的典礼,庄严与静肃"①,"哭声刺心一般痛,哭声锥一般落进每一个人的胸膛。一阵阵强烈的悲酸掠过低垂的人头,苍苍然蓝天欲坠了","浓重不可分解的悲酸,使树叶垂头。赵三在红蜡烛前用力敲桌子两下,人们哭向苍天了!人民一起向苍天哭泣。大群的人起着号啕"②。这就是胡风所称赞的"用钢戟向晴空一挥似的笔触,发着颤响,飘着光带"③,这种雄浑粗犷风格的一段,使作者和人物浑然一体,叙事与抒情水乳交融,是赵三同时也是萧红在向同胞们作振臂一呼的呐喊,是奴隶们同时也是萧红的哭泣声撼天动地,强烈地刺激着读者的心灵。的确,这些农民虽然没有革命组织进行更多的教育和引导,但当他们目睹亲人和同胞们惨死在日本帝国主义侵略者之手时,这些火爆的充满原始野性的东北人比其他地域的人更容易迸发出一种带有原始色彩的复仇主义精神。这种自发性质的反抗举动缺乏一定的组织性和纪律性,却真切地再现了沦陷区人民的精神状态,所以更加生动感人。

(二) 舒群的《没有祖国的孩子》: 没有祖国的危难

舒群写作《没有祖国的孩子》的时期,正是日本帝国主义发动"九一八"侵吞东北后,再次集结几十万关东军,长驱直入,向华北地区进犯时期。日军所到之处,百姓流离失所,中华民族面临着亡国灭种的危险。就在这历史的紧要关头,亲历了国土沦丧、颠沛流离之苦的舒群,目睹了强盗们蹂躏同胞残杀妇婴的暴行,他以敏锐的观察力,捕捉到了这一富有时代精神的主题。小说《没有祖国的孩子》是写日本帝国主义侵占东北后三个不同国籍孩子悲欢离合的故事。以主

---

① 萧红. 生死场 [M]. 哈尔滨:黑龙江人民出版社, 1980:85。
② 萧红. 生死场 [M]. 哈尔滨:黑龙江人民出版社, 1980:92。
③ 胡风. 胡风评论集(上) [M]. 北京:人民文学出版社, 1984:398。

人公朝鲜小孩儿果里失去祖国无家可归的悲惨遭遇,来唤醒人们面对国家覆灭、民族危亡的情况下,只有奋起反抗才能争得生存的空间的意识;同时表现了三个不同国籍孩子的友谊,说明爱国主义与国际主义精神的一致性,反法西斯斗争是全世界人民共同的时代斗争的主题。

《没有祖国的孩子》是舒群的处女作,也是他的成名作、代表作。这部作品创作完成后,经周扬转交给左联,于1936年5月发表在当时有全国性影响的《文学》上,当时舒群刚满二十二岁。从此舒群迈进中国左翼文坛,被破格接收为左联的会员,开始了职业的文学创作生涯。小说是以日本帝国主义侵占我国东北为背景,由"果里"这一异国的名字写起,对主人公的生活、处境做了必要的简略交代,自始至终围绕主人公果里的不幸遭遇展开描写。

这篇作品成功地塑造了果里、果瓦列夫等真实感人的艺术形象,描述了他们血与泪的成长历程。

果里是一个出身革命家庭,在苦难中长大,有着倔强、深沉的性格,但又不失天真、稚气的朝鲜的孩子。小说通过果里流落异国他乡,寻求美好生活而不得的经历,深刻、具体、感人地揭示了果里的性格特征,也真实地描述了果里思想的发展过程。作品截取了果里生活中的几个片段,描写果里的苦难与激愤,提示果里的思想性格特征。中间又自然地穿插一些适当的补叙,引出果里的家世,交代果里与哥哥辞别祖国、母亲,来到中国的一段艰辛痛苦的经历,揭示果里性格形成的思想和阶级基础,深化人物的思想性格。小说以果里哥哥"不像你们中国人还有国……"这样一段含义深远,促人思索的话结束第一部分,并以"我记住了这句话"自然地过渡到第二部分。随后,笔锋直转,把时间推到"九一八"以后,通过几个具体场景,描写果里更惨痛的遭遇,以及愤怒和斗争,完成果里的性格塑造。果里的性格,在稚气和倔强中,又常常表现出深沉。作品中许多地方都写了果里惊人的静默和沉郁。但是,果里的静默不语、沉郁凝思,绝不是懦弱、屈服的表现，恰恰是果里刚健意志的起初袒露。当魔鬼告诉他，要把他带走时，果里外表是沉静的，并在这种沉静中体现了强烈的抗议，在内心中燃起了复仇的火焰。作者以精炼的笔调刻画了果里这一深刻感人的形象，主要是因为作者对现实中的果里的生活有切身的体验，并对民族解放斗争寄予无限关怀和同情。果里这一悲惨的命运，使我们感受到"祖国"这两个字的含义和价值，认清"没有祖国的危难"，从而激励、鼓舞中国人民，为挽救国家民族危亡而奋起斗争。作者在小说中不仅写了果里的苦难，而且真实地描述了果里的反抗斗争。果里并未因生活的折磨、残酷的民族压迫而屈服，这一切在他幼小的心灵深处，燃起了强烈的复仇火焰。仇恨、憎恶终于使果里拿起锋利的钢刀，奋起反抗，成为一个勇敢的反抗者。这是奴隶的复仇，是被侮辱、被损害者的抗争。

作品中的果瓦列夫，也是一个有着炽烈爱国主义思想的中国少年，他就是作者的化身。果瓦列夫十分同情、关怀、支持与自己同命运的朝鲜孩子果里。当果里被人瞧不起并给以白眼和嘲弄时，果瓦列夫从内心发出了不平的呼声。看到伪满洲国旗代替中国旗帜在学校上空飘扬，他愤懑地带领果里离开学校，长途跋涉，去投向祖国的怀抱。周扬在《关于国防文学》一文中这样写道："在最近的一篇叫作《没有祖国的孩子》的小说里，我们被小主人公对于祖国民族的热烈的怀恋之情所感动，但这里不是一种偏狭的爱国主义的感情，而是和国际主义的精神很自然地调和着。"[①]作品通过女教师苏多瓦对果里、果瓦列夫的教育，为各民族人民之间的友好情谊唱出了国际主义精神的颂歌。这种描写有力地深化了作品的主题，并给人以更为深刻的理解。他从朝鲜儿童果里因为失去了祖国而遭受到的种种不幸中，感受到了失去"祖国"的痛苦之情。他赤诚地热爱着自己的祖国，他每每望着祖国的旗帜在空中飘扬，心中总是感到无限的骄傲和光荣。然

---

① 周扬. 关于国防文学 [J]. 文学界，1936年6月5日创刊号。

而，自己的家乡已经沦陷了，到处飘动的是那陌生的异国的旗子。亡国之感油然而生，切肤之痛无情地向着这个热血少年不断袭来，是那样残酷，那样无法抵御。对祖国的热恋，对侵略者的仇恨，使他坚定地投入祖国的怀抱。小说对他"扑到储藏室的玻璃上，看看丢在墙角下的旧旗子"的细节描写，把果瓦列夫对祖国的眷恋及内心深处的痛苦及对祖国的思念，都真实动人地写出来了。这样的细节描写，增强了作品的艺术感染力。

小说在结构安排上，采取了近似于电影创作的"蒙太奇"手法，选取若干片段，并依照故事发展线索，自然剪接而成。从外观看来，似乎散漫，然而细细研读起来，内在逻辑却是严谨的，各片段之间衔接自然紧密，中间又巧妙地穿插几段回忆与描写，更使全篇结构有张有弛起伏多变。作者在叙述方式上运用了第一人称，通过果瓦列夫的亲身经历和感受展开情节。而果瓦列夫是以作品主人公果里的一个朋友的身份出现的，是小说中的一个重要角色，使人感到真实、亲切、自然，加强了作品的艺术力量。

小说的结尾耐人寻味，以果里再次落入"魔鬼"手中作结，给人留下悬念。意想不到的悲剧式的结局，产生了强烈的艺术效果，猛烈地震撼着读者的心灵，激起人们无法抑制的悲痛与愤慨。

作品问世后，在评论界引起了很大的反响，他们纷纷撰写文章，肯定它的艺术价值和社会意义。周立波在《一九三六年小说创作回顾——丰饶的一年间》一文中曾这样写道："因为塞外的抗战，以及内地农村破烂和骚动，在今年的文艺领土上，特别产生了许多新的收获……都有很高的成就。""舒群的《没有祖国的孩子》等，在艺术成就上和反映时代的深度和广度上，都逾越了我们的一般的水准。凭着这些新的力量的活动，1936年造成了文学上的一个新的世代。"[①]周扬在《现阶段的文学》一文中，曾这样评述这部作品的时代意义："失

---

① 周立波.一九三六年小说创作回顾——丰饶的一年间[J].光明，1936年12月25日第2卷第2号。

去了土地，没有祖国的人们，这种种的主题，在目前有着特别重要的意义。最近露面的新晋作家舒群，就是以他的健康而又朴素的风格，描写了很少被人注意的亡国孩子的故事，和正在被侵略中的为我们所遗忘了的蒙古同胞的生活和挣扎，而收到成功的新鲜效果，成为我们的一个重要的期待。"[1]舒群的这篇处女作，充分显示了作家的创作才华。

（三）骆宾基的《边陲线上》：塞外边陲苍莽悲凉的呐喊

骆宾基的《边陲线上》也提供了一种土匪抗日的典型文本。它描写了一支以土匪为主要成员，由东北各阶层民众组成的抗日武装队伍，活动于白山黑水之间，顽强地反抗异族侵略的战斗生活的场景，表现了东北民众的民族斗志和精神。

主人公刘强在民族危亡关头发出了誓言："为了祖国，为了民族，牺牲掉比青春还珍贵的东西，也是值得的！"小说从开头到结尾集中地贯穿着这样一种审美理想，每一个革命青年，每一个中国人，都应该投身到抗日救国的伟大战争中去，做自己力所能及的事，只有让青春和生命在这场神圣的卫国战争中发光发热，才是美的，一切破坏抗日，对民族的痛苦麻木不仁，只顾自己身家性命的自私自利行为，则是丑的。小说以积极向上的思想内容与塞外边陲强悍民风的有机结合，使骆宾基的小说创作从一开始就具有一种恢宏的气度和较高的品位。茅盾等文学前辈对这部小说的关怀和对作者的指教，极大地增强了骆宾基从事小说创作的信心。抗日战争爆发后，他作为"上海青年防护团的战士"直奔抗战前线。前线的战斗生活经历，进一步打开了他的创作视野，引发了他不可阻止的创作激情。他在血与火的洗礼中，思考着民族前途和国家命运，寻找着一种勇于为民族的解放事业献身的崇高精神境界和理想人格。于是一大批纪实性小说在炮火硝烟中诞生了。

茅盾这样评价骆宾基的《边陲线上》："题材很有意义，把东北这

---

[1] 周扬. 现阶段的文学［J］. 文学界，1936年6月5日创刊号。

一特定环境的氛围气写得相当诱人。"①贺依说:"从里面我们看到了东北土地在'九一八'这个陨星似的大炸弹之下的震撼和抽搐,我们看到了东北农民的生活和斗争,我们看到了日帝国主义者的兽行和'胡子'的好汉作风。"②在这部作品中,作家借刘司令之口表现了对胡子靠山的赞赏之情:

靠山得意的一瞥,眼锋里贮藏着愤恨。他爽朗地击了一下马脊。

"没'挂彩'(受伤)的'磕头'的们!这才要咱们'劲头'使唤啦!"音浪飘散在他的影后。

微笑现在刘司令的嘴角。于是他想:

——"'胡子'出身,到底是'棒'"③。

在东北流亡作家小说的艺术处理中,这种原始复仇主义精神,与国家的解放和重建,很自然地达成了共识和默契,二者之间并不存在什么交流的障碍,更不存在因文化的先进与否所造成的鸿沟。民族解放的大业把全国各民族各阶层的群众联系在一起,反帝抗日是中华民族的共同心声。所以,一旦把这种原始复仇主义和英雄主义精神融入民族解放的事业中去,就会在无形中产生一种强烈的令人震撼的爆发力,在文学描写中也很快地得到人们的认可和瞩目。

第二节 东北流亡作家对东北地域文化精神的追寻

"东北流亡作家群同20年代乡土小说作家一样是流落他乡的侨寓

---

① 茅盾. 抗战前夕的文学活功 [J]. 新文学史料, 1983 (3)。
② 骆宾基. 边陲线上 [M]. 吉林人民出版社, 1984: 186。
③ 骆宾基. 边陲线上 [M]. 吉林人民出版社, 1984: 6。

者,但流落的本质却大不相同。20年代乡土小说作家乃是都市的朝拜者,为了自己的理想而主动从故乡放逐,来到都市闯荡,而东北流亡作家群的背井离乡却是一种被动的逃难。"[①]这种"怀乡文学"是东北流亡作家恋乡、反思的产物,产生于一种恋乡的冲动,忠实于他们的生命体验,是属于作家个人的,烙有个别、特殊、个性的印迹。端木蕻良的《科尔沁旗草原》、萧红的《呼兰河传》、骆宾基的《姜步畏家史》之《幼年》是作家被迫离开了故乡,对故乡,对那块"生于斯,长于斯"的土地,哪怕是对故土穷乡僻壤的原始、愚昧、落后、不人道的东西,他们都有一种失落的感伤、悲哀,有一种复得的憧憬和希望。东北流亡作家对东北地域文化精神的反思——政治——社会批判和寻根,在于他们去反思发生在那片土地上的一切,去寻觅自己的"根"。所以端木蕻良的"科尔沁旗草原"、萧红的"呼兰河"、骆宾基的"珲春"便成为他们创作的灵感和动力。他们设法寻找客观对应物——几种风情民俗,一串串故事作为载体,解剖东北的历史、社会,张扬、礼赞"东北文化精神"中积极的一面,否定消极的一面。

一、端木蕻良的《科尔沁旗草原》:东北地域文化精神的抒写

《科尔沁旗草原》完稿于1933年12月中旬。《科尔沁旗草原》既是一部以一个家族的兴衰来反映社会变迁的家族小说,同时又是一部分析社会各种矛盾及社会性质变化的社会分析小说。小说展示了丁府对外是穷凶极恶的霸占,在内是腐朽肉欲的耻辱,而且它还再现了东北这个特殊区域在20世纪30年代初这一特殊时期的社会面貌,社会的矛盾已经由阶级矛盾逐渐向民族矛盾转化,民族矛盾进一步激化。

《科尔沁旗草原》从二百年前流传于鸳鸯湖畔的故事开始,这个故事来自端木蕻良父系家族的史实。小说中丁家的先辈丁老先生,作

---

① 谭桂林. 转型与整合——现代中国小说精神现象史 [M]. 西安:陕西人民教育出版社,2003:78。

为山东难民迁徙至神秘的关东大草原。在经历了与严酷的大自然搏斗之后，在难民群即将到达富饶的科尔沁旗的时候，幸存者在"丁半仙"的蛊惑之下，轻信了他的花言巧语，人们崇拜他，他就凭借所谓灵官附体的骗术成为这个群体的精神中心。但真正奠定科尔沁旗草原地主盟首地位的是"丁半仙"的后裔丁四太爷，他与官府勾结，凭借官府的力量除掉了称霸乡里的北天王，成为科尔沁旗草原大地主的盟首，完成了在草原上带有传奇色彩与血腥气味的丁府发家史。此时，是丁家创业的辉煌时期，这种辉煌而后一直持续到丁大爷。从丁小爷到丁宁，丁家开始由盛变衰。小说向我们述说了一个东北大地主家庭的故事。丁大爷时代是丁家的鼎盛时期，其历史见证是不仅田产无数，而且开设了油场、烧锅、粮栈、商号等，可谓是各行各业，财源广进。丁家的这种辉煌不是千秋万代的，在丁家的繁荣的背后，也潜伏着一触即发的危机，丁家对农民的剥削年久日深，他们的积怨也与日俱增。丁大爷时代已经出现了连穷人的小孩儿都敢对他挥拳示威的现象；到小爷成为大爷的继承人的时候，由于日俄战争中日俄帝国主义对东北土地的霸占与争夺，丁家真正由盛世进入了衰败期；等到丁宁掌管家政时，由于农民联合起来反抗，这个封建大家庭已经到了寿终正寝时期。

《科尔沁旗草原》就是通过家族内部、外部的矛盾发展变化的叙事，来表现作者对东北地域文化精神的思考，是东北社会发展的风俗画。作者在家族小说中显露出了自己的踪迹。现代东北家群小说往往表现了开创家业的竞争意识和家族意识，而创业者则受到家族普遍的尊敬和崇拜。这种家族意识突出原始剽悍的强力特点。在小说中，端木蕻良通过几次原始性的宗教仪式的描写，展示出萨满教对民众精神的统摄力。骆宾基的《姜步畏家史》和梁山丁的《绿色的谷》等诸多作品，也都鲜明地反映了这种家族意识。丁家是一个由丁四太爷派生出来的一脉两支的大家族，一支是从丁太爷到长子大爷到孙辈小爷重孙辈少爷丁宁这一脉；另一支是丁太爷到三爷，即三奶奶、三十三婶一房。小说在大爷一支中侧重写对外的穷凶极恶的强取豪夺，而在三奶奶一房侧重写内部的腐朽和肉欲的耻辱，这两支相互联系相互映衬相互补充，构成了一个完整的封建地主家族的全景。小说在揭示这个以土地为立家发家之本的家族没落的同时，揭示了中国封建制度没落的必然性。家族随着时代的变迁而解体，中国的封建制度也随着时代的变迁而解体。他的《科尔沁旗草原》和路翎的《财主的儿女们》同样表现了大家族在国家和民族内外交困的大背景下走向衰落的过程，但是，《财主的儿女们》一开篇就充满了末世的哀音和衰颓的气氛，把蒋氏家族推向了穷途末路；《科尔沁旗草原》一开篇就在前三章重点描写了丁家锐不可当、青云直上的血腥发家史，那种炫耀夸饰、盛气凌人的情绪和意气充斥于字里行间。《财主的儿女们》中的蒋氏家族都有一种强烈的后花园情结："到过蒋家的人决不会忘记两件东西：古董和后花园。"[①]前者是属于蒋捷一个人的娱乐，而后者则是整个家族的精神中心，代表了封建家族的荣华富贵和非凡气派。《科尔沁旗草原》对丁家来说，富有家族象征意味的则是草原。丁家二百多年的家族史写满了物质和精神双重的欲望性和扩张性，科尔沁旗草原恰好为丁家提供了一个敛财聚资、创立家业的用武之地。凄凉的后花园折射出蒋氏家族的总体精神走向，无论是外在的还是内在的，蒋氏儿女都打上了特有的家族的印迹："荣华的、优美的、魅人的外形掩藏着一个怯弱的心。"路翎在描写蒋氏儿女时，"温柔"一词使用的频率最高。后花园所塑造的人格精神具有孤芳自赏的个性特点。蒋氏后花园也显得越来越不合时宜，具有没落家族特有的自伤自悼的挽歌意味。这恰与关东大草原的丁家形成了鲜明的对照。二百多年来丁家由盛而衰，却一直延续着祖辈几代创业人凌厉、跋扈、张扬的血脉。尽管随着社会环境的变迁，丁家不再拥有当年闯关东时那样的天时地利，但是，丁家后代丁四太爷更狡猾地使用了家族惯有的伎俩蛊惑人

---

① 路翎. 财主的儿女们 [M]. 北京：人民文学出版社，1985：85。

心，不但设计除掉北天王这个祸患，而且还假借萨满之口来蒙骗群众，声称丁家发财是由于仙家相助天意的结果。他的儿子大爷是他青春期的再现，和他一样"英雄，果敢，会辟财源"，是丁氏家族的"一柄光辉的大斧"。丁家几代人都充满了野心勃勃的开拓意识，这种富于进攻型的家族血质，也是弱肉强食、适者生存的大草原磨砺的结果。即使像日渐苍老濒于困境的丁宁的父亲，也不甘老守田园，拼死也要到外面再奋斗挣扎一番。丁氏家族崇尚的不是某种等级观念和贵族意识，而是充满原始色彩的攫取欲望和强制力量。所以，他们普遍没有蒋家那种贵族的优越感，同时也没有蒋家儿女那种自怨自艾的感觉，他们有的只是"强权逻辑"和征服欲、野心。端木蕻良是一个满族作家，和他笔下的丁老太爷一样，他的父亲也娶了一位当地满族少女。端木蕻良从小受母亲影响很大，他同情母亲生活和感情上的不幸遭遇，也遗传了母亲那种倔强不屈的性格，他的第一篇小说《母亲》即是特别献给母亲的。他自小生活在萨满教文化气氛浓厚的环境中，而与传统的封建宗法制的社会结构始终保持一种疏离的关系，在不自觉中具有与传统文化所不同的家族意识，超越了儒家传统文化的等级秩序的原始强权思想。萨满教作为一种原始宗教文化，张扬和崇拜野性生命力，表现在家族意识方面，这种崇拜强力往往又和祖先崇拜联系在一起。

与此相应，南北不同地域的家族其家族意识也各具特色，《财主的儿女们》里的蒋家儿女们都很难脱去家族文化心理的"阴影"。儒家的等级观念和忠孝之道是培育他们对于家族和祖先的荣耀感和优越感的温床。自我怜惜的虚荣心是蒋氏三兄弟固执地坚守的信条，在他们的思想中根深蒂固。端木蕻良出生在拓荒者与冒险者"跑马占荒"的东北，他在描写丁家整个家族因国家内忧外患必然走向衰落命运的同时，还沾沾自喜于丁氏家族的发家史，他曾说丁宁这个形象并不完全等同于自己，同时又承认《科尔沁旗草原》是取材于自己家族的历史，他曾在《科尔沁前史》中交代了这一事实。作为边缘地带的东北地区，儒家文化的辐射相对薄弱，宗法道德的统治也相对宽松，而萨满教的强权意识成为维持统治秩序和平衡人际关系的最高准则。端木蕻良虽是个偏于文弱细腻的作家，可在他的骨子里还保留着祖辈那种张扬和跋扈的血脉。他的《科尔沁旗草原》处处都是对他家族祖辈开创家业敛资生财的魄力的欣赏和炫耀。在东北严酷的自然氛围和粗野豪放的文化精神世界里，无论是土著、移民，还是中国人、外国人，所有的生命都面临着大自然和社会的无情考验，对抗自然长期成为生存斗争的唯一选择，这正是东北地域文化精神的真实写照。所以，在东北的丁家没有《财主的儿女们》这种"世家"的文化背景和礼义之教，取而代之的是萨满教所影响下的原始文化倾向，驱使人们更多地认识到了雄健的强力才是真正值得崇拜的。虽然丁宁是一个受过新思潮洗礼的很有抱负的青年人，即所谓的"新人"，然而，即使如此，在他的身上时常表现出"返祖"和"拜祖"现象。原本为了解决农民的生活问题，试图展开一番轰轰烈烈改革运动的丁宁，竟然一度堕入了祖辈开创者那样飞扬跋扈、不可一世的状态之中，他破坏了农民的"推地"运动，成为农民最厌恶的敌人。他在无意识中承续了祖辈那种残暴狠毒的品行和阴险狡诈的伎俩，萨满教文化所推崇的强力在这里得到了充分的体现。

　　东北特殊地域风俗人情的描写也是《科尔沁旗草原》主要的亮点。在中国现代文学史上，写地域风俗的作家也很多，鲁迅就是其中的代表，他笔下的鲁镇大年三十放爆竹，新年祝福的仪式，船泊月夜水乡中听社戏，傍晚河边土场上每家每户的晚餐……都透露出江南风俗民情的文化信息，充分再现了旧江南因循守旧又自我满足的群体心态，表现了社会难以变革的深刻的社会内容。此外，还有老舍、沈从文等作家笔下也有这种风俗图的再现。这些创作实践，都充分展现了地域文化特色。在东北，萧红是以展现东北地域文化被人称颂得最多的作家，端木蕻良在这方面表现也非常出色。他以果敢开阔而深邃的眼光去透视历史，描绘了科尔沁旗草原上奇特的风貌。例如小说中第一章最后部分对"阴阳风水"的描写。这便是丁府发达的原因（传说），这种中华民族文化中特有的景观，它不仅发祥、存在于中原，而且二百年前已传播到东北，当时的人们对这套东西深信不疑，其实这是封建统治者用来维护既得利益和旧有秩序的一种有效方法。还有小说第二章写的"大神捉弟子"这个东北地方习俗，与萧红《呼兰河传》中的"跳大神"相比，端木蕻良的描写显得更加生动，那个装扮"大神"的李寡妇实在是一个演技高超的演员，而四太爷也实在是一个出色的导演。你看"大神"的一举一动让知情者感到滑稽可笑，但那些不知实情者就如坠云里雾里了，那如诉如泣的咒语，那动人心魄的癫狂，那软人心坎的号哭，实在是太精彩了，难怪那些穷命出身的人会信以为真。再如第十章"求雨"场面的描写，从远处传来的声音中就透出这是一个盛况空前的场面，还有那求雨的人群，求雨的阵势，求雨的仪式，构成了一出惊天动地的壮举。这样盛大的富有特色的"求雨"场面描写，在现代文学作品里是绝无仅有的。"求雨"不仅是东北地区的习俗，更是我们民族在过去从皇上到百姓都笃信的一种虔诚的行为，是有非常深的文化渊源的。还有第十六章做佛事超度亡魂的场面，实在是很多人闻所未闻、见所未见的。作者把笔触深入民族古老的落后的生活方式、心理情绪和传统的文化中，形象地再现社会历史面貌。这些奇异的"风俗"并不仅仅是在简单的层面上增添作品的地方乡土气息和色彩，以及对生命的特殊感受。从人们对这些习俗的信赖中，透露了这个地域的人群中长期以来积淀而成的精神文化，反映了他们对美好生活的渴望和追求，同时也反映出他们愚昧、麻木而落后的精神世界。这一系列古老而迷信的习俗，实在是东北当时社会闭塞、落后的真实写照。

二、萧军的《第三代》：胡子文化精神的张扬

逄增玉先生在《黑土地文化与东北作家群》一书的第五个问题

"胡子与英雄——历史、文化和审美视角下的特殊人生评判"中，对胡子文化进行了详细的论述。逄先生认为"那些脱离了土地的农民——脱离了人生正常轨道而处在历史和人生夹缝中的胡子（土匪）身上，可以说，同样体现出东北的生命强力，尽管这种体现有时是逆向的、扭曲的，但是，在东北作家作品中，却往往是，或绝对是充满诗意的"①。作者在《第三代》中"展现出贯穿作品始终的东北'胡子'的更为真实的'生活形态'与'性格形态'。"②

《第三代》是萧军花费了十余年时间的心血之作，严家炎称之为"历代文学史上优秀的长篇小说之一"。这部作品中人们从作者对东北民风民俗的生活画面的描绘，可以体味到深刻的东北地域文化精神及其内在底蕴。

第一，作品张扬着侠士的抗争精神。《第三代》从凌河村写起，宛如徐徐展开的长长画卷，在读者眼前出现"过去的年代"③里那荒凉的山村，书中所描写的凌河村是一个偏僻落后的小山村，生活在这块土地上的人民勤劳、朴实、粗犷、热情。一直以来，大地主杨洛中一家统治着这个村庄。杨洛中虽然不是那种天怒人怨、横征暴敛的反面形象，但是在他的长期控制下，凌河村的人们生活仅能糊口。这里的人们多数憨厚愚昧，一代接着一代就那么浑浑噩噩地活着。部分失去了土地或是破产的农民不断逃亡，那些不甘当牛马的青年农民如海交、刘元、杨三、半截塔、黄发等铤而走险，进入高山密林，拿起了武器，走上了胡匪之路，另一些农民则背井离乡，另谋生路，从而进入了都市。小说以很大的篇幅描写"胡子"的生活。所谓"胡子"是

---

① 逄增玉．黑土地文化与东北作家群［M］．长沙：湖南教育出版社，1995：119．

② 逄增玉．黑土地文化与东北作家群［M］．长沙：湖南教育出版社，1995：136．

③《第三代》的第一部曾发表在《作家》月刊上，后来曾和第二部一起由文化生活出版社出了单行本。全书最后定稿于1954年。1957年以《过去的时代》为名出版。1983年恢复《第三代》原名重新出版。

一些活不下去铤而走险的农民。萧军不仅描写了他们的自发斗争，更深刻揭示了胡子队伍中的复杂成分以及他们斗争的历史和阶级的局限，剖析了他们找不到明确出路的苦闷和不断分化的趋势。小说对农民自发斗争的描写，同对城市工人、贫民骚动的描写一样，都是旧民主主义革命时期历史真实的再现。在胡匪之中，刘元是一个十分突出的形象。在他身上，比较集中地体现了侠客式的抗争精神。刘元上山入伙的时候，甚至还是一个孩子。他因为对父亲刘三撅子暴虐的反抗而离开了生养他的凌河村，加入了羊角山上海交领导的"绺子"，他机警、勇敢，很快成了一名出色的盗贼。他的盗贼生涯里，每时每刻都充满着斗争：与大地主杨洛中的斗争，与军阀围剿部队的斗争，与叛徒杨三的斗争等，一直伴随着他。无论在怎样的艰苦环境之下，他都从来没有退缩过，即使在首领海交身亡、叛徒杨三变节、绺子零落星散的时候，他的斗争精神也没有消失，独自进行着孤独而坚决的战斗。后来，刘元投奔老英雄井泉龙，并娶了井泉龙的女儿大环子为妻。这样，他又加入了一个团体，以另外的形式继续着他的抗争之路。刘元这个形象，体现了东北人特有的那种强悍的、野性的地域文化精神。他的抗争，不仅仅是为了自己的生存而奋斗，更重要的是追求着一种行为和精神上的自由，向不公平的命运抗争。反抗命运或是挑战固有的统治力量，是东北地域文化精神固有的属性之一。此题材在中国古代的侠义小说中也曾出现，但是以盗贼作为行为主体而如此深刻、如此广泛地张扬着文化抗争精神，萧军还是第一人。

第二，勇敢的"侠义"者形象。刘元的岳父井泉龙是《第三代》塑造的最为勇敢和光辉的形象。井泉龙在年轻的时候，曾经参加过义和团，他虽然不以劫掠为生，但是不论在行为上还是在思维方式上都仍然属于非安分守己的盗贼类型。井泉龙疾恶如仇，虽然年事已高，却是全凌河村唯一敢于和大地主杨洛中正面冲突的人。书中详细地描写了他和杨洛中的几次冲突。第一次是在抓捕胡匪的时候，村民汪大辫子和林青无辜地被抓去顶替，别的村民都敢怒而不敢言，井泉龙勇敢地站了出来,向杨洛中讨说公道。他对杨洛中说:"你说的这全不能算对!你怎么能把这些罪恶的担子轻轻地就放在了不相干的人肩膀头上呢?"①"这全是一起应该宽放的人……我的意思是这样……全村的人们意见也是这样啊!你们应该去拿真贼实犯吧!……不要跑了秃子拿和尚顶杠啊!这不能算公道,大家不心服……"②在整个凌河村,只有老英雄井泉龙有勇气跟杨洛中这样毫无顾忌地说话,他是天生的勇者和侠者。第二次冲突是由于杨洛中害怕胡子的抢劫,要求村民轮流帮他做"炮手"去守望,并且这是没有报偿的。大家心里都不愿意,却没有人敢说出来。井泉龙在关键的时刻又挺身而出,带领着村民们敲锣打鼓地进行游行抗议。萧军特意详细描写了他在动员村民们勇于斗争时的形象:

> 井泉龙白胡子又结成了一个疙瘩;头毛飞蓬着,因了太阳的炙晒头皮和脸色、脖子……全红了。他一只左手正提着一面在中心上已经有了破残洞洞的破锣;一只破鞋拿在右手里,向围绕着他的仰着脸的人们挥划地讲说着什么。白色的唾沫泡沫,从他那红而阔大的嘴唇纷纷地喷出和飘落……每一颗长长的金黄色的大牙齿,时陈时现地在胡须的背后表现出整齐和康强地在闪光,上上下下地在闪动……③

通过萧军的描绘,一个勇敢的、热情的、无私的老英雄形象呼之欲出,他的勇气和热血,使得他的侠义性格生动地跃然纸上。

与此相对,也有在斗争中受利诱而变节者。杨三本来是凌河村里数得出的好汉,枪法超群,相貌出众,还多才多艺,能饰演"白蛇",他是男人们的英雄和姑娘们的梦中情人。但是他性格上的致命

---

① 萧军. 第三代 [M]. 哈尔滨:黑龙江人民出版社,1983:107~108。
② 萧军. 第三代 [M]. 哈尔滨:黑龙江人民出版社,1983:108。
③ 萧军. 第三代 [M]. 哈尔滨:黑龙江人民出版社,1983:219。

缺点是对生命和享乐的过于执着。杨三在犯下了杀死春二奶奶的罪行后,到羊角山上去"挂了柱",但是,他无法适应盗贼们艰难困苦、朝不保夕的亡命生涯,终于投在了他以往曾经不齿的杨洛中门下做了炮手,并勾搭上了杨洛中的女儿珍珠和儿媳金英。杨三虽然得到了梦想中的财富和女人,却永远失去了作为一个英雄的脊梁。从"侠"到"反侠"的转变,完全是由他的性格决定的,阅读者在对杨三失望的同时,也会产生对这种不甘堕落又自甘堕落的侠者的感慨和同情。这就是杨三的悲剧所在。

第三,体现了胡子的"抗争""勇气"和"尊严"。那就是羊角山上的盗贼首领海交。海交出场不久就战死了,却给人留下了深刻的印象,我们从他的身上看到了作为一个盗贼的尊严。中国最初的侠是缺少尊严的,他们依靠主人的豢养而生存。如在以《水浒传》为代表的作品中,盗贼们的最终希望还是落在"受招安""封妻荫子"之上,这样的盗贼缺乏了作为独立之侠的人格尊严和魅力,这样的主题在晚清公案小说中体现得最为明显。萧军笔下的海交则不然,他是一个有尊严的侠和盗贼。他出生在盗贼世家,是一个天生的盗贼,并以自己的"胡子"身份而自豪。在当时那个特定的历史大环境下,盗贼出身而成为官军的比比皆是,"东北王"张作霖就是一个典型。然而海交认为,做盗贼比做官军高尚得多,因为在他的观念中,盗贼在精神上永远是自由的,他们远比官军活得有尊严。在海交临死之时,他对他的兄弟们这样说道:"我没有投降了官军……回来擒拿我的伙伴……我一直是和他们拼着的……我把我老子的一句话送给你们,'不要投降'……只要你们还在干……"[1]他的遗言,可以看作是他对盗贼尊严维护的最好诠释。萧军出身行伍,对当时"兵匪一家"的社会现实有着切身而深刻的体会。他在作品中,通过盗贼来表现"抗争""勇气"和"尊严"等侠义精神。

---

[1] 萧军. 第三代[M]. 哈尔滨:黑龙江人民出版社,1983:172。

萧军的《第三代》中还有对女侠的刻画。翠屏是一个坚强而勇敢的女侠形象。从凌河村到羊角山，再到长春城，贫困的生活，坎坷的命运，重重的侮辱和压迫，精神上的苦闷，都没有使她屈服。在与命运的抗争中，她企图挣脱羁绊，坚强地生存下去。在翠屏的人生轨迹上，我们看到了一个勇敢女侠的奋斗历程。在这个女侠身上，萧军还人性化地显现了她的婚姻和她的家庭的不幸。她的丈夫汪大辫子是一个懦弱无能、胆小怕事的"窝囊废"，但是即使是这样，女侠却始终未能摆脱汪大辫子的阴影，最终不得不随他返回凌河村。

第四，探求强韧的"野性"的生命意识。萧军在叙述过程中，还就东北大地上芸芸众生在残酷的自然环境和动荡不安的时代风云中顽强生存的"野性"之力进行了积极的探索。与铁鹰队长、陈柱司令等人在时代的风口浪尖上搏斗相比，这种顽强的生存的"野性"虽然不能发出耀眼的光和热，却能在漫长的人生岁月中坚韧地维持着个人、家庭生存和后代的延续，在时间的磨砺下焕发出生命之力的光辉。这样的生命之力在《第三代》中表现得非常突出。在小小的凌河村里，有着各式各样的人，他们都在为了自己的生存而努力。农民宋七月、宋八月兄弟浑浑噩噩地活着，遭受杨洛中的压迫也好，遇到军队的劫掠也好，他们一向逆来顺受，偶尔发几句牢骚，又归于平静，只要有口饭吃，有件衣穿，便可以如牛马般活下去。林青灵巧地活着，他维持着一定的个人立场，但也很少正面与压迫者进行冲突，他常常以一柄胡琴自娱，他的琴声能够给凌河村的人们带来唯一的欢乐。他在凌河村农业生计艰难的时候，又迁徙到春城去过小市民的生活，不管到哪里，林青都能够找到自己生活的方式。井泉龙执着地活着，他反抗着一切压迫，一切不合理。凌河村一有什么事，他都会作为村民的领头者第一个跳出来，不管对手是杨洛中或是段巡长，他都毫不畏惧，即使被抓进监狱，即使被打成残疾，他的生命活力依然那么旺盛。就这样，大家都在拼命地活着，无论生存环境多么恶劣，他们都以自己的方式努力寻找着人生的道路，进行着人生的旅程。萧军在对他们的生存状态的叙述过程中，力图表现出东北大地之子那种与生俱来的生命活力。萧军采用延缓叙述节奏，特定时空的场景再现的办法表现这种顽强的生命之力。他先详细描写了汪大辫子夫妇、林青一家、宋氏兄弟和井泉龙一家在凌河村的生活细节，其中穿插着胡子、军队和地主给他们带来的生存压力，逐个展现生命个体的不同生存状态，继而把场景转到了长春城，描写出城市与农村在实质上并无大的差别的艰难时世，展示着农民在搬迁到城市以后继续以强韧的精神存活的生命意识。

在东北流亡作家的作品中，辽阔而蛮荒的东北大地及由此而生的严酷生存环境，熔铸锻造了东北汉子极其坚忍的生命意识和生命力量。在萧军的侠文化观念中，无论是英雄的强悍粗犷之力，还是普通农民的顽强生存之力，这"力"是东北地域文化精神特征。通过萧军的小说创作，我们可以看出他对东北地域文化精神进行了成功的探索。

三、萧红的《呼兰河传》：
展现愚昧麻木生活，鞭挞民族灵魂的力作

《呼兰河传》是萧红的一部优秀的抒情小说，"没有贯穿全书的线索，故事和人物都是零零碎碎，都是片段的，不是整个的有机体"[①]。小说对人物性格既不作描写刻画，亦不对故事情节大肆铺陈，只是用朴素率直、雄浑沉郁的笔触，描绘了辛亥革命之后至五四运动以前这一段历史时期呼兰河的乡土人情、风俗习惯，以及作者幼年时代对周围人们思想、生活的观察与感受，揭露与鞭挞了几千年传下来的旧风俗、旧习惯对广大劳动人民的影响和残害。它是中国现代文学史上极少有的一部对地域乡土风俗进行描写的长篇小说。

《呼兰河传》约十四万字，萧红从1937年底就开始写作，直到

---

① 萧红. 呼兰河传［M］. 哈尔滨：黑龙江人民出版社，1979：8。

1940年12月才完稿。这部长篇因她生活流离颠沛，写作多次中断，但由于作者感情一脉贯通，使人读来有一气呵成之感。这部散文体小说，是萧红有意识进行艺术探索的结晶。

《呼兰河传》与《生死场》格调完全不同，前者一扫后者那种刚健昂扬的艺术氛围，而表现出了一种凄凉、哀婉、忧郁的情绪倾向。文笔上也比《生死场》洗练、优美，风格上更显成熟。

《呼兰河传》浸透着萧红复杂而又细腻的感情，是作者以一个孩子的视角去观察她生活的小城——呼兰，并为之作的一个"传"。书中没有一个贯穿故事情节始终的突出人物，主角是呼兰小城和生活在小城里的群体百姓，这些人"天黑了就睡觉，天亮了就起来工作。一年四季，春暖花开、秋雨、冬雪，也不过是随着季节穿起棉衣来、脱下单衣去地过着。生老病死也都是一声不响地默默地办理"[①]。旧中国东北乡村里的农民们就这样过着日复一日、千篇一律地生活，他们的行为是机械的，他们的灵魂是麻木的，仅有的乐趣就是看别人的笑话、凑别人的热闹。所以直到那买麻花的母亲因追赶吵闹的孩子而"跌在泥坑那儿，把叉子跌出去五尺多远"，"这场戏才算达到了高潮，看热闹的人没有不笑的，没有不称心愉快的"。而老胡家的小团圆媳妇被折磨死之后，那些去参加葬礼回来的人也只是感叹着"酒菜真不错……鸡蛋汤打得也热乎"，"好像他们两个是过年回来的，充满了欢天喜地的气象"。至于日常生活中究竟什么是好什么是坏，他们是没有能力也不想去判断的，一切听从命运的安排，他们没有抱怨，也没有对未来的希望。当他们看到扎彩铺里那些为死人而准备的车、马、宅子、仆人时，觉得阴间是比阳间好，可自家的仆人都不认识了，还要挂上个名签，"这一点未免地使人迷离恍惚，似乎阴间究竟没有阳间好"。

在这些机械的行为和麻木的灵魂背后，隐藏着千百年来世代相传

[①] 萧红. 呼兰河传 [M]. 哈尔滨：黑龙江人民出版社，1979：213.

的恶习陋俗、保守的思维方式和病态的心理。这种病态心理一开始就由那个横在东二道街的深五六尺的大泥坑表现出来：这个大泥坑一下雨就变成了河，不下雨的话泥浆就会像粥一样，"又黏又黑，比粥锅潋湖，比糨糊还黏……哪怕苍蝇蚊子从那里一飞也要粘住的"。这个泥坑不仅粘住过马、翻过车，还淹死过猪，甚至连人也会掉下去。可是"一年除了被冬天冻住的季节之外，其余的时间，这大泥坑子像它被赋给了生命似的，它是活的。水涨了，水落了，过些日子大了，过些日子又小了。大家对它都起着无限的关切"①，即便有人因掉进泥坑里吃了亏，建议要拆墙或种树，也会招来许多反对的意见，而"若说用土把泥坑来填平的"，却是"一个人也没有"。因为在呼兰河居民的眼里，这大泥坑所带来的祸害远远比不上人们从它那里所得到的"福利"：人们"乐得在旱天围观牵马抬车的盛举，乐得在雨天充当攀缘扳墙跳越泥坑的冒险英雄，乐得在黑夜静听寡妇哀哭死于泥坑的孩子，乐得在白天常常能够咀嚼被泥坑淹死的便宜猪肉"②，于是这个大泥坑就得以长久地存在下去，旧中国民众的麻木灵魂活灵活现地表现在萧红的笔下。这种麻木，不仅是对日常生活中周围环境和事物的麻木，更表现为对人的生命的漠视。王寡妇的独生子被淹死之后，她虽然也隔三岔五地哭一场，可仍旧平平静静地活着；染缸房里的染缸即便淹死过人，至今也还在那儿使用着；还有老胡家小团圆媳妇的婆婆，因为儿子踏死了一个小鸡崽就打了他三天三夜……在呼兰河畔，人不如一只鸡，人死了，不如死了一只鸡。人的价值是比不上动物的，为了生存，其他的一切感情都可以忽略不计。人们对生活抱着麻木不仁、听天由命的态度，对生老病死都没有什么表示。生了，就任其自然地去长，长大就长大，长不大也就算了。卖豆芽的王寡妇的儿子被河淹死了，虽轰动一时，可不久也就平静下来，不但邻人、街

---

① 萧红. 呼兰河传 [M]. 哈尔滨：黑龙江人民出版社，506。
② 杨义. 中国现代小说史（第二卷）[M]. 北京：人民文学出版社，1998：559。

坊，就是她的亲戚朋友也都把这回事忘了，王寡妇也仍是静静地活着。染缸房淹死过一个人，也是不声不响地把事情解决了。呼兰河人对于生命、对于人生、对于整个世界，从来没有过生命觉醒和人文觉醒，他们的生命意志完全处于愚昧的、泯灭的状态。"呼兰河"没有"生死场"那种异族力量的入侵和干扰，充满了宁静和死寂，社会生活犹如一潭死水，没有任何波澜，没有任何色彩。几千年传统文化中愚昧、腐朽的意识毒化着人们的灵魂，造成了呼兰河小城社会关系与社会心理的病态，这种病态的文化心理又造成了生命的悲剧。

萧红对国民劣根性的批判，不仅表现在她对旧中国民众的麻木行为和变态心理的描述上，更突出地表现为她对那些充斥了人民整个思想的封建意识和传统守旧信念的鞭挞。旧中国的农民继承了先辈流传下来的生活习惯，也继承了先辈流传下来的封建迷信观念，这些封建的传统心理决定了他们的思维方式是封闭的、保守的，"要求人们求同排异，强调伦理规范的整齐划一"①。因此，老胡家的小团圆媳妇就因为整天笑呵呵的，见人不怕羞，个子长得大饭也吃得多，而且挨了打竟嚷着要"回家"，一点都不符合传统观念中的团圆媳妇的形象，所以她的婆家要"规矩"她，左邻右舍也热心地帮着忙。小团圆媳妇的死并不是人们有意为之，呼兰河城里的人也并非与她有什么怨恨，非要将她置于死地不可；小团圆媳妇的死，从根本上来说是封建制度所造成的，是旧中国几千年传下来的陋习恶俗的牺牲品。她的婆婆不能说不"大方"，为了给小团圆媳妇治病，她花了好几千钱请道士抽签画帖，请大神赶鬼，甚至做出了闭塞的呼兰河人很少看到的"当众用大缸给团圆媳妇洗澡"的"奇闻盛举"，引得看热闹的络绎不绝。而这些看热闹的人也不能说不"热心"，小团圆媳妇不愿往滚热的开水里跳，他们就帮着烧水的烧水、脱衣的脱衣、浇水的浇水、按头的按头。当小团圆媳妇昏倒了之后，一些"喜心"的人又赶紧围拢过去

---

① 王秀珍. 萧红作品的民俗特色与二十世纪初的乡土文学 [J]. 学术交流，1991（5）。

设法施救。当然，这施救的根本目的也是为了继续看热闹，所以她们凑上去主要是看小团圆媳妇还有没有气：若还有气，那就不用救，她自己会活转来的；若是断了气，那就赶快浇凉水，以防她真的死了。小团圆媳妇就这样被开水烫了三次，烫一次昏一次，昏了就救，救过来又继续烫，直到三更天才散了场。大神回家睡觉了，看热闹的人也回家睡觉了。小团圆媳妇最终是死是活，没有人关心，他们只知道"到底是开了眼界，见了世面，总算是不无所得的"。一个十二岁的"黑乎乎、笑呵呵"的小姑娘被折磨死了，她是被旧中国的封建意识、陋习恶俗折磨死的，因为她无意识地违背了"几千年传下来的习惯而思索而生活"。我们同情小团圆媳妇的悲惨遭遇，我们同样也该同情那些麻木而愚昧的看客们，他们实在是没有害人的意思，"他们只是按照他们认为最合理的方法，'该怎么办就怎么办'"，可是这些"照着几千年传下来的习惯而思索而生活"的牺牲者们却活生生地扼杀了一个鲜活的生命，而且，还有第二个、第三个。鲁迅称这些愚众是"无主名无意识的杀人团"成员（《我之节烈观》），谁该为大量的无辜的生命的死来负责？萧红用她愤怒的笔来质问苍天，她真实地记载了这些血泪的历史和吃人的封建礼教，这些记载也是对国民劣根性的批判和鞭挞。从农民的生态到心态，从对农民生活的真实描写到对国民性的反思，萧红创作的重点转移到集中批评病态社会心理、批判封建主义传统意识对人民的精神毒害上，萧红的这一思想不但没有因时局的变化而中断，反而越来越自觉、越来越系统，也越来越深刻。这种转移无疑是由生活的表层向深层的运动，是从社会现实机制向社会心理机制的深入，体现出萧红创作的深化成熟。

与《生死场》一样，在《呼兰河传》中也体现出人物所特有的一种野性的生命力和生命意识。即使像冯歪嘴子这样地位低下、生活境遇悲惨的底层劳动人民，也仍然保持着一种原始野性的旺盛的生命力。当饥寒交迫的他送走死去的妻子时，"可是冯歪嘴子自己，并不像旁观者眼中的那样地绝望，好像他活着还很有把握的样子似的，他不但没有感到绝望已经洞穿了他，因为他看见了他的两个孩子，他反而镇定下来。他觉得在这个世界上，他一定要生根的，要长得牢牢的。他不管他自己有这份能力没有，他看看别人也都是这样做的，他觉得他也应该这样做"①。正如茅盾所说的那样："有二伯，老厨子；老胡家的一家子，漏粉的那一群，都是这样的人物。他们都像最低级的植物似的，只要极少的水分，土壤，阳光——甚至没有阳光，就能够生存了，磨官冯歪嘴子是他们中间生命力最强的一个——强的使人不禁想赞美他。然而在冯歪嘴子身上也找不出什么特别的东西，除了生命力特别顽强，而这是原始性的顽强。"②

《呼兰河传》具有浓厚的大自然韵味及乡土民情。鲁迅先生曾经说过："'地方色彩'也能增加'美和力'。""自己生长其地，看惯了，或者不觉得什么，但在别的地方人，看起来是觉得非常开拓眼界，增加知识的。""艺术上必须有地方色彩，庶不至于千篇一律。""有地方色彩的，倒容易成为世界的。"③从这一点来看，萧红的小说之所以在当时引起上海文坛的轰动，原因之一要归功于她作品中的地方色彩和民俗特色，以及其中所蕴含的深厚的地域文化精神。对萧红来说，故乡不仅是给了她生命的地方，也是东北文化精神给她潜移默化影响的场所，而且更是她的文学创作灵感永不枯竭的根源。萧红将生命中这种最深切的"故乡情结"融入以故乡为题材的小说创作中，传达出她在漂泊生涯中重新体会童年生活，寻求到的生命感悟。

萧红小说中的地方色彩和民俗特色首先表现在字里行间的浓厚的大自然韵味和真切的北国乡土民情。萧红是写景抒情的高手，她善于像绘画一样为读者展现她所熟悉的北方生活和景象，尤其是在描绘中国北方的自然风景时，她儿时的细致观察和亲身体验，以及她在中学

---

① 萧红. 呼兰河传 [M]. 哈尔滨：黑龙江人民出版社，1979：213。
② 萧红. 呼兰河传 [M]. 哈尔滨：黑龙江人民出版社，1979：9。
③ 鲁迅. 鲁迅书信集（上卷）[M]. 北京：人民文学出版社，1976：469、476、528。

时所受的绘画训练,都使她笔下的春花秋雨、酷暑严寒显得十分真切自然。如《呼兰河传》中描写中国东北的自然风光:

> 大地一到了这严寒的季节,一切都变了样,天空是灰色的,好像刮了大风之后,呈着一种混沌沌的气象,而且整天飞着清雪。人们走起路来是快的,嘴里边的呼吸,一遇到了严寒好像冒着烟似的。七匹马拉着一辆大车,在旷野上成串地一辆挨着一辆地跑,打着灯笼,甩着大鞭子,天空挂着三星。跑了两里路之后,马就冒汗了。再跑下去,这一批人马在冰天雪地里边竟热气腾腾的了。一直到太阳出来,进了栈房,那些马才停止了出汗。但是一停止了出汗,马毛立刻就上了霜。
>
> 人和马吃饱了之后,他们再跑。这寒带的地方,人家很少,不像南方,走了一村,不远又来了一村,过了一镇,不远又来了一镇。这里是什么也看不见,远望出去是一片白。从这一村到那一村,根本是不见的,只有凭了认路的人的记忆才知道是走向了什么方向……①

再如她对火烧云的描写:

> 晚饭一过,火烧云就上来了。照得小孩子的脸是通红的。把大白狗变成红色的狗了。红公鸡变成金的了。黑母鸡变成紫檀色的了……
>
> 这地方的火烧云变化极多,一会红堂堂的了,一会金洞洞的了,一会半紫半黄的,一会半灰半百合色。葡萄灰、大黄梨、紫茄子,这些颜色天空上边都有。还有些说也说不出

---

① 萧红. 呼兰河传 [M]. 哈尔滨:黑龙江人民出版社,1979:500~501。

来的,见也未曾见过的,诸多种的颜色。

一时恍恍惚惚的,满天空里又像这个,又像那个,其实是什么也不像,什么也没有了[①]。

这种描写,让熟悉东北生活的人感到亲切,让没有这种体验的人则感到新奇,是客观的真实的,是介绍北国风光的一幅幅灿烂绚丽的风景画。描写是以萧红的童年记忆为依据的。在萧红的童年生活里,除了和蔼的祖父之外,能带给她快乐、使她暂时逃离寂寞的家的,也就是那个热闹的后花园了。因此她的笔下常常出现后花园的景象:"蝴蝶飞,蜻蜓飞,蝗螂跳,蚂蚱跳。大红的外国柿子都红了,茄子青的青,紫的紫,溜明湛亮,又肥又胖,每一棵茄秧上都结着三四个,四五个。玉蜀黍的续子刚刚才出芽,就各色不同,好比女人绣花的丝线夹子打开了,红的绿的,深的浅的……"[②]这个记忆是萧红所独有的,但她能把后花园写得如此鲜艳诱人,几乎勾引起每个人对童年乐趣的追忆。

萧红写中国东北的乡土民情,不仅为读者展示了大自然的独特魅力,而且记载着东北人民各种各样的生活习俗。她在《呼兰河传》里写那祛病除灾的跳大神,写七月十五盂兰会时呼兰河上的放河灯,写热闹非凡的野台子戏,写每年四月十八的娘娘庙大会,写走街串巷的货郎挑子、凉粉担麻花箱子、豆腐盘子,写滋长事端也淹灭事端的染缸房、造纸房、扎彩铺,写人们的生老病死,写各家的家长里短……完全是对中国东北人民日常生活的写实和再现,他们的宗教信仰、生活方式、行为习惯、道德观念、人生价值等,都在萧红的笔下得到了永生。人们将在时时翻阅的欣赏中重温这些民俗习惯,去体会那些原汁原味的黑土地上东北农民的生存状态。

蒋锡金谈到《呼兰河传》时曾这样说过:"她着力刻画的,是故

[①] 萧红.呼兰河传[M].哈尔滨:黑龙江人民出版社,1979:525~526。
[②] 萧红.呼兰河传[M].哈尔滨:黑龙江人民出版社,1979:322。

乡的风俗画面。"①可以说，萧红的小说为中国现代文学史上的早期乡土文学增添了别致的色彩。她写大自然的风情韵味，世代相传的民风习俗，像一面镜子一样几乎折射出当时中国东北社会生活的全貌。她把这些风土民情进一步升华，写出了人们在这样的乡土气息中生存的艰难和对命运的挣扎。萧红的小说，不仅让我们重温了旧中国东北农民的生活方式、世俗习惯和血泪历史，更触及国民的灵魂和文化心理。呼兰河小城文化由于历史发展造成的停止与封闭，使之形成了一种顽固的惯性机制，拒绝一切新鲜的异质的文化交流和信息传入。茅盾在评价早期乡土文学时就已经指出："关于乡土文学，我以为单有了特殊的风土人情的描写，只不过像看一幅异域的图画，虽然引起我们的惊异，然而给我们的，只是好奇心的满足。因此在特殊的风土人情之外，应当还有普遍的与我们共同的对于命运的挣扎。一个只是具有游历家的眼光的作者，往往只能给我们以前者；必须是具有一定的世界观与人生观的作者，方能把后者作为主要的一点而给予了我们。"②无疑，写中国东北的自然风景和乡土民情的萧红，是"具有一定的世界观与人生观的作者"，是写出了"北方人民的对于生的坚强，对于死的挣扎"的作者，写出了抗战时期部分国民的愚昧心态和鞭挞国民灵魂的作者。从《生死场》开始，萧红就着手刻画东北人民的日常生活和心态，尤其是那些落后、保守的恶习陋俗，从而剖析旧中国愚昧大众的病态心理，以唤醒沉睡的国民灵魂。这种封闭、呆板的生活方式在《呼兰河传》里进一步得到展现：呼兰河城里的人家整天都寂寂寞寞的，"关起门来在过着生活"，就连那卖烧饼、卖麻花、卖豆腐的从门前经过，也能给人们带来极大的欢喜。即便不买，问一问价钱、摸一摸麻花也是好的。他们的日子过得极为清贫，连买一块豆腐也要下定倾家荡产的决心。可他们又是满足的：挨家摸过的麻花在他们看来仍是"真干净，油亮亮的"；贴了半个多月不见有用的膏

---

① 蒋锡金.萧红和她的《呼兰河传》[J].长春，1979（5）。
② 茅盾.关于乡土文学[J].文学，1936年2月第6卷第2期。

药也是好的，因为"总算是耐用，没有白花钱"；而漏粉的工匠们住着三间"会走""会响"、随时可能倒塌的破草房，居然能引起街坊邻居的"羡慕"，因为"下了雨，房顶上就出蘑菇"，所以那些漏粉工也得意地睡起来，感到格外安稳、香甜。

萧红小说的乡土文学特色，除前面已谈及的来自作家生活经历外，与鲁迅及新文学中乡土文学的影响不无关系。"五四"后大批作家以反帝反封建为奋斗目标，把目光投向中国最底层的农民生活，特别重视写各个地方的乡土民情，或描写农民的不幸，揭露地主剥削，日军入侵或揭露奸淫掠杀的罪行，同时直指旧中国的国民劣根性，创作出大量的直面现实人生的优秀作品。尤其是九一八事变后，东北流亡作家开始以热血沸腾的形象活跃在文坛上，"他们以乡土文学的创作实践，抵制了日本殖民文学和粉饰生活的汉奸文学，有力地揭露了日本帝国主义的侵略，真实地反映了在封建势力和日本屠刀下东北人民的痛苦生活[①]"。

乡土文学发展到20世纪30年代，在继续贯彻反封建主题的基础上又增添了更为丰富的内容，特别是在叙述方式上出现了两种不同的倾向："一种是以沈从文、废名为代表的牧歌式的；一种是以鲁迅、王鲁彦、萧红等为代表的挽歌式的。"[②]前者以沈从文的《边城》《石子船》和废名的《竹林的故事》《桥》等为代表，摒弃了现实生活中种种丑恶的和不合理的现象，把自己的理想融入作品中去，在作品里塑造一种理想的生活，去赞扬人性的真、善、美，去歌颂乡村的淳朴和宁静。后者则直接承担了鲁迅先生"直面人生"的创作主旨，"或再现野蛮的村风恶习，或悲叹乡村的衰败没落，或解剖麻木痴迷的灵魂"[③]，谱写了一曲又一曲沉郁而悲愤的挽歌。萧红作为一名五四以后

---

① 王秀珍. 萧红作品的民俗特色与二十世纪初的乡土文学 [J]. 学术交流，1991（5）.

② 赵联. 乡土文学：文化倾斜的选择 [J]. 社会科学辑刊，1990（6）.

③ 赵联. 乡土文学：文化倾斜的选择 [J]. 社会科学辑刊，1990（6）.

的进步女作家，她的人生阅历使她常常怀念自己生活过的那片黑土地，因为那里的"土地是宽阔的，粮食是充足的，有顶黄的金子，有顶亮的煤，鸽子在门楼上飞，鸡在柳树下啼看，马群越着原野而来，黄豆像潮水似的在铁道上翻涌"[①]。她对文学的自觉追求又使她把"写作的出发点对着人类的愚昧"[②]，其目的在于鲁迅先生所主张的"改造国民性"。于是，在这两者的结合下，萧红的创作正好暗合了此时期乡土文学的潮流，她的作品打上了深厚的地方色彩和乡土民情的烙印。她植根于人物的生存环境、文化底蕴之中，注意挖掘人物和生成他们的环境、文化、传统的关系，让历史的真实颤动在她所表现的整个世界里，因此也就更带有东北作家的独特个性，写出了《呼兰河传》等既有美学价值又有民俗价值的优秀作品，为旧中国的"民族性格与人生视景提供了一份后人难以重复的艺术画卷"[③]。

四、骆宾基的《幼年》：
在战争背景下探讨个体生命存在的意义

《幼年》[④]是骆宾基的自传体长篇小说《姜步畏家史》的第一部，按公方苓先生的说法，"这本书似乎不是作家骆宾基先生用第一人称写的小说，而是他本人的自传"[⑤]。那么，我们就先来看看姜步畏的成长史吧：姜步畏出生于靠近海参崴海口的一个小县城里，父亲是"闯关东"的山东汉子，先到海参崴去碰运气，发了一点财，之后回到国内继续着他的生意，到姜步畏出生时，父亲已是那个小县城中颇为显赫的人物。母亲是父亲的第二房妻子，原籍也是山东，但不愿在山东

---

① 萧红. 萧红散文集[M]. 哈尔滨：黑龙江人民出版社，1982：189。
② 萧红. 萧红选集[M]. 北京：人民文学出版社，1981：2。
③ 罗炯光.《呼兰河传》《果园城纪》并论[J]. 郑州大学学报，1990（5）。
④ 骆宾基. 幼年[M]. 北京：文化艺术出版社，1982。
⑤ 钱理群. 二十世纪中国小说理论资料[M]. 北京：北京大学出版社，1997：313。

委屈地做二房，于是决然地跟着丈夫来到了东北，并至死也不愿回山东老家。姜步畏就出生在这样一个东北与俄罗斯交界的小城镇里。

骆宾基先生怀着满腔的柔情，用饱蘸着温情的笔墨向我们展示了《幼年》主人公姜步畏——连哥儿的童年至少年的幸福生活。

"我"每天一睁开眼睛，透过那乳白色的海雾，看到的是"窗外的花盆木架和花红叶绿的鲜明色彩"，是那"如冲云霄的锯木架子"；听到的是"整天不断响着锯木的嗤嗤声、斧锤击打锯板间木塞的叮咚声和洗衣妇女们手里不停用棒槌捶打湿衣的捶衣声，还有来往海参崴、清津港的帆船上的水手，遇到一阵把布篷彭满的有力的风所起的欢叫"；"我"这时最勇敢、最得意的行为是随母亲到红旗河去洗衣服时，自己跨过一根根方木之间的水沟以及挣脱母亲的束缚，自己"用肥皂摩擦着平铺在方木上的红肚兜"，然而，"就在这完全自由的随心所欲的工夫，不知怎样我的脚踏到涂满洗衣皂的临水方木上，突然一滑，就掉下去了，于是觉得眼睛前全是翻起的水底的尘沙、泡沫、圆珠儿。我还想张口呼喊，可是水立刻就灌到喉里去。那时候又有一股冰冷的水流从河底下漂浮上来，我觉得身体一轻，头发就给一只大手抓住，我哭出声来了"。

就是这样，"我"在温馨然而孤独的环境中成长着，"遇到母亲剪裁衣裳的时候，就坐在旁边问这问那。偶尔也要求一块碎布，亲手用剪子剪成更零碎的布条。遇到母亲做面的时候，就恳求一小块面，一直揉搓成各式各样的长条、圆棒、方块……之后，那面块变成乌黑的时候才歇手"。等"我"再长大一些的时候，"我"就跟着父亲、母亲以及老仆人古班一起去戏院看戏，和琴到俄国果品店去买糖果，与同学一起和朝鲜孩子打架。就是这些琐碎的平凡事情，节奏缓慢，描写细腻，使我们读着不但不生厌，相反倒感到了十分的亲切，尤其是在那战火纷飞的年代，慢板式的《幼年》恰恰是被战争摧残、蹂躏的孤独人类对那已经失去了的、遥远了的、朦胧了的一切的怀想，是中国知识分子直面生活的沉重与残酷，必然要寻求的心理平衡与补偿。

《幼年》初版于1944年，这时的抗日战争已由早期的激烈争夺阶段过渡到了相持对峙阶段。战争毁灭了一切，不仅危及国家、民族的生存，而且每一个个体生命都受到了实实在在的威胁。在这动荡不宁的社会中，每个人都对承载自我心灵的最小港湾——家，有了重新的认识。现代文学的第一篇奠基性作品《狂人日记》按作者鲁迅先生所说，即是"暴露大家庭的罪恶"的。到20世纪30年代，"家"几乎是罪恶的渊薮，是牢笼，"走出家庭"是所有反抗封建制度的年轻人的唯一出路。但到了20世纪40年代，"家"在各位作者的笔下却有了完全不同的价值观念。《寒夜》中的曾树生"走"出了家，又重新归来；《四世同堂》中的"封建大家庭"也不再是面目狰狞、独断专制，而是彼此宽容、彼此体谅，是能够承受侵略者的各种暴力扫荡的。此时的骆宾基把目光投向了童年，在对童年的温馨回忆中，发现家庭生活、日常生活的美好，认识到苍白、渺小的人以及人的日常的、普通的生活的价值和意义，从而充分调动了我们对人性中一切美好品性的彻悟，在战争背景下探讨个体生命存在的意义。

　　小姜步畏眼中的世界是那样的新奇，"正巧又有一只母鸡抖着翅膀追来了，这是一个非常精明能干的母鸡，为了抢得灰翅膀鹅的获得物，它抛弃了那些啾啾鸣叫的鸡雏。就在我的脚前，它追上了灰翅膀，只见它的翅膀一扑，就从鹅的扁嘴里抢去那条菜叶之类的东西，迅捷地逃开去。当时，我倒退了两步，恐怕牵涉到我，谁知道这动作引起白鹅的疑心，它像追逐我鞋上的某种东西那样，伸颈奔来，灰翅膀本来去追母鸡，听见我的呼叫，也掉头扑来了。我不禁失口而大声呼叫了，但又不会动、不会躲似的，就那么站着，仿佛等待它们撕啄一样，定定望着长颈将要伸到我脚前的鹅"。当和琴吃饼干的时候，"她把饼干——那已经咬去一条的——送到我嘴唇边，我轻微地吃了一点点，她微笑着自己也咬了一点点，于是我也笑了。心里可很想大口咬下一块，但是因为她那么珍贵，也就珍惜起来"。这是多么可爱的童心！"童年"作为一个浪漫的生活原型象征，作为一种固定的、隐形的心理视角完整地保留在作家的记忆之中，它唤起了作家对人类及自身生命更深刻、更强烈的体验，作家不惜用浪漫抒情的笔调来建构一个田园牧歌式的童年世界，以此来与人生的悲苦相抗衡，显示出一种积极肯定的生命意识，尤其是将其置于生命毁灭的战争背景下，就有了一种特别动人的力量。

骆宾基创作于抗日战争时期的小说，无论是长篇《幼年》《边陲线上》，还是短篇《北望园的春天》，在表层形态上是对现实的描绘，在深层形态上是在检视东北地域文化精神传统。文化是一个民族最稳定的东西，作家通过对日常生活的细腻描绘，挖掘出乡土、乡情包涵于文化背后的民族自信力和人民中蕴藏着的巨大力量，以此关涉到一种对传统与现实的理解，企图全面把握我们民族意识的总体趋向，由此展现出一种特殊的审美表达方式。

作为东北流亡作家中的一员，身遭流亡的独特处境和由此引起的情感态度以及特殊的政治身份和角色，使得骆宾基的小说中有一种非常浓郁的"寻根"情结。寻找——回归自己的祖籍，寻找——回归自己的精神家园，这是骆宾基小说中非常醒目的一个主题。在《幼年》这部小说中，那些移民者十分怀念并渴望回归的家园是具体、真实的"海南"（即山东），而且这种回归不仅仅是一种精神的愿望和趋向，更是一种积极主动的、目的性明确的现实人生行为。

《幼年》中的姜步畏的父亲姜青山，是中原大地和文化的"浪子"，他因为不愿受祖父的严厉管教，为了能更潇洒地生活，主动离开了故乡——山东。对他而言，中原故土有如那对他严加管教的祖父和父亲，是一种"父亲型"的存在，这一种"父亲型"的存在，时时用文化、礼仪及规矩"教育"和束缚着他。而姜青山是一个天生具有野性，喜爱自由不羁的人，是一个既不愿像一般的农家子弟那样拿锄柄，又不愿读"四书"的浪子，于是姜青山不辞而别，独自闯关东。在东北这块神奇富饶、自由粗野的土地上，姜青山的天性与才华得到尽情的发挥与施展。他成功了，成为中、俄、朝三国交界处一边域商会的"会办",一个受人尊重、有社会地位、有金钱土地的"财东"和"上流人"。然而,随着事业人生的成功和岁月的流逝,遥远的故乡亦对他产生了越来越强烈的诱惑,特别是人过中年和事业上遭到挫折时,他的故园之情和回归意识便愈发不能收,此时此刻,"海南"故乡的那种威严与压抑的"父性存在"已被流逝的岁月冲淡并暗中发生了置换与变形,成为慈祥温情的"母性存在",姜青山也早已由"逃父"变得"恋母",急切地渴望"回归"。恋乡恋母之情使他不仅以中原文化之子续"根",以慰藉故园之思,而且付诸行动,力主将房屋田产卖掉,举家迁回山东。虽然因为与妻子发生争执,回乡的愿望落空,但在他的内心里和精神上,没有放弃过故园之思和回归之念。从主动离家、逃家到渴望回家,从对中原故乡的"厌恶"到无忏悔之情的苦恋,"海南家"对"游子们"竟然具有如此巨大的吸引力和感召力,对他们的人生命运竟然具有如此巨大的影响,它似乎是具有强劲而又神秘的看不见的命运之线,拴系在每一个"游子"的身上,不管他们走得多远,不管异乡多么富庶,最终总要"叶落归根"。

如果说姜青山是自愿、主动离开了家乡,那么诸如崔婆之类的就是被迫、被动地离开了家乡,但最终的结果是关东收留、养育并滋润了他们,然而几乎所有的山东移民对关东宽容大度的情怀都持不满、批判的态度。在移民者的心目中和语言中,故乡虽地少人多灾荒频繁,且将他们抛弃,但故乡的自然和气候是美好温暖的,"二三月就见青草",即便冬天,"海南家冬天麦苗地里,还冻不死哪"。"海南家过了三月不穿皮袄",而养育他们的关东"二三月还不见一棵青草","整天大风大雪,出不去门一步,冻死人的天气"。故乡是文明礼仪之邦,有着各种严格的"规矩"和古老的传统,而关东是"不讲礼道"的。在作品中,虽没有长篇宏论的专门的对比性描写,但在随处可见、零零碎碎的言谈中,那些移民们可以说随时都以"海南"为参照标准来评点关东的大小人物、事件,在评点中流露着他们对故乡的一切的日常性、终极性关怀，透露的同样是那种浓浓的乡恋乡情和不变的回归之心。

第三节　东北流亡作家抗战岁月中笔下的"西南生活"

一、骆宾基的《北望园的春天》：抗战大后方的人生百态图

1942年初骆宾基从香港返回桂林后，到1946年春北上重庆之前，撰写了大量短篇小说，并于1946年出版了第一个短篇小说集《北望园的春天》，入选作品十余篇。短篇小说集里最出色的还要算是《北望园的春天》。

作者以轻淡、含蓄的笔触写了一群住在桂林北望园一个小院落里几个文化人一周间的日常生活。主人公既不是反面角色，也并非英雄，而是些平凡的"小人物"，故事的背景也不是他早年故乡的回忆，而是20世纪40年代在西南大后方的经历和见闻，显示出作者丰厚的生活积累和观察、思索的独特视角。作品没有一望而知的主题，着力表现的是各人在各种境遇里的心理变化与情感起伏以及人们彼此间的心灵呼应，触角所及完全是生活中的细枝末节。在这样的背景下他以较多的笔墨突现了主人公赵人杰与"我"相对夜话时的毫无距离，和他人在场时的拘谨不安，强调了这个看来那么寒伧、拘束、有时简直近于古怪的画家精神上的富有和开阔，写出了他对于北方家园的向往和对于艺术真谛的执着追求。小说不满足于在事物外部的矛盾冲突中显示人物的性格，而是探索人的心境，体味人灵魂中精微、隐秘的波动，力求在作品中融进自己独特的感受，这是骆宾基所特有的深和细。

"北望园"是丽君路上一所比较讲究的建筑，它不包括园内的茅

草房子，这个茅草房与西式红瓦洋房之间只有三尺宽一条走道的距离，便形成了北望园两个有别的世界。红瓦洋房的墙壁是涂成云灰色的，四面都有玻璃窗，整洁，闪光；而茅草房子的墙壁是泥土的，四面也有窗，不过是纸糊的。小说没有明显的情节发展。作者一个个地为我们介绍登场人物的精神面貌和性格特征，揭示他们在国统区高压统治下各自的内心世界。作者时而通过写人物的几句话、一个动作、一种神态，十分简练而又有分寸地写出了他们的性格和气质，揭示出他们精神上不易捉摸的差异。两个环境及环境里的人展现了不同的人生态度。住在红瓦洋房的人们在天晴日暖的时候，就都来到走廊的高台上晒太阳、吃茶、谈天，衣食无忧地生活着。"我"的朋友杨村农一家便是其中的一个组成部分。他是国内有名的政论家，是大报的星期论文的撰述人，他身体粗胖，脸色发红，血力很旺。他的太太胡玲君婚前是很有名望的教育家，北望园的邻居们对她十分恭敬并畏惧，他们夫妻俩过着貌合神离的生活。虽然杨村农面对赵人杰表现出一种不屑一顾，对自己的太太却存有几分畏惧，他进门须仰视太太的眉眼，在太太面前总是表现出严谨的神情。可是一走出家门便活跃起来，眼睛里闪着光，话也多了起来。在外边吃茶，他更多谈论的是对妇女的评头品足。字里行间透露了这位政论家的生活的两面性，表里不一。在茅草房子里住着三户人家。一户是林美娜一家，她是位画家的太太，她爱丈夫和孩子也体贴朋友，茅草屋的窗下，搭尿布的绳子上晒着她的匆忙，一日三餐耗尽了她的青春，终日囿于自己的爱巢之中，稍有时间，就为自家养的小鸡挖蚯蚓，她完全失去了自己，变成一个麻木的没有思想的主妇。只有她那轻柔的微笑，使你感到一丝亲切和柔和。一户是单身汉美术教员赵人杰，在他那狭小房间的地板上布满碎纸片、烟头……连买盐的钱都要借。与杨村农形成鲜明的对比，他面容苍老、枯槁，不修边幅，因生活拮据，春天里还穿着一件冬大衣，他在美术学院任教，收入不高，月薪无法满足他的生活，经常过着吃了这顿没下顿的生活。由于他的自尊，每每谈到生活他总是无言以对，并发出叹息声。然而，唯有谈论罗丹和米开朗琪罗的艺术时，谈到绘画时，他像换了一个人似的，气色也活跃了，苍白的脸上也新鲜了，眉眼间才闪动着青春的光辉。他崇高的追求是把一个摆糖果摊的满脸皱纹的老太婆画成油画。那老太婆是那样穷，一方木盘上只平排着二十多块糖，即使在她那方木盘上发现一两个橘子，也是过时的、变色的、发霉的。照理她的脸部表情该含有生活的忧苦，然而她给人的印象反而是那么出奇的平静，仿佛她的脑子里什么感觉都没有，不管是一个漂亮的香港派少妇从她眼前经过，还是一个粗鄙的儿童在她的糖果摊前发呆，都不会在她的感觉世界里存在。不过，赵人杰的这种于浮尘苦海中排除欲念的审美追求，并没有使他达到禅宗"空寂之知"的境界。他每看到小洋楼上趾高气扬的政论家杨村农，总是谦卑得有如一个善良的老仆。两种人生，两种境界，小说以幽深机智略带调侃的抒情笔触，潇洒自如地描绘出人生的平淡、寂寞和悲酸，而且这种平淡、寂寞和悲酸的人生又套上了种种枷锁——家庭枷锁（杨村农）、礼俗枷锁（林美娜）、经济枷锁（赵人杰），多重的相互人生照应，构成一个被遗忘的角落，大时代遗忘了小人物，小人物也遗忘了大时代。通过对比揭露存在于这个角落的人性无疑都是有缺陷的，缺陷使他们只能在一些可鄙可笑或可怜的地方去寻找生活的意义。赵人杰在那幅因穷困而无法完成的油画中寻找生活的意义；杨村农在脱离太太约束的院门外才寻找到了生活的意义；而林美娜的生活意义则只能体现在提起小铲给小鸡雏挖蚯蚓的时候了。正是这种现实封闭的角落，阴暗和庸俗的人生，表现善良无辜的"小人物"如何在贫穷的重压下和愚昧的桎梏中过着不像生活的生活，如何无声无息地被有形或无形的食人者所吞噬。写到此，旧中国农村的贫穷、鄙陋、可悲的生活图景便被活画了出来，这正是作者所要告诉人们的。简洁、含蓄、平淡、起落自然，给读者留下玩味、遐想的空间，仿佛是不经意地写出来的，而实际上却是精心琢磨的结果。

在《北望园的春天》里，作者似乎毫不费力地渲染出那个小院落特有的气氛：南方春日的潮湿，一片蛙鸣衬托出来的寂静，时而还弥漫着契诃夫式的忧郁和感伤，仿佛有一种透明的东西在荡漾。作者的笔尖一经触到那沦陷了的家园，就会流露出一种苍凉的乡思。赵人杰要回北方去，从他所向往的家乡，又谈到北方的麦季，谈到没出嫁的姑娘们从八九岁到出嫁的年龄如何偷麦准备自己出嫁的嫁妆。思想的野马忘情地回到了阔别已久的家乡，思绪万千，怀乡之情油然而生。

《北望园的春天》在结构上初看起来似有点散漫，却有内在的结构。小说里没有一个完整的故事，以第一人称叙述式，笔调轻捷自如，娓娓而谈，如行云流水，时而出现跳跃，在一幅印象派画似的背景上突现了主人公赵人杰。作者以讥讽的笔调，曲折、含蓄地表达自己的愤懑和抗议。此外，《北望园的春天》里还给人以质朴、亲切、温雅、澄澈之感，它们是典型的"骆宾基式"的作品。侧重在对生活意义的探索，不追求情节，着力于刻画性格，揭示人物的内心世界，寓深刻于平淡之中，创作思想显然受了契诃夫的启示。

看起来，这篇小说里确乎没什么火药味，但是，它们写出了那失去了的土地令人沉醉的美，写出了东北的自然和风土人情，寄托着、渗透着作者炽烈、深挚的情思；它们以精细、锐利的艺术触觉探测并显示了时代的风波，在一般中国知识分子心灵深处激起反响——这恰恰是当时常见的作品所忽略或者是无力达到的。在这样两重意义上说，它们不仅不能被排除在抗战文学之外，而且应当说，是属于另一层次的、更深层的抗战文学。

1942至1944年桂林时期可以说是骆宾基创作史上的黄金季节。对于一个作家来说，经历了某种生活并不等于能立即把握它，还需要"沉淀""发酵"才能酿出"美酒"。骆宾基此前的作品大多给人以生涩和芜杂之感，而他这两年间的一些小说与散文，就像熟透的水果一样具有一种成熟了的香味。它们是那样质朴、厚实、充满生活气息和浓郁的地方色彩，写出了对东北家乡执拗而深沉的思恋。骆宾基善于渲染气氛,善于捕捉和表现普通人日常生活中不易被察觉的内心波动,善于挖掘细枝末节的根。然而,这一切又都是以一种温婉、清淡的笔致出现的,再加上精细、严谨的短篇技法和一种含有诗意的静谧的气氛,这一切,就构成了为人们所欣赏和称道的"骆宾基式"独特的风格和艺术个性的形成,是一个作家创作臻于成熟的标志。

《北望园的春天》作为骆宾基小说中的上品,其成功之处至少有以下几种原因:创作首要的是对于生活的体验和理解。到这时,骆宾基的人生阅历已经积累到了一定的程度。他一旦从繁忙与奔波中解脱出来,到了一个相对稳定的环境里,艺术的天地变得更开阔了,于是他也进入了更高一个层次的创作过程。其次,或许是由于性格和气质的原因,骆宾基喜欢以温暖的目光注视周围的普通人。童年的境遇使他对于人的心灵震颤,对于人们相处时那种隐秘的思想感情的冲动、交流、差距、冲突等具有一种特殊的敏感。此外,他又具有东北人常有的粗犷、憨厚和深沉。这样一些内在的特质,在他匆促记录那些转瞬即逝的战斗或生活场景时是不容易得到充分发挥的,然而,当他把目光转向往昔或大后方人民的日常生活时,却很自然地发挥出来了。显然,作家从事创作,选择题材和表达方式,也有一个"发现自己"的问题。再次,客观上当时的桂林既不像抗战初年的上海、浙东,也不像抗战胜利前后的重庆,对于骆宾基倒是一个缓冲、喘息的场所。生活无疑是艰苦的,但他已经养成了一种随遇而安的习性。他寂寞,为乡愁所困扰,热切地憧憬着未来,而这些又恰恰是于创作有益的。当时的"文化城"桂林陶冶着一批作家、艺术家,他们继承着"五四"和20世纪30年代左翼文艺的传统,抗战大时代激发了他们的创作灵感,也给予了他们开阔的艺术视野和思维、创造的空间。当时,对骆宾基影响较大的,是胡风、聂绀弩等人。正是在那样一种环境和气氛里,他以往所接触的艺术大师的作品才仿佛是溶解了似的,真正在他的创作中发生了作用。

二、端木蕻良的《江南风景》：小视野大世界透析国民性弊端

短篇小说《江南风景》以1937年中国抗日战争全面爆发为背景，以浙江小镇为写作对象，向世人展示了抗日战争背景下，相同事、不同人的不同心态。小镇是全社会的缩影，"比一个大地方更容易看得清楚，它几乎就是旧中国的一副缩影。"[1]在这个短篇中，描写了在战争的背景下爱国知识分子伍老先生殚精竭虑研制飞灯、志在灭敌的形象，与此对照，鞭挞了怯懦、自私、愚昧的国民性弊端。《江南风景》是1940年端木蕻良在香港，继《大江》《新都花絮》之后而完成的短篇小说。据端木蕻良说："这篇东西，完全是被戴望舒给挤出来的。"[2]

1937年，上海抗日的枪声，在一位士兵的手上打响了。这一愤怒的枪声表达了全国人民的心愿，同时也给统治者带来了大麻烦，使统治者伤透了脑筋，一方面宣传不抵抗，乞求国联，一方面向日本强权赔礼道歉。此时，端木蕻良在热切关注社会问题与民族命运的时候，始终带有一种文化审视的眼光。端木蕻良这种文化审视不止于切近原生态的表现，也不单是乡情脉脉的欣赏，更有鞭辟入里的批判。《江南风景》是端木蕻良所有小说中的一篇非"怀乡"小说，是描写远离家乡的大后方浙江小镇——小说中的蒿坝在战争中的众生百态图。

小说首先向人们交代了战争打破了小镇的平静，给这封建气息浓重的小镇以波澜。战争对浙江省政府搬迁到何处的传言引起了全镇人们的震惊，一种说法是搬到了绍兴，这是据撑船的阿三说的；一种说法是省府的官印运到了丽水，这是给省府开汽车的阿祥说的；还有一种说法是寄存在蒿坝镇的镇长李缙绅家，这是据烟酒的张巡扦说的。

---

[1] 端木蕻良. 江南风景[M]. 南昌：江西人民出版社，1981：2。
[2] 端木蕻良. 江南风景[M]. 南昌：江西人民出版社，1981：6。

再多的谣言最终也都分为两派：一派认为官印放在李缙绅家最有道理。这里离杭州很近，只要太平了，就可以神不知鬼不觉地搬回去，这正好合乎国民党"不抵抗"、乞求国联的本意。而另一派认为这战事不会很快结束，官印移到丽水倒是有长期抵抗之意。官印放在李缙绅家里，也就是要仍然保留着封建的守旧、保守、迂腐和逆来顺受。当触及社会贫困、审视文化弊端感叹逝水流年时，又从李缙绅这位小镇的当权者的身上，看到深受封建礼教、贵族习气的腐蚀和侵害，他的生活从环境到人都充满着霉气，到处长满了青苔：

> 李家最出色的风水，就是到处都是青苔，水缸里的苔有半尺厚，厚得就像水缸里盛的不是水，而是盛得满满澄澄的暖绒绒的苔。天井里，砖角里，房瓴上，石阶上，都是绿盈盈的苔。洗脚盆里要是有几天不动，也一定会生起苔来，咸菜罐子要是丢在天井里一个晨光，也会生出毛烘烘的玩意儿来。新娶的媳妇仔，第二天打扫被褥时，也滚落一团青苔来。家人的身上也长出青苔来，每人的身上都凝成金钱大小的一块一块的癣疥。①

从镇长李缙绅家看不到一点现代生活的气息，显现小镇的社会是封闭的。作品流露出忧郁苍凉的语调。

与李缙绅相对的，又是李缙绅最看不起的人，就是伍老先生。因为伍老先生是一位愤世嫉俗之人，又是过去的维新党成员，也学过声光电，是小镇新派的代表人物，这也就是封建遗腐李缙绅所痛恨之处。日寇将要偷袭小镇，伍老夫妇不得已带着幼子过江到东阳避难，这一避不仅没有逃掉厄运，反而丧失了伍老先生的独生子"都都"。回来后伍老先生没有被失子之痛所击倒，反而怀着满腔仇恨，把自己

---

① 端木蕻良. 江南风景［M］. 南昌：江西人民出版社，1981：2~3。

关在小屋里废寝忘食地研究起飞灯来。

谣言过后人们也都回到镇上来了，人们面对日寇的进犯，在镇上有了两种观点：一种是主张抗战，以伍老先生为主，他们没有忘记历史上的惨痛教训，伍老先生和爆竹匠张升一起秘密研究飞灯，来制服侵略者。另一种是主张投降的，他们又往往掩盖心中的本意，并千方百计地阻碍着抗战。这部分人是以张巡扦、吴股长为代表，他们用测字先生的鬼话诓骗民众，散布谣言，以达到和来犯者里应外合的目的。在这些人的头脑里面，中国传统道德观念被抛弃了，从西方传来的科学则不起什么作用，在封建社会解体的时候，贵族和官僚们马上就向帝国主义伸出求爱之手。在这样一种背景下，抗日是不被当权者所接纳的，对伍老先生这个人物来说，不畏艰险地去研究制敌方法是难能可贵的。他梦想扭转现实，想用过去扭转现在。正当伍老先生沉浸于发明创作的成功喜悦时，投降派诬陷他给敌人发信号，以火药夺去了他的生命。虽然人们都知道张巡迁一伙是奸细，但人们没有证据，反而使他们更加肆无忌惮地逍遥法外，这是一个多么可悲的事实。

《江南风景》的结尾是用一则报纸上的电文来结束的，电文突出地报道钱塘江和西湖，在浙赣路江边站最后一次客车开出后，杭州就成为一座死城，景象凄凉，已非昔比。唯有南山朱梅和西泠松柏还有颜色。这也可以说是极具讽刺意味的描写。因为这时统治阶级的上层正忙于布置的，不是"抗"，而是"降"，不是鼓吹抗战思想和力量，是扶植投降派。所以，在这种情况下伍老先生这样的爱国人士，反而遭到悲惨的命运。作为大后方的小镇都这样，那么整个大后方的情况就可想而知了。

第五章 东北流亡作家创作的价值和意义

20世纪30年代，在东北这块"神奇的土地"上，经历了血与火的洗礼，养育了东北流亡作家这一群体，其代表成员有萧军、萧红、端木蕻良、骆宾基、李辉英、舒群、罗烽和白朗等。

东北流亡作家群的诞生是一个特定地域、特定历史时期、特定背景下所产生的文学现象。这个作家群体是在哈尔滨、北京、上海等地孕育，经过青岛，最后形成于抗日战争爆发前夕的上海文坛。从1931年至1949年的二十余年间，东北流亡作家不仅为中国现代文坛贡献了抗日文学作品，而且向内地展示了多样的东北地域文化的创作实绩，丰富了中国现代文学的表现手法和内容。他们的创作在更高的层面上为世界反法西斯文学提供了抵抗文学的实证，成为中国现代文学的一个重要的组成部分。其创作的价值和意义主要表现在以下几个方面。

第一节 东北流亡作家的创作是中国现代文学的重要组成部分

一、东北流亡作家的创作是中国新文学的异彩华章

相对中国新文学发展进程来说，东北新文学起步较关内迟缓。然

而，五四新文化思潮也同样冲击着这片蛮荒的土地。鲁迅、叶绍钧、冰心、刘大白、俞平伯等人的新文学作品，给东北新文学作者以最初的启蒙。《泰东日报》《盛京时报》成为介绍新文化思潮、新文学作品的主要阵地。1923年以后，效仿关内文坛，一批进步的文学团体在东北也相继创立，如吉林的穆木天等人组织白杨社并出版了《白杨文坛》杂志，沈阳的梅佛光等人组织启明学会并出版了《启明旬刊》杂志。它们倡导新思潮，反对封建势力，成为新文学运动第一缕阳光照耀着东北文坛。1928年，在左翼文学的影响下，东北大地又兴起了"普罗文学""民族爱国文学"等文艺思潮。在东北流亡作家中富有成就的作家，如萧军（三郎）、萧红（悄吟）等人就是在此氛围下开始文学启蒙和创作的。

其实，早在20世纪20年代初，已经在中国现代文坛上出现了反映东北生活的作品。东北籍作家如沉钟社的杨晦、创造社的穆木天、绿波社的于成泽（于毅夫）等人的文学作品，描绘了封建军阀统治下东北人民的生活和反抗斗争，勾勒出东北鲜为人知的壮丽的自然景观。30年代以后，李辉英、师田手、马加（白晓光）等东北籍作家也零星地在内地发表了反映东北生活作品，但因分散，也未形成流派，对当时文坛未能产生强烈影响。

1931年九一八事变爆发，东北沦为日本帝国主义的殖民地。东北沦陷初期，在哈尔滨地区，形成了以中共党员和爱国作家为主体的作家群体，成员有金剑啸、姜椿芳、舒群、罗烽、萧军、萧红、白朗、山丁等人。他们以报纸副刊为阵地，发表了许多抗日和暴露现实的作品。如萧军的小说《烛心》，萧红的小说《夜风》《王阿嫂的死》等，为沦陷区文学树立了正视现实、暴露黑暗的传统。萧军、萧红的小说散文合集《跋涉》代表了这一时期文学的主要成就。1934年，舒群、萧军、萧红等人为逃避日伪迫害，相继南下，投奔鲁迅。1935年以后，萧军《八月的乡村》、萧红《生死场》、端木蕻良《鴜鹭湖的忧郁》、舒群《没有祖国的孩子》、罗烽《第七个坑》、白朗《伊瓦鲁河畔》、骆宾基《边陲线上》等一系列小说在以鲁迅为首的左翼作家的帮助下相继发表，作为一个文学流派的东北流亡作家群引起了文坛的特殊关注。他们的创作内容正好与当时全国抗战的潮流相一致,给抗日文学的兴起带来了生机和活力,发出了强烈的时代呼声,抗日救国成为反帝反封建文学的一个新内容,因而也成为东北现代文学的杰出代表。1936年左右,在中国左翼文学的中心上海,流亡的东北作家以特殊地域文化风貌的创作和群体优势在上海文坛形成了举世瞩目的东北流亡作家群体。

东北作家之所以来到上海,是因为他们有着共同的抗战意识,在九一八事变后,他们是因为不甘做亡国奴而崛起于上海文坛的,其创作的作品是现代文学中的异彩华章。

二、东北流亡作家的创作是左翼文学的重要组成部分

成立于1930年的"左翼作家联盟"(左联)倡导革命文学,创作的革命现实主义的小说,从细嫩到相对成熟,形成很大的影响。

从东北流亡到上海、北平等地的一些青年作者,如萧军、萧红、端木蕻良、骆宾基、罗烽、白朗、舒群、李辉英等人,他们有的虽未正式加入左联,但其创作实际上构成了左联文学的一部分。正是他们开了抗日文学的先声,第一次把作家的心血与东北广袤的黑土、铁蹄下的不屈人民、茂草、高粱搅成一团,以一种浓郁的眷恋乡土的爱国主义情绪和粗犷的地方风格,令人感奋。他们多数是从哈尔滨走上文坛的,在哈尔滨时也经常参加左翼组织的一些文学活动,经常在左翼的刊物上发表作品。后来,他们陆续从各地汇聚上海,围绕鲁迅领导的左联逐渐形成了一个作家群体的格局。

萧军和萧红的小说散文集《跋涉》,在上海出版的《八月的乡村》和《生死场》等作品都具有左翼文学的特点。"作为东北人民向征服者抗议的里程碑的作品""给上海文坛一个不小的新奇与惊动"[①]。《生死

---

① 景宋. 追忆萧红 [J]. 文艺复兴, 1946年第1卷第6期。

场》展示九一八事变前后东北北部农村市镇的生活图景，里面坚忍地挣扎着的有王婆、金枝、月英等农村妇女，小说描述了她们的命运，并不从正面写抗日斗争，也不精心结构故事，却以萧红纤细敏锐的艺术感受写出东北农村生活的沉滞、闭塞，以及由此造成的对民族活力的窒息。她对生活在浸润血污的关东大地的民生有了更深层面的思考：这是人的永劫轮回的"生死场"，具有一定的象征意义。后来，她写的短篇收入《牛车上》《旷野的呼喊》等集，还有讽刺长篇《马伯乐》，后期代表作长篇《呼兰河传》、短篇《小城三月》。《呼兰河传》以更加成熟的艺术笔触，写出作者记忆中的家乡，一个北方小城镇的单调的美丽、人民的善良与愚昧。萧红小说的风俗画面并不仅为了增加一点地方色彩而存在，它本身包含着巨大的文化含量与深刻的生命体验。萧军的小说具有刚猛的反抗精神。其代表作《八月的乡村》描写一支抗日游击队伍的成长，与萧红从侧面表现出帝国主义侵略下的人民的缓慢觉醒不同，萧军写得尖锐、雄浑、遒劲。他还通过《羊》《江上》等短篇，塑造了东北下层人民质朴而坚忍的灵魂。他的《第三代》展开了对20世纪初东北各种类型的农民、妇人、知识分子不同性格的广阔描绘，试图对东北地区的"民魂"做历史深、广度的开掘，小说题材的独创性、浓郁的地方色彩、生活画面的广阔、人物性格刻画的历史浓度，都体现左翼文学的革命现实主义特点。后来，舒群、罗烽和白朗也先后流亡上海，他们围绕在左翼作家联盟周围，全力投入抗日文学创作。舒群的短篇小说《没有祖国的孩子》等，也在当时的左翼文坛上产生过一定影响。

　　在和鲁迅交往的东北作家中，李辉英算是最早的一位。1931年1月他在丁玲主编的左联刊物《北斗》上，发表了以反日爱国为主题的短篇小说《最后一课》，这是出现于上海文坛的第一篇东北作家表现抗日主题的小说。1933年3月，李辉英又在丁玲的帮助下，出版了他的第一部以抗日为题材的长篇小说《万宝山》。他是第一个以反映抗日为主题跨入30年代的中国文坛的东北作家。李辉英也是主动与鲁迅交往的文学青年，他和鲁迅的交往是他向鲁迅寄赠了他的长篇小说《万宝山》之后开始的。但他与鲁迅的见面，则是在鲁迅收到《万宝山》的前几天，是在一次左联召开的创作座谈会上。在会上李辉英聆听了鲁迅的教诲。

端木蕻良在北平读书时加入了北平左联。1933年在与鲁迅先生的通信中受到激励，到上海后多次写信给鲁迅，要求与鲁迅见面，但因种种原因未能如愿。但鲁迅还是积极推荐他的作品，短篇小说《爷爷为什么不吃高粱米粥》，经鲁迅转到《作家》发表。他的《科尔沁旗草原》受到郑振铎的赞赏，在茅盾热心帮助下得以印行。他的短篇小说《鹭鹭湖的忧郁》，由郑振铎推荐给《文学》刊载。这是端木蕻良的成名之作，用诗的笔法写出难以想象的人民的贫穷，悲愤郁怒之情回荡在平静的叙述中，传达出遭受压抑的凄厉感。他善于在抗日的题材下表现东北特殊的风情，《遥远的风沙》《浑河的急流》《大地的海》等都表现了民族力量的觉醒，也有面对自然大地倾泻而出的强悍的人性。抗战时期他还出版了《大江》等长篇。

骆宾基是东北流亡作家中最年轻的作家。他出生于吉林省的珲春，九一八事变后辗转于山东、北平、哈尔滨等地求学。萧军的《八月的乡村》在沪出版对他从事小说创作起到了间接的影响作用。1936年5月，他从哈尔滨来到上海，开始创作长篇小说《边陲线上》，当作品写到一半时，他曾向鲁迅先生写信求助，但重病中的先生已不能为他看稿。小说完稿之后，茅盾和王统照都很赞赏，并积极协助出版。

所以，东北流亡作家来到上海，紧密团结在左翼作家周围，并得到左联成员的支持而成长起来。1936年是东北流亡作家创作的丰收之年，上海的左翼文学期刊《作家》《中流》《文学》《光明》《海燕》和《文学界》等，集中地刊载了两萧、端木蕻良、舒群、罗烽和白朗的作品。萧军出版了短篇小说集《羊》《江上》以及散文集《绿叶的故事》，萧红出版了散文集《桥》，舒群出版了短篇小说集《没有祖国的孩子》，上海生活书店还专门出版了收有李辉英、舒群、罗烽和白朗等人的作品的《东北作家近作集》。上述事实充分表明，东北流亡作家已经成为左联的一支力量雄厚的队伍。他们跻身于上海文坛也是与鲁迅、胡风、茅盾、郑振铎等左联作家的支持分不开的。

三、东北流亡作家的创作通过描写东北人民的抗争，奏响了抗日文学的主旋律

东北流亡作家的作品以色彩浓重的笔墨，强烈的情感描绘了东北人民的生活和斗争，在中国现代文学史上第一次集中、鲜明、深刻地揭示出抗日救国的时代主旋律，这是东北流亡作家小说创作的突出特征。日本帝国主义的野蛮侵略，首先在东北籍作家的心里引起了震怒，国恨、家仇和个人遭遇，在他们身上最早得到了反响。东北流亡作家通过文学形象正面描绘抗日斗争场面，表现东北人民雄强、剽悍的精神气概，开辟了现代文学题材的新领域，作家们把听到的、看到的、想到的全部融入自己的作品中。在民族矛盾的紧要关头，他们的小说创作较之关内其他作家，都更为敏感、更为及时地捕捉到了历史时代的这一急剧变化，以强烈的爱祖国、爱家乡的热情，真实、具体地反映了东北人民在日寇铁蹄蹂躏下的血泪和苦难，描写了东北人民为保家卫国而进行的悲壮斗争和英勇反抗，突出表现了他们身上所蕴藏的巨大的不可征服的民族伟力。

侵略者使美丽富饶的黑土地一夜之间到处流淌着血和泪，到处弥漫着硝烟与炮火，给东北人民带来了巨大的灾难。不甘做亡国奴的东北流亡作家用手中的笔，真实地记录下了侵略者的残暴和人民的苦难。在萧红的《生死场》里，这片土地由于敌寇的掳掠烧杀，田园荒芜、尸横郊野，是失去了土地的东北人民的"生死场"；舒群的小说《孤儿》表现了妻离子散、家破人亡的悲剧，《没有祖国的孩子》《邻家》则真切地抒写着亡国的痛苦和悲伤；罗烽的《狱》更是把笔伸向日伪统治的最黑暗的角落，"常常悲愤地描写敌人的残酷"[①]，在《荒

[①] 周立波. 一九三六年小说创作回顾——丰饶的一年间[J]. 光明，1936年12月25日第2卷第2号。

村》里罗烽还愤怒地控诉了侵略者洗劫村庄、残害平民的兽行,并在小说《呼兰河边》里,描绘了日军令人发指灭绝人性的暴行。

李辉英的《万宝山》是最早出现于上海文坛的东北流亡作家的第一部长篇小说,它以九一八事变前的吉林省万宝山地区为背景,以真实的"万宝山事件"为基础,描写日本领事田代、警部中川收买汉奸郝永德,成立"长农稻田公司",借着开水田的名义,兼并我大好河山。为此,伊通河畔的农民举行了反对日本人强行垦荒掘沟,保卫田园的武装暴动。萧军曾给鲁迅写信,询问"现在要什么"。鲁迅1934年10月9日写信回答萧军的提问时指出:"现在需要的是斗争的文学。"①可以说,萧军的《八月的乡村》便是真正的"斗争的文学"。作者十分生动地描写了东北人民在侵略者屠刀下是怎样觉醒和奋起抗争,这是东北流亡作家小说创作中典型的抗日题材的作品。端木蕻良在《大地的海》里,描绘了莲花泡农民自发开展的反对日军修筑公路的悲壮斗争;在《浑河的急流》里,勾画了浑河岸边的猎户对伪满当局的勇敢反抗。骆宾基的长篇小说《边陲线上》,反映了战斗在中朝边境线上的一支抗日游击队的艰难曲折的战斗历程。在舒群的《肖苓》中出现了奋勇不屈的爱国学生的斗争形象。

第二节　东北流亡作家的创作是中国现代文学的一枝异彩奇葩

一、把东北独特的人文地理环境载入了中国现代文学的史册

特殊的人文历史及地理环境,使东北具有不同于内地的特殊地域

---

① 鲁迅. 鲁迅全集(第10卷)[M]. 北京:人民文学出版社,1981:532。

文化风貌，这不仅在于寂寥荒漠的土地、苍莽雄浑的原始森林、弥漫天际的飞雪，而且更在于粗犷、剽悍、刚直、豪爽、沉实的人民，这一切都给土生土长的东北作家的艺术气质以潜在影响，在他们的作品里洋溢着东北特殊人文环境及辽阔广漠黑土地的浓郁气息。

历史上，东北曾长期处于雪原狩猎、深山挖参、冰江捕鱼、跑马拓荒的生活和生产方式中。恶劣的自然条件和低下的生产方式，铸成了东北人顽强勇敢、不屈不挠的气质和品格。汉族、满族、蒙古族、回族、朝鲜族等不同民族世代杂居并处，互相熏染。东北文化具有较强的兼容性、开放性，使东北各少数民族文化与中原文化交融渗透。萨满神教又让东北民众在审美上喜爱"野性""泼辣刺激"并带有某种神秘色彩。萨满教淡化了儒家那种森严的等级观念，而强化了其一向崇尚的"强大力量"。在东北民间历来"尚武少文"，人们向往的是"英雄好汉"，而非"文化名人"。所以东北流亡作家小说创作的群体风格是崇高和阳刚之美。这不同于致力于表现中原宗法制乡村社会的田园风味的废名，废名的特色是以翠绿为基色着意描绘竹林、茅舍、菜园的恬静秀丽的景致，不同于沈从文对湘西边城朴野民情风俗的描绘，也不同于海派作家对心理的琢磨，还不同于京派作家对人性的探索。东北作家常在苍茫的自然背景下，以强劲有力的笔触，探求普通人生命的力，"土地"的力，"森林"的力，从而呈现出强劲粗犷、雄健有力的美感。

端木蕻良是描写土地的代表。他把注意力集中于土地问题，在"关于土壤的故事"中展开广阔的历史图画，从农民的"最强烈的求生意志"出发，挖掘民族的强力。同时，他对土地寄予的热情，以及围绕土地展开的描写，亦使他的创作具有浓郁的诗情。端木蕻良自称"生来是为了写出土地的历史而来的"[1]，在很少有人像他那样将"土地"作为一个独立的生命意象在小说中加以如此热烈的赞美，也很少

---

[1] 端木蕻良.我的创作经验[J].万象，1944年第4卷第5期。

有人能像他那样将土地与人的联系写得如此富于诗意,他笔下的"大地母亲"形象与"大地之子"形象可以说是现代文学史上的独异景观:《科尔沁旗草原》铺开了绿浪无际的原野,《大地的海》绘出了黑色的浩瀚沃土,《大江》更把大地的幅员从东北山林扩展到长城内外、大河上下。"土地"影响了他的人生选择,使他走上了文学之路。

> 在人类的历史上,给我印象最深的是土地,仿佛我生下来的第一眼,我便看见了它,而且永远记起了它。在我的家乡那儿的风俗,一个婴儿初生下来第一次亲到的东西是泥土和稻草。我们把"一个婴儿生下来了"这句话说成"一个孩子'落草'了",落草了,便等于说一个新的生命在开始了,从此,泥土的气息和稻草的气息便永远徘徊在我的前面,在沉睡的梦里,甚至在离开了土地的海洋漂泊的途中,我仍然能闻到土地的气息和泥土的芳香。(《我的创作经验》)
>
> 土地是我的母亲,我的每寸皮肤都有着土粒。我的手掌一接近土地,我的心便平静。我是土地的族系,我不能离开它。(《土地的誓言》)

这是"大地之子"的深情独白,"对土地的爱情"从幼时起便注入了他的生命。广阔神奇的关东大草原使他有一种"对土地的神秘"感受,又有一种对土地的依恋。那参天的古柏、肥沃的黑土随时都能唤起他的"繁华的热情"。萧军在《〈绿叶的故事〉序》中说过:"我是在北满洲生长大的,我爱那白得没有限际的雪原,我爱那高得没有限度的蓝天;我爱那墨似的松柏林,那插天的银子铸成似的桦树和白杨标直的躯干;我爱涛沫似的牛羊群……"出现于他的笔下的是"具有坚强的性格的自然"[1],宁静的田野,丛密的桦木林,茂盛绊人的狭

---

[1] 刘西渭. 咀华集 [M]. 上海:文化生活出版社,1986:85。

叶草、野蒿和野藤，以及在谷底纤细伸展的小溪（《八月的乡村》），散发出东北大地特有的原始的"野味和生味"。① 骆宾基的作品则展示了边陲线上一派宏伟壮阔的北疆风光（《边陲线上》），《乡亲——康天刚》更是出色地勾画出遗留着冬季白雪的重叠的高峰峻岭、一色是草原的峡地宽谷、流溢着木材的芬芳的房屋、飞驰的雪车和奔跳的狍子群，色彩浓烈而气势恢宏。

因此，东北地域独具的文化、风土涵养了生于斯长于斯的作家们的艺术才能，他们在抗日救亡这一总主题下，在悲壮、豪放的总体风格中，把北国的民族魂、乡土情揭示得淋漓尽致，并各自进行着自具个性的艺术探索。萧军的粗犷、刚健与质朴，萧红的才情兼具和清丽与沉郁的融合，端木蕻良的忧郁、执着与纤细，舒群的清秀、圆润与细丽，罗烽的峭厉、沉冷与隽永，白朗的清婉与浓重抒情色彩，骆宾基的苦涩和沉郁中的刚劲与强悍，无不显示了东北人文地理环境的独特魅力。

二、东北流亡作家以粗犷、凝重、沉郁的艺术风格丰富了现代文学创作的表现手法

东北特殊的地理位置，独特的自然景观，不仅给人们带来了美丽的高山、森林、江河、平原、草原，使人们产生了为了生存必需的坚强的意志以及与自然的抗争，"并需要付出巨大的、强悍的、艰难的劳作，需要强悍的、粗犷的乃至野蛮的意志、精神和心理去应付外部环境"②。这样的环境在人们的心里长期影响、积淀，促进了东北人特有的粗犷、凝重、沉郁的人格特征和身心特征的形成，这使得东北流亡作家的创作与关内作家相比在创作上少有那种"江南可采莲，莲叶何田田"的艺术化、审美化、细腻化的风格，其创作风格只能具有东北特有的心理感觉、文化风习中的粗疏、粗放与鄙陋的特点。

---

① 萧军. 八月的乡村［M］. 北京：人民文学出版社，1980：1。
② 逢增玉. 黑土地文化与东北作家群［M］. 长沙：湖南教育出版社，1995：235。

第一，东北流亡作家对题材的特殊处理方式，丰富了中国现代文学的艺术表现手法。

反帝反封建是中国现代文学的基本属性。东北流亡作家也同样具有这个性质。一方面，在反封建题材作品中，把阶级矛盾与民族矛盾交融在一起，将东北城乡的衰败、人民的苦难与异族侵略联系起来，让人看到东北人民的苦难不仅是帝国主义侵略的结果，也是封建主义长期奴役造成的，具有尖锐的批判锋芒。另一方面，在对封建主义压迫下的东北人民生存状况和精神状态的表现中，揭示了对中华民族遭受侵略和蹂躏的历史原因，说明了封建愚民政策对人民精神的腐蚀。在对封建传统观念和文化心态的剖析中，呼唤民主精神、个性意识和民族意识。

第二，东北流亡文学扩大了鲁迅提出的"乡土文学"的影响，并注入了新的时代内容。

"乡土小说"主要就是指靠回忆重组来描写故乡农村的生活，带有浓重的乡土气息和地方色彩的小说①。与20世纪20年代鲁迅所倡导的反映"'为人生'，而且改良这人生。……揭出病苦，引起疗救的注意"②的乡土文学相比，东北作家的乡土文学作品呈现出鲜明的反日保家的社会背景相结合，写白山黑水间的东北人民在日本铁蹄下觉醒、斗争之路。如萧军的《八月的乡村》、萧红的《生死场》、端木蕻良的《大地的海》等都洋溢着浓厚的民族抗争意识，烙印着鲜明的时代痕迹。它的核心就是要面对现实，反映现实，描写东北人民的真实生存状态，具有强烈的反抗精神和生命意识，以文学的形式进行一段形象的历史记载。

第三，东北流亡作家为文学的创作提供了宝贵的创作经验和模式。

---

① 钱理群等. 中国现代文学三十年（修订本）[M]. 北京：北京大学出版社，1998：67.

② 鲁迅. 鲁迅全集（第4卷）[M]. 北京：人民文学出版社，1981：512.

东北流亡作家创作的小说是在五四新文学影响下和对外国文学的借鉴中成长发展起来的，又与本地区各民族现代文学互相交融而成为一体。30年代以后，它便转向更密切地与民族政治、国家意识相连接，在国土沦丧的历史灾难面前，东北流亡作家勇敢地以文学的方式为民族图存而战。在东北的文化土壤，都表达着东北人民追求自由、向往光明的人生取向。从创造小说文体的角度看，萧红深具冲破已有格局的魄力。她说过大体这样的话："……有各式各样的作者，有各式各样的小说。"[①]她就注重打开小说和其他非小说之间的厚障壁，创造出一种介于小说与散文及诗之间的新型小说样式。萧军的小说创作也富有特色，画面少修饰，结构是短篇连缀式的，更接近生活的原型。小说以题材的独创性、浓郁的地方色彩、生活画面的广阔、人物性格刻画的历史深度，对现代长篇小说艺术发展做出贡献。骆宾基的小说则给人以质朴、亲切、温雅、澄澈之感，如《北望园的春天》是典型的"骆宾基式"的作品。侧重在对生活意义的探索；不追求情节，着力于刻画性格，揭示人物的内心世界，寓深刻于平淡之中。

三、东北流亡作家大胆借鉴外国进步文艺经验，丰富了小说创作的艺术表现

五四运动以后，鲁迅、郭沫若、茅盾、闻一多、朱自清等五四新文学作家的作品，给闭塞的东北思想文化界带来了新时代的气息。一些在关内受到新文学运动洗礼的东北作家返回东北参与东北新文学的开拓工作。东北本土成长起来的东北流亡作家的文学活动开始活跃。他们在创作上借鉴外国的文学作品和文学思潮，以"拿来主义"的态度大胆吸收域外的文学营养。一般认为，东北流亡作家的创作明显地受到苏联革命文学，尤其是法捷耶夫《毁灭》与绥拉菲摩维支《铁

---

① 萧红. 萧红选集［M］. 北京：人民文学出版社，1981：2~3。

流》的影响。20世纪30年代初东北文学在关内文学的鼓舞下已经开始了无产阶级文学热潮,在鲁迅的亲自主持下,《铁流》《毁灭》作为苏联十月革命后的优秀作品连同其他的革命文学作品,被广泛地译介到中国来,整个中国左翼文学阵营都受到了这些文学译著的影响,东北流亡作家中的一些重要作家如萧军、萧红、舒群、白朗、端木蕻良、骆宾基等都曾在关外或关内组织、参加过左翼文学运动,都感受到了"新俄国"文学的巨大魅力,都对鲁迅的著译深为钦佩,因而,苏联文学客观上为东北流亡作家的创作提供了可资参照的艺术榜样。1933年,温佩筠自费出版了译文集《零露集》,收有托尔斯泰、莱蒙托夫、果戈理等人的作品三十余篇,产生了良好的社会效果。由白朗主编的《国际协报·文艺》也经常介绍俄苏作家作品。萧军的《八月的乡村》就与苏联作家法捷耶夫的《毁灭》有许多异曲同工之处。1935年后在东北流亡作家中,涌现出一批受苏联革命文学影响并带有左翼文学色彩的作品。

外国文艺思潮对中国现代小说的影响,表现在思想和创作艺术两个方面。一方面从创作思想来看,表现在个性解放的意识、现实主义的对人生社会的透视、民族抗争精神上,骆宾基的小说创作显然受了契诃夫的创作思想启示;萧军的小说创作受了法捷耶夫《毁灭》与绥拉菲摩维支《铁流》的创作思想的影响;端木蕻良的小说创作受列夫·托尔斯泰小说创作思想的影响。另一方面从创作艺术看,现代小说更是深受西方文学的影响。在审美观念与审美形态、表现艺术与存在形式诸方面,东北流亡作家向西方学习,采取"拿来"与"嫁接"的方式,为40年代反抗异族侵略,争取民族解放的文学作品提供了可借鉴的艺术表现形式。

对东北流亡作家的创作影响最深的要数俄苏文学。《铁流》出版于1924年,《毁灭》出版于1927年,作品中的每一个形象都在十月革命和国内战争的"圣火"中进行着"人才的精选",进行着"人的最巨大的改造",这正是两部作品共同的基本主题。东北流亡作家也像

《铁流》《毁灭》将战争作为规定情境和作品"底色"一样,也把东北沦陷区的人民与侵略者之间的殊死搏斗作为作品创作的背景,并将这一斗争贯穿作品的始终,从不同侧面予以突出的表现。萧军的《八月的乡村》、萧红的《生死场》、端木蕻良的《大地的海》、骆宾基的《边陲线上》、马加的《登基前后》、舒群的《老兵》、白朗的《伊瓦鲁河畔》等作品,都把东北大地上的抗日洪流作为描写的主题。作为目睹故土沦陷的东北流亡作家,他们对于侵略者带来的危难第一时间在情感上,像爆发的火山一样,执笔宣扬东北人民面对侵略者奋起抗争的过程。与《铁流》《毁灭》主题相似的东北流亡作家的小说创作,最具代表性的是萧军、端木蕻良的小说创作。《八月的乡村》写的也是一支游击队的生活与战斗。小说重在表现在严酷而神圣的民族战争中,出身于不同阶级、阶层的游击队员的变化与成长过程,他们怎样在战争中寻找个人的历史归宿和人生坐标,再现了新的、具有历史主动性的人怎样在烈火中诞生。端木蕻良更是自觉着意地模仿《铁流》和《毁灭》的创作,《柳条边外》《遥远的风沙》《爷爷为什么不吃高粱米粥》等均从不同侧面写出民族战争。长篇《大江》说明的问题更明显。《大江》中所写的铁岭、李三麻子等农民出身的抗日战士,与《铁流》《毁灭》中所写的人物一样,是普普通通的充满了旧生活和满身愚昧弱点的农民,一旦被推到民族解放的历史潮流中,他们迅速摆脱了旧的羁绊,在战火中接受考验,渐渐锻炼成为焕然一新的自觉的民族战士,肩负起民族战争的重任。小说《大江》的结尾也让人情不自禁地想起《铁流》与《毁灭》中那感人的结尾描写。"民族战争进行着人才的精选,进行着人的巨大的改变,表现人民群众的成长和历史主人公的形成过程。"[①]端木蕻良《大江》的结尾的描写也是有着同样的情感和象征意味:死而复生的铁岭挺立于长江岸畔,俯仰于天地之间,如同一位斗士深情地守卫着祖国。

---

① 逄增玉. 黑土地文化与东北作家群[M]. 长沙:湖南教育出版社,1995:255。

结　语

　　东北流亡作家的小说创作是在五四新文学运动的环境下生成的，并在东北沦陷后，一部分作家逃离家园，寻找自由和民族解放的道路下得以诞生，是整个中国现代文学史的一个重要组成部分。

　　作为一种区域性的文学，她既有自己独特的艺术品质，同时又有对多方面文化的借鉴和融合。因此，东北流亡作家的小说创作除了她自身的土著文化影响以外，还要接受来自关内的整个中国文学的影响，以及邻近的苏俄、日本文化和文学等方面的影响。可以说东北流亡作家的小说创作是在本土文化制约下受到多种文化综合影响的结果。东北流亡作家生活的环境，经过几代人的努力，尤其是经历了历朝历代的移民，到了现代，这里的人们具有强大的对外来文化的吸纳能力。东北地区北部主要是受苏俄文化影响显著一些，而且这种外来影响时至今天还在延续着。俄苏文学对萧军和端木蕻良的影响很大，他们就是在与俄国人生活中经受着耳濡目染的熏陶，这影响也注入了他们的作品中。然而对他们创作的影响更重要的是内因，他们小说创作的文化精神的本源是萨满教文化，渔猎、游牧文化，农耕文化。这些才是东北流亡作家小说创作的最基本的文化精神渊源，尤其是萨满教文化对东北流亡作家创作生活的影响根深蒂固，当时的环境下，萨满神无人不知无人不晓，因而对现代东北文学具有形成性的影响。这是东北流亡作家作品得以形成的文化底蕴。带着这种文化积淀流亡到关内的东北作家，又得到了鲁迅、茅盾和胡风等老一代作家的点拨，蕴藏在东北作家内心中的创作火种被激活，在当时文化中心的上海刮起了一股强劲的东北风，并独树一帜，引起了中外文坛的关注，展示了现代东北文学所特有的美学特征和艺术风貌。

我自幼生长在东北这片黑土地的文化氛围之中，感受到的是浓郁的地域性文化的影响，因此，更能体味到这片土地对东北流亡作家的养育。春天辽阔的草原、原始森林，冬天皑皑白雪、强劲的西北风，加上一年四季的风沙肆虐、恶禽猛兽的出没，这一切培养了当地人民的坚强意志、无畏的精神和勇武开朗的性格，加上萨满文化的癫狂、热烈，使东北流亡作家小说创作表现出一种外显的"力"的艺术追求，与江南的巫傩文化所追求的精美雅致、圆润成熟的品格和气质不同，这也恰恰是东北流亡作家的风格体现。鲁迅先生曾经说过："艺术上必须有地方色彩，庶不至于千篇一律。""有地方色彩的，倒容易成为世界的。"这也许是东北流亡作家扬名文化中心上海的缘由吧。

本文在论述文化精神对东北流亡作家的创作影响时，主要着眼于东北流亡作家小说发展中最具地域特色和个性之所在。当年萧军、萧红步入文坛时，曾为要写什么样的小说写信询问鲁迅，鲁迅回信的答复是"不必问现在要什么。要问自己能做什么"。就萧军的"野气"问题，鲁迅也是坦诚回答"不要故意改"，但也要视情况应对。这就使东北流亡作家在主流话语下仍然保留东北地域文化的特色。即使东北流亡作家当年曾得到了鲁迅、茅盾和胡风等人的大力扶持，萧红和萧军受鲁迅的影响尤为深刻和鲜明，但他们也保留了自己独特的个性。其实东北流亡作家小说与沈从文、废名等人的乡土小说不同，就是因为文化精神的本源上的差异（东北是萨满文化、江南是巫傩文化），以及由此带来的美学效果的迥然不同。鲁迅和茅盾对萧红小说"越轨的笔致"和"叙事诗"的欣赏，已经是对东北流亡作家创作风格的认可。萧红的小说创作中没有一个既定的理论范式和思维惯性，所以小说创作也就少了一层观念的束缚，才可以更本色地发挥出东北地域文化所铸造的个性风格,所以,她的"特别"恰好是她的特色之所在。东北流亡作家的小说创作都凝聚着历史文化的演变,多元文化、移民文化、萨满文化、"五四"文化精神等影响下的文化积淀,被创作的欲望不断地激活,源源不断地诉诸笔端,向世人贡献了精神财富。

后 记

我自幼生长在东北,在东北生活了四十多年,东北的地域文化在我的生命历程的感觉中是十分突出的。从2003年读博士开始,我在陈方竞老师的指导下,把研究方向基本上定位在东北作家群小说创作领域。从2004年开始,师从刘中树先生学习,刘老师仍然支持我完成"东北作家群小说创作的文化精神"这一博士论文选题。在刘老师的指导下,我的博士论文提纲进一步得到完善。时至2007年4月17日,在博士生导师刘中树先生的悉心指导下,我终于完成了论文的最后定稿工作。

我的文化底蕴薄弱,又长期从事非专业的大学语文教学工作,这对我来说,学术的成长道路是艰难的。但为了追求生活质量而刻苦学习的劲头,在我的内心中始终没有改变过。我是带着对未来的迷茫和事业的挫折走上了这求学之路的。

我的每一步成长都没有离开老师们的扶持。我从语文课程与教学论硕士毕业到攻读中国现当代文学博士研究生,这种研究领域的变更,对我来说不仅是一个挑战,更是一个考验。好在是有陈方竞导师引我入门,刘中树老师对我耐心地指导,使我进入了现当代文学研究领域,二位恩师并未因为我的无知、愚钝、知识的贫乏而嫌弃我,在我学习期间给我更多的是进入这个领域的勇气和信心。在我撰写毕业论文时,导师刘中树先生更是以他那宽广的学术视野、睿智的学术智慧对我进行悉心指导。在论文修改上,小到标点、字、词、句,大到布局谋篇，都有刘老师辛勤的汗水。刘老师有时为了指导我的论文，多次错过了吃饭的时间；有时为了赶时间，我改一章，刘老师看一章。可以说刘老师在我的论文指导上花费的时间最长，下的功夫也最多。我的论文最后一稿是刘老师在去河北大学讲学的前夜修改完成的。此情此景，千言万语难以表达出我对老师的挚切的感情，有的只是我将加倍努力，以自己事业的有成，工作的收获回报社会，回报老师哺育之恩。

本书是在我博士毕业论文的基础上根据"东北流亡文学史料与研究"的课题要求，进行增加删减内容，以"东北流亡作家作品及创作历程"命名，更是突出对东北作家在流亡时期的作家作品创作历程的研究，突出课题研究内容。感谢春风文艺出版社将我的书稿收入在课题中，并作为丛书之一出版发行。

参考文献

专著类：

1. 刘中树.《呐喊》《彷徨》艺术论［M］.长春：吉林大学出版社，1999。

2. 刘中树.五四文学革命运动史论［M］.长春：吉林大学出版社，1989。

3. 葛健雄，曹树基，吴松弟.简明中国移民史［M］.福州：福建人民出版社，1993。

4. 李德宾.黑龙江移民概要［M］.哈尔滨：黑龙江人民出版社，1987。

5. 李德宾.近代中国移民史要［M］.哈尔滨：哈尔滨出版社，1994。

6. 石方.中国人口迁移史稿［M］.哈尔滨：黑龙江人民出版社，1990。

7. 陈方竞.鲁迅与浙东文化［M］.长春：吉林大学出版社，1999。

8. 陈方竞.多重对话：中国新文学的发生［M］.北京：人民文学出版社，2003。

9. 逄增玉.黑土地文化和东北作家群［M］.长沙：湖南教育出版社，1997。

10. 聂绀弩.聂绀弩杂文集［M］.北京：生活·读书·新知三联出版社，1995。

11. 沈卫威. 东北流亡文学史论 [M]. 郑州：河南人民出版社，1992。

12. 黄昌勇. 王实味传 [M]. 郑州：河南人民出版社，2000。

13. 钱理群. 天地玄黄——1948年 [M]. 济南：山东教育出版社，1998。

14. 王科，徐塞. 萧军评传 [M]. 重庆：重庆出版社，1993。

15. 张毓茂. 萧军传 [M]. 重庆：重庆出版社，1992。

16. 陈方竞. 陈方竞自选集（上、下）[M]. 汕头：汕头大学出版社，2005。

17. 逄增玉. 二十世纪中国文学的历史文化透视 [M]. 长春：东北师范大学出版社，1996。

18. 丁言昭. 萧红传 [M]. 南京：江苏文艺出版社，1993。

19. 徐岱. 边缘叙事——20世纪中国女性小说个案批评 [M]. 上海：学林出版社，2002。

20. 陈平原. 20世纪中国小说史 [M]. 北京：北京大学出版社，1989。

21. 王晓明. 人文精神寻思录 [M]. 上海：文汇出版社，1996。

22. 黄修己. 中国现代文学发展史 [M]. 北京：中国青年出版社，1988。

23. 郝雨. 中国现代文化的发生与传播 [M]. 上海：上海大学出版社，2002。

24. 刘禾. 跨语际实践——文学、民族文化与被译介的现代性（中国1900—1937）[M]. 北京：生活·读书·新知三联书店，2002。

25. 贾剑秋. 文化与中国现代小说 [M]. 成都：巴蜀书社，2003。

26. 杨守森. 二十世纪中国作家心态史 [G]. 北京：中央编译出版社，1998。

27. 逄增玉. 现代性与中国现代文学 [M]. 长春：东北师范大学出版社，2001。

28. 茅盾. 茅盾论中国现代作家作品 [M]. 北京：北京大学出版社，1980。

29. 刘雨. 多元矛盾中的个性选择——中国现代作家的生命体验与创作 [M]. 长春：吉林教育出版社，2003。

30. [法] 莫里斯·布朗肖. 文学空间 [M]. 顾嘉琛，译. 北京：商务印书馆，2003。

31. 旷新年. 1928革命文学 [M]. 济南：山东教育出版社，1998。

32. 谢冕. 1898年百年忧患 [M]. 济南：山东教育出版社，1998。

33. 程文超. 1903年前夜的涌动 [M]. 济南：山东教育出版社，1998。

34. 冯为群，李春燕. 东北沦陷时期文学新论 [M]. 长春：吉林大学出版社，1991。

35. 夏中义. 九谒先哲书 [M]. 上海：上海文化出版社，2000。

36. 王富仁. 中国的文艺复兴 [M]. 桂林：广西师范大学出版社，2003。

37. [美] 周策纵. 五四运动史 [M]. 长沙：岳麓书社，1999。

38. 葛兆光. 中国思想史（一、二卷）[M]. 上海：复旦大学出版社，2001。

39. 温儒敏. 文学史的视野 [M]. 北京：人民文学出版社，2004。

40. 王晓明. 思想与文学之间 [M]. 北京：人民文学出版社，2004。

41. 王富仁. 中国现代文化指掌图 [M]. 北京：人民文学出版社，2004。

42. 赵宪章. 文体与形式 [M]. 北京：人民文学出版社，2004。

43. 丁帆. 重回"五四"起跑线 [M]. 北京：人民文学出版社，2004。

44. 王彬彬. 风高放火与振翅洒水 [M]. 北京：人民文学出版社，2004。

45. 朱寿桐. 中国现代社团文学史［M］. 北京：人民文学出版社，2004。

46. 王晓明. 二十世纪中国文学史论（上、下）［M］. 北京：东方出版中心，2003。

47. 解志熙. 和而不同——中国现代文学片论［M］. 北京：清华大学出版社，2002。

48. 郭志刚. 中国现代文学史（上下）［M］. 北京：高等教育出版社，1993。

49. 胡兰成. 中国文学史话［M］. 上海：上海社会科学院出版社，2004。

50. 李玲. 中国现代文学的性别意识［M］. 北京：人民文学出版社，2002。

51. 李泽厚. 中国现代思想史论［M］. 天津：天津社会科学院出版社，2003。

52. 张宝明. 自由神话的终结［M］. 上海：上海三联书店，2002。

53. 乔以钢. 多彩的旋律——中国女性文学主题研究［M］. 天津：南开大学出版社，2003。

54. 张光芒. 启蒙论［M］. 上海：上海三联书店，2002。

55. 陈平原. 中国小说叙事模式的转变［M］. 北京：北京大学出版社，2003。

56. 温儒敏. 中国现代文学批评史［M］. 北京：北京大学出版社，1993。

57. 张器友. 现当代文学思潮散论［M］. 合肥：安徽教育出版社，2003。

58. 秦弓. 荆棘上的生命——20世纪三四十年代中国小说叙事［M］. 沈阳：春风文艺出版社，2002。

59. 孔海立. 忧郁的东北人端木蕻良［M］. 上海：上海书店出版

社，1999。

60. 张福贵. 惯性的终结——鲁迅文化选择的历史价值［M］. 长春：吉林大学出版社，1999。

61. 季红真. 萧红传［M］. 北京：北京十月文艺出版社，2000。

62. 林伟民. 中国左翼文学思潮［M］. 上海：华东师范大学出版社，2005。

63. 骆宾基. 萧红小传［M］. 哈尔滨：黑龙江人民出版社，1981。

64. 黄晓娟. 雪中芭蕉——萧红创作论［M］. 北京：中央编译出版社，2003。

65. 皇甫晓涛. 萧红现象——兼谈中国现代文化思想的几个困惑点［M］. 天津：天津人民出版社，2000。

66. 夏志清. 中国现代小说史［M］. 上海：复旦大学出版社，2005。

67. 陈继会. 二十世纪中国小说文化精神［M］. 北京：东方出版社，2002。

68. 钱理群. 中国现代文学三十年［M］. 北京：北京大学出版社，1998。

69. 范智红. 世变缘常——四十年代小说论［M］. 北京：人民文学出版社，2002。

70. 李春燕. 东北文学文化新论［M］. 长春：吉林文史出版社，2000。

71. 李春燕. 东北文学综论［M］. 长春：吉林文史出版社，1997。

72. 王培元. 抗战时期的延安鲁艺［M］. 桂林：广西师范大学出版社，1999。

73. 周景雷. 茅盾与中国现代文学［M］. 北京：中国社会科学出版社，2004。

74. 孟悦，戴锦华. 浮出历史地表［M］. 北京：中国人民大学出版社，2004。

75. 孙伏园，许钦文等. 鲁迅先生二三事——前期弟子忆鲁迅 [M]. 石家庄：河北教育出版社，2000。

76. 胡风，萧军等. 如果现在他还活着——后期弟子忆鲁迅 [M]. 石家庄：河北教育出版社，2000。

77. 萧红，俞芳等. 我记忆中的鲁迅先生——女性笔下的鲁迅 [M]. 石家庄：河北教育出版社，2000。

78. 钱理群. 心灵的探寻 [M]. 石家庄：河北教育出版社，2000。

79. 陈明远. 假如鲁迅活着 [M]. 上海：文汇出版社，2003。

80. 孙伏园. 无限沧桑怀遗简 [M]. 石家庄：河北教育出版社，2000。

81. 朱惠芳，董一忱. 东北垦殖史 [M]. 长春：从文社，1947。

82. 孙进己. 东北民族源流 [M]. 哈尔滨：黑龙江人民出版社，1987。

83. 富育光. 萨满教与神话 [M]. 沈阳：辽宁大学出版社，1990。

84. ［丹］勃兰兑斯. 十九世纪波兰浪漫主义文学 [M]. 北京：人民文学出版社，1980。

85. 倪伟. "民族"想象与国家统制 [M]. 上海：上海教育出版社，2003。

86. 黄键. 京派文学批评研究 [M]. 上海：上海三联书店，2002。

87. 李俊国. 中国现代都市小说研究 [M]. 北京：中国社会科学出版社，2004。

88. 周作人. 关于鲁迅 [M]. 乌鲁木齐：新疆人民出版社，1997。

89. 王宏刚，荆文礼，王国华. 萨满教舞蹈及其象征 [M]. 沈阳：辽宁人民出版社，2002。

90. 富育光. 萨满论 [M]. 沈阳：辽宁人民出版社，2000。

91. 富育光，孟慧英. 满族萨满教研究 [M]. 北京：北京大学出版社，1991。

92. 孟慧英. 尘封的偶像——萨满教观念研究［M］. 北京：北京出版社，2000。

93. 孟慧英. 北方民族萨满教［M］. 北京：社会科学文献出版社，2000。

94. 色音. 东北亚的萨满教［M］. 北京：中国社会科学出版社，1998。

95. 郭淑云. 原始活态文化——萨满教透视［M］. 上海：上海人民出版社，2001。

96. 刘小萌，定宜庄. 萨满教与东北民族［M］. 长春：吉林教育出版社，1990。

97. 秋浦. 萨满教研究［M］. 上海：上海人民出版社，1985。

98. 郭淑云，王宏刚. 活着的萨满——中国萨满教［M］. 沈阳：辽宁人民出版社，2001。

99. 王肯. 东北俗文化史［M］. 沈阳：春风文艺出版社，1992。

100. 杨治经，杨诗粮，彭放等. 北大荒文学艺术［M］. 哈尔滨：北方文艺出版社，1988。

101. 李治亭，田禾. 关东文化［M］. 沈阳：辽宁教育出版社，1998。

102. 何星亮. 中国图腾文化［M］. 北京：中国社会科学出版社，1992。

103. 何星亮. 中国自然神与自然崇拜［M］. 上海：上海三联书店，1992。

104. 葛浩文. 萧红评传［M］. 哈尔滨：北方文艺出版社，1985。

105. 吴士余. 中国文化与小说思维［M］. 上海：上海三联书店，2000。

106. 胡绍华. 中国现代文学与宗教文化［M］. 武汉：华中师范大学出版社，1999。

107. 陶东风. 文体演变及其文化意味［M］. 昆明：云南人民出

版社，1994。

108. 张毓茂. 东北现代文学史论 [G]. 沈阳：沈阳出版社，1996。

109. 张毓茂. 东北现代文学大系 [G]. 沈阳：沈阳出版社，1996。

110. 黄樾. 延安四怪 [M]. 北京：中国青年出版社，1998。

111. 王建中等. 东北解放区文学史 [M]. 沈阳：辽宁大学出版社，1995。

112. 孙进己. 东北各民族文化交流史 [M]. 沈阳：春风文艺出版社，1992。

113. 李春燕等. 东北沦陷时期文学国际学术交流研讨会论文集 [M]. 沈阳：沈阳出版社，1992。

114. 铁峰. 萧红文学之路 [M]. 哈尔滨：哈尔滨出版社，1991。

115. 杨义. 中国叙事学 [M]. 北京：人民出版社，1997。

116. 杨义. 中国现代文学流派 [M]. 北京：人民出版社，1998。

117. 朱狄. 原始文化研究 [M]. 北京：生活·读书·新知三联书店，1988。

118. 周海波. 中国新文学景观 [M]. 海口：南海出版公司，1992。

119. 郑择魁. 吴越文化与中国现代文学 [M]. 杭州：杭州大学出版社，1998。

120. 赵园. 艰难的选择 [M]. 上海：上海文艺出版社，1986。

121. 中国社会科学出版社文学编辑室. 小说文体研究 [M]. 北京：中国社会科学出版社，1988。

122. 申丹. 叙述学与小说文体学研究 [M]. 北京：北京大学出版社，2001。

123. 赵园. 北京：城与人 [M]. 北京：北京大学出版社，2001。

124. 陈晓明. 解构的踪迹：历史、话语与主体 [M]. 北京：中国社会科学出版社，1994。

125. 应锦襄主编. 跨世纪与跨文化 [M]. 厦门：厦门大学出版社，1996。

126. [法] 帕斯卡. 论宗教和其他主题的思想 [M]. 何兆武，译. 北京：商务印书馆，1985。

127. 曹保明. 土匪 [M]. 沈阳：春风文艺出版社，1988。

128. 高福进. 太阳崇拜与太阳神话 [M]. 上海：上海人民出版社，2002。

129. 葛兆光. 禅宗与中国文化 [M]. 上海：上海人民出版，1986。

130. 贝思飞. 民国时期的土匪 [M]. 上海：上海人民出版社，1992。

131. 李建平. 大地之子的眷恋身影——论端木蕻良的小说艺术 [M]. 南宁：广西民族出版社，1995。

132. 马伟业. 大地诗魂——论东北作家群 [M]. 哈尔滨：北方文艺出版社，1998。

133. 高青山等. 东北古文化 [M]. 沈阳：春风文艺出版社，1992。

134. 梁漱溟. 中国文化要义 [M]. 上海：学林出版社，1987。

135. 杨春时. 现代性与中国文化 [M]. 北京：国际文化出版公司，2002。

136. 中国现代文学馆. 萧军文集 [G]. 北京：华夏出版社，2000。

137. 中国现代文学馆. 李辉英文集 [G]. 北京：华夏出版社，2000。

138. 中国现代文学馆. 端木蕻良文集 [G]. 北京：华夏出版社，2000。

139. 中国现代文学馆. 萧红文集 [G]. 北京：华夏出版社，2000。

140. 中国现代文学馆. 梅娘文集 [G]. 北京：华夏出版社，2000。

141. 骆宾基. 骆宾基小说选 [M]. 长沙：湖南人民出版社，1982。

142. 端木蕻良. 端木蕻良全集 [M]. 北京：北京出版社，2001。

143. 萧红. 萧红文集（1~3）[M]. 合肥：安徽文艺出版社，1997。

144. 张泉. 梅娘小说散文集 [G]. 北京：北京出版社，1997。

145. 刘纳. 从五四走来——刘纳学术随笔自选集 [M]. 福州：福建教育出版社，2000。

146. 范家进. 现代乡土小说三家论 [M]. 上海：上海三联书店, 2002。

147. 郑家建. 中国文学现代性的起源语境 [M]. 上海：上海三联书店, 2002。

148. 张新颖. 20世纪上半期中国文学的现代意识 [M]. 北京：生活·读书·新知三联书店, 2001。

149. 季桂起. 中国小说体式的现代转型与流变 [M]. 济南：山东大学出版社, 2003。

150. 王晓明. 无法直面的人生——鲁迅传 [M]. 上海：上海文艺出版社, 1993。

151. 严家炎. 五四的误读——严家炎学术随笔自选集 [M]. 福州：福建教育出版社, 2000。

152. 陈万雄. 五四新文化的源流 [M]. 北京：生活·读书·新知三联书店, 1997。

153. 袁伟时. 中国现代思想散论 [M]. 广州：广东教育出版社, 1998。

154. 俞兆平. 现代性与五四文学思潮 [M]. 厦门：厦门大学出版社, 2002。

155. 李长之. 鲁迅批判 [M]. 北京：北京出版社, 2003。

156. 焦文彬, 李继凯. 中国文学史话（近代卷）[G]. 长春：吉林人民出版社, 2006。

157. 龚宏. 中国文学史话（现代卷）[G]. 长春：吉林人民出版社, 2000。

158. 赵园. 论小说十家 [M]. 北京：生活·读书·新知三联书店, 2011。

159. [日] 尾坂德司. 萧红传 [M]. 日本：燎原书店, 1983。

论文类：

1. 邢富君. 萧红创作初论 [J]. 中国现代文学研究丛刊, 1981

（3）。

2. 张挺. 鲁迅与《八月的乡村》[J]. 中国现代文学研究丛刊，1982（2）。

3. 张国祯. 民族忧痛和乡土人生的抒情交响诗——评《呼兰河传》[J]. 中国现代文学研究丛刊，1982（4）。

4. 马尚瑞. 坎坷路上的战士——记作家骆宾基 [J]. 中国现代文学研究丛刊，1983（3）。

5. 赵园. 骆宾基在四十年代小说坛 [J]. 中国现代文学研究丛刊，1986（4）。

6. 姜志军. "萧红式"的北大荒文学风格 [J]. 中国现代文学研究丛刊，1987（4）。

7. 沈卫威. 试论"东北流亡文学"的独立体系和结构形态 [J]. 中国现代文学研究丛刊，1988（2）。

8. 常勤毅. 试论骆宾基四十年代小说的三重审美意识 [J]. 中国现代文学研究丛刊，1988（3）。

9. 朱德发. 关于抗战文学研究的几点思考 [J]. 中国现代文学研究丛刊，1988（4）。

10. 王培元. 《生死场》的历史感和悲剧意识 [J]. 中国现代文学研究丛刊，1989（2）。

11. 沈卫威. 东北的生命力与东北的悲剧——东北流亡文学的底蕴 [J]. 中国现代文学研究丛刊，1989（4）。

12. 沈卫威. 关于东北流亡文学的思考 [J]. 中国现代文学研究丛刊，1990（3）。

13. 李平易. 识萧红 [J]. 中国现代文学研究丛刊，1991（3）。

14. 王培元. 论东北作家群 [J]. 中国现代文学研究丛刊，1992（1）。

15. 范智红. 从小说写作看萧红的世界观与人生观 [J]. 中国现代文学研究丛刊，1992（3）。

16. 钱理群. 改造民族灵魂的文学——纪念鲁迅诞辰一百周年与萧红诞辰七十周年 [J]. 十月, 1982 (1)。

17. 陆文采, 邢富君. 论萧红创作的艺术特色 [J]. 齐鲁学刊, 1982 (4)。

18. 陈宝珍. 萧红小说研究 [J]. 东北现代文学史料, 1982 (4)。

19. 张宇宏. 论萧红的创作 [J]. 东北现代文学史料, 1982 (4)。

20. 姜影. 萧红小说创作略论 [J]. 东北现代文学史料, 1982 (4)。

21. 李淼. 略论《生死场》的现实主义 [J]. 东北现代文学史料, 1982 (4)。

22. 沈昆朋. 略谈萧红的《马伯乐》下部 [J]. 东北现代文学史料, 1982 (4)。

23. 陈堤. 我所认识的萧军 [J]. 春风, 1980 (1)。

24. 逄增玉. 日神文化与东北作家群的创作 [J]. 文艺争鸣, 1994 (6)。

25. 任惜时. 论端木蕻良的早期小说创作 [J]. 社会科学辑刊, 1982 (2)。

26. 阎纯德, 白舒荣. 记萧军 [J]. 中国现代文学研究丛刊, 1980 (2)。

27. 王中仪. 浅论《八月的乡村》[J]. 哈尔滨文艺, 1980 (2)。

28. 马煜中. 萧军和他的《八月的乡村》[J]. 齐齐哈尔师范学院学报, 1980 (3—4)。

29. 金伦等. 萧军已出版著作目次年表 [J]. 东北现代文学史料, 1980 (2)。

30. 邢富君, 陆文采. 农民对命运挣扎的乡土文学——《生死场》再评价 [J]. 北方论丛, 1982 (1)。

31. 山丁. 萧军与萧红 [J]. 东北现代文学史料, 1980 (2)。

32. 钟汝霖. 萧红的十年文学道路 [J]. 北方论丛, 1981 (5)。

33. 张毓茂. 千秋功罪知无舛——重评萧军的《五月的矿山》[J].

春风，1981（2）。

34. 刘树声. 谈萧红的《商市街》[J]. 哈尔滨文艺，1981（6）。

35. 王扶. 访萧军[J]. 出版工作，1979（4）。

36. 张毓茂. 敢将赤胆奉尊前——萧军与鲁迅[J]. 求是学刊，1980（1）。

37. 刘景华. 跋涉者[J]. 花城，1981（5）。

38. 张毓茂. 略论萧军的思想和创作[J]. 求是学刊，1982（2）。

39. 马希尧，王科. 谈萧军的《五月的矿山》[J]. 锦州师范学院学报，1981（2）。

40. 王德芬. 沧海沉浮——叶留[J]. 布谷鸟，1981（4）。

41. 董国柱. 萧军的《跋涉》与《羊》[J]. 北方文学，1982（4）。

42. 张毓茂. 萧军论[J]. 东北现代文学史料，1982（5）。

43. 庐湘.《涓涓》赏析[J]. 东北现代文学史料，1982（5）。

44. 冷淑芬. 左翼文坛独放异彩的"姊妹篇"——评《生死场》与《八月的乡村》[J]. 山东师大学报，1982（3）。

45. 庐湘. 论萧军的早期创作——从《跋涉》到《八月的乡村》[J]. 吉林大学学报，1982（5）。

46. 孔海立. 端木蕻良和他小说（1933—1943）中的自我形象[J]. 中国现代文学研究丛刊，1999（2）。

47. 赵园. 来自大野的雄风——端木蕻良小说读后[J]. 十月，1982（5）。

48. [日] 西野广祥. 抗战后期的骆宾基小说[J]. 金达莱，1982（4）。

49. 任惜时. 论端木蕻良创作的内容特征[J]. 东北现代文学史料，1982（5）。

50. 任惜时. 论端木蕻良的早期小说创作[J]. 社会科学辑刊，1982（4）。

51. 伏琥. 文字底下的血泪故事——访老作家端木蕻良[J]. 抗战

文艺研究，1984（2）。

52. 沈卫威. 端木蕻良和他的《科尔沁旗草原》[J]. 河南大学学报（社会科学版），1984（5）。

53. 王培元. 大地之子的歌吟——谈端木蕻良小说的特色[J]. 社会科学辑刊，1986（3）。

54. 王富仁. 文事沧桑话端木——端木蕻良小说论[J]. 中国现代文学研究丛刊，2003（3—4）。

55. 石方. 洪武时期东三府地区的人口迁移[J]. 中国社会经济史研究，1996（4）。

56. 王富仁. 三十年代左翼文学·东北作家群·端木蕻良[J]. 文艺争鸣，2002（1—4）。